NARRATORI DELLA FENICE

Visita *www.InfiniteStorie.it*
il grande portale del romanzo

ISBN 88-8246-655-8

www.guanda.it

GIANNI BIONDILLO
CON LA MORTE NEL CUORE

UGO GUANDA EDITORE
IN PARMA

I

PRIMA DI TUTTO

Lo scambio termico fra l'imboccatura metallica della pistola e la tempia sudata di Lanza aveva ormai raggiunto, per il noto principio termodinamico, un punto di equilibrio tale da permettere al malcapitato di evitare pensieri oziosi sull'argomento, offrendogli così l'opportunità di concentrarsi con più rigore sull'imminente stato entropico che avrebbe raggiunto da lì a poco.

In effetti il suo pensiero si era perduto su questioni risibili quali l'alta conducibilità termica del metallo, la composizione chimica delle polveri da sparo, il traffico illegale di armi nel bacino mediterraneo, proprio mentre l'assassino gli passava la canna della pistola sul volto per poi piazzargliela senza indugi sulla tempia che pulsava all'impazzata. Ma ora non aveva senso pensare a queste cose, non c'era proporzione, non era il caso di perdersi in simili quisquilie, non c'era più tempo. La canna aveva raggiunto la temperatura corporea dell'ispettore capo del commissariato di Polizia di Quarto Oggiaro abbastanza in fretta, non ostante avesse sparato poco prima.

Ora toccava a lui.

È evidente che in condizioni diverse sarebbe fuggito a gambe levate. Ma un'altra nota legge, quella dell'impenetrabilità dei corpi, non gli permetteva, come avrebbe voluto, di attraversare i lacci che lo legavano alla sedia come un salame di stagione e di fuggire all'improvviso, lasciando lì pure i vestiti e le scarpe, proprio come nei cartoni animati.

Stava morendo. E gli dava un particolare fastidio. Per la precisione si cagava sotto, ma non sono cose da dirsi di un uomo ormai prossimo alla fine.

Cercò di ripristinare il dialogo interrotto con il suo interlocutore, così, tanto per provarci ancora una volta, ma sapeva che non c'erano speranze. Quello che c'era da dire era stato detto, le carte erano state tutte giocate, era ora di saldare i debiti e lasciare il tavolo da gioco.

Il killer alzò il cane della pistola senza enfasi, non tanto per prolungargli l'agonia ma come un'abitudine che si prende da bambini e che ti porti dietro fino in tarda età.

Lanza cercò di pensare a qualcosa di bello, quasi a voler morire con un pensiero positivo nella testa, in una sorta di estrema resistenza passiva dell'intelligenza nei confronti dell'assurdità dell'accadimento in atto. Gli frullarono per la testa, come in un vortice, il volto di sua moglie, gli origami, la tavola sinottica degli elementi, la cassata siciliana, i numeri primi, il gol di Maradona contro l'Inghilterra al mondiale, i fotoni, il Giudizio Universale nella controfacciata della cattedrale di Torcello, il canto delle megattere, poi ancora sua moglie. Ansimava rumorosamente, era completamente immerso nel suo sudore, il cuore pompava ad un ritmo forsennato, stava per vomitare da un momento all'altro. Non era un bello spettacolo a vedersi.

Poi l'uomo in piedi impresse la forza necessaria al grilletto affinché il cane ruotasse sulla cerniera per innescare il sistema a percussione tipico delle armi da fuoco.

Un rigo di sangue sporcò le labbra di Lanza mentre la sua testa si accasciava sul petto.

L'artificiere fece un passo indietro bestemmiando parole incomprensibili. Poi si girò verso il suo compare, stupefatto.

«Cazzo. Questo si è pisciato sotto. Che schifo!»

L'altro rise, come se gli avessero appena raccontato una barzelletta. C'era sangue dappertutto, e l'uomo con la pistola sembrava furibondo all'idea di pestare con le sue scarpe il lago patetico che si era formato sotto la sedia di Lanza. Neppure toccasse a lui fare le pulizie di primavera.

Gli assassini sono persone imprevedibili.

II

CURRICULUM VITAE

1

Non poteva avere più di diciannove anni. Aveva due pere così grosse che la maglietta che le conteneva sembrava faticasse a non lacerarsi lì davanti a tutti. Parlava di cose perfettamente inutili con un suo coetaneo, ridendo di tanto in tanto, spintonandosi a vicenda. Certe volte alzava gli occhi verso la sala d'aspetto a catturare lo sguardo allupato di chi le stava di fronte, tanto per farlo sentire in colpa dei suoi pensieri promiscui. In effetti l'astante non riusciva a staccare gli occhi dalla scollatura, e tira e molla gli era pure venuta una semierezione. Lei lo guardava con disprezzo, come si guarda un vecchio rattuso, completamente fuori luogo, lì, in quell'aula universitaria, tempio della gioventù e della spensieratezza.

Poi un tale fece capolino da una porta, con un elenco in mano.

«Ferrari? Michele Ferrari?»

E ti pareva, mai una volta che lo azzeccassero. Si alzò svogliato.

«Il mio nome è Ferraro. Michele Ferraro.»

Lo disse alla maniera di James Bond, ma senza essere minimamente credibile.

«Ci deve essere stato un errore nella stampa. Venga pure, il professore l'aspetta.»

Ferraro attraversò la stanza. La ragazza sembrò dimenticarsi di lui, anche se, probabilmente, si stava segnando il suo nome nella memoria, putacaso un giorno se lo ritrovasse davanti in un vicolo buio, cosicché avrebbe potuto dare le generalità del violentatore alla polizia. O forse no. Forse era solo un pensiero di Ferraro, un pensiero da sbirro.

2

L'attenzione profusa alla cura della barba probabilmente occupava un numero sterminato di ore della veglia del professore. La geometria sottesa al taglio del volto ipertricotico impressionava per precisione e armonia, quasi si facesse fare la barba dal giardiniere di Villa Lante a Bagnaia, in un impeto rinascimentale, degna di un mezzobusto del Pincio. Non era quel che si dice un uomo di una certa età, anzi non poteva essere più vecchio di Ferraro, infatti si vedeva che in quella barba c'era il desiderio esplicito di invecchiarsi, di impossessarsi di un contegno e di un'autorità che gli anni non gli davano.

Appena lo guardò Ferraro si convinse di conoscerlo. Ma questo è nell'indole assunta col suo lavoro, sempre sospettosa, pronta a vedere criminali latitanti anche nel lattaio di fronte a casa.

Il professore, con un gesto, gli fece intendere che poteva sedersi. Lo fece. Passò del tempo prima che il barbuto alzasse gli occhi dalle carte che stava consultando, come a fargli capire che se era lì con lui, in quella stessa stanza, lo faceva quasi per fargli un piacere, che lui in realtà aveva altro per la testa, pensieri che avrebbero salvato il mondo dalla dannazione, o robe simili.

Poi, magnanimo, fece una catasta del suo ciarpame e cominciò a leggere un foglio.

«Dunque, vediamo... Michele Ferrara.»

«Ferraro, mi chiamo Ferraro...»

«Bah, sarà un errore di battitura.»

Prese in mano la penna e corresse. Ferraro si chiese come mai gli errori sul cognome capitavano sempre a lui, essì che era un nome diffusissimo, di una banalità sconcertante, difficile da storpiare.

«Dicevamo, signor Ferrari.»

«Ferraro.»

«Sì, sì, Ferraro, mi scusi», si aggiustò gli occhiali sul naso, «vedo che ha dato il suo ultimo esame sette anni fa... mmmh... giusto in tempo... credo sappia che deve assolvere a tutta una procedura di natura amministrativa, che riguarda il pagamento delle rate degli anni passati, e un'altra serie di cose delle quali io non ho competenza alcuna... »

« Sì, non si preoccupi, ho già 'assolto'. »

« Bene, un pensiero in meno. » Una mente dedita al pensiero puro, indegna di sporcarsi con le questioni di bassa cucina. « È chiaro che la sua posizione è un po' curiosa. Nel frattempo sono cambiati due ordinamenti e il suo *curriculum studiorum* è, come dire, datato, da riaggiornare. Ora, con il nuovo ordinamento introdotto, alcune materie da lei sostenute non esistono addirittura più, sono state spezzettate e inglobate in laboratori di ricerca di natura differente. »

« Mi sta dicendo che mi togliete degli esami? »

« Non sia così brutale. Diciamo che dobbiamo valutare il suo libretto universitario e adattarlo al sistema a crediti introdotto dal nuovo ordinamento. »

Sembrava stesse parlando del Nuovo Testamento. Ogni volta che lo nominava si illuminava di luce propria. Nel frattempo era arrivato il Messia e Ferraro era ancora lì a leggersi la Bibbia degli ebrei. Meno male che l'evangelista di fronte a lui l'avrebbe redento da lì a poco.

« E riusciamo ad adattarlo? »

« Ma certo. Siamo qui per questo. L'idea che qualcuno decida di riprendere gli studi non può essere che una bella notizia. Lei sa che siamo la nazione europea con la maggior mortalità universitaria? »

Un missionario, praticamente. Pronto a valicare lande desolate per portare il verbo ovunque lo chiedesse « il Nuovo Ordinamento ».

« No, non lo sapevo. » E, a dir la verità, non gliene fregava una beata fava.

Il professore riprese a leggere, con attenzione, il curriculum di Ferraro.

« Lei si è iscritto... ma guarda un po', nel 1985, roba del secolo scorso, no? » Un vero comico, non c'è che dire. « Pensi che io mi sono iscritto l'anno dopo. Vuoi vedere che abbiamo fatto pure dei corsi insieme? »

Sì, li avevano fatti, eccome. Appena il barbuto aveva inziato a parlare Ferraro lo aveva riconosciuto subito, non ostante cercasse in tutti i modi di convincersi che si stava sbagliando. Aveva riconosciuto la sua voce sgraziata, un po' più composta rispetto a quella di venti anni prima, più studiata, però con la stessa antipatica inflessione. All'epoca non aveva la barba, ma una serie infinita di brufoli su tutto il corpo. Uno sfigatello saccente e presuntuoso. Un segaiolo. Non se lo cagava nessuno al bar dell'università e le ragazze lo evitavano come fosse portatore sano della peste bubbonica. E ora era lì a godersi la sua rivincita. Dopo una serie infinita di leccaculaggini, di portaborsate, di saggetti e saggiuncoli sul sesso degli angeli e sui peli nell'uovo, dopo notti insonni a correggere le troiate del suo relatore di tesi, di sterminate bibliografie e scritti genialoidi firmati però da altri, dopo aver ingoiato bile a litri, presenziato a esami interminabili, firmando con la calligrafia di qualcun altro, dopo lustri di borse di studio da fame e dottorati di ricerca che si rivelavano utili solo alla redazione della rivista dell'amato-odiato protettore, dopo l'incarico a contratto, senza stipendio ma solo con un esiguo rimborso spese, dopo le pugnalate alle spalle, le amicizie perdute, i sorrisi beffardi, l'ulcera duodenale, finalmente la rivincita. Ora che era Professore Associato (non ancora Ordinario, ovvio, almeno un'altra decina di anni di odio per l'umanità doveva sorbirseli, prima di entrare nell'Olimpo dei Professori Ordinari e raggiungere finalmente la depurazione dalle scorie del mondo), ora che era lì non gli pareva vero di ostentare il suo trionfo nei confronti di un coetaneo. Che in questo caso era Ferraro, tanto per non dimenticarci che la fortuna è cieca ma la sfiga ci vede benissimo.

«Non so, non credo...»

«Come no, guardi qui.» Gli sventolò il libretto in faccia. «Pierantoni, la prima annualità di Sociologia... be', un bel ventotto, bravo...»

Lui aveva preso trenta e lode ovviamente, probabile che non avesse mai preso nulla al di sotto del trenta.

«Ah, lo aveva seguito pure lei? Sa, non mi ricordo, sono passati un bel po' di anni.»

«Certo, certo. Ma senti, diamoci del tu, no? D'altra parte siamo ex compagni di studi.»

Solo che lui ora era dall'altra parte della cattedra e Ferraro una specie di studente redivivo, uno di quelli usciti da un coma ventennale e che vede per la prima volta un telefono cellulare, il muro di Berlino crollato e i siti porno su internet.

«Se lo preferisci...»

«Ma figurati, è un piacere. Allora, vediamo di comprenderci...»

La questione stava in questi termini: a Ferraro in realtà non mancava neppure molto a laurearsi. Il Nuovo Ordinamento, nella sua Onnipotenza, aveva previsto l'esistenza di questi residui del passato, di questi vecchi bacucchi che al posto di morire ignoranti, così come meritano, desiderano farsi belli fregiandosi di un titolo. E quindi, con alcuni accorgimenti di ingegneria accademica, pure il nostro uomo avrebbe potuto tornare felice a casa e dire alla vecchia mamma «un giorno anch'io sarò dottore». Il barbuto glielo spiegò con tutta la magnanimità che la sua voce sgraziata poteva infondere.

«Mi manca molto?»

«Cos'è, hai fretta? A questo punto non penso che il tempo sia un problema, no?»

Ecco una vera pugnalata alla schiena.

«Ho un tumore alle ossa, potrei morire da un momento all'altro!»

Non era vero ma voleva godersi l'autorevole volto barbuto impallidire. Quando gli vide raggiungere la colorazione del bianco statuario dei marmi delle cave di Carrara riprese con un sorriso: «Stavo scherzando, ovviamente...»

«Ovviamente», ma lo disse come fosse un «vaffanculo».

«Per me è un problema con il mio lavoro...»

«Certo, certo, me ne rendo conto. Sai, chi come me ha dedicato la vita al mondo accademico, spesso perde di vista la realtà di tutti i giorni. La ricerca è qualcosa che ti assorbe completamente, ma che ti ripaga di tutti i sacrifici. Tu capisci... c'è qualcosa di entusiasmante, è una continua indagine sul reale, sul passato, sul futuro, è un mettere insieme elementi distanti fra loro, incomprensibili ad un occhio non avvezzo, e dare loro una forma, una sostanza. Non so se capisci di cosa sto parlando...»

Ferraro mentalmente sbuffava in tutte le lingue che conosceva, dialetti compresi.

«Certo, come no, posso immaginarlo... l'analisi, l'indagine, gli indizi... sai, il mio lavoro...»

«Già il lavoro. Il mondo là fuori... la dura realtà di tutti i giorni. Ti dirò, non sei il primo che incontro, da quando ho la responsabilità dei piani di studio, che vuole riprendere gli studi. Quelli più anziani, magari già in pensione, sono mossi da una passione per la cultura un po' romantica, *naïve*. Sono simpatici, pieni di buona volontà. Poi ci sono quelli come te, intorno ai quaranta. Che devono laurearsi perché se vogliono fare carriera in banca hanno bisogno del pezzo di carta... è giusto, corretto. Non posso pretendere che tutti vivano l'avventura di una scoperta, l'emozione di un'indagine conoscitiva del reale come una missione. Sennò saremmo tutti professori, no?»

Se c'erano dubbi sulla sua stronzaggine ormai erano dileguati. Si stava biecamente vendicando con Ferraro di tutte le volte che non lo avevano chiamato quando era studente in quelle feste dove giravano canne, birre e ragazze disinibite, di tutte le volte che gli facevano sparire le scarpe per poi ritrovarle in cima a qualche albero, di tutte le volte che, ancora studente e già assistente del professore, scrivevano sul suo conto cose oscene sulla lavagna. Vi siete divertiti, sembrava dire a Ferraro, ve la siete spassata? E ora cosa siete? Travet, falliti, che venite ad elemosinare un diplomino da incorniciare e appendere nel cesso di casa vostra. Da studente non lo sopportava nessuno. Ora da professore probabilmente qualcuno stava già programmando di gambizzarlo. Da un certo punto di vista faceva pena. Solo da quel punto di vista, però.

«Senti, scusa, lasciamo perdere le divagazioni. Io vorrei sapere... riguardo la tesi...»

«Già, la tesi... la tesi... non preoccuparti. Dai pure gli ultimi esami, ti lascio qui uno schema che può tornarti utile per comprendere al meglio il sistema a crediti. Ce ne sono alcuni che non hanno l'obbligo della frequenza. Partirei da quelli. Poi per la tesi, se vuoi già chiederla ad un docente, posso indirizzarti ad alcuni colleghi. O se preferisci potrei farti io stesso da relatore.»

Ci mancherebbe solo questo. Al barbuto brillavano gli occhi, all'imberbe tremavano le vene ai polsi.

«No, figurati, non potrei...»

«Non preoccuparti. Mi rendo conto che col lavoro non potresti fare una vera e propria tesi di ricerca. Per 'indagare' ci vuole tempo. E quello, da quanto ho capito, ti manca. L'università per te è un passaggio obbligato, non una scelta di vita... Ti serve il pezzo di carta per il tuo lavoro, per passare all'ufficio del piano di sopra... a proposito, che lavoro fai?»

Ne aveva le palle piene. Mise una mano sotto la giacca, come se dovesse grattarsi un'ascella, e tirò fuori la pistola d'ordinanza, piazzandogliela rumorosamente in mezzo alla scrivania.

«Io sparo.»

Il professore non svenne perché il suo ruolo nella società glielo impediva. Ma ci mancò poco.

3

Zeni era furibondo. Ferraro se l'aspettava. Era anche per questo che aveva sepolto per un po' di tempo la sua lettera di dimissioni nel cassetto del comò. Non riusciva a trovare la forza di recapitargliela. Appena la lesse il vicequestore si mise a fare il pazzo per tutto il commissariato; sembrava gli fosse scoppiato un aneurisma in faccia.

«Fusco! Trovami Ferraro e mandamelo nel mio ufficio.»

«Non so quando inizia il turno.»

«Trovamelo subito, anche se fosse alle Maldive. Lo voglio nel mio ufficio ora!»

Scomparve nel suo ufficio, sbattendo la porta. Era la terza volta che lo faceva da quando aveva in mano quel commissariato. La cosa impressionò non poco i presenti.

Quando finalmente il volto di Ferraro gli apparve da dietro la porta, sembrava avesse ripreso il suo tipico *aplomb*, ma ad uno sguardo più attento si vedeva che gli friggeva qualcosa in corpo.

«Bene ispettore, che bella sorpresa. Pensavo che ormai fosse partito per qualche campagna di scavi archeologici in Belize.»

Ahia, Zeni che fa le battute è forse peggio di Zeni incazzato.

Ferraro cercò di mantenere la calma; si sedette di fronte al vicequestore.

«Non mi sono iscritto ad archeologia.»

«Ah, non ancora? Pensavo volesse portarsi avanti per la seconda laurea. O magari una specializzazione...»

«Dottore, io, come le ho scritto...»

«Ecco, appunto...», gli sventolò in faccia la lettera, «che mi rappresenta questa sceneggiata? C'era bisogno di un modo così melodrammatico per mettermi al corrente delle sue intenzioni?»

«Non avevo il coraggio di dirglielo a voce.»

«Non aveva il coraggio? Ma che lavoro fa, mi scusi? Il frate trappista? Che razza di poliziotto è un poliziotto che non ha il coraggio delle sue azioni?»

«Forse non è un buon poliziotto.»

«Questo lo decido io, va bene? Non si metta a fare il patetico con me, che io la spalla su cui piangere non gliela offro di certo.»

Iniziò ad aprire e chiudere cassetti. Per un attimo Ferraro pensò che stesse cercando la pistola per spargli allo stomaco.

«Dottore, cerchi di capire la mia situazione... d'altra parte è stato lei a dirmi che dovevo continuare gli studi.»

«Non dica stupidaggini.»

«Non me l'ha detto? Non dovrei continuarli?»

«Certo che dovrebbe, ma accidenti, c'è un modo per ogni cosa...», insisteva con la sua ricerca sempre più forsennato, «ma dove cazzo sono?» Lo disse soprappensiero, anche perché una parolaccia non faceva parte dello stile di vita del vicequestore, almeno quello pubblico.

«Posso aiutarla?»

«Sì, smettendo di fare sempre di testa sua... eccole...»

Prese in mano un pacchetto di caramelle alla menta, ne estrasse una e la ingollò. Il suo volto cambiò espressione, rilassandosi all'improvviso; se non lo avesse conosciuto abbastanza, Ferraro avrebbe sospettato senza indugio che la colorazione verde non derivasse dalla menta, ma dalla marijuana. D'altra parte al Leonka, posto frequentatissimo dai pulotti milanesi, Ferraro ne aveva viste di identiche. Chi può dirlo?

«Ne vuole una?»

Ecco, ora Ferraro se ne ciucciava una e poi iniziavano a cantare tutto il repertorio del coro degli alpini.

«No, grazie.»

«La prenda. È buona e distende i nervi. Non è mica marijuana.»

«Anche quella distende i nervi.»

«La prende o no?»

La prese. Era alla menta.

4

«Ferraro, vediamo di capirci; io non dico che lei non debba riprendere gli studi. Però, una decisione del genere... insomma, da lei mi aspettavo un maggior spirito di corpo. Lei sa in che condizioni è il commissariato. Io non le nego nulla, ma deve assolutamente venirmi incontro.»

«Devo rimandare gli studi?»

«Senta, io non posso obbligarla a nulla, però glielo chiedo come un favore personale. Già siamo senza un commissario di ruolo, poi ora che non c'è più neppure Lanza, se se ne va anche lei io chi ci metto all'investigativa?»

«C'è Comaschi.»

«Da solo non basta. Che faccio, prendo uno da una volante e gli do i gradi sul campo? Ma cosa crede, che siamo in un film americano? Si rende conto in che situazione mi mette? La mia è una carenza di organico patologica.»

«Ma insomma, che dovrei fare? Non può anche darsi che io abbia raggiunto un momento particolare della mia vita dove devo trarre dei bilanci?»

«Ma che discorsi mi fa? I bilanci li lasci ai ragionieri. Qui siamo in prima linea, lo sa?»

«Magari non ne posso più di starci. Magari mi sono stufato di farmi il sangue amaro...»

Il vicequestore sbuffò vistosamente. Poi addentò un'altra caramella. Si calmò istantaneamente, un riflesso condizionato degno dell'effetto Pavlov. Infine assunse un'espressione da: «ora proviamo con il piano B».

«Va bene, va bene... e se io le chiedessi non di rimandare i suoi studi ma di, come dire, lavorare *part time*?»

«Non esiste il *part time* in polizia.»

«Diciamo che potremmo valutare insieme i turni, evitare le notti o le domeniche, io potrei darle qualche permesso in più... poi c'è il diritto allo studio, quante ore sono?»

«Cento, centoventi, ora non ricordo.»

«L'anno?»

«L'anno.»

Fece un'espressione tutta intenta a calcolare quanti giorni lavorativi fossero. Alla fine però non si capiva se gli sembravano pochi o molti.

«Poi ci sono le ferie, le malattie...»

«Dottore, lo sa anche lei, nell'investigativa se si lavora su certi casi non c'è calendario che tenga.»

«Diciamo che farò in modo di farle affidare casi di minore importanza, sicuramente De Matteis ne sarà felicissimo. Però io la voglio qui. In caso di estremo bisogno averla fra i piedi mi può servire.»

«Lei è molto gentile... però non so se, nelle condizioni che mi prospetta, io troverei il tempo necessario per applicarmi al meglio agli studi.»

«Ma che fa? Contratta? Crede di poterlo fare?»

«Ma che dice. Io non contratto nulla. Vedrà che il ministero le manderà validi sostituti. Se è andato avanti senza Lanza può andare avanti anche senza di me.»

Ora Zeni fumava dalle narici. Sembrava pronto ad incornarlo con il «piano C».

«Ferraro, mi sto innervosendo con questi discorsi.»

«Se non lo faccio adesso ho paura che non lo farò più. Cerchi di capire... Lei ha De Matteis.»

«Buono quello.»

«Per il lavoro che deve fare va benissimo, poi c'è Comaschi... Fusco...»

«Fusco è giovane, troppo giovane.»

«Fusco è brava, solo che è una donna.»

«Non si metta a fare questi discorsi con me!» Si alzò in piedi furente. «Non sopporto questo vèterofemminismo d'accatto. Se dico che Fusco è giovane vuol dire che è giovane. Non offenda la mia professionalità.»

Sembrava più incazzato di quanto dovesse, come se recitasse.

«Dottore, io non mi permetterei mai, solo che le condizioni effettive, nel corpo di polizia, per le donne...»

«Basta, insomma, lei rema contro. Ma cosa crede di fare, il salumiere che quando vuole prende e se ne va al mare? E prima di andarsene viene qua e mi fa i discorsi da comunistoide? Ma che vuole in questo commissariato, l'anarchia?»

Ora stava proprio esagerando.

«Che c'entra, scusi?»

«Mi faccia capire, lei cos'è? Un comunista, un anarchico?»

A Ferraro venne da ridere.

«È impossibile, dottore, lo sa anche lei. Noi poliziotti non possiamo essere anarchici. Noi li buttiamo dalla finestra gli anarchici.»

Improvvisamente tutto il mondo fece silenzio. Nella stanza sembrava risuonassero ancora le parole dell'ispettore. C'era un tale silenzio che pareva di sentire persino il respiro di chi stava origliando dietro la porta dell'ufficio.

Zeni si risedette con uno sguardo soddisfatto, da vecchio marpione.

«Quello che ha appena detto è molto grave, ispettore. Ci sono gli estremi per più di un provvedimento disciplinare nei suoi confronti. Sia per come ha reagito ad un suo superiore, sia per come ha vilipeso l'uniforme che indossa. Capisce cosa voglio dire?»

Ferraro aveva capito.

«Che se non accetto le sue condizioni mi renderà la vita impossibile e io mi scordo pure di dare anche un solo esame nei prossimi dieci anni?»

Zeni sorrise, come un pargoletto.

«Esattamente.»

Il «piano C» aveva funzionato.

5

Se ne stava assiso e depresso dietro la sua scrivania da travet, tipica di chi vuole laurearsi per poi andare all'ufficio del piano di sopra. Comaschi gli si parò davanti che quasi non se ne accorse.

«Ciao Ferraro.»

«Ciao», grugnendo.

«E allora?»

«Sessanta minuti!»

«Caspita, che battutona. Sei una fucina inesauribile. L'ultima volta che ho sentito questa battuta era il secolo scorso.»

Come la sua iscrizione all'università. Si stava trasformando in un uomo sentimentale, pieno di nostalgie per il secolo passato. Comaschi appoggiò le sue sacre chiappe sul tavolo in laminato (nel caso di promozione diventava in laccato, poi, passin passetto, una scrivania in noce nazionale l'avrebbe sicuramente aspettato alla fine del suo tragitto in questa valle di lacrime).

«Che vuoi?»

Comaschi sorrise e lentamente si accese una sigaretta. Tutto studiato, per dare pathos al momento. Poi si avvicinò piano al collega, come non volesse farsi sentire.

«Di' la verità... Chi lo sapeva?»

«Cosa?»

«Chi lo sapeva che volevi dimetterti?»

Ferraro sbuffò. Poi si appoggiò allo schienale della sedia (struttura in metallo e piano in formica. Passin passetto l'avrebbe atteso l'imbottitura damascata).

«Nessuno.»

«Daaiii...», sornione.

«Che palle!»

Comaschi sbuffò un po' di fumo, soffiando verso l'alto, attento a non investire l'amico, conoscendo l'irritabilità degli ex fumatori.

«Sei un Dio. Non avevo mai visto Zeni così... Proprio nessuno?»

«Be', tanto vedo che 'radio serva' ha già diffuso il notiziario.»

«Meglio di una rete intranet. C'era gente che era disposta a pagare un biglietto per appoggiare l'orecchio alla porta di Zeni.»

«E tu facevi bagarinaggio, giusto?»

«Che vuoi, nella vita bisogna arrangiarsi...»

Il sovrintendente cambiò posizione. Si sedette come Cristo comanda, ché le pose filmiche dopo il terzo ciak spaccano la schiena e le palle. Poi iniziò a fissarlo, come a volerlo leggere fra le righe, in un silenzio snervante.

«Insomma, che cazzo vuoi ancora? Sai già tutto, no?»

«Una lettera...»

A Ferraro venne da ridere.

«Sì, una lettera allegata alle dimissioni.»

«Dovresti scrivere per la tivù, roba da fiction...»

«No grazie, per il melodramma basti tu.»

«Ci beviamo una birra?»

«Ho ancora un po' da fare, ho iniziato il turno più tardi, oggi.»

«Eri all'università.»

«Già.»

Silenzio.

«Ma come pensavi reagisse Zeni? Non so, ci avrai pensato...»

«Pensavo che mi avrebbe dato un abbraccio paterno, un bacio in fronte e che poi mi avrebbe lasciato libero di correre per i campi.»

«Magari nudo, con dei fiori nei capelli.»

«Girasoli.»

Comaschi fumò ancora. Poi cercò un portacenere, ma sulla scrivania non c'era. Senza indugi buttò la sigaretta per terra e la spense con il tacco.

«Male. Non bisogna mai immaginare le reazioni degli altri. Va sempre a finire che non accadono mai come ce le siamo costruite. Per il semplice fatto di averle pensate in quei termini, puoi scommetterci che prenderanno un'altra strada.»

«Sei un saggio.»

«E non ho neppure fatto l'università.»

«Se vuoi ti posso consigliare io un buon corso.»

«Così poi mi dimetto. Però mi devi far copiare la tua lettera lacrimevole.»

Risero, tranquillamente. Ferraro si passò le mani fra i capelli.

«In che cazzo di situazione mi sono messo.»

«Vabbe', dai... De Matteis già gongola all'idea di affidarti casi sfigati, così lui si cucca quelli gloriosi. Vedi di laurearti in fretta, almeno facciamo una festa.»

«A chi? A me o a De Matteis?»

«A De Matteis, ovvio. Vedrai che alla fine gli verrà un fegato tale che potremo farci il pâté per tutto il commissariato.»

A modo suo era una carineria. Un modo per dirgli che era orgoglioso di lui e della sua scelta.

«Grazie.»

«Figurati. Non vedo l'ora...» Sorrise ancora, furbetto. «Proprio nessuno?»

«Cosa?»

«Non l'avevi detto proprio a nessuno?»

Ferraro picchiettò un po' sul tavolo, poi rispose, sconfitto: «A Lanza».

«L'avevi detto a Lanza?»

«Sì.»

«E lui cosa ti aveva detto?»

«Sembrava contento. Diceva che dovevo farlo... E che Zeni mi avrebbe ricattato per farmi rimanere.»

«Tipico suo. *L'uomo infallibile.*»

6

Arrivò De Matteis, levitante e gonfio.

«Comaschi, hai consegnato il tuo rapporto?»

«Stavo per farlo.»

«Ecco, bravo. Ho qui una signora che ha bisogno di Ferraro.»

«Vado, un momento solo...» Poi a Ferraro: «Allora? Birretta sui Navigli?»

«No, lascia stare. Faccio tardi.»

«Non fare l'eroe solitario. Facciamo così: vengo a prenderti e andiamo sotto casa tua, al bar Quinto. Poi dopo ti porto a letto e ti rimbocco le coperte.»

«E poi cosa fai? Mi dai un bacio sulla punta del naso?»

«Dipende. Se ne bevo più di quattro magari te lo do sulla punta dell'uccello.»

«Comaschi! Ci vogliamo muovere? Fino a prova contraria Ferraro ha un lavoro da svolgere in questo commissariato.»

«Gesù, che palle», sibilò Comaschi. Poi si alzò dal tavolo con uno scatto finto atletico. «Allora ci vediamo stasera.»

«Va bene, ciao.»

Uscì. De Matteis fece entrare una donna sulla cinquantina, ma magari ne aveva di meno, non sembrava una di quelle che tenesse all'aspetto fisico.

«Ispettore Ferraro, le presento la signora Cappelli. Deve denunciare la scomparsa di un suo congiunto.» Gli dava del lei, per darsi un tono da *ufficiale e gentiluomo* di fronte alla Cappelli.

«Buongiorno.» Mesta.

«Prego, si accomodi.»

«Allora, Ferraro, io vado. La prego di applicarsi al meglio al caso che le sto affidando.»

Se ne andò e anche di spalle Ferraro lo vedeva sorridere, mefistofelico.

7

«Generalità.»

«Di chi?»

«Le sue, signora. Devo compilare questi moduli con le generalità del denunziante.»

«Marisa Cappelli. Residente in via Pascarella 22. Nata a Milano, il tredici tre sessanta.»

Li portava male.

«Sposata?»

«Divorziata.»

«Generalità del suo ex marito?»
«Ce n'è bisogno?» Sembrava allucinata da tanta inutilità.
«Per completezza.» Gliele diede. «Bene, mi dica. Di chi stiamo denunciando la scomparsa?»
«Mio figlio.»
«Generalità?»
«Di chi? Di mio figlio?»
«Ovvio.»
La signora Cappelli si arrese alla snervante e insensibile burocrazia: «Antonio Càrpano. Nato a Milano, lo scorso venticinque giugno ha fatto diciotto anni.»
«Ottimo. Vive con lei?»
«Certamente.»
«Da quando non ha notizie di suo figlio?»
«Due giorni.»
«È già accaduto altre volte che sparisse per così lungo tempo?»
«Scherza? Mi telefona sul cellulare pure quando sono al lavoro.»
«Quando è stata l'ultima volta che l'ha visto o sentito?»
«Gliel'ho già detto: due giorni fa, sabato all'alba. Stava partendo per Deiva Marina.»
«Come?»
«Partiva, per dieci giorni di vacanze al mare. Ha lavorato tutto l'anno, fa il falegname da un mio cugino a Novate, che in questo periodo non aveva molto lavoro e allora si sono messi d'accordo che poteva partire.»
«Cioè, mi scusi, mi sta dicendo che suo figlio non lo vede da due giorni perché è partito per le vacanze?»
«Esatto.»
Eccola la pugnalata di De Matteis. La classica mamma italiana preoccupata del figlio che se la sta godendo al mare.
«Mi scusi, ma come fa a dire che è scomparso? È al mare, magari si sta divertendo con gli amici...»
«Non mi ha mai telefonato. Non è il suo modo di fare. E poi lui non ha amici.»
E ci credo, con una mamma così.
«E lei lo ha cercato?»

«Certo. Ma c'era solo la segreteria.»
«Magari dove si trova non c'è campo.»
«Avrebbe cercato un telefono pubblico.»
«Mmmh, lei sa dove dovrebbe alloggiare?»
«No, purtroppo. Mi aveva detto che non c'erano problemi per la camera, perché in questo periodo non siamo in alta stagione. Andava lì e trovava sicuramente una pensione.»
«Ah.»
«Io non ero d'accordo.» Nessuno lo metteva in dubbio. «Cosa pensate di fare?»
Ferraro non stava pensando proprio ad un bel niente.
Se ne uscì con le solite frasi di routine: «Non deve preoccuparsi, se gli fosse accaduto qualcosa sicuramente lo avremmo già saputo. Comunque, per sicurezza manderò una descrizione ai vari commissariati di polizia competenti e farò una ricerca negli ospedali, sia qui che in Liguria».
Alla donna si inumidirono gli occhi.
«Ospedali?»
«Signora, è la prassi. Ma vedrà che sarà lui stesso a farsi sentire, magari questa sera stessa.»
«Speriamo. Io non dormo più la notte... Poi c'è un'altra cosa.»
«Cosa?»
«Oggi ho fatto un estratto conto, in banca.»
«E allora?»
«Mancano 1000 euro. Sa, io e Antonio abbiamo un conto solo. E io non li ho presi.»
«Mi scusi, ma questa è una buona notizia, no? Vuol dire che è vivo e sta utilizzando il bancomat.»
«Ma lui era partito con il contante in tasca, perché ha preso altri soldi? Con chi li sta spendendo? Non vorrei mai che avesse incontrato qualche puttanella, sa il mondo è pieno di gente così...»
Ecco cosa le prudeva, alla fine. Che il suo bravo e bell'Antonio, fuori di casa, gozzovigliasse come un qualsiasi feromonico arrapato adolescente. Ferraro se lo vedeva già spararsi piste infinite di coca a Formentera, mentre la povera mammina

lo pensava alla Pensione Rosa, in mezzo ai vecchi bacucchi, a fare i fanghi.

Si fece lasciare gli estremi del suo conto e una foto del ragazzo, poi la mandò via promettendole il tutto e per tutto. Appena uscita si dimenticò subito di lei.

8

Poi gli squillò il cellulare, era la sua ex moglie.

«Che c'è, è successo qualcosa a Giulia?»

«Ha un padre come te, non basta?»

«Ma cos'è, oggi, una congiura? Allora, che vuoi?»

«Ti ricordo la festa della scuola fra tre giorni.»

«La festa? Che festa? Ne abbiamo fatta una quattro mesi fa.»

«Quella era per la chiusura dell'anno scolastico. Questa è per l'apertura.»

«Com'è che ai miei tempi non si facevano feste? Ma questi bambini non studiano mai?»

«Ai tuoi tempi non si facevano feste perché tu studiavi, se così si può dire, a Quarto Oggiaro. Tua figlia invece studia in una scuola come Cristo comanda. Che tende a creare relazioni sociali a tutti i livelli, dai più piccini fino ai genitori.»

«Mia figlia ha sette anni e deve già fare pubbliche relazioni? Ma che vita le prospetti?»

«Migliore di quella che le potresti dare tu.»

Era una guerra persa. Francesca aveva sempre ragione.

«Va bene, ok. Quand'è?»

«Giovedì. Dalle 15.00, fino alla pizzata serale.»

«Tutto il pomeriggio? Ma io lavoro! È possibile che sia l'unico a lavorare in questa città? Che fanno gli altri genitori? Si grattano la pancia?»

«Sono liberi professionisti. Il loro tempo se lo gestiscono come vogliono! E lo dedicano ai figli. Se ti ho chiamato è perché Giulia ci tiene. Lo sai benissimo che io non ci tengo affatto.»

Gliela doveva far pagare. Erano anni che gliela doveva far pagare, al punto che ormai nessuno dei due sapeva più il perché.

«Di' a Giulia che ci sarò. Sicuramente.»

«Bravo. E vestiti in modo decoroso.»

Chiuse la comunicazione. Ferraro buttò il cellulare sulla scrivania. Era sfinito. Guardò l'orologio e decise di perdere tempo per un po' facendo finta di fare qualcosa. Poi si alzò per andare a casa. Nell'atrio incrociò Fusco.

«Ferraro?»

«Gesù, che c'è ancora?»

«No, senti, volevo dirti...»

«Non ho soldi. Niente prestiti.»

«Ma no, stupido...» arrossì, «volevo ringraziarti.»

«Per cosa?»

«Per le cose che hai detto a Zeni su di me.»

No, cazzo, i buoni sentimenti no!

«Zeni aveva ragione. Sei troppo giovane.»

Uscì lasciandola spiaccicata sul vetro d'ingresso. Aveva bisogno di un'azione vile, per riequilibrare la giornata storta. E le cose vili si fanno con i più deboli.

Tornò a casa a piedi, come al solito. Lo distendeva. Questa storia dell'università gli sembrava sempre più un capriccio al di fuori della sua portata. Ma che cosa si era messo in testa? Aveva quasi quarant'anni, pensava che il mondo gliela facesse passare liscia?

Il suo probabile relatore di tesi lo odiava, Zeni lo aveva incastrato per benino, in commissariato ridevano di lui, De Matteis gli passava casi da neurodeliri, la sua ex moglie lo umiliava e lui stesso aveva una paura fottuta di non riuscire neppure a fare il primo degli esami necessari per raggiungere la laurea. Cosa mancava?

Iniziò a piovere, grandine.

III

IL BAFFO

1

A vederlo oggi nessuno potrebbe immaginare che a vent'anni faceva palpitare i cuori della meglio gioventù milanese, quella, per intenderci, che viveva dentro la cerchia dei Navigli e che lo guardava ammirata di tanta bellezza, sia donne (madri e figlie se lo contendevano) che uomini, o mezziuomini, dipende dai punti di vista.

Oggi non sembra neppure suo nonno. Un estraneo, con la barba sfatta, sporca, i capelli lunghi, ispidi e nodosi, una calvizie disordinata, un numero sterminato di rughe che gli sformano il volto; in bocca solo delle gengive indurite dall'uso continuo ed improprio e un solo incisivo che fa da vedetta alla trincea abbandonata da anni dai suoi compari, come uno di quei giapponesi al quale non avevano detto che la guerra era finita da lungo tempo.

Uno specchio non gli avrebbe fatto onore, ma lui non se ne curava. Non si specchiava mai, non aveva specchi in casa. E neppure una casa. Viveva con due bastardini dentro una specie di alcova fatta di lamiere, stracci e robe vecchie sotto il ponte delle Ferrovie Nord. Non accusava nessuno del suo stato. A sentirlo parlare era stata una sua scelta, ma si sa che non è vero. Ad un certo punto, un quarto di secolo fa, il mondo aveva dichiarato la sua morte civile e lui si era adattato alla nuova esistenza, senza troppi lamenti.

In tutta la sua vita non aveva mai lavorato per più di un mese consecutivo; quando gli dissero che poteva ritirare la pensione civile lo trovò ingiusto nei confronti di chi si era spezzato la schiena per anni. Nei primi tempi neppure andava a riscuoterla all'ufficio postale e gli stessi assistenti sociali non sapevano dove recapitargliela, dato che era senza fissa dimora.

Ci pensò Ferraro, che lo conosceva da sempre, a convincerlo che quelli erano soldi suoi, di non fare troppo il prezioso, che gli sarebbero serviti per tirare avanti la carretta.

Lo chiamavano il «Baffo». Pare sia perché intorno ai venticinque anni decise di assomigliare a chissà quale attore di Hollywood e se li fece crescere. Sottili sottili e più che mai intriganti. Anche quando sparirono sotto la barba, gli rimase il nomignolo, come una condanna a ricordo del suo glorioso passato.

In realtà si chiamava Oreste e si vantava di essere un milanese da oltre sette generazioni, diceva di essere nato a *Tri Coo d'Aij*, toponimo inesistente in alcuna pianta storica della città, da quelle napoleoniche ad oggi. Ferraro intuì negli anni che doveva essere in un qualunque posto fra Villapizzone e Roserio, quando ancora c'erano cascine, merde di vacca e nebbia, prima, molto prima che venissero stravolte dall'edificazione del dopoguerra. Forse è per questo che aveva deciso di abitare (si può dire così?) a Quarto Oggiaro. Forse sotto il ponte della ferrovia un futuro archeologo specializzato in Storia degli Sfigati avrebbe trovato i resti di qualche muro a secco della cascina dove Oreste strillò per la prima volta, strizzato fuori dalla pancia della madre, sul tavolaccio della cucina.

Era un fascista di quelli duri. Mussoliniano. Quando il Duce venne deposto lui aveva otto anni, quando morì dieci, ovviamente non ci capiva nulla di politica. Ma si ricordava benissimo che sotto la guerra suo padre, repubblichino della prima ora, gli portava a casa il pane bianco, mentre gli altri morivano di fame. Il fascismo gli dava da mangiare, il comunismo gli aveva ammazzato il padre, in un regolamento di conti dopo la Liberazione. C'era molto da scegliere?

Quando sua madre si mise insieme a un cazzo di veneto grosso come un orso, iniziò a scappare di casa. Dopo un po' lo piazzarono in un collegio, uno di quelli per ragazzi difficili, il Marchiondi Spagliardi, orgoglio della borghesia illuminata milanese, trionfo del senso di colpa della nobiltà meneghina. Non poteva essere mandato dai Martinitt, il *non plus ultra* del paternalismo cittadino, perché non era orfano di entrambi i genitori. Forse la sua vita sarebbe stata diversa oggi, chi lo sa...

Sta di fatto che era un marchiondino, quando ancora la sede era in via Rovello. Non fece in tempo a vivere l'esperienza fortificante della nuova sede a Baggio, edificata dall'avanguardia architettonica di quegli anni, severa e brutalista, che imponeva il rigore sin dalle finiture scarne e senza fronzoli alcuni. Chi usciva da lì sapeva da subito che la vita doveva essere sana e dura, senza grilli per la testa. Ma Oreste era già al militare quando trasferirono i ragazzi nella nuova sede immersa nel verde della periferia ovest, e dell'immensa cattedrale laica non seppe mai nulla. Oggi, benché più giovane di Oreste, pure lei vive la sua terribile vecchiaia, irriconoscibile rudere contemporaneo, ogni tanto fotografato da qualche giapponese o tedesco che se ne torna a casa chiedendosi come sia possibile che l'Italia venga ancora considerata un paese civile.

Al Marchiondi imparò le leggi della sopravvivenza. Dove nascondere gli spiccioli, come comportarsi sotto la doccia, cosa fare con il pane eccedente, come evitare la notte i ragazzi più grandi, miagolanti come gatti in calore.

Lì conobbe il «Napoli», un terroncello della sua età, quando ancora non se ne vedevano in giro per Milano. Era simpatico, esuberante, sempre pieno di iniziative. Non a caso la prima volta che entrò al Beccaria lo fece insieme al Napoli. E fu la sua fortuna, perché li misero nella stessa cella. Così facevano a turno di notte per il sonno e i loro deretani rimasero intonsi.

Si persero di vista per un po' perché c'era di mezzo il militare. Due anni. Il Napoli dopo tre mesi era già a casa perché fece il pazzo e lo dichiararono insano di mente, pericoloso per sé e per gli altri.

Ma si ritrovarono subito dopo. Oreste si era fatto due settimane a posare il parquet con un amico del suo patrigno. Gli voleva insegnare il lavoro. Quando tornava a casa la sera aveva la schiena a pezzi. La lamatura era una cosa bestiale, sempre in ginocchio con in mano la pialla, con un caldo assurdo, come si vede ancora in certi quadri dell'impressionismo francese. Una mattina rimase con la schiena bloccata nel letto. Il patrigno non ci credeva, lo buttò giù dal materasso con un calcio, bestemmiando come solo un veneto sa fare. Se prima Oreste stava fingendo ora non ne aveva più bisogno: si lussò una spalla e la sua schiena non fu mai più quella di prima.

Mandò a cagare tutti e decise di andare a dormire alla Stazione Centrale. Fu lì che rivide il Napoli. Da quel giorno, per un po' di anni, si divisero tutto, a cominciare dalla panchina, schiena contro schiena, sempre all'erta, che in giro ci sono brutte facce.

Ogni tanto tornava a casa, la madre gli dava dei soldi e qualcosa da mangiare, poi gli chiedeva di restare, ma lui aveva giurato che in quella casa non ci avrebbe più dormito, ed era un uomo di parola.

Quando il Baffo e il Napoli non riuscivano a sfangarsela facevano anche dei lavoretti, leciti e illeciti. Il problema è che i primi spesso erano lavori di fatica e sia Oreste sia il Napoli a malapena riuscivano a restare in piedi, figuriamoci a trasportare pesi. E allora passavano agli illeciti. Più remunerativi e creativi. Comunque sia non chiedevano mai l'elemosina per strada, almeno non come la intendiamo noi.

Facevano il giro delle sette chiese, politici, avvocati, notabili, promettendo il voto ai primi, false testimonianze ai secondi e servigi di varia natura ai terzi (provate ad immaginarli) e qualcosa in tasca ci usciva sempre.

In certi momenti però la fame torceva le budella. In quei casi operavano come due attori consumati: il primo sveniva all'improvviso attraversando piazza del Duomo, quando ancora circolavano le macchine, bloccando tutto il traffico, il secondo perorava la causa di questo giovane orfano che non mangiava da settimane. Prima che arrivasse l'ambulanza avevano già raccolto tanto di quel denaro che si potevano permettere pure di andare a mangiare al Biffi, in Galleria.

Erano giovani. Avevano vent'anni quando l'intera nazione aveva vent'anni. E Oreste era bello. A tal punto che al Napoli venne in mente un'idea: iniziarono a frequentare certi bar del centro, il Cova, il Sant'Ambreus, mettendosi in bella mostra. Non ci volle molto che qualche sciura della buona borghesia offrì loro il tavolo, e poi la cena e tutto il resto. Videro così case che neppure immaginavano potessero esistere. E donne assatanate di sesso. E padri di famiglia autorevoli, spompinatori sublimi. Uno di questi prese una scuffia per Oreste. Quando Visconti girò *Rocco e i suoi fratelli* fece in modo che trovasse una particina come comparsa. Ancora oggi il Baffo si vanta di aver fatto il cinema con la C maiuscola: Visconti, Fellini, Antonioni. Una volta raccontò che Ponti andò a cercarlo con la sua limousine a casa della madre, che voleva portarselo a Roma, a fare la dolce vita. Probabilmente era vero. Ma Ponti non lo trovò mai: il Baffo e il Napoli erano tornati in carcere, per una rapina da sfigati che non volevano neppure fare ma, sai com'è, ce lo chiesero come un piacere, i due che dovevano venire si sono ammalati...

Si beccarono tre anni, senza la condizionale, ma l'avvocato riuscì ad evitare quanto meno le aggravanti generiche. Dopo un anno il Napoli si fece venire una crisi epilettica e quando lo portarono in infermeria si tagliò le vene con un bisturi. Pericoloso per sé e per gli altri. Gli diedero gli arresti domiciliari. Il fatto è che, ufficialmente, era ancora residente a Napoli, dove la famiglia era tornata dopo la trasferta a Milano (il padre era ferroviere o qualcosa così). Lì conobbe Maria Rosa, che lo prese e lo rivoltò come un guanto. Gli raddrizzò la schiena e lo mise sotto a fare babà al rum e sfogliatelle. Però aspettarono che il Baffo uscisse dal carcere per sposarsi. Era il testimone dello sposo e se lo coccolarono per tutto il tempo che rimase in città. Per alcuni anni le vacanze Oreste le fece lì, rimpinzandosi di paste e limoncello, poi, si sa come vanno certe cose, lentamente si persero di vista...

Il Baffo aveva vissuto, nessuno può negarglielo. Ferraro si faceva raccontare le sue storie, spesso incredibili. Aveva conosciuto i migliori registi di tutti i tempi. Amato le donne più belle e ricche della città. Sembrava fosse stato ovunque, avesse conosciuto tutti. Una volta, raccontava, vide re Faruk (un Re, mica paglia) in una bisca del centro giocarsi le mutande ad una partita a poker. Quando giunse il momento di rilanciare non aveva più contanti, allora chiese se poteva pagare con un assegno. La stanza era talmente piena di fumo che quasi non si vedevano le carte. Il mazziere gli spiegò che gli assegni non erano bene accetti in quella congrega di gentiluomini. O rilanciava con denaro contante o mollava il colpo e perdeva tutto. Il re si fece dare tutti i contanti che i suoi sgherri avevano in tasca, ma non bastavano ancora per vedere le carte. Allora con decisione, da vero re (mica paglia), si alzò per andare lui stesso a cambiare l'assegno in una banca privata lì vicino. Lasciò un suo lacchè a controllare che nessuno toccasse le carte. Come se nulla fosse, come se fosse abitudine quotidiana, il mazziere si fece dare un martello e dei chiodi e inchiodò le carte al tavolo da gioco. Il re rimase impressionato da tutto ciò. Molto impressionato. Al punto che quando schiodarono le carte e scoprì di aver perduto tutto, strinse la mano al mazziere come fosse di fronte al presidente delle Nazioni Unite.

Il Baffo aveva vissuto, intensamente. Poi il mondo prese una strada e lui non ci capì più nulla. Poi ci fu piazza Fontana, l'austerity, la stazione di Bologna, gli yuppie, la globalizzazione. Poi la Storia continuò il suo corso e lui si ritrovò macinato e sputato fuori, come un detrito. Aveva giocato e aveva perso. Da vero signore non si lamentò mai della sua mano. Per un giocatore quello che conta è il gioco, non la vincita.

2

La grandinata non durò neppure troppo. Giusto il tempo di scassare la minchia a Ferraro sulla strada del ritorno a casa.

Qualche ora dopo Comaschi lo trascinò al bar e gli piazzò in mano una bottiglia di birra. Sembrava facesse addirittura caldo, quasi fosse una serata di tarda estate.

Ferraro e Comaschi bevevano piano, gustandosi la birra, in silenzio. Era la seconda bottiglia. Ogni tanto si guardavano attorno e sorridevano. Comaschi fuori dal lavoro sembrava irriconoscibile. Tanto quanto era logorroico e frizzante con addosso le vesti di poliziotto (quasi che facesse di tutto per dimenticarsi di essere un tutore dell'ordine), altrettanto, indossati i panni dell'uomo qualunque, perdeva la sua personalità estemporanea e ne acquistava una più meditabonda, da filosofo esistenzialista.

A Ferraro stava bene così. Non aveva una gran voglia di

parlare, se non dello stretto necessario: del tempo, del calcio, della birra. Gli elementi base di una chiacchierata virile, senza complicazioni metafisiche.

Un sacco di gente dentro e fuori il locale faceva mostra di sé. Tamarri con gli occhiali da sole calati sul naso giravano come ciechi credendo di mostrare più carisma e sintomatico mistero. Terroncelli pettoruti sfoggiavano catenazze d'oro grosse come guinzagli di dobermann. Le rare ragazze stavano in gruppo, truccatissime e semiobese. Vestivano jeans tagliuzzati e magliette attillatissime che scoprivano l'ombelico. Probabilmente doveva essere una *mise* provocante, nei fatti evidenziava le ciambelle di grasso sotto i seni prorompenti.

Alcuni ragazzi ridevano rumorosamente, dandosi grosse pacche sulle spalle e spintonandosi con una certa aggressività. I capelli erano corti e appuntiti, talmente carichi di gel che sembravano congelati, eternati in una forma scultorea. C'era chi sfoggiava dei brufoli imbarazzanti, chi una camminata assurda, chi ancora una parlata incomprensibile. Pensavano di essere alla moda, di avere il mondo ai loro piedi, di potersi scopare tutte le femmine del pianeta. In realtà al di fuori del branco, superato il Ponte Palazzi, erano di una timidezza assoluta. Non sarebbero riusciti a spiccicare una sola parola se si fossero trovati di fronte a una bella fighetta del centro, completamente inadeguati al mondo come erano. E la fighetta neppure li avrebbe cagati. Il loro modo di vestire era troppo improponibile per poterci anche solo chiedere l'ora.

Ad un certo punto uno di questi l'orologio lo guardò veramente. Poi disse qualcosa al più piccolo del branco, il quale si scostò dal muro dove era appoggiato e andò di buona lena verso la pizzeria al trancio lì di fianco. Non passò molto che Ferraro lo vide uscire con un cartone in mano e sparire oltre la strada.

«Spiegami una cosa.»

Ferraro ritornò in sé: «Dimmi».

«Perché lo chiami bar Quinto? Perché tutti qui a Quarto lo chiamate bar Quinto?» Mentre parlava, Comaschi guardava l'insegna. «Qua fuori non c'è scritto...»

Ferraro sorrise. In un certo senso saperlo gli dava la patente di quartoggiarese. Comaschi, per quanto simpatico, per quanto arguto, mai avrebbe capito fino in fondo quei ragazzi. Perché veniva da un'altra parte del mondo. Non era nato e cresciuto in quel quartiere. A dirglielo quasi gli sembrava di svelare un segreto nazionale.

«Una volta si chiamava così. Poi ha cambiato gestione e insegne, ma gli è rimasto l'appellativo.» Come in un deposito della memoria collettiva.

«Ma perché Quinto? Era il quinto bar di Quarto?»

«In via De Roberto c'era anche il bar Nunzio. Quinto è un nome.»

«Cazzo, è vero. Il nome del gestore...»

Ripresero a bere. Per almeno dieci minuti si sentirono liberi dall'onere di dirsi qualcosa. Poi la birra finì.

«Ne vuoi un'altra?»

«Però questo giro lo pago io.»

«Lascia stare. Sei mio ospite. I soldi ti servono per pagarti le tasse universitarie.»

«Le ho già pagate.»

«Hai speso molto?»

«Lasciamo perdere.»

«Aspetta qui.»

Comaschi entrò nel bar e scomparve nella folla. Ferraro riprese a guardarsi attorno. Gli sembrava ci fosse uno strano viavai di persone. Più del solito. Come se non bastasse le macchine parcheggiate in curva, magari anche in terza fila, aumentavano la confusione e il traffico. La 57 che doveva passare da lì stava facendo delle manovre assurde, senza che a nessuno venisse in mente di spostare la macchina e parcheggiarla in maniera più civile. Era un modo per marcare il territorio, tipico di certi mafiosetti frequentatori del bar. L'ispettore scosse il capo, sconsolato. Dopo un po' ricomparve il ragazzino, quello della pizza. Evidentemente non era per lui. Forse l'aveva portata a casa, dalla mamma malata, o da uno zio paralitico, e ora ritornava a cazzeggiare con gli amici.

Ritornò Comaschi.

«Ecco qui, fresche fresche.»

«Grazie.»

Ferraro bevve, ma un po' di malavoglia. A casa aveva mangiato del pane raffermo con una crosta di taleggio. Non esattamente una cena che prometteva una bevuta abbondante. Anche Comaschi iniziò a guardarsi attorno, incuriosito.

«Non ti pare che ci sia un po' troppo casino?»

«Lo stavo pensando anch'io.»

«Insomma, oggi è lunedì... che ci fa tutta 'sta gente in giro?»

«Perde tempo.»

«Di lunedì?»

«Perché, non si può?»

Oltre la strada, verso la scuola media, si era raggruppato un capannello di persone. Non erano ragazzi. Sembravano più padri di famiglia. Alcuni avevano in mano delle torce elettriche accese.

«Senti, sarà una menata da sbirro, ma a me sembra che ci sia qualcosa di strano.»

«Fregatene. Non sei in servizio. Ci penseranno quelli della volante a capire cosa succede.»

Dal gruppo si staccò una figura. Con calma olimpica attraversò la strada per avvicinarsi al bar. Dietro di lui scodinzolavano due cagnetti. Ferraro lo riconobbe subito.

«Baffo! Che ci fai qui?»

«Ehi, ciao, Ciòd.»

Comaschi guardò Ferraro: «Come ti ha chiamato?»

L'ispettore fece finta di non sentirlo.

«Ti fai una passeggiata?»

«Mi faccio i cazzi miei. Al parchetto se po' minga stàa.»

«E perché? È successo qualcosa?»

«Lassem perder. L'è na brütta storia.»

«Perché non me la racconti?»

Il Baffo schioccò la lingua: «Fa caldo, nè?»

Ferraro capì all'istante. Gli porse la bottiglia.

«Tieni, fatti un sorso.»

Comaschi guardò allibito la scena. Il Baffo puzzava come un montone in calore. La sola idea che il barbone potesse bere dalla stessa bottiglia del suo collega gli faceva venire i brividi, neppure fosse sua. Il Baffo prese la bottiglia, poi passò la manica della giacchetta sdrucita sull'imboccatura della bottiglia, come se avesse paura di prendersi qualche germe infettivo.

«Buona.»

Bevve ancora, prima che Ferraro gliela potesse richiedere. Poi fece finta di dimenticarsela in mano.

«Allora, Baffo, che succede?»

«Vogliono ammazzare uno.»

3

Il sunto della storia era questo: neppure un'ora prima una ragazza stava attraversando il parchetto della ferrovia per tornarsene a casa. Pare che sulla sua strada avesse incrociato due albanesi ubriachi marci che non ci avevano pensato due volte a buttarla per terra e a mostrarle i genitali eretti. Forse l'alcol li aveva resi ottusi, lenti nei movimenti. Sta di fatto che la ragazza era riuscita a divincolarsi e a scappare verso casa.

C'era stato una specie di tam tam per tutto il cortile. A nessuno venne in mente di chiamare la polizia, si sa come vanno a finire certe cose. Li prendono, li mandano dentro e due giorni dopo sono ancora fuori a violentare a destra e a manca. Quello che ci voleva era una bella azione dimostrativa. Esemplare. Così capiscono che qui sono ospiti e che li possiamo spedire a calci nel culo a casa loro.

Il Baffo aveva visto, da lontano, più o meno tutto. Si era accorto della ragazza che fuggiva e dei due che si erano ributtati su una panchina, come se non fosse accaduto nulla. Aveva visto arrivare il gruppo di giustizieri della notte, canuti e appanzati, li aveva visti rovistare palmo a palmo il parco, pronti al linciaggio.

Uno dei due ubriachi, capita la mala parata, se l'era data a gambe già da un pezzo, lasciando l'altro a ronfare come un ghiro. Non ci volle molto che uno dei vigilantes si accorse del bello addormentato e cacciò un urlo per richiamare rinforzi, ché da solo un po' se la cagava ad affrontarlo. Quando si rese conto di cosa stava accadendo, l'albanese si prese una tale strizza che in cuor suo decise di non bere più nulla fino al giorno della sua morte. Che poteva anche essere quella notte stessa. Scappò, fra gli alberi, prima che gli altri lo raggiungessero.

Ferraro e Comaschi nel frattempo avevano chiamato tutti. Nel giro di tre minuti c'erano volanti e poliziotti ovunque, Zeni compreso. Per fermare chi agitava la corda saponata, sciogliere il gruppo, tranquillizzare gli animi e trovare l'albanese. Per arrestarlo, certo. Ma anche per evitare che lo trovassero prima gli onesti cittadini quartoggiaresi.

Un caos rabbioso ribolliva dappertutto.

«Basta, vergogna! Lasciatecelo prendere.»

«Tornate a casa, ci pensiamo noi.»

«Voglio vedere se era figlia tua cosa facevi.»

«Tornate nelle vostre case, per piacere. Non bloccate la strada...»

«Stai zitta, puttana.»

«Chi è stato? Chi ha parlato?»

Fusco era incazzata. Aveva ragione. Erano usciti per difendere la purezza di una fanciulla, ma non perdevano tempo a dare della puttana ad una poliziotta.

Un gruppo di picchiatori aveva superato il cordone della polizia e girava indisturbato per il parco.

«Fusco» disse Zeni, «manda una squadra da quella parte. Bloccateli subito, prima che si mettano nei guai.»

«Agli ordini, dottore.» Impettita, diede l'ordine ad un paio di sbarbatelli. Fece la voce grossa, cercando di ovviare al suo timbro femmineo.

«Comaschi?»

«Dica, dottore.»

«Chi è il testimone?»

«Non lo so, è un barbone. Lo conosce Ferraro.»

«Senza fissa dimora.»

«Cosa?»

«Senza fissa dimora. Non barbone.»

«Vabbe', insomma, ci siamo capiti.»

«No, non ci siamo capiti. Dov'è?»

«Non lo so... era qui prima... con Ferraro...» Si guardò attorno. «Non lo so, era qui.»

Due cagnolini, da lontano, lo osservavano curiosi. Poi, come se nulla fosse, si incamminarono verso la ferrovia.

Zeni era furente: «Ferraro? Ispettore Ferraro?»

Lo urlò un paio di volte, poi ancora più forte, incazzatissimo: «Fusco! Trovami Ferraro. Subito».

Fusco sbuffò, senza farsi vedere.

«Sempre a me! Ma chi cazzo sono, sua madre?»

4

«Dove mi stai portando?»

«Ven chì, camerata. *Credere obbedire combattere.*»

«Io non sono un camerata.»

«Impussìbil. Te set un pulot? Tutti i poliziotti sono camerati.»

Bisognava dirlo a Zeni.

«Insomma, dove andiamo? Ho lasciato i miei colleghi dall'altra parte del parco.»

«Bei robb. Di là ciapen nagotta. L'albanes l'è andà de chì.»

«Perché non me l'hai detto prima? Aspetta.» Si fermò. «Adesso chiamo rinforzi.»

«Ma quale 'aspetta'? Pòdum minga stàa chì a guardàss adoss. O arriviamo prima noi o quello è già morto.»

Aveva ragione. Giocava a fare il poliziotto, ma aveva ragione. Il Baffo puntò deciso verso il retrocortile dei negozi che dava sul parco. Ad un certo punto videro muoversi qualcosa. A Ferraro andò il cuore in gola.

«O cazzo.»

Si ravanò, d'istinto, sotto l'ascella. Non aveva con sé la pistola, ovviamente. Non la portava quasi mai fuori servizio.

«Tel lì, tel lì... ciàpum...»

Il Baffo si lanciò all'inseguimento. Dietro di loro il gruppetto di battitori liberi si accorse del movimento e iniziò a correre.

Correvano tutti: l'albanese, Ferraro, il Baffo, i picchiatori in pectore.

«Che cazzo di situazione.»

Ferraro se lo disse fra i denti più a sé che al compagno, come sempre quando era nervoso. Nella tasca interna trovò il distintivo. Lo sfoderò come fosse una Colt 45.

«Fermo, non correre, polizia!»

Il tipo non ci pensò neppure un istante ad ascoltarlo. Saltò un cancello e si ritrovò nel cortile.

Quelli dietro Ferraro urlavano fra loro, per darsi coraggio: «Di là, di là».

Ormai l'avevano visto tutti dov'era andato. Ferraro non sapeva cosa fare. Puntò il distintivo verso le persone a trenta metri dalle sue spalle.

«Fermi, fermi, cazzo, polizia, sono un poliziotto.»

Come se al buio si vedesse una cippa di quello che mostrava. I tizi continuavano a correre, sembrava dicessero: «Ma che sei scemo che mi fermo? Ora che arriva il bello?» I due si trovarono di fronte al cancello. Ferraro si appoggiò un istante, ansimando.

«Demm, demm, togliti la paglia dal cü...»

«Cazzo, Baffo, ma ce la fai a scavalcare?» Sperava gli dicesse di no.

«Ma quale scavalcare... ven chì...»

Girarono l'angolo. C'era un altro ingresso. Il Baffo trastullò un po' la maniglia. Si aprì.

«Come cazzo hai fatto? Chi sei, il mago Silvan?»

«È rotto da due mesi, non l'hanno mai aggiustato.»

Erano dentro. Qualche lama di luce azzurrognola dai piani superiori interrompeva il buio pesto. Più in basso tutte le uscite dei retrobottega erano blindate, così come i box auto.

«Dov'è? Dove si è nascosto?»

«Mi su no.»

Ferraro ci provò: «Ehi, tu. Fermati. Sono un poliziotto, non voglio farti del male. Fatti vedere».

«Figüress...»

Si sentì un clangore. Gli inseguitori erano arrivati al primo cancello e lo stavano scavalcando. Ora erano cazzi da cagare.

Se non trovavano l'albanese capace che pestavano lui in sua vece. I due compari iniziarono a correre lungo il muro dell'edificio, cercando di aprire tutte le porte che capitavano a portata di mano. Niente.

Da dietro qualcuno urlava: «Ehi, forza, saltate giù, li ho visti, sono in due».

Mentre lo diceva pestava una mazza contro le serrande dei box. Faceva un casino pazzesco, spaventoso. Sembrava l'inevitabile preludio ad una lunga permanenza nel reparto di ortopedia del Galeazzi.

«Gesù, Gesù... non sono neppure in servizio...»

«Fa no il piangina.» Sembrava si divertisse. «Mi ricordo una volta...»

«Cazzo, Baffo, non è il momento...»

Improvvisamente si spalancò una porta. Una luce bianchissima illuminò una fetta di asfalto. Fece capolino una faccia.

«Tu sei il poliziotto?»

Dallo spavento a Ferraro spuntò un ciuffo di capelli bianchi. Poi tremolante mostrò il distintivo.

«Sì, sì... Polizia.»

La faccia guardò anche il Baffo, curioso.

«E questo chi è, il tuo assistente?»

«Ehi ti, fa minga il pirla!»

La faccia sorrise. Un bel sorriso, intelligente, furbetto, levantino. Sembrava un Antonello da Messina in carne ed ossa.

«Forza, dentro. Prima che arrivino gli altri.»

Due secondi dopo il buio tornò assoluto. Da sopra, la luce azzurrognola cambiò canale.

5

Era tutto bianco. La luce era bianca, le pareti erano bianche, la persona che li aveva salvati dal linciaggio era vestita di bianco. Accatastati c'erano enormi sacchi. Bianchi.

«Questa cos'è, farina?»

Voleva fare un'altra domanda, meno stupida, ma gli uscì quella.

«No, cocaina.»

«Sono un poliziotto. Non ti conviene rivelarmelo.»

«È un trucco. Se ti dico che è coca tu credi che scherzo, così non controlli. E invece lo è veramente...»

Parlava fluente, ma si sentiva che non era la sua lingua.

«Di dove sei?»

«Jugoslavia.»

«Non esiste più la Jugoslavia.»

«Credi che non lo so? Dico Jugoslavia perché voi italiani non conoscete la geografia.»

«Io un po' la conosco.»

Lo disse piccato. Ferraro da ragazzino aveva viaggiato per tutto il mondo con il suo atlante geografico. Atlante in una mano, orario dei treni nell'altra. Non sbagliava una coincidenza, avrebbe potuto aprire un'agenzia viaggi. Sapeva a memoria le capitali di mezzo mondo, i nomi delle catene montuose, dei mari. Posti che non aveva mai visto, ma che sembrava conoscesse a menadito.

A volte il padre lo portava sul camion, quando doveva fare delle consegne in Germania o in Belgio, e il piccolo faceva da navigatore. Il padre fingeva di perdersi, disperato. Michelino diventava serio serio. Apriva la cartina, si guardava attorno, ogni tanto chiedeva ai passanti nel suo inglese da turista, quelle quattro frasi imparate sul dizionarietto del piccolo viaggiatore, e ritrovava soddisfatto la strada al padre, che poteva ripartire rinfrancato dalla presenza rassicurante della sua guida.

Michelino si chiedeva spesso come faceva il padre a fare le consegne quando lui non lo accompagnava, dato che si perdeva sempre. Infatti era una tragedia quando il padre partiva. Il cucciolo piangeva disperato perché voleva accompagnarlo, convinto che senza di lui non avrebbe più trovato la strada di casa. La madre si arrabbiava con il marito, dicendo di smettere di ficcargli certe idee in testa e il padre partiva con in faccia un sorriso pieno di dolcezza e orgoglio. Probabilmente si figurava il figlio, da grande, pilota di aerei, grande viaggiatore, sempre in giro per il mondo, con la sua barca a vela, attorniato da belle fighe. I padri esagerano sempre con i figli.

«Diciamo che vengo dalla Serbia.»

«Sei serbo?»

«Ho detto che vengo dalla Serbia. Io sono jugoslavo.»

Si spostò verso una porta.

«Indue andémm adéss?»

«Seguitemi, andiamo di là, stavamo infornando le brioche.»

Il Baffo lo seguì goloso. Ferraro si attardò un secondo in più. Passò la mano su uno dei sacchi aperti e se la portò alla bocca. Farina, ovviamente.

6

Oltrepassato l'uscio una vampata calda li sommerse. Due ragazzi stavano armeggiando davanti al forno. Lo slavo impartì loro degli ordini in una lingua incomprensibile. Non poteva avere ancora trent'anni. Si comportava come se prendere decisioni e dare ordini fosse connaturato nel suo DNA. I due ragazzi davanti al forno sembrava pendessero dalle sue labbra. Il capo si avvicinò ad un bancale, prese in mano due brioche e le porse ai suoi ospiti.

«Ecco qui, appena sfornate.»

Il Baffo si avventò sul suo cornetto: «G'hoo una famm, fioeu...»

Ferraro rifiutò, professionale: «No, grazie».

«Dai, su. Così mi dici se è coca o farina la polvere bianca che c'è sopra.»

Praticamente gli piazzò la brioche in mano.

«Tanto lo so già cos'è.»

«Lo so. Hai la bocca sporca di farina.»

L'ispettore quasi arrossì. Si ripulì con la manica della giacca. Lo slavo si girò di nuovo verso i suoi sottoposti e dopo un paio di istruzioni tornò ai suoi ospiti.

«Allora, non la mangi?»

L'ispettore teneva in mano il cornetto, imbarazzato. Il Baffo se lo lumava con sguardo pietoso, aspettando che l'ispettore glielo porgesse. Invece Ferraro decise di assaggiarlo, lasciando il Baffo con l'acquolina in bocca.

«Buona, buona.» Saporita, si scioglieva in bocca.

«Bene.» Poi, al Baffo: «Tu ne vuoi un'altra?»

«Se proprio insisti.» Faceva il signore.

Ferraro finì la sua brioche.

«Buona, veramente...» Rimase con la frase sospesa. Non conosceva ancora il nome del suo salvatore.

Ci pensò lui a fare le presentazioni: «Zoran. Mi chiamo Zoran».

«Ispettore Ferraro.»

«*Ispettore* è il nome?»

«Michele. Mi chiamo Michele Ferraro. E tu? Zoran è il nome, giusto?»

«Zoran Gjomarkaj.»

«Gjomarkaj? Che razza di cognome è?»

«Perché Ferraro è un bel cognome?»

Se l'era cercata, non c'è che dire.

«Mannò, nel senso... pensavo che finisse per VIC, o qualcosa del genere.»

Sui cognomi le partite della nazionale di calcio gli davano sempre informazioni preziose. Appariva la formazione serba e tutti i cognomi finivano per VIC, c'era un'amichevole con l'Islanda e tutti i cognomi finivano per SSON.

«Mica tutti i cognomi. Sarebbe un po' troppo semplice, no?»

Il Baffo aveva spazzolato anche la seconda brioche. Guardava il bancale con le lacrime agli occhi.

«Mi me ciami Oreste. Però se vuoi mi puoi chiamare Baffo. Tutti i mèe amìs me ciàmen Baffo.»

Allungò una mano. Zoran non indugiò a stringergliela.

«Va bene, Baffo. Scommetto che ne vuoi un'altra.»

«No, sai, l'è minga per me. È che ho due cagnetti, piscinin inscì, e se tu, magari...»

Solo in quel momento Ferraro realizzò che i cani non c'erano più.

«Dove sono i cani?»

«Goo dit di aspettarmi a ca'. Con la gente che c'è in giro. Inn inscì educati. Gli manca solo la parola.»

Zoran fece un pacchettino e lo diede al Baffo.

«Tieni. Portalo ai tuoi cani.»

«Grassie. Anca se cont i grass si fan i sant...»

Zoran lo guardò dubbioso. Parlava un bell'italiano, ma il milanese era per lui come il serbo per Ferraro.

«Zoran, a proposito. Volevo ringraziarti anch'io. Se non ci facevi entrare adesso eravamo già all'ospedale.»

Il panettiere fece un gesto con la mano, sembrava dovesse scacciare delle mosche.

«Ostavi to burazeru...» Gli scappò in serbo, si riprese subito. «Lascia stare. Seguitemi, andiamo di là in negozio.»

Attraversarono la stanza mentre i due ragazzi stavano sfornando delle pagnotte calde e profumate. Poi passarono una porta e si trovarono dietro il banco del negozio. Da fuori la serranda chiusa arrivavano urla, rumori, fischi. La polizia stava rimettendo ordine e disciplina. Con fatica.

«Ci conviene aspettare ancora un po' prima di uscire.»

«Sì, ma dopo portatevi via anche questo.»

Passarono dalla parte dove di giorno sta la clientela. Per terra, con le mani legate dietro la schiena e la faccia sommersa nelle ginocchia c'era un uomo.

«Ma chiccazzo...»

«L'è l'albanés. Tel disi mi. L'è propri lü.»

Ferraro guardò Zoran, interrogativo.

«Non mi piacciono i linciaggi. Ne ho già visti troppi nella mia vita.» Sollevò con forza l'uomo, poi lo consegnò all'ispettore: «Portatelo via».

L'albanese sollevò lo sguardo, pentito. Aveva ecchimosi su tutta la faccia.

«Minchia! Chi l'ha conciato così?»

Zoran sorrise, incantevole.

«Non sopporto i linciaggi. E neppure gli stupratori.»

IV

ORDINARIA AMMINISTRAZIONE

1

«Un caffè?»

Comaschi aveva messo una monetina nella macchina del caffè, troneggiante, da che mente ricordi, nell'atrio del commissariato. Tutt'intorno un va e vieni di gente, come da copione.

«Massì, dai... un po' lungo.»

«Lungo? Ma già così fa schifo, pure lungo lo vuoi?»

«Mi bevo qualcosa di caldo. Oggi ho mangiato un panino al volo.»

«Vabbe', se insisti.» Comaschi premette il pulsante. «Io una volta l'ho preso lungo e mi sembrava una sciacquatura di piatti.»

«Ogni tanto non fa male. Non bisogna fare i puristi. È un po' come lo bevono in Francia o Germania.»

«Che vuol dire? Quelli sono barbari. Sarà mica caffè quello che bevono!»

«Tu devi pensare che sia una bevanda al gusto di caffè. Non un caffè. È come bere il tè.»

«Le palle! Ho preso anche il tè, una volta. Mi sembrava di bere un detergente al limone.»

La macchina erogatrice aveva espulso il suo caffè lungo. Ferraro sollevò lo sportello di sicurezza e prese in mano il bicchiere di plastica, colmo più del solito. Era come se la macchina fosse stata generosa con l'ispettore, di proposito.

«Ahi! Brucia.» Girò il cucchiaino un paio di volte e si portò alla bocca la bevanda. «Buono!»

«Buono? Non ci posso credere!»

Comaschi aveva già messo un altro gettone e selezionato il pulsante «espresso».

«È così caldo che non sento neppure il sapore. A me serve per digerire il panino.»

«Tu mangi che fai schifo, fattelo dire.»

«Può darsi.»

La macchina nel frattempo sembrava concentratissima. Come se avesse dovuto fare il miglior espresso della sua vita.

«Comunque secondo me dovremmo portarci la moka da casa.»

«Figurati. Zeni diventerebbe una bestia.»

Ormai era il tutto per tutto. La macchina erogatrice si spremette le budella, cercando pure di lasciare una dolce crema di caffè sull'espresso. Voleva essere all'altezza della situazione, terrorizzata all'idea di essere sostituita da un giorno all'altro da una semplice moka. Poi esausta lasciò cadere il cucchiaino di plastica nel bicchiere. Aveva finito. Ora tutto dipendeva dall'umore di Comaschi.

«A che ora stacchi?»

«Sono appena arrivato. Ne ho per tutto il pomeriggio.»

«Mezza giornata?»

«Già. *Part time.*»

Comaschi sorrise. Prese in mano il caffè e iniziò a girare il cucchiaino.

«Ma almeno riesci a studiare? Stamattina come hai fatto? Fra una cosa e l'altra ieri sera siamo andati a dormire all'ora del Gesù Bambino...»

«Lasciamo perdere. A proposito: chi ha seguito il caso dell'albanese, questa mattina?»

«Zeni l'ha affidato a Fusco.»

«Ma dai!»

«Dovevi vederla a interrogare l'albanese. Poi è arrivato il suo legale, il magistrato...»

«E il compare?»

«Sparito.»

«Quello non lo troviamo più.»

Ferraro buttò il suo bicchiere di plastica. Comaschi sembrava si fosse dimenticato del caffè in mano. La macchina impassibile aspettava il verdetto.

Arrivò De Matteis. Scelse l'opzione «cappuccino». Comaschi fece una smorfia di disgusto.
«Ferraro. Sei appena arrivato e fai già pausa?»
«Inizio fra cinque minuti il turno.»
«Ah. Ho capito. E tu, Comaschi?»
«Pausa pranzo. Ho mangiato tardi.»
«Hai sempre la risposta pronta tu, vero?»
«Magari! Farei un sacco di soldi con i quiz televisivi.»
«Credi di essere simpatico?»
«Ci provo.»
«Il problema è che non ci riesci!»
La macchina sfornò un cappuccino dall'aspetto deprimente. De Matteis aggiunse tre bustine di zucchero oltre a quello di default.
«Amara la vita, vero?» disse Comaschi, sardonico.
«Te l'ho già detto: non mi fai ridere.»
Ingollò tutto di un fiato la bevanda. Il volto del vicecommissario assunse istantaneamente un colorito violaceo: probabilmente si era ustionato tutta la trachea con quel gesto da Superman. Poi buttò il bicchiere. Provò a dire qualcosa ma desistette. Fece un segno a Ferraro, come a dire che lo voleva vedere nel suo ufficio, e scomparve.
«Ma che c'ha?»
«Ha le palle girate.»
«Perché?»
«Come perché? Primo perché è De Matteis, e lui le ha sempre girate le palle. Poi perché tu ti permetti di catturare gli stupratori anche fuori dagli orari di lavoro, come se non bastasse...»
«Io non ho catturato nessuno...»
«Come se non bastasse, l'istruttoria Zeni la dà in mano a Fusco, perché ieri sera De Matteis non era di turno. Il mondo lo odia e lui lo sa!»
La frase l'aveva soddisfatto. Comaschi decise che fosse giunto il momento di bersi il caffè. La macchina di fronte a lui attendeva nervosa un suo qualsiasi commento.
«Te l'ho già detto, io non ho catturato nessuno. Ha fatto tutto il Baffo.»

La sera prima, quando arrivò in commissariato con l'albanese, eluse qualsiasi riferimento a Zoran. Lo fece per fargli un favore, per evitargli di trovarsi la polizia fra le palle. Disse che il Baffo era stato testimone della fuga dopo il tentativo di stupro e che l'albanese l'avevano pestato degli sconosciuti.

«Senti un po'... ma lo sai che il tuo amico è proprio una sagoma? Dovevi vederlo questa mattina quando lo interrogavano Fusco e il magistrato. Prima ha iniziato a fare un discorso sui giudici venduti alla sinistra, poi ha chiesto al magistrato un panino al prosciutto, però crudo, che cotto non gli piace...»

Ferraro sorrise. Apparve Zeni. Infilò una moneta nella fessura e aspettò il suo tè. La macchina lo fece, meticolosa ma senza passione, come fosse una marchetta.

«Buon pomeriggio, Comaschi.»

«Dottore...»

«Come va, Ferraro?»

Lo diceva con un sorrisetto a fior di labbra.

«Bene, grazie.»

«Sta studiando? Quand'è il prossimo esame?»

Neppure fossero due mesi che gli aveva detto che voleva riprendere gli studi.

«Non lo so ancora. Devo vedere le date degli appelli.»

«Bravo, bravo. Studi. Non ci metta troppo tempo, però...»

Si portò via il tè sempre con in faccia quella espressione un po' beota che sembrava volesse dire a Ferraro: «Vedi che avevo ragione a farti rimanere?» Lo guardarono andare via ammutoliti, sapendo che il primo che parlava faceva scoppiare a ridere anche l'altro. Da quella stessa parte videro arrivare Fusco. Esausta e felice.

«Dio, devo bere un caffè, sono distrutta.»

«Come è andata con l'albanese?»

Sembrava radiosa mentre selezionava il suo caffè macchiato. La macchina, in realtà, la snobbò un po'. Forse perché era una donna.

«Tutto occhèi. Semmai è il barbone che mi preoccupa. Vuole portarmi a cena fuori.»

«Be', il Baffo ha gusti raffinati, potrebbe portarti anche in un bel ristorante. Il problema è capire chi paga...»

Fusco prese il suo caffè, poi si rivolse a Ferraro: «Ne vuoi uno anche tu?»

«No, grazie, l'ho già bevuto.»

La ragazza sorrise, buttò il bicchierino e salutò i colleghi.

«Mi sembra raggiante. Non è che è incinta?»

«Secondo me a Zeni bruciava un po' che tu gli avevi detto che Fusco fosse discriminata, e allora ha iniziato a trattarla in un altro modo.»

«Ma ti pare? Dall'oggi al domani?»

«Certo. Non vedi come ti guardava riconoscente? Secondo me se te la lavori un po' te la porti pure a letto.»

«Cazzo Comaschi, fai paura.»

«Perché, ti farebbe schifo?»

«No, che c'entra. È che è... troppo giovane.»

«Ma che cazzo dici? Se fa la poliziotta può anche fare i pompini, no?»

«Gesù, se vai avanti così non ti porto più a colazione dalla duchessa di York!»

«Buona quella. L'ultima volta a cena da lei ha scorreggiato per tutto il tempo!»

Come se si fosse ricordato solo ora che aveva il bicchiere in mano, ancora sporco della schiuma amorevolmente erogata dalla macchina impaziente, Comaschi lo buttò senza indugio nel contenitore apposito.

«Vai?»

«Sì. Vado. È meglio.»

«E il caffè?»

«Cosa?»

«Il caffè... com'era?»

«Il caffè? Quale caffè? Boh, neppure me lo ricordo...»

La macchina pianse per tutto il pomeriggio.

2

Cercava di fare il suo lavoro nel migliore dei modi. D'altra parte non conosceva un altro metodo per farlo. Certo era accidioso, insofferente, arrivava sempre in ritardo agli appuntamenti, si dimenticava le cose in giro. Non lo faceva apposta, era nella sua natura. Ma almeno con il lavoro, qualunque lavoro, provava ad essere migliore di quello che il suo istinto lo portava ad essere. Non voleva avere sensi di colpa ogni volta che ritirava la busta paga. Voleva spendere i suoi soldi convinto di non averli rubati. Ora più che mai, ora che Zeni gli aveva permesso di fare un po' come voleva lui, sentiva che ogni caso doveva essere trattato con la stessa attenzione, anche il più stupido.

Riprese in mano la denuncia della signora Cappelli e fece il suo dovere. Telefonò ad ospedali, obitori, ai commissariati di mezza Liguria e Lombardia. Cercò nelle pensioni, negli alberghi. Si informò delle persone scomparse, di quelle riapparse, di quelle senza soldi, senza documenti, senza memoria. Le provò tutte. Niente. O meglio, niente di anomalo. Antonio Càrpano poteva essere ovunque. In teoria poteva anche essere espatriato. Probabilmente stava spendendo i soldi della mamma in troie o qualcosa del genere. Se non faceva una cazzata non lo avrebbe mai beccato. Quanto meno era vivo, questo è certo. Se fosse morto l'avrebbe trovato subito. Solo i killer professionisti sanno far sparire un cadavere. E proprio a nessuno interessava far sparire Antonio Càrpano, apprendista falegname.

E dai e dai si fece sera. Fece una corsa verso i negozi sotto casa. In realtà non amava fare la spesa dai commercianti al dettaglio. Preferiva il più asettico supermercato. Gli piaceva girare per i corridoi, senza l'ansia di dover rendere conto a qualcuno di cosa volesse comprare. Però, ora che avevano spostato il supermercato verso il Ponte Palizzi, non riusciva più ad andarci con la frequenza necessaria. Come se non bastasse ci avevano pure installato un bancone degli affettati, col numerino e il salumaio che ti affetta la roba davanti agli occhi. Niente di strano, intendiamoci. Ma a Ferraro metteva ansia. Gli ricordava il salumiere di quando era bambino, che appena chiedeva una cosa, «un etto di mortadella, grazie», lui subito aggiungeva: «Altro?» E allora ti sentivi in colpa a non prendere altro e chiedevi un etto di coppa e lui, imperterrito, meccanico: «Altro?» Faceva venire il panico: «una fetta di gorgonzola», «Altro?», «una scamorza», «Altro?», «due etti di salame», «Altro?» Insomma, basta, ma che credi che siamo in quindici a casa? Il piccolo Ferraro leggeva l'imbarazzo della madre che non sempre poteva essere all'altezza delle aspettative del salumiere e delle sue vicine di casa, che guardavano la donna e il figlio, così magro, quasi l'accusassero di qualcosa.

Ecco perché appena entrava al Super e vedeva il banco degli affettati gli veniva la febbre. L'ultima volta prese il suo numerino, nella speranza che davanti a lui ci fosse abbastanza gente, e iniziò a decidere cosa acquistare. Osservò tutto il banco sperando di non sbagliare, pronto a chiedere due cose, solo due. Poi toccò a lui e si impappinò, facendo rumoreggiare tutta la fila. Poi, dopo aver chiesto il formaggio e il prosciutto, il ragazzo dietro al bancone, senza fare neppure una piega, gli domandò, metallico: «Altro?» Ferraro lo guardò spaventato. Nei tratti somatici riconobbe il volto di un uomo che non vedeva da vent'anni. Probabilmente era il figlio del salumiere, pronto ad affettare e chiedere «Altro?» per tutto il tempo necessario ad arrivare alla pensione di anzianità.

A questo punto che senso aveva insistere? Poteva anche andare ai negozi sotto casa, più comodi. Come faceva sua moglie, che la conoscevano tutti, che tutti salutavano. Non c'era negoziante che non le serbasse le primizie o le novità di stagione. Anche per questo, probabilmente, Ferraro per un po' non era andato a fare acquisti nei negozi sotto casa. Non sopportava che gli continuassero a chiedere che fine avesse fatto la moglie, una donna così a modo, gentile con tutti, vicina disponibile e madre modello.

Andò da Don Ciccio e prese un po' di frutta. Evitò il salumiere (non si sa mai) e passò da Zoran. Gli era simpatico, diciamoci la verità. Comprò un po' di pane e della pasta, Zoran gli fece assaggiare un pasticcino, squisito. Chiacchierarono del più e del meno, come due vecchi amici. Poi, con il sacchetto della spesa in mano, decise di fare una deviazione verso la casa della signora Cappelli.

Entrò in cortile. Un gruppo di bambinetti giocava al pallone usando un muro come porta. Da quando avevano messo la raccolta differenziata i cortili di Quarto Oggiaro erano completamente sommersi da bidoni multicolori (il vetro, la carta, l'umido), spesso rovesciati da qualche pallonata di troppo. D'altra parte girava voce che volevano ripristinare il servizio di portineria perché da quando l'avevano tolto era indubbio che la manutenzione ordinaria lasciava a desiderare. In teoria l'impresa di pulizia che aveva vinto l'appalto doveva garantire la pulizia quotidiana del cortile, ma era chiaro che non ci riusciva. Quindi si organizzava: un giorno il cortile, un altro le aiuole, un altro ancora le scale e gli androni.

Ferraro si avvicinò all'ingresso della scala dove abitava la signora Cappelli. Lì vicino, dal cortile, scendeva una rampa per le cantine: sotto c'era di tutto: lattine, sigarette, quattro cartoni di pizza, stracci, spazzatura varia, come se l'addetto alle pulizie usasse quel budello come il tappeto da alzare per nascondere la polvere di casa.

Non fece in tempo a citofonare che la donna aprì il portone.

«Ispettore!»

«Buongiorno, signora. La stavo cercando.»

«Oddio, è successo qualcosa?»

«No, no, non si preoccupi...»

Si sentì un po' ridicolo con la busta della spesa in mano a parlare in mezzo ad un cortile con una sconosciuta, mentre la platea sui balconi assisteva alla scena.

«Oh madonna santa...» La madre si mise una mano sul cuore.

«Si calmi, signora, non è successo nulla. Vengo a darle una buona notizia.»

«L'avete trovato?»

«Ho cercato dappertutto. Suo figlio non è in nessun ospedale e non esistono defunti ignoti che hanno le caratteristiche del ragazzo.»

«Cioè?»

«Cioè le sto dicendo che è vivo. Che non ha fatto nessun incidente. Che non è in carcere o in obitorio...»

«Questo lo so anch'io, grazie.»

«In che senso?»

«Lo so da sola che è vivo, quel bastardo. Che se lo prendo lo ammazzo con le mie mani.»

Sulla testa di Ferraro era tutto un florilegio di punti di domanda.

«Ma che sta dicendo, scusi?»

«Sono andata in banca pure oggi. Mancano altri 500 euro.»

3

Dormì malissimo, tutta la notte. Non si dava pace. Questa storia del giovane transfuga non gli filava liscia. C'era qualcosa di storto, che deturpava il paesaggio mentale che si era dipinto. C'era ma non lo trovava.

Si svegliò di pessimo umore e decise di fiondarsi in commissariato. Si attaccò subito al telefono.

«Mario?»

«Sì, chi parla?»

«Ciao Mario, sono io, Michele.»

«Michele?»

«Michele Ferraro.»

«Michele Ferraro, ma certo... ciao, vedi un po' chi si sente.»

«Disturbo?»

«No figurati. È un piacere sentire la tua voce. Lo sai che io sto sempre chiuso qui...»

Dall'altro capo del telefono ogni tanto si sentiva digitare qualcosa.

«Senti, so che dovrei fare una richiesta scritta, con tutte le firme del caso...»

«Hai mangiato in una pizzeria settimana scorsa?»

«Sì.»

«In viale Monza.»

«In viale Monza.»

«Poi hai comprato dei libri. E un puzzle...»

Mario faceva venire i brividi. Aveva la vita di tutti sulla punta delle sue dita.

«Hai finito?»

«Gli è piaciuto almeno il regalo?»

«A chi?»

«Il puzzle. A tua figlia. Non ti vedo fare un puzzle, non sei il tipo.»

Da piccolo gli piacevano. E la passione gli era tornata con sua figlia. Ma, effettivamente, quando Mario l'aveva conosciuto, compagno di banco all'Istituto Tecnico, erano anni che non ne faceva uno.

«Sì. Le è piaciuto. Molto. E anche la pizza.»

Silenzio. Mario sembrava distratto da qualcosa.

«Nooo. Non mi dire... ma è vero quello che vedo?»

Uff. Ferraro alzò gli occhi al cielo. Era per questo che non lo cercava mai. Si sentivano con cadenza biblica. Con Mario era impossibile dire una qualsivoglia novità. Lui la sapeva già. Di tutti.

«Cosa vedi nella tua sfera di cristallo?»

«Nooo, non ci credo... ti sei iscritto di nuovo all'università...»

«Sì, è vero.» Era inutile negare.

«Bravo complimenti... Ah. Ecco... sai una cosa?»

«Cosa?»

«Vedo che Francesca è stata a Parigi. Al Louvre.»

«Davvero?»

«Già. Ha anche comprato dei souvenir. Poi è andata a mangiare al giapponese al Quartiere Latino...»

Questo non glielo doveva fare. Quello era il loro ristorante. Dove si promisero amore eterno. Sicuramente non ci era andata da sola, in pellegrinaggio. Era andata a mangiare pesce crudo e rafano con un altro uomo, violando il tempio del suo ricordo.

«Va bene, va bene, fermati. Non ti ho chiamato per parlare dei cazzi miei.»

«Vuoi sapere i cazzi di qualcun altro?»

«Sì.»

«Ci vuole una richiesta ufficiale, lo sai.»

«Smettila, ti prego. È abbastanza urgente. Sto seguendo il caso di una persona scomparsa.»

«Come si chiama?»

«Antonio Càrpano. Ho qui gli estremi del suo conto bancario.»

«Dammeli, se vuoi, ma non mi servono.»

Mario, a scuola, era un ragazzetto tracagnotto e senza personalità. Però era anche un gran smanettone. Cavalcò l'onda della rivoluzione informatica e si ritrovò appena diplomato a gestire la nascente rete interbancaria che si occupava delle transizioni delle carte di credito e dei bancomat in Italia. Non c'era semplice cittadino, banca, esercente, azienda che non passasse, in qualche modo, dalle sue mani. Digitava qualcosa sulla sua tastiera e un istante dopo sapeva tutto di tutti. Il Grande Fratello.

«Allora, che mi dici?»

«Niente.»

«Smettila, sadico.»

«Non posso dirti nulla, lo sai. Sono dati personali.»

«Sei un pornografo, ecco la verità! Un guardone. Lo so che hai i dati che mi servono sott'occhio, non nasconderti dietro la privacy.»

«Cosa mi dai?»

«Che vuoi, che sacrifico un vitello sul tuo altare?»

«Potrebbe essere un'idea.»

Scherzava, ma neanche troppo. Si sentiva il sacerdote del Dio Denaro. L'unico interprete della sua parola. Il ministro del culto monetario. Vedeva cose che noi umani neppure immaginiamo. Aveva chiara, netta, la percezione della circolazione delle merci e delle persone. Era l'apostolo del capitalismo avanzato, la Sibilla del denaro telematico.

«Ok. Allora...» Era anche Mario, però. Il tracagnotto ex compagno di banco. «Vuoi i movimenti degli ultimi tre mesi?»

«No, no... troppo... mi interessa sapere cosa ha fatto negli ultimi quattro giorni. E dove.»

«Mmmh. Hai lì carta e penna?»

«Sì, sì, certo.»

«Ti dirò... ha preso 1500 euro negli ultimi quattro giorni. 500 al giorno. Sempre dallo stesso sportello bancario. Non ha mai usato la carta di credito per fare acquisti.»

«Dove li ha ritirati?»

«Rimini.»

«Rimini?»

«Sì. Rimini.»

La cosa si faceva interessante.

«Senti un po', Mario. Mi faresti un altro favore?»

«Hai bisogno di soldi? Devo aggiungere uno zero in fondo alla cifra del tuo estratto conto?»

«Perché, lo puoi fare?»

«Ti piacerebbe, eh? Magari due zeri, che dici?»

A Ferraro vennero le vertigini.

«Smettila, sennò ci credo... ti volevo chiedere se potevi controllare i movimenti di questa carta e comunicarmeli.»

«Certo, in tempo reale. La tua e-mail è sempre la stessa? Hai l'ICQ, l'MSN?»

«Non puoi telefonarmi?»

«Gesù, che troglodita!»

4

Rimini, dunque. Altro che Deiva Marina. Altra spiaggia, altro mare. Rimini, in autunno. Non certo per il sodio. Forse Ferraro ci aveva visto giusto: discoteche, pub, birra, superalcolici, droghe sintetiche, puttane. Tutto quadrerebbe.

Il bell'Antonio aveva la maggiore età, poteva fare quello che voleva con quei soldi. Ferraro, in un certo senso, non poteva neppure cercarlo. Non era veramente scomparso. Però, per sicurezza, rifece il giro degli ospedali e dei commissariati della zona. Nulla. Nessun arresto, nessun ferito, nessun morto che potesse fare al caso suo.

Tamburellò un po' le dita sulla scrivania. Poi gli venne in mente una cosa ovvia, di una banalità sconcertante, ma che ancora non aveva fatto. Aprì la cartelletta della denuncia e cercò il numero del cellulare del ragazzo. Lo compose. Squillava. Non era spento, squillava, c'era qualcuno dall'altra parte dell'etere che l'aveva acceso. Al terzo squillo sentì chiaramente attivarsi la comunicazione.

«Pronto, pronto... pronto c'è qualcuno?»

Si sentiva un gran frastuono, sembrava il rombo di una barca a motore o di un camion, o magari era il passaggio di una mandria di gnu, ma la cosa pareva più improbabile.

Ferraro ci riprovò: «Pronto? Antonio? Antonio Càrpano? Pronto?»

Dall'altro capo si sentiva ridere. Poi improvvisamente un altro rumore. Ma non era un rombo, era un pernacchione di prima categoria. Infine la comunicazione fu interrotta.

A Ferraro girarono le palle ad elica. Farsi pure spernacchiare gli sembrava troppo.

«Ora ti aggiusto io.» Era nervosetto.

Telefonò al gestore di rete telefonica del numero di Càrpano, ad un numero diretto, una persona di sua conoscenza. Fare il poliziotto è spesso intessere pubbliche relazioni. Con la gente più strana, che fa i lavori più curiosi. O i più banali. Uno pensa che uno sbirro stia tutto il tempo fra ladri e puttane. In realtà frequenta banche, istituti di credito, gestori di telefonia mobile, impiegati del catasto, commercialisti, uffici tecnici. Passa il suo tempo dietro una scrivania, al telefono, come un piazzista. Un lavoro da travet. In fondo in fondo il professore all'università un po' ci aveva azzeccato. Probabilmente aveva la faccia da mezzemaniche, da impiegato di un ministero. E, d'altra parte, quello era.

«... Allora, fammi avere al più presto i tabulati di tutte le chiamate. Fatte e ricevute.»

«Per quando?»

«Per subito. Per adesso.»

«Be'? Un po' di buona educazione. Già quello che ti faccio è un favore; se poi usi questo tono da stronzo...»

«Dai, ti prego. Ne ho bisogno al più presto. Ti pago da bere appena ci vediamo.»

«E con questo sono tre i favori in un mese. Prenota la cassa di Brunello di Montalcino.»

«Esagerato. Se ti procuro un bottiglione di Rosso della Casa è già cara grazia.»

«Ciao.»

«Ciao Mario... e grazie.»

Si chiamava Mario pure lui. Rossi. L'altro Bianchi. Lo stereotipo fatto realtà.

5

Passò di lì Comaschi. Brontolando.

«Comaschi? Che succede?»

«Non li sopporto. Fanno un cazzo di casino... ma lo sai che lo fanno apposta?»

«Cosa, di che parli?»

«Le case produttrici. Potrebbero mettere le mani alle marmitte ed evitare tutto 'sto macello.»

«Ma che cazzo dici, non ti capisco!»

«Non hai sentito passare la moto?»

«No, non ci ho fatto caso, ero al telefono.»

«Ti dico che lo fanno apposta. Sono sicuro che potrebbero evitare tutto quello scorreggiare in faccia alla gente. Lo fanno così chi la guida si sente un figo. Invece è un imbecille!»

«Dai, sei stato giovane pure tu. Dimmi che non ti piaceva farti bello sul sellino.»

«Io andavo in giro con un cinquantino del cazzo.»

«E cuccavi?»

«Sì certo, il raffreddore mi cuccavo.»

Si accese una sigaretta.

«Ma com'è che tu fumi sempre quando passi a trovarmi?»

«Non lo so, forse mi stimola la tua faccia da ex fumatore.»

«Sei bastardo dentro!»

«Ma simpatico fuori, no?»

«No.»

Squillò il telefono. Ferraro rispose immediatamente. Comaschi gli fece un cenno, come a dire «vado a pisciare» e scomparve.

«Pronto?»

«Michele?»

«Mario?» In ogni caso non sbagliava.

«Milano.»

«Cosa?»

«Ha fatto un altro prelievo. Circa mezz'ora fa, a Milano.»

Ferraro quasi si alzò in piedi. Cercava come un matto la penna anche se ce l'aveva davanti agli occhi.

«Cazzo, cazzo... dove? In quale sportello? In che zona?»

«Fammi vedere... in viale Monte Ceneri.»
«Grazie Mario, ciao, te lo sei proprio meritato il Brunello.»
«Ma io sono astemio.»
Aveva sbagliato Mario.
«Vabbe', ti regalerò qualcos'altro. Ciao.»
Rimase in quella posizione. Né seduto né in piedi. C'era un particolare infrattato nella mente che stava cercando di catturare. Lo puntava deciso, non voleva distrarsi per non perderlo.
«Era una moto. Ecco. Non era il motore di una barca...»
Riapparve Comaschi.
«Be', che c'hai? Ti è venuto il colpo della strega?»
Guardò Comaschi spiritato: «È lui, è tornato a casa».
«Come fai a saperlo? Io l'ho scoperto solo adesso.»
«Cosa?»
«È di là nell'ufficio di Zeni.»
«Chi?»
«Hai bevuto, per caso? O ti alzi o ti siedi. Sembra che devi fare una loffa.»
Si sedette.
«Si può sapere chi c'è nell'ufficio di Zeni?»
«Lanza.»

V

BACK HOME

1

«Grazie di essere intervenuti, vi rubo solo il tempo necessario ad annunciarvi che l'ispettore capo Augusto Lanza per i prossimi mesi sarà ancora della partita. Lavorerà con noi nei limiti che il tempo concessogli glielo permetterà, fin quando non dovrà rientrare nelle sue nuove mansioni.

«Come ben sapete l'ispettore capo, per quanto in teoria ancora di stanza a questo commissariato, già da tre mesi sta lavorando ad un progetto comunitario per la costituenda Agenzia Europea di Investigazione, che riunisce i migliori investigatori dei corpi di polizia europei.

«Conoscete la persona e sapete che non era sua intenzione parteciparvi, ma, sotto insistenza mia e del questore, ora ci onora portando l'esperienza acquisita negli anni qui a Quarto Oggiaro al servizio dell'intera Unione Europea. Sapevamo di rinunciare ad un ottimo elemento, d'altra parte, si sa, *ubi major minor cessat*. Non era previsto un suo rientro anticipato ma, come l'ispettore mi ha poc'anzi riferito, per ragioni organizzative il progetto ha subito uno stop inatteso. Sono certo che riprenderà con maggior vigore. Fino a quel giorno l'ispettore capo resta con noi svolgendo le sue funzioni ordinarie, non so se mi spiego...»

Zeni si spiegava, anche troppo. Bastava guardare il volto itterico di De Matteis. Quel posto doveva essere suo. Aveva lavorato come uno stratega, mettendo in gioco anche le sue amicizie politiche, sia a Milano sia a Roma, perché questo accadesse. Praticamente era riuscito a scremare la concorrenza di quasi tutto il Nord Italia. Non ne poteva più di stare a Quarto Oggiaro. Puntava alto lui. Voleva andare a Bruxelles, non tanto per restarci ma per avere un buon trampolino di lancio per il suo ritorno in pompa magna nel Bel Paese, magari nella lista di qualche partito politico compiacente.

La sfortuna di De Matteis era quella di aver incontrato sulla sua strada un tipo come Zeni, poliziotto romantico di vecchio stampo come non se ne vedono più, se non nei film o nei romanzi.

Zeni adorava Lanza e aveva fatto il matto affinché andasse a Bruxelles. Sapeva che gli altri paesi avrebbero mandato i migliori, non i paraculati. E lui aveva nel carniere il più surreale, inverosimile, geniale investigatore che avesse mai incontrato. Era giusto condividerlo con gli altri.

Ferraro osservava il vicequestore continuare la sua filippica mentre Lanza abbassava sempre più lo sguardo, come se cercasse qualcosa per terra. Il suo imbarazzo era palpabile. Era una persona timida, impacciata, non adatta alla ribalta. Faceva il suo lavoro. Punto. Senza troppi grilli per la testa. Finite le ore del turno si dedicava ad altro, non era un poliziotto *full time*, aveva altri interessi nella vita.

È probabile che Zeni si fosse accorto dell'imbarazzo dell'ispettore, ma lo faceva apposta a non farci caso. Aveva un certo gusto sadico nel mettere le persone in posizioni sgradevoli. Solo che ora stava puntando De Matteis, usando Lanza come esca. Perché Zeni non era un professionista imparziale. Era parziale, altro che, parzialissimo. Andava a simpatie, anche se non l'avrebbe mai ammesso, neppure in punto di morte. E, appunto, tanto quanto adorava Lanza, altrettanto gli stava sulle palle il povero De Matteis, vicecommissario imposto da qualcuno a Roma, forse per controllare certe sue intemperanze, certe sue anomalie procedurali.

Per assurdo al resto del commissariato, Lanza compreso, avrebbe fatto un gran piacere vedere De Matteis partire per il Belgio. Ma su questo Zeni era stato irremovibile. Quindi ora De Matteis, poliziotto vero, sbirro autentico, di quelli che non si fanno menate psicologistiche da checche intellettualoidi di fronte ad un criminale; uno di quelli che se c'è da pestare qualcuno per ottenere un'informazione lo pesta; che se bisogna nascondere delle prove le nasconde; uno di quelli che gli interrogatori li fa senza aspettare l'avvocato, con in mano un asciugamano zuppo d'acqua, così non si vedono le lesioni interne; insomma uno di quelli tosti, come Cristo comanda, che non sopporta i magistrati garantisti, con uno spirito di corpo grosso così, che se fa una partita a calcetto contro i caramba va sempre a finire a sputi in faccia, insomma, questo povero diavolo, poliziotto tipo, da assurgere a modello ideale, esemplare per le giovani matricole, si sentiva sempre più un emarginato fra gli emarginati. Perché questo erano l'accozzaglia di sfigati che il ministero o chi per esso (chi ci ha mai capito nulla di politica?) ha deportato qui, nel buco del culo del mondo. Degli emarginati, caratteriali, squilibrati, ghettizzati. E lui era lì. Con la sua inutile laurea in Scienze Politiche, sudata tutta d'un fiato. Mica come Ferraro, il signorino, che decide lui quando mettersi a studiare. Perché magari voleva il trenta sul libretto, gli facevano schifo i diciotto, che De Matteis invece si prendeva zitto zitto, perché non c'era tempo per fare dell'accademia. Lì, con i suoi quindici anni di onorato servizio. Con una moglie e due figli, due bei maschioni con una minchia tanta, orgoglio di papà. Lì, con la sua bella ulcera duodenale, in attesa spasmodica di aprire le ali e spiccare il volo, sopra le teste di tutti questi deficienti, per poi cacarci sopra, felice e leggero.

«De Matteis, vuole aggiungere qualcosa?»

«Dottore, ha detto tutto lei. Ottimamente.» Mentre lo diceva sentiva le pareti del duodeno sanguinare.

«Bene. Ora tutti al lavoro. Abbiamo perso anche troppo tempo.»

Lentamente sciamarono tutti. Ferraro si avvicinò a Lanza, guardandolo come si guarda un resuscitato.

«Lanza. Ma tu pensa... è proprio vero, allora: chi non muore si rivede.»

Quella di Ferraro non era una frase fatta, era un test.

«Be', dal punto di vista probabilistico è vero. D'altra parte, se uno ha una fede incrollabile, può mettere nelle possibilità anche un incontro ultraterreno.»

Non era una battuta. Lanza non fa battute, non le sa fare. Il test era superato, era proprio lui. Lanza era tornato a casa.

2

«Gliel'hai detto a Zeni?»

«Sì.»

«Quando?»

«Un paio di giorni fa.»

«Come? Dopo più di cinque mesi?»

«Sì. Non riuscivo mai a trovare il tempo... o il coraggio, vedi tu...»

«E lui?»

«Ha reagito come avevi previsto.»

«Quindi?»

«Quindi sono a *part time*.»

«Non esiste il *part time* in polizia.»

«Lo so, lo so. Diciamo che ho un occhio di riguardo sui turni.»

«Comunque stai studiando?»

«Massì, massì. È già da un mese che mi preparo un esame.»

«E come va lo studio?»

«Lasciamo perdere.»

«Chi?»

«*Chi*, cosa?»

«Chi lasciamo perdere? E chi vince?»

«Lanza, non iniziare.»

«Cosa?»

«*Cosa*, cosa?»

«Cosa non devo iniziare?»

«Questo. Proprio questo. Smettila di fare il pirla. Piuttosto: come va a Bruxelles?»

«Chi?»

«*Chi*, chi? Che dici?»

«Chi va a Bruxelles?»

«Ti odio! Come sta andando la tua esperienza nella capitale belga? Va bene così?»

«Oh, se è per questo direi che va bene. Ho conosciuto delle gran brave persone.»

«Italiani?»

«Europei.»

«Uff, certo... ma italiani ce n'erano?»
«Ovvio. Perché, gli italiani non sono europei?»
«Di dove?»
«Di Roma, Palermo, c'era uno di Genova simpaticissimo.»
«Milano?»
«È una città.»
«Lanza! C'erano colleghi di Milano?»
«Sì, alcuni.»
«De Matteis si starà mangiando il fegato.»
«Dio! Farà malissimo!»
«Se lo merita. Cos'è questa storia che ti hanno fatto tornare indietro?»
«Ho la sensazione che a Bruxelles ci siano spinte di poteri forti, che non vogliono subito un coordinamento a livello continentale.»
«Ma a chi conviene?»
«A qualcuno conviene, non preoccuparti. Comunque sia, continuano ad esserci impedimenti burocratici e politici che non fanno partire nel migliore dei modi il progetto.»
«Bah... e tu come ti trovi da quelle parti?»
«Non mi sono mai perso.»
«Come stai, come va, insomma come cavolo te lo devo dire? Mangi cibo soddisfacente, frequenti locali apprezzabili, conosci persone interessanti?»
«Sì.»
«*Sì*, cosa?»
«Sì, a tutte e tre le domande.»

3

Si affacciò De Matteis.
«Bene, direi che il momento dei convenevoli sia passato da un pezzo. Qui c'è un commissariato da portare avanti. Forza.»
Zeni probabilmente era andato da qualche parte, a coprire chissà quale ruolo di rappresentanza istituzionale (l'inaugurazione di un carcere modello, una conferenza sulla microcriminalità

infantile, una cerimonia di laurea *honoris causa* alla memoria di una matricola morta in servizio) e ora De Matteis mostrava il pugno di ferro. Forte con i deboli, debole con i forti.

«L'ispettore Ferraro mi stava aggiornando sui casi che segue.»

«L'ispettore Ferraro, bontà sua, sta seguendo un caso solo e neppure riesce a risolverlo.»

Nel frattempo, come preso in fallo, Ferraro si mise a comporre un numero di telefono.

«Scusate, ma ho da fare una telefonata urgente.»

Lanza, calmissimo, si alzò dalla sedia e si avvicinò a De Matteis.

«De Matteis, se hai da darmi qualcosa su cui lavorare, non può che farmi piacere.»

«Non preoccuparti, che qui ce n'è per tutti.»

Ferraro li seguì con lo sguardo. Proprio mentre li vedeva confabulare qualcosa, sentì la comunicazione telefonica iniziare.

«Pronto.»

Ebbe come un'incertezza di un paio di secondi. Si era persino dimenticato a chi stava telefonando. L'aveva fatto più per non farsi beccare con le dita nel vasetto di miele da De Matteis che per una vera e propria ragione. Un debole, appunto.

«Pronto?» insisteva la voce.

«Sì, pronto. Buongiorno signora Cappelli, sono l'ispettore Ferraro.»

«Buongiorno, ispettore.»

«Cosa mi dice di suo figlio?»

«Ma che fa? Scherza? Deve essere lei a dirmi qualcosa su mio figlio, non io.»

«Ma come, non è tornato a casa?»

«Senta, non mi prenda in giro. Già mi sento le palpitazioni...»

Che imbecille. Per non farsi beccare come uno studentello distratto ora stava facendo venire un mezzo infarto a questa povera donna. Ma come diavolo gli era venuto in mente che la moto che aveva sentito al telefono fosse, necessariamente, quella roboante che aveva disturbato Comaschi? Certe volte la sua mente faceva associazioni assolutamente casuali, illogiche. Il problema è che ancora non riusciva a discernere, non ostante tutti questi anni di lavoro, le associazioni inverosimili da quelle, quanto meno, plausibili. E si comportava di conseguenza, facendo cose assurde, tipo questa telefonata. Era troppo istintivo, nulla a che fare con Lanza, che seguiva ogni caso come una partita di scacchi. A Ferraro gli scacchi non erano mai piaciuti. Non riusciva a prevedere più di due mosse dell'avversario, dopo un po' si rompeva le palle. Non c'era da mandarsi a cagare, non c'era la botta di culo, non c'era da menare le mani, come in una partita a scopa. È una disciplina che mette in gioco il cervello, non le viscere, e Ferraro era un viscerale, un impulsivo. Uno che gioca a scopa con gli amici al bar.

«Signora, la prego di scusarmi. C'è stato un disguido e io mi sono comportato in un modo imperdonabile, mi scusi, veramente...»

Non sapeva neppure lui cosa stava dicendo.

«Ma lo state cercando mio figlio oppure ve ne state al bar a giocare a scopa?»

Come se lo sapesse.

«Mannò, che dice... anzi, devo darle notizia che circa un'ora fa è stato effettuato un altro prelievo ingente da parte del presunto scomparso. Forse conviene valutare l'ipotesi di sospendere l'erogazione del denaro, attraverso una comunicazione urgente alla società bancaria competente.»

«Come, scusi? Ma non può parlare in un modo più cristiano? Non ho capito una parola.»

I poliziotti burocratizzano il linguaggio, quando non sanno cosa dire. Ferraro non l'aveva mai sopportato, ma ci cascava pure lui, spesso. D'altra parte si sa, chi va con lo zoppo...

«Le sto dicendo che suo figlio si è preso altri 500 euro. Secondo me lei deve andare in banca e bloccargli la carta di credito.»

«Ancora? Ha preso altri soldi? O Gesù, Gesù...»

Ecco, ora si stava mettendo pure a piangere.

«Signora Cappelli, la prego, non faccia così.»

«Gesù, Gesù... ma io come faccio? Prima di dopodomani non posso andare in banca. Ho un turno alla mensa. E a quest'ora è già chiusa.»

«Provi a telefonare, vedrà che trova qualcuno.»
«Va bene, va bene...» sussurrò. Poi riprese a lamentarsi. «Oh Gesù Santo. Ma che ho fatto di male...»
Ferraro cercava di tagliare corto: «Signora, mi faccia sapere se è riuscita a bloccare la carta. Io continuo nell'indagine. Sono sicuro ormai di stargli addosso».
Certo, come no. Sicurissimo. Chiuse e fece un sospiro di sollievo. Appoggiò la fronte sulla scrivania come se qualcuno dovesse mozzargli il capo. E un po' sentiva di meritarselo; se avesse potuto si sarebbe preso a schiaffi seduta stante. Che imbecille.
«Che imbecille, che imbecille...» continuava a dirselo, scuotendo leggermente il capo, in quella posizione assurda.
«Hai perso qualcosa di molto piccolo?»
Alzò la testa e guardò verso la porta.
«Come?»
«Stavi cercando qualcosa?»
Sorrise. Solo Lanza lo faceva sentire così.
«Controllavo se la composizione atomica del legno non avesse subito variazioni considerevoli.»
«Accidenti, che vista. Complimenti!»
Era inutile dirgli che stava scherzando.
«Grazie. Sei molto gentile.»
«A proposito. De Matteis mi ha affidato un incarico. Dobbiamo andare subito alla scuola media di via Graf, hanno un problema...»
«Dobbiamo?»
«De Matteis è convinto che tu stia solo perdendo tempo. E che un caso, come dice lui, 'sfigato' in più non inciderà sul tuo rendimento scolastico.»

4

Ci piace credere che certe cose non cambino mai. Ci tranquillizza, ci pacifica. Il mondo là fuori muta, si cresce, si cambia casa, donna, luna e quartiere. Ma i ricordi della nostra infanzia li vogliamo intonsi, perfetti, immutabili. Così i posti dove siamo cresciuti, dove abbiamo imparato a conoscere il mondo. Mistici legami ci stringono alle cose della nostra gioventù. Da ragazzi non ce ne rendiamo neppure conto, ma stiamo immagazzinando il nostro paesaggio interiore, legandolo a noi per sempre. La vita potrebbe portarci in cima ad un grattacielo o nel cuore di una foresta. Di certo sappiamo solo che da ragazzi amavamo certe facce, frequentavamo certi posti.

A Ferraro faceva girare la testa avere davanti agli occhi l'ingresso della scuola. Era tutto come era sempre stato. Lì aveva assistito al prodigio della sua voce che cambiava, da stridula a cavernosa, lì, nei cessi del secondo piano, aveva fumato la prima sigaretta. Insieme a Mimmo, che si vantava già di fumare da sei mesi, e Raimondo, «il poeta», quel ripetente di quindici anni innamorato della supplente di italiano, il quale, dicevano in giro, si faceva di eroina da almeno un anno; lo si vedeva dagli occhi spiritati. Non era vero. Non ancora. Solo poi Raimondo, il romantico, il melanconico, come per non deludere le malelingue, dopo che trasferirono la giovane professoressa (forse c'era del tenero, chi lo sa. Lei veniva da un paesino delle Marche, tutta sola, senza amici. Adorava Raimondo, così sensibile. Così pieno di attenzioni), decise che il frutto della sua gioventù era sprecato. E morì. Di amore e di eroina. Storie di altri tempi, del secolo scorso. Storie che sarebbero perdute se non fossero depositate nella memoria inalterabile di Ferraro.

Memoria bugiarda, in realtà. Perché anche la scuola era cambiata. Le piastrelle in gres si staccavano dalla facciata, il muschio copriva le gronde. Ferraro ogni tanto ci passava di fronte, per lavoro, e la mente immagazzinava la mutazione impercettibile, riadattando il ricordo alla nuova condizione. Un po' come con la figlia, che, avendola sempre sott'occhio, non si rendeva conto di quanto stesse crescendo. Poi, chi lo sa?, un giorno Giulia sarebbe entrata in casa coperta di piercing e con i capelli viola e arancione in compagnia di uno stronzo tutto tatuato che, appoggiati gli anfibi sul divano, si sarebbe messo a fare battute sul «vecchio» della sua fidanzata, palpeggiandola tutta.

Anche i professori erano cambiati, ovviamente. Non poteva mica sperare di rivedere ancora il Gallo, che era già vecchio quando ci andava lui alle medie, o la Tremonti, ora probabilmente dedita alle peonie della casa di riposo sul lago di Lecco.

Ad accogliere i due poliziotti c'erano la preside e il professore di italiano.

La prima era una chiattona sui cinquant'anni, tutta rossetto e bigiotteria. Aveva una inflessione meridionale, per nulla mal celata. Probabilmente era nata e cresciuta in qualche paesino del Molise. Il parroco aveva preso a buon cuore la sua situazione ed era riuscito ad evitarle di mungere vacche per tutta la vita mandandola all'università in città (Roma? Napoli?). Lì aveva conosciuto il sesso e l'ateismo, aveva fatto il '68 in piazza, aveva organizzato cineforum e occupato università e/o fabbriche nel nome del proletariato. Poi aveva vinto il suo concorsino ed era tornata al paesello ad insegnare storia e geografia per un milione e due al mese. Dieci anni così e la mazzata sui denti non te la toglie nessuno. Matrimonio in chiesa, trasferta a Milano a seguito del marito, un figlio down, gli scatti di anzianità. Leninista, socialista, radicale, repubblicana, liberale, azzurra. Non era una cattiva persona. Doveva sopravvivere.

L'altro no; aveva circa l'età di Ferraro. Sembrava un po' più vecchio perché la calvizie incipiente stava facendo scempio della fronte. I capelli non erano né lunghi né corti. Parevano suggerire una chioma ormai inadatta al suo ruolo professionale. Facilmente vent'anni prima se ne andava in giro con i capelli fino al culo, con una camicia da tagliaboschi aperta su una T-shirt di qualche gruppo heavy metal aderente al petto villoso. E si ammazzava di canne. Anzi no; quello probabilmente lo faceva tutt'ora, ma con più stile. Senza più bisogno di dover andare in piazza Vetra a cercare la roba. Ora il pusher gliela portava direttamente a casa.

Aveva una faccia intelligente, molto, troppo. Non si capiva che ci facesse in quella scuola. Avesse applicato la sua intelligenza in modo più redditizio, chessò in borsa o a vendere armi nel Terzo Mondo, forse ora sarebbe pieno di soldi. Ma probabilmente non gli interessavano. Era uno di quei professori idealisti; razza terribile, perché dà speranze a chi non ne dovrebbe avere mai, se non si vuole sovvertire troppo l'ordine costituito.

C'era da dargli un appuntamento fra dieci anni. Vedere chi avrebbe vinto. Lui o la scuola, le sue idee o il mondo. O anche no. Il Baffo glielo diceva sempre. Quello che conta è giocare. Giudicare una partita senza avere le carte in mano non ha nessun senso. Chi sta in piedi dietro al tavolo a guardare i giocatori soffre infinitamente meno, è vero. Ma se c'è da godere, non gode affatto.

5

La scuola era praticamente deserta, gli studenti se ne erano andati e si sentiva girare ogni tanto una bidella che stava rassettando le aule.

«Da quanto tempo va avanti questa storia?»

«È già da un anno, ormai. All'inizio nessuno ci faceva caso. Davanti alla scuola c'è di tutto. È sempre pieno di macchine, di persone...»

Se non fosse stato per l'inflessione, la preside avrebbe avuto una voce qualunque. Forse per questo non aveva mai cercato di migliorare la dizione. Per darsi personalità.

«Ma voi l'avete visto spacciare o qualcosa del genere?»

«No. Il problema non è quello. Nessuno l'ha visto dare in giro bustine o cose così. È più furbo di quello che dicono.»

«Be', non ha una grande fama.»

«Lo so. Tutti dicono che è il fratello scemo della famiglia. Ma la 'famiglia' sapete pure voi qual è.»

La voce del professore invece aveva un colore preciso, inimitabile.

«Sì, certo. La 'famiglia'...»

«In classe mi accorgevo che veniva sempre più spesso nominato. Come fosse uno 'tosto', un 'figo'...»

«Vito Russo. Un figo.» Non ci credeva.

«Vito Russo.»

«Non c'è più religione.»

«Chi? Il professore di religione? L'ho visto andare via prima...»

«Lanza!»
Entrò la bidella.
«Signora preside. Io ho finito.»
«Vada, signora Elvira. C'è ancora qualcuno giù all'ingresso?»
«C'è Luigi.»
«Bene, bene, vada pure. Dica a Luigi di aspettare ancora un po'.»
«Buona giornata.»
Sparì. Si sentivano i suoi passi stanchi scendere le scale. Fra poco sarebbe andata a fare la spesa, poi c'era da rassettare casa, preparare da mangiare, mettere a letto i bambini. Poi domani ancora a scuola. E via così. I professori e gli studenti sarebbero cambiati, ma lei sarebbe rimasta lì, per sempre. A diventare pezzo di panorama interiore dei ragazzi. La sciura Elvira. La bidella senza cognome. Quella a cui tirare i bussolotti nei capelli, che si arrabbia sempre se passi sopra il pavimento appena lavato, che ti tira per le orecchie se ti trova fuori dall'aula, che però ti fa entrare di nascosto se arrivi in ritardo e Luigi ha già chiuso il cancello.
«Stavamo dicendo?»
«In pratica si stava creando il suo entourage.»
«Vito Russo.»
«Vito Russo. Ogni tanto veniva in macchina e si caricava qualcuno. Quando me ne sono reso conto ne ho parlato alla preside.»
«Che potevo fare, scusi? Non è illegale. Al di fuori della scuola io non ho giurisdizione...»
Probabilmente c'era una polemica in corso. Fra la burocrazia e il buon senso. Si sa che vince sempre la burocrazia. Bisogna aspettare che accada qualcosa prima di intervenire. Combattere è più facile che prevenire.
«Quali erano i suoi sospetti? Di cosa aveva paura?»
«Russo stava diventando un modello, lo capisce? Era stato bocciato due volte, non aveva mai finito la scuola. Bighellonava in giro per il quartiere, sempre con i soldi in tasca.»
«Glieli danno i fratelli, si sa.»
«Sì, ma Russo ha ventinove anni. Che ci fa qui davanti a una scuola di ragazzini di tredici, quattordici anni?»

Che ci faceva? Vito amici è certo che non ne avesse. Lo sapevano tutti. Se non fosse stato il figlio di Antonio Russo, il fratello di Marco e Pasquale Russo, chi se lo cagava? Era un coglioncello, un mafiosetto venuto male, probabilmente annichilito dalla forza criminale del resto della sua famiglia. Sopportato a malapena, gallonato dal suo sangue, non certo dai suoi meriti. Forse voleva crescersi una banda di imberbi, coltivarli fin da cuccioli, sentirsi finalmente un boss.

«In classe ho iniziato a demolire il personaggio. Con battute, scherzi, nulla di diretto. Ho detto loro che uno di trent'anni deve stare con i trentenni, che non è normale che frequenti i bambinetti.»

«E i ragazzi?»

«Qualcuno mi dava ragione. Altri no... è normale. Io resto un professore, il nemico...»

«Poi?»

«Poi, piano piano vedevo allargarsi il circolo attorno alla macchina di Vito.»

«Ma che facevano?»

«Niente di ufficialmente illegale. C'era chi beveva una birra, chi fumava di nascosto.»

«Lo abbiamo fatto tutti.»

«Lo so, lo so. Lo abbiamo fatto tutti.»

Si intromise Lanza: «Io no. Io non ho mai fumato. Cioè, fumo la pipa, una bella pipa di radica, ma il trinciato che fumo io è difficile da reperire. Comunque non aspiro...»

«Lanza. Vuoi andare avanti o ti fermi qui?»

L'ispettore capo si guardò attorno, valutando la posizione della sua sedia.

«Avanti dove? Se mi sposto ancora vado addosso alla cattedra...»

La preside nel frattempo guardava Lanza con lussuria. Forse trovava affascinante chi fuma la pipa. O forse erano mesi che non faceva sesso, perché il marito passava le notti davanti a siti di belle fighe magrissime, mica come quella cicciona della moglie.

Ferraro si rivolse ancora al professore: «Comunque... tutto questo non basta, lo sapete».

«Aspetti, non ho finito. Un giorno sono andato da lui e gli ho parlato.»

«Ahia. Questo non doveva farlo.»

«Perché, mi è proibito? Ci sono di mezzo i miei ragazzi. Perché non dovevo farlo?»

Ecco. I miei ragazzi. Non i miei studenti. Sarebbe stata una vita dura per il professore, una partita fino all'ultima carta, fino all'ultimo rilancio. Quanta emozione, quanto amore, però.

6

«Come è andata a finire?»

«Ma niente, in realtà ho fatto un buco nell'acqua.»

Lanza lo guardava palesemente ammirato. L'idea che qualcuno bucasse l'acqua lo affascinava.

«In che senso?»

«Lui ha fatto finta di nulla, mi ha persino trattato bene, come se dovesse sopportare paziente le mie isterie.»

Ferraro sorrise amaro: «Fa il furbo... lei però ha sbagliato, se lo faccia dire. Finché non si metteva in mezzo era un problema della scuola. Russo non si mette contro una scuola. Ora però...»

«È inutile che vada avanti, so cosa mi sta dicendo.»

«Quello che voglio dirle è...»

«Aspetti, mi lasci finire di raccontare.»

«C'è dell'altro?»

«Questo era l'antipasto. Ora arriva il piatto forte.»

Lanza guardò l'orologio.

«Effettivamente è già ora di pranzo. Comunque non ho fame, grazie.»

Ma come faceva a non perdersene neppure una? Il professore guardava l'ispettore capo con un misto di curiosità e sorpresa. La preside continuava a fissarlo con lascivia, ributtante.

Ferraro scosse la testa sconsolato: «Lasci stare... andiamo avanti».

Poi fulminò con lo sguardo Lanza, che stava automaticamente rimettendosi a valutare la posizione della sua sedia. Il collega alzò le braccia come a dire «Ok, ho capito» e rimase immobile, in ascolto.

«Da quel giorno ho avuto sempre più la sensazione di essere controllato. Sia a scuola che fuori.»

«È chiaro. Ora aveva un nemico con una faccia. Non più un'istituzione.»

«Ormai era la fine dell'anno scolastico e tutto sembrava si chiudesse lì. Poi...»

«Poi?»

«Poi è ricominciato il nuovo anno. Da neppure due settimane. E la situazione si è fatta pesante, veramente pesante.»

«Cioè?»

«Alcuni ragazzi che lo scorso anno avevano finito le medie hanno incominciato a ritrovarsi davanti alla scuola, insieme a Russo.»

«A fare cosa?»

«Niente. Niente di niente. Ridevano, fumavano, urlavano, giocavano a pallone. In realtà mi controllavano.»

«Come fa a dirlo?»

«Ogni volta che entravo o uscivo, facevano una telefonata a qualcuno. Ho iniziato a rivedere le stesse facce in posti che io frequento abitudinariamente, anche lontano da scuola. Una volta mi hanno bucato le gomme della macchina. L'ho fatto presente alla preside che...»

«Ma insomma, professore, non mi sembra il caso ora di riprendere l'argomento, non avevamo prove, lo sa anche lei...»

Alla preside bruciava assai, si sentiva in colpa probabilmente.

«Infine è da un paio di giorni che vedo Russo caricarsi alcune studentesse in macchina.»

«Ah! E dove le porta?»

«Già. Dove le porta? Questa mattina ho provato a capirlo. Sono uscito prima, senza dirlo a nessuno. Ma Vito lo sapeva già. Qualcuno da dentro la scuola l'aveva avvertito. Ho cercato di fare un giro per il quartiere. Mi sono accorto subito che una macchina mi stava seguendo. Al posto di accelerare mi sono bloccato. La macchina mi ha superato, lentamente. Chi stava affianco all'autista teneva in mano una pistola. Voleva farmela vedere, è chiaro.»

«Un avvertimento.»

«Già. Come nei film, giusto? Ne ho parlato con la preside...»

«... e ora siamo qui, professor Rapotti. Come vede la scuola non abbandona i suoi componenti. Siamo come una famiglia dove ognuno deve svolgere il suo ruolo nel migliore dei modi. Il mio ruolo imponeva che...»

La preside era in preda ad un delirio autogiustificatorio. Lanza non fece neppure finta di ascoltarla, si alzò d'improvviso e avvicinò il volto a quello della donna.

«Signora preside, ho bisogno di lei...»

La donna ammutolì. Rimase in apnea per circa otto secondi, poi si riprese.

«Ma certo, ispettore. Mi chieda tutto quello che vuole.» Mugolava, praticamente.

Davanti a questa scena *porno-soft* Ferraro guardò imbarazzato Rapotti come a chiedere scusa per le stranezze del socio. Il professore gli replicò lo sguardo, chiedendo a sua volta scusa per la fame arretrata della dirigente.

«Vorrei sapere se ha qui con lei l'elenco degli studenti delle classi del professore.»

La delusione dipinse il volto della donna. Metteva tenerezza, chissà cosa si aspettava, poveraccia. Magari un invito a cena, un cinemino, una rosa. Un po' di attenzione, per Dio.

Si spostò verso un armadio. Indossava delle scarpe impossibili.

«Ecco qui...»

Porse i registri al poliziotto.

«Bene.»

Lanza iniziò a consultare i registri, dimenticandosi completamente dei presenti. Calò un silenzio anomalo, imbarazzato.

«Lei di dov'è, Rapotti?»

Pur di dire qualcosa Ferraro avrebbe parlato anche del tempo.

«Friulano. Perché, si sente?»

«No, assolutamente.»

Rapotti aveva una dizione perfetta, da doppiatore.

«E allora com'è che...»

«Il suo non è un cognome lombardo. Almeno non mi sembra.»

«No, infatti. È stato italianizzato sotto il fascismo. I miei si chiamavano Rapotaz o Rapoteč, qualcosa del genere. Sa, quando c'erano gli austriaci.»

«È un cognome slavo.»

«Sì. Non è raro dalle mie parti.»

«Certo, certo, lo so... Friuli dove?»

«Per la precisione sono giuliano.»

Qui il miglior Lanza avrebbe fatto la sua solita gaffe, ma non la fece. Non stava ascoltando, era immerso nei suoi ragionamenti; del tutto ignoti a Ferraro.

«Di quale provincia?»

«Gorizia.»

Nella mente dell'ispettore apparirono nell'ordine: Gorizia, Trieste, Pordenone, Udine. Le notti infantili passate davanti ad un atlante gli tornavano automaticamente ogni volta che qualcuno nominava un capoluogo di provincia. Subito ripassava a memoria tutte le province della regione.

«Non ci sono mai stato. Ho visitato Udine, Pordenone e Trieste, ma mai Gorizia.»

Tutto per far vedere che conosceva le altre province. Patetico.

«Male, molto male. È un posto molto bello. La campagna, soprattutto.»

«Capiterà prima o poi.»

«Certo. E lei, ispettore? Neppure Ferraro è un cognome lombardo. Di dove sono i suoi?»

Lanza uscì dalla trance.

«Va bene. Tutto a posto. Direi che possiamo andare.»

«Come?»

«Andiamo, Ferraro. Non abbiamo più nulla da chiedere, giusto?»

«No. No, nulla. Però...»

«E allora è inutile far perdere tempo al professore...» Gli allungò una mano. Rapotti la strinse poco convinto «... e soprattutto alla signora preside...» Si avvicinò alla donna e le baciò la mano, come un gentiluomo d'altri tempi. La donna ebbe una vera e propria crisi cardiaca. Ferraro rimase inebetito a guardare Lanza avanzare verso la porta. Aperta l'anta si girò: «Allora, andiamo?»

«Sì, certo, andiamo.» Ferraro si mosse come uno zombie. «Ma a loro che diciamo?»

«Come? Niente, niente, non preoccupatevi. È tutto sotto controllo.»

«È tutto sotto controllo.» Lo disse a bassa voce mentre salutava i presenti.

Nel frattempo giù all'ingresso Luigi stava finendo il suo cruciverba. Ancora una mezz'ora e staccava pure lui, che c'era la partita sulla pay tv stasera e doveva andare a comprare le birre da portare dal cognato, che lui sì che ha un bel televisore, mica quello di casa.

7

«Dove andiamo?»

«A mangiare, non hai fame?»

«Sì, certo, però, pensavo...»

«Cosa?»

«Insomma, che c'era scritto sui registri?»

«Nomi e cognomi.»

«Grazie, questo lo so anch'io. Di chi?»

«Degli studenti del professor Rapotti, non l'avevi capito?»

«Certo che l'avevo capito. Quello che volevo sapere è... ehi, ma dove stai andando?»

«Te l'ho detto, a mangiare.»

«Pensavo che andassimo al bar.»

«Infatti.»

«Al bar Quinto?»

«No, no. Andiamo al biliardo.»

«Al biliardo? Ma così facciamo una strada più lunga.»

«Fidati, si mangia bene.»

«Comunque non mi hai risposto.»

«Come no? Te l'ho detto, andiamo a mangiare.»
«Lanza, intendo dire: cos'hai trovato in quegli elenchi che ti ha fatto partire per la tangente?»
«Per dove sono partito? Ma se sono appena tornato!»
«Lanza...»
«Leoluca Grillo.»
«Chi?»
«Leoluca Grillo.»
«E chi è?»
«Uno degli studenti di Rapotti.»
«E allora? Lo conosci?»
«Più o meno. Conosco la sua famiglia.»
«E che c'entra la famiglia di Leoluca Grillo con Vito Russo?»
«Nulla.»
«Ma allora, scusa... io non ci sto capendo niente. Cerca di essere più chiaro.»
«Stiamo andando da Grillo.»
«Ma non avevi detto che andavamo a mangiare?»
«Appunto.»
«Gesù, mi verrà la febbre, lo sento... dove andiamo? Dal piccolo Grillo o al biliardo?»
«No, che c'entra. Noi non andiamo da Leoluca. Noi andiamo al biliardo.»
«Adesso ti strozzo.»
«Ehi, calma... perché ti stai agitando?»
«Dove cazzo mi stai portando?»
«A mangiare un panino al bar biliardo.»
«E poi andiamo a casa di Leoluca.»
«Non ci penso neppure.»
«Va bene, ok, ti uccido, è deciso.»
«Povero ragazzino. Cosa gli andiamo a dire?»
«Non dico che dobbiamo parlare con lui, magari con qualcuno della sua famiglia.»
«Appunto.»
«Appunto cosa?»
«Ferraro, secondo me tu non stai capendo nulla di quello che ti ho detto.»

«Puoi dirlo forte.»

«HO DETTO CHE TU NON STAI CAPENDO NULLA...»

«LAAAANNNZZAAAA!»

«Sei troppo irascibile, fattelo dire. Ricomincio da capo, però cerca di seguire cosa dico: adesso andiamo a mangiare un panino al bar biliardo.»

«E questo l'ho capito.»

«Bene.»

«Dopo?»

«Dopo devo parlare con una persona.»

«Chi?»

«Leoluca Grillo.»

«Lanza, tu mi prendi per il culo, è evidente. Ma se prima mi hai detto che non andiamo a casa del ragazzino.»

«Infatti non ci andiamo. Andiamo al bar.»

«Gesù, mi viene da piangere. Ci rinuncio.»

«Ma cosa c'è da capire? Noi andiamo al bar biliardo, a mangiare un panino.»

«Lascia perdere, ho detto che ci rinuncio.»

«Il bar è proprietà di Leoluca Grillo.»

«Cosa? Il ragazzino?»

«No, figurati, ma che dici, è un minorenne!»

«Un omonimo?»

«Un parente.»

«Insomma chi cazzo è quest'altro Leoluca Grillo? Il padre? Lo zio? Il fratello? Il nonno?»

«No, no, no, sì.»

8

Lanza gliela raccontò strada facendo. Un po' a malincuore e un po' come se dovesse metterlo a conoscenza di un segreto. O di una storia d'altri tempi, di quelle edificanti da raccontare attorno al camino agli amici increduli, la notte di Natale, mentre fuori fa un freddo becco e i ragazzini giocano a palle di neve.

Non aveva ancora sedici anni che Leoluca Grillo Senior, quando ancora viveva al paesello fra Vibo Valentia e Tropea, si ritrovò coinvolto suo malgrado in una faida familiare che si prolungava dalla notte dei tempi. Dovette lavare l'onore e lo lavò, con il sangue. Lo fece perché doveva farlo, a lui neppure interessavano le ragioni del contrasto fra le due famiglie. Era il maschio più grande che era rimasto in vita (gli altri, il padre, i fratelli, lo zio, furono sgozzati, bruciati, impallettati), aveva da fare un compito e lo fece. Non c'era altro da aggiungere. Il giorno dopo prese un treno e partì per Milano, da una sorella. Qui la famiglia (con la «f» minuscola) si occupò di lui e lo presentò ad alcuni componenti della Famiglia (con la F maiuscola). Nel frattempo al paesello la faida continuava anche senza l'attore protagonista (c'erano pur sempre i cugini, le sorelle, i nipoti), ma quelli ormai non erano più fatti suoi. Lui ora a Milano aveva altro a cui pensare. Pestaggi, avvertimenti, pizzo, rapine. Il suo mestiere lo faceva bene, imparava in fretta il giovane Grillo. Non voleva fare carriera, era un tipo semplice senza ambizioni particolari, ma si occupava sempre con zelo degli incarichi che gli davano, con devozione e spirito di sacrificio, e questo faceva piacere ai boss dell'epoca, molto piacere. Un ragazzo fedele, su cui contare, nei momenti della bisogna. Per fargli un regalo (oggi diremmo un incentivo, un premio produzione) qualcuno a Milano decise che la faida in Calabria doveva finire. E finì. Nel modo più abbietto.

Leoluca, alla fin fine rimase solo come un cane. La sua stirpe millenaria, nata con i greci, con i bruzi, il suo sangue bizantino, spagnolo, era ormai speso sulla terra desolata e arida di un paese dimenticato da Cristo per una ragione assurda che nessuno più ricordava. Ma il ragazzo tirò dritto. Si sposò con la figlia di un 'ndranghetoso di un certo rilievo; uno della provincia di Reggio, gente d'Aspromonte, tipi tosti. La ragazza era giovane e forte e non fu un problema particolare per lei impastare e sfornare sette figli, quattro maschi e tre femmine (per non contare gli aborti, spontanei per carità, ché i figli sono un dono del Signore). D'altra parte quando la semenza è buona e c'è la passione che dovevano fare i due piccioncini? Stare tutto il tempo a guardarsi negli occhi? Glielo diceva sempre suo suocero battendogli la spalla tutto orgoglioso. Il maschio è maschio. È la sua natura. Meno male che ogni tanto Leoluca qualche mese a San Vittore se lo faceva, sennò quanti sarebbero stati i figli? E giù a ridere e a brindare. Comunque sia, nel giro di un paio di generazioni la stirpe riprese vigore; tra figli, nipoti e pronipoti i Grillo a Quarto Oggiaro erano ormai un piccolo paese, assai più numeroso di quelli rimasti a Vibo.

A quarant'anni Leoluca decise di fermarsi, di tirare i remi in barca. Organizzò una rapina che doveva sistemarlo per sempre. Con lui c'erano poche persone, fidate, fidatissime. Ma, come dice Comaschi, le cose non vanno mai come immaginiamo. La rapina in sé fu una passeggiata, Leoluca, Don Leo per gli intimi, sapeva il fatto suo. Ma durante la fuga qualcosa andò storto. Qualcuno da dietro fece fuoco. Si ritrovò crivellato di colpi su tutto il corpo e se non morì probabilmente lo deve alla Madonna; non quella del Rosario, venerata a Vibo, ma la Madonna Nera, la Madonna dei Poveri, quella di Seminara, che una volta ci andò con la moglie in processione e rimase sempre devoto alla sacra immagine.

Cos'era successo? Se lo chiese ossessivamente in ospedale e poi in carcere, nei dieci anni che si fece zitto zitto, da vero detenuto modello. I figli crescevano, il più grande si sposò (che disonore non assistere alle nozze, che onta...) e subito gli fece un nipotino, che chiamò, indovinate un po', Leoluca. Il primo di una lunga serie di Leoluca Grillo che da lì a poco avrebbe scorrazzato in bicicletta per le strade di Quarto.

Cos'era successo? (Non aveva mai smesso di chiederselo: quando faceva la fila per ritirare il cibo in carcere, quando leggeva il giornale sportivo durante l'ora d'aria, quando passava le notti afose con una sigaretta in mano.) Infatti al processo venne fuori che non furono gli sbirri a sparare. Quindi: chi sparò? Chi fu l'infame che lo colpì alle spalle portandosi via tutta la refurtiva?

A spararegli fu il suo Passato che tornò prepotente, vendicativo, irrazionale, assoluto. Un passato bestiale e logico, che aveva conservato un seme, l'ultimo, nella terra bruciata dal sangue versato anni prima, a migliaia di chilometri di distanza. Un Passato col gusto della tragedia, che aveva fatto crescere il germoglio nell'odio e nella follia lucida. Che l'aveva preservato da malattie e disgrazie; che l'aveva fatto crescere sano e forte come una quercia.

Ci mise anni a capirlo, ma lo capì. Allora decise di fare una cosa. Chiamò per un colloquio in carcere il marito di sua figlia, la seconda.

Era un bravo ragazzo, umile, lavoratore. Trattava la moglie come una principessa, mai una mano addosso, mai una voce su di loro. Faceva parte del gruppo della rapina, il più fidato di tutti. Si parlarono. Il ragazzo, con dignità e orgoglio, ammise le sue colpe. Chiarì che non lo fece per i soldi, che li aveva ancora tutti, nascosti in un posto sicuro, e neppure perché ce l'avesse con Don Leo, che l'aveva sempre trattato come un figlio. Lo fece perché doveva farlo. Perché la ragione della sua vita era sempre stata quella. Uccidere l'uomo che aveva sterminato tutta la sua famiglia. Non chiese la grazia di nulla, non si riparò dietro al fatto di essere il marito della figlia, il padre del pupo che la ragazza portava in grembo. Fece una sola richiesta: che il colpo in testa glielo piazzasse Don Leo stesso, quando sarebbe uscito dal carcere. Che la storia finisse con loro due.

Ma non fu così.

Quando Don Leo uscì dal carcere fu proprio il genero ad andarlo a prendere. Litigò con i cognati per andarci da solo. Si presentò a testa alta, con l'orgoglio di un uomo vero, pronto al suo destino. Aveva con sé la pistola carica. Ma Don Leo Grillo non ne poteva più di tutto quel sangue buttato in una guerra senza senso. Decise che la catena doveva spezzarsi per sempre. Decise di passare dall'Epica alla Storia. Non sparò nessun colpo, anche se era nel suo diritto farlo. Decise che il genero dovesse vivere, perché i figli sono figli e hanno bisogno del padre, non come loro due che non l'avevano mai conosciuto un padre. Con i soldi della rapina aprirono dapprima un bar, poi una pasticceria e infine la sala biliardo.

Leoluca Grillo uscì dal giro, si rifece una verginità, una vita specchiata, sempre a messa, oppure a casa a pregare la Madonna Nera, con devozione. La tribù lavorava nelle attività di famiglia e nessuno, per ordine del vecchio, intraprese più attività illecite. Don Leo possedeva ancora un'autorità tale che non c'era persona, in tutto il quartiere, pronta a metterla in discussione. Anche fra chi, amico della «Famiglia», era rimasto a fare il malavitoso. Se solo avesse voluto glielo avrebbero trovato e portato su un piatto d'argento l'infame, ma lui pose una pietra tombale sull'argomento. Basta. Era fuori dai giochi e non voleva vendetta. Aveva perdonato, come ci insegna il Nostro Signore Gesù Cristo. L'importante era che nessuno più toccasse la sua famiglia. Il resto non gli interessava.

Nessuno, o quasi, seppe mai come andarono veramente le cose, meno che mai i figli. La storia rimase un segreto nella bocca di poche persone, le quali aumentarono, proprio per questo, il rispetto nei suoi confronti a dismisura.

Ferraro rimase a bocca aperta. Viveva in quel quartiere fin da quando era un ragazzino e non sapeva nulla di tutto ciò. Sì, certo, conosceva il biliardo e chi lo frequentava, ma che c'entra? Mezzi sballati, 'ndranghetosi, giocatori, operai, persone normali, in un bar da quelle parti trovi di tutto. Ma che dietro ci fosse una storia così, che lui neppure immaginava, a Quarto Oggiaro che è peggio di un paese dove tutti sanno i cazzi di tutti, lo lasciava basito.

Com'è che Lanza era fra i pochi a conoscerla? Com'è che era fra gli intimi, che faceva parte di un club così esclusivo?

9

«Ma cosa vedono i miei occhi, non ci posso credere...»

«Don Leo, che piacere...»

La sala biliardo vera e propria stava giù, scese le scale, Ferraro se la ricordava bene, all'ingresso invece c'era il bar, con tutti i tavolini pieni di gente che fumava e giocava a scopa. Dietro questo locale c'era un altro ambiente con dei tavolacci in legno e delle panche, per chi voleva fermarsi a mangiare qualcosa. Anche se ormai erano le due passate e con tutta probabilità i tavoli erano vuoti già da un pezzo.

Don Leo si alzò di slancio dal suo tavolo da gioco per avvicinarsi a Lanza, a braccia spalancate.

«Ispettore, ma voi una sorpresa così bella mi dovevate fare. Se lo sapevo...»

Si abbracciarono.

«Non dite nulla, Don Leo, siamo qui solo per mangiarci un panino. E poi ce ne andiamo.»

«Tenete fame?» Si girò verso l'altra stanza: «Acheropìta, prepara altri due posti, abbiamo visite».

«No, ma che fate? Don Leo...»

«Ispettore, a casa mia siete sempre ospite, lo sapete. A qualunque ora.»

Lasciò il tavolo da gioco e i giocatori con le carte ancora in mano, come se non esistessero. Nessuno disse nulla. Ferraro studiava in silenzio i due vecchi amici (sono amici? Perché Lanza conosce tutta la storia? Perché siamo qui?). Si davano del voi. Bene. Non era un problema, c'era abituato con Don Ciccio (altro «Don», siciliano però, non del continente).

«Don Leo, volevo presentarvi il mio collega, l'ispettore Ferraro.»

Il vecchio gli allungò una mano. La strinse con vigore, però abbassando lo sguardo, con una timidezza innata, dignitosa.

«Ispettore, mi fa molto piacere conoscerla.»

«Don Leo, il piacere è mio.»

A Ferraro dava del lei. Segno di un rispetto di circostanza, di conoscenza dei modi urbani, ben educati. Non un «tu» da burino, ma neppure un «voi» degno di un uomo con le palle.

Si girò di nuovo: «Acheropìta!»

Da dietro si sentì una voce: «Vengo, vengo, stavo a spinnariari...»

Non la fece neppure finire di parlare: «Vieni a vedere chi ci è venuto a trovare».

Don Leo sembrava fremesse di entusiasmo. Apparve sul passaggio fra i due ambienti una donna, evidentemente la moglie di Grillo.

«Oh Madonnina mia bella. L'ispettore Lanza.» Si asciugò di fretta e furia le mani sul grembiule. «Ah, chi scilu! Ma che bella sorpresa, che giorno fortunato. Venite, venite.»

Li portarono a forza nel retro. Un'altra donna, molto più

giovane, stava aggiungendo due posti a quelli già apparecchiati sulla tavola.

«Isabella, come stai?»

«Ispettore, voi siete? Non lo avevo capito.»

Rifece l'identico gesto di asciugarsi le mani sul grembiule, benché fossero evidentemente asciutte. Un test del DNA avrebbe dato meno certezze su di chi fosse figlia. La donna si avvicinò a Lanza e gli strinse la mano, sguardo a terra. Ferraro ne accertò, così, anche la paternità.

«Tutto bene a casa?»

«Bene, ispettore. C'è Giorgino che fa il matto, ma lo sapete, sono creature.»

«Sono contento. E tuo marito? Dove si trova?»

«Sta chiudendo la pasticceria. Adesso viene a mangiare.»

Don Leo fece pressione sulle spalle dei poliziotti. Non aveva due mani, ma due badili.

«Sedete, sedete, che a mangiare in piedi non ci si diverte.»

«Ma Don Leo, noi volevamo mangiare una cosa veloce. Abbiamo da lavorare...»

Nel frattempo però si sedettero.

«Veloce? Che siamo in un *fas futt*?» Versò del vino nei bicchieri. «Qua un brindisi ci vuole.»

«E a me un bicchiere non me lo date?»

Era la voce di un uomo, giovane.

«Giovanni, vieni, stiamo brindando.»

Lanza fece per alzarsi, ma l'uomo lo bloccò con una mano sulla spalla.

«Ispettore, state seduto che stu vinu fa trangalìari.»

Mentre si sedeva si presentò a Ferraro, che ricambiò il saluto. Poi Don Leo disse qualcosa in una lingua incomprensibile al resto dell'umanità (probabilmente era un augurio di lunga vita ai presenti in calabrese), alzarono i calici con dentro un vinello fresco fresco dal colore paglierino e se lo scolarono.

«Buono», Ferraro provava ad entrare nel gruppo, «che vino è?»

Rispose Giovanni: «Questo è un Esaro. Arriva dalle nostre terre. Lo facciamo sia rosso che bianco», sorrise, «però il bianco picchia come il rosso».

«Cioè?»

«Ha una gradazione alcolica di circa 12 gradi.»

Ferraro se ne era già accorto. Era a stomaco vuoto e il bicchiere di Esaro sembrava fosse filtrato direttamente nel cervello, andando ad intaccargli irreversibilmente le poche sinapsi ancora operanti.

Don Leo, forchetta alla mano, lanciò un urlo; insieme imperioso e allegro.

«Acheropìta, allora, è pronto?»

Da dietro una porta si sentì la voce della moglie. Parlava dalla cucina.

«Un attimo. Ho fatto. Nu refulu e ncighiamu a russicari.»

Ferraro stava soffrendo. Appena si mettevano a parlare in dialetto li perdeva. In confronto la lingua di Zoran gli sembrava un dialetto della Val Padana. Col siciliano ci aveva fatto amicizia, da ragazzino, ma il calabrese non era fra le lingue elencate nel suo curriculum. Lanza non si perdeva una parola, invece. Ascoltava tutto con uno sguardo estatico, come se dovesse di ogni lemma fare il percorso etimologico. E, anzi, probabilmente lo faceva.

Ferraro si accorse che il bicchiere era stato riempito di nuovo da qualcuno. Per fare qualcosa bevve ancora un po'. Iniziarono a fumargli le ascelle.

Lanza si rivolse al capotavola: «Che ha preparato vostra moglie?»

«Robba buona. Ve ne uscite gurdu da qua, ve lo dico io.»

«Don Leo, non vi vergognate? Fate ancora lavorare vostra moglie, alla sua età? Ma quando si riposa?»

«Cosa dite, ispettore? Acheropìta non lavora. Ida solo pe mme cucina. Io sono un bimbo viziato, mi mangio solo la roba cucinata da me mugghiera.»

Dalla cucina uscirono le donne, stanche e felici, con in mano enormi vassoi. Don Leo li guardava come fosse davanti ad una vetrina di dolciumi.

«Ecco qua. Scaffittuni ccu marozze.»

Ferraro si avvicinò a Lanza, per non farsi ascoltare dagli altri.

«Cosa ha detto?»

«Scaffittuni ccu marozze.»

«Grazie, questo l'ho sentito anch'io. Ma che vuol dire?»

«Rigatoni con le lumache. Mettiti comodo e slaccia la cintura. Qui ne abbiamo per un paio d'ore.»

10

Mangiarono come fossero alla cresima del piccolo Leoluca. Un paio di volte Lanza andò pure in bagno. Probabilmente lo usava come *vomitorium*, per poter ricominciare più fresco di prima. A Ferraro sembrava di essere in vacanza dai suoi parenti in Terronia: aveva la stessa sensazione di crisi cardiaca da eccesso alimentare.

«E questo?»

«Baccalà ara castruviddrara. Mangi, mangi, che mi sembra nu screncu. Se 'o voli accunzari...»

La donna gli offrì un po' d'olio color sangue. Solo a guardarlo faceva venir voglia di mettersi sotto una fontana con la bocca aperta.

Più o meno arrivarono alla fine. Dopo un assaggio del capocollo, del silano, della 'nduja spalmata su delle bruschette, dei dolci, il caffè e l'ammazzacaffè. Ferraro ormai desiderava soltanto trovare anche lui un *vomitorium* dove infilarsi due dita in gola e liberarsi. Lanza sembrava non avesse toccato né cibo né alcol tanto era lucido.

Ad un certo punto, Don Leo fece un gesto impercettibile con la mano e, d'incanto, sparirono tutti. Subito dopo si mise una mano in tasca e tirò fuori un pacchetto di MS.

«Fumate sempre la pipa, voi?»

«Sì, ma ogni tanto. Non me la porto dietro quando lavoro...»

Il vecchio, con calma, si accese la sigaretta. Poi ne offrì una a Ferraro.

«No, grazie, non fumo.»

In realtà avrebbe voluto fumarsi l'intero pacchetto. Erano quasi due anni che non accendeva una sigaretta, ma mai come in quel momento, dopo un pranzo luculliano di tale sorta, ne sentiva un bisogno urgente, come a suggellare una mangiata che andava oltre il semplice alimentarsi (come ormai faceva da troppo tempo in casa, da solo), ma che era a tutti gli effetti un rito collettivo, familiare, di amicizia e rispetto reciproco. Fumare era come scambiarsi il calumet della pace, fra i saggi del villaggio, nel momento in cui bisognava parlare di cose importanti per la tribù.

Perché la faccia di Don Leo era mutata. Da allegra e conviviale si era fatta seria e meditabonda. Come se avesse sempre saputo che Lanza gli doveva parlare di qualcosa di importante, forse anche di sgradevole. Ma prima c'erano da assolvere i suoi improrogabili doveri di ospite. E ora, finito il pranzo, era finalmente giunto il momento dei chiarimenti.

«Che succede, ispettore?»

«Conoscete Vito Russo?»

«Chi? Quello dei napoletani?»

«No, no. Il figlio di Antonio Russo.»

«Quelli di Canosa?»

«Sì.»

«Il figlio... mmmh... Quale? Ne ha tre.»

«Il più giovane.»

Don Leo fece un'espressione di disgusto.

«Non mi fate dire nulla. *Chi parra d'arrìetu arrìeti è tenuto.*»

«Allora fate parlare me, Don Leo. Ascoltatemi con calma.»

Gli raccontò tutto, per filo e per segno. I muscoli facciali di Don Leo sembravano paralizzati, senza espressione. L'unica cosa che faceva l'uomo era accendersi ogni tanto una sigaretta, sempre con lo sguardo basso, verso il tavolo, come se stesse pensando ad altro.

Lanza finì. Non disse nulla di più, non un commento, non un consiglio.

«U sapite che ghia nu ci vaiu a cantargli 'a pampina, veru? Nu ce parlu cu le furmiculedi, ghia...»

Machecazzostadicendo?

«Non dovevo dirvelo?»

«Avete fatto bene. Un buon amico siete. Comu la devo accunzari questa storia?»

«Don Leo mi fido di voi. Non fate niente che i Russo non gradiscano.»

«U sapu. *Prima 'e ÿiri alla fera vidi si 'u ciucciu è alla stalla...*»

«Appunto.»

Appunto cosa? Ferraro si sentiva come il ragazzo di bottega mentre i due artigiani contrattano l'affare. Perfettamente inutile e inadeguato.

Lanza si alzò, imitato subito dal collega.

«Don Leo, noi adesso andiamo. Verrò a trovarvi presto.»

«Chimmu! La mia casa è sempre aperta. Ancu au vustru quotraru.»

Allungò la mano a Ferraro che ricambiò il saluto.

Lanza sorrideva: «Non è un ragazzo, è un padre di famiglia».

«Idu è ninnu, pe' mme. Ghia potrei essere paisa.»

Questo Ferraro, più o meno, lo capì.

«Arrivederci, Don Leo, verrò anch'io a trovarvi volentieri.»

«Sempre a disposizione.»

Poi, mentre i due poliziotti si allontanavano, spense con vigore la sigaretta nel portacenere. Fra sé e sé mormorò qualcosa: «Ti devi sciantari, lordu e cundutu. Ti fazzu salari. A mea janìa nu 'a tucchi».

Qualunque cosa volesse dire, faceva paura.

11

Per strada Lanza aveva fretta.

«Forza, andiamo in commissariato.»

Ferraro si bloccò sul marciapiede.

«Lanza, perché?»

«Come perché? Siamo in ritardo.»

«No, Lanza. Questo lo so anch'io. Perché siamo andati da Don Leo?»

«Dovevo parlargli.»

«Lanza, smettila. Lo so che dovevi parlargli. Ero presente...

Ti chiedo perché gli hai detto di Russo. Questa è roba della polizia, non di un ex galeotto.»

L'ispettore capo tornò sui suoi passi, verso Ferraro. Assunse un'espressione di circostanza.

«Ascolta. Se avessimo dovuto fare come da regolamento, dovevamo prima mettere almeno una volante ad osservare i movimenti di Russo per poi aspettare non so quanti giorni che accadesse qualcosa. Col rischio che lui nel frattempo si insospettisse e trovasse un altro modo per fare i suoi traffici. Non abbiamo uomini, Ferraro. E ci sono di mezzo dei bambini.»

«Ma la testimonianza della preside e del professore...»

«Non li voglio coinvolgere. Poi dovremmo proteggere pure loro. Questa è una cosa che le 'famiglie' del quartiere sanno risolvere da sole.»

«E se Grillo fa qualcosa di... 'illegale'?»

«Illegale per chi? Quello che ho appena fatto *è* illegale.»

«Appunto. Sai cosa rischi?»

«Non rischio nulla. Don Leo mi ha dato la sua parola che farà quello che deve, nei limiti consentiti dal codice di onore che vige da queste parti.»

«Che non vuol dire necessariamente qualcosa di legale.»

«Tutto è relativo, lo sai. Una ripassata a Russo non gli farà che del bene. Se andassimo noi a fargli una ramanzina ci riderebbe in faccia. Non abbiamo nessuna autorità per lui. Don Leo sì.»

Riprese a camminare e Ferraro dietro.

«Cosa diremo a Zeni?»

«Ci penso io.»

«Bisognerà fare un verbale.»

«Non preoccuparti, ci penso io. Zeni capirà.»

«Bisogna vedere come la pensa De Matteis.»

«A lui queste storie non interessano.»

Eppure c'era qualcosa che non convinceva Ferraro. Ci pensò su, poi gli venne da chiedere: «Perché hai voluto che ci fossi anch'io?»

«Dove?»

«Da Don Leo. Potevi andarci da solo. Perché hai voluto che fossi presente?»

«Volevo che lo conoscessi.»

«Perché?»

Ora fu Lanza a fermarsi. Rimase alcuni secondi in silenzio. Poi alzò lo sguardo verso il collega.

«Perché io fra poco più di un mese partirò. Forse per sempre, non lo so ancora. È meglio che tu conosca Don Leo. Può aiutarti, se ne avrai bisogno. Te l'ho presentato io, e questo vuol dire molto per lui.»

Senza dare adito a Ferraro di replicare attraversò di corsa la strada, con uno scatto da centometrista. Solo l'idea di correre, appesantito com'era, gli faceva girare la testa. Aspettò che passassero un paio di macchine, poi raggiunse il collega.

«Minchia, Lanza, ma come fai? Io riesco a malapena a restare in piedi!»

«Hai mangiato troppo.»

«Ehi, non ero mica solo al banchetto.»

«Io ho mangiato molto meno di quello che credi.»

Hai capito la vecchia volpe? Mentre tutti erano attenti a ingozzare il nuovo ospite, il vecchio faceva finta di mangiare, altro che *vomitorium*.

«Ma, senti un po', perché Don Leo ti tratta così?»

«Come mi tratta?»

«Come se fossi Dio in terra.»

«Ci rispettiamo, tutto qui.»

Sembrava reticente.

«Lanza. Non sono un fesso. C'è dell'altro, vero?»

«Sì, c'è dell'altro. È una lunga storia e questo non è il momento per raccontarla, ormai siamo arrivati.»

Erano di fronte al commissariato. Lanza aprì senza indugi il portone d'ingresso. Ferraro rimase due passi fuori.

«Me la racconterai, un giorno?»

Lanza teneva ancora il portone aperto. Sorrise.

«Sì. Un giorno te la racconterò.»

VI

QUEL CHE RESTA DEL GIORNO

1

Certe giornate sono interminabili. Qui andava a finire che le ore a disposizione per lo studio le avrebbe passate a dormire, altro che a preparare esami.

Non fece in tempo a fare tre passi nell'atrio del commissariato che Fusco lo raggiunse con un foglio in mano.

«Ferraro, stavo per telefonarti al cellulare.»

Lanza lo salutò con un gesto e si avviò verso l'ufficio di Zeni.

«Ciao, Lanza. Ci vediamo dopo.» Poi, a Fusco: «Che succede?»

«È arrivato un fax per te. Pensavo fosse urgente.»

Comaschi nel frattempo stava umiliando per l'ennesima volta la macchina del caffè, con la sua indifferenza tutta maschile, che non sa apprezzare chi ti ama per inseguire sogni irraggiungibili di moka sinuose, firmate da insigni designer d'oltralpe. Buttò il bicchierino di plastica nel contenitore senza neppure un commento, un ringraziamento, per chi lavora alacremente per il piacere della gola di un intero commissariato, e si avvicinò ai due.

«Fusco, ragazza mia, non ti ho mai vista così in movimento come in questi giorni.»

La ragazza arrossì un po'. Ferraro fulminò Comaschi con lo sguardo.

«No, è che pensavo che a Ferraro il fax servisse subito...»

Non sapeva cosa dire. Era chiaro che le bastava mettere il fax sulla scrivania dell'ispettore per assolvere ai doveri di buon vicinato fra colleghi. Portargli l'acqua con le orecchie forse era fin troppo servile.

«Grazie, Fusco. Avevi ragione, lo stavo aspettando da un po' questo fax.»

In realtà non l'aveva neppure guardato. Lo diceva per mettere a suo agio la ragazza.

«Bene. Allora io vado.»

Ma non si muoveva. Sorrideva come una cretina e non si muoveva.

«Che c'è? Vuoi la mancia?»

Fusco si scosse dal suo torpore ebete: «Vaffanculo, Comaschi», e se ne andò.

Ai due amici veniva da ridere.

«Hai visto?» disse Comaschi, a bassa voce.

«Cosa?»

«Hai visto che avevo ragione? Se te la lavori un po' ci scappa una chiavata.»

«Cazzo Comaschi, ma non pensi ad altro?»

«Smettila di fare il gentiluomo. Da quand'è che non tocchi una donna?»

«A te che te ne frega?»

«Mi preoccupo per te. Non vorrei che ti venisse voglia di passare all'altra sponda.»

«E anche se fosse? Sei razzista?»

«No, figurati. Però non mi va di camminare raso muro ogni volta che ti vedo.»

Nel mentre Ferraro si leggeva il fax. Era il tabulato delle telefonate dal cellulare di Càrpano. C'erano dei numeri fissi di locali notturni di Rimini, alcuni telefoni erotici (si era spolpato la carta con quelle telefonate) e poi Milano.

«Comaschi, hai da fare?»

«Cos'è, ci stai provando?»

«Dai, coglione. Mi vuoi accompagnare?»

«Dove mi porti, in un boudoir?»

«Ma la vuoi finire?»

Passò De Matteis.

«Voi due sembrate il 'monumento all'inattività'.» Questa se l'era preparata, non era il tipo da battute estemporanee. «Ferraro, non so ancora nulla della denuncia della signora Cappelli. Devo fare un rapporto a Zeni?»

Forte con i deboli, si sa...

«Aspettavo questo fax. Ora ho una pista da seguire. Stavo giusto andando...»

«Sì, sì, vabbe', vabbe'... e tu Comaschi?»

«Il collega mi ha appena fatto ufficiale richiesta di mettere in riserva le mie attività indagatorie per potermi rendere utile, nel contingente, al caso in questione.»

«Comaschi, tu mi prendi per il culo, credi che non l'abbia capito?»

«Ho sempre apprezzato le sue qualità intuitive.»

Ci mise qualche secondo a comprendere se era un complimento o meno. Per non sapere né leggere né scrivere decise che non lo era.

«Comaschi, smettila. Se vai avanti così un giorno ti infilo un braccio nel culo e ti muovo come un burattino, hai capito?»

Complimenti per lo stile. Un vero signore.

«Lo proponga a Ferraro, credo che apprezzerebbe...»

«Ma sei scemo?»

«Comaschi, ne ho piene le palle di te...»

«De Matteis?» Era la voce di Zeni. Imperiosa. «Venga subito nel mio ufficio. Io e Lanza la stiamo aspettando da un quarto d'ora.»

Bugia, era molto meno. Probabilmente dovevano parlare di Don Leo.

«Arrivo subito, dottore.»

... e debole con i forti, un vero e proprio marchio di fabbrica.

I due tornarono nella loro posa plastica. Quella del «monumento all'inattività», per intenderci.

«Allora, vieni?»

«Preferirei 'venire' con Fusco che con te.»

«Tu sei malato.»

Ferraro riprese a leggere il fax.

Comaschi si arrese: «Va bene, dai. Ormai l'ho detto pure a De Matteis. Non è che però mi porti in un luogo scuro scuro e mi fai delle cose brutte?»

«Andiamo al bar Quinto.»

«Occhèi. Prendo la giacca.»

A Milano, sul tabulato, c'erano segnalate quattro telefonate indirizzate al bar Quinto e una ad una persona residente in via

Pascarella 22, tale Cortese Giuseppe. Il cerchio sembrava stringersi.

Tornò Comaschi, ingiacchettato. Camminava come un imbecille.

«Che fai?»

«Cammino raso muro. Non si sa mai...»

Sovrintendente Comaschi: uno sbirro d'avanspettacolo.

2

C'era già un gran bel casino. Sembrava che a nessuno interessasse fosse autunno. Erano tutti fuori dal bar a bere, cazzeggiare, discutere di calcio e di belle fighe. La fauna era la solita di sempre: giovinastri, pokeristi, sfaccendati, tamarre, pensionati, alcolisti... come riuscissero a sbarcare il lunario era un mistero. Pareva quasi che l'assessorato al folklore del Comune di Milano li pagasse per dare colore alle grigie periferie urbane e loro eseguissero con zelo l'incarico assunto.

Ferraro non conosceva il gestore del locale, aveva rilevato il bar da poco. Quando gli mostrarono le credenziali portò i due poliziotti in una stanza sul retro. Questo perché c'era un caos tale dentro il bar che non si riusciva a parlare. Oppure perché non voleva farsi vedere a parlare in pubblico con due sbirri, tutto può essere.

«Come avete detto di chiamarvi?»

Lo disse sbuffando, come se tutto questo gli facesse perdere tempo prezioso.

«Ispettore Ferraro e sovrintendente Comaschi.»

«Poliziotti.»

«No, giocatori di cricket» rispose Comaschi.

«Cos'è il *cricche*?»

«È l'utensile che uso quando voglio spaccare la testa a qualcuno.»

Poliziotto buono e quello cattivo. Un must. A Comaschi, di default, toccava quello cattivo.

«Ehi, amico, calma. Io sono dalla vostra parte, sono pulito.»

Tipico di chi ha la coda di paglia. Sporca.
«Bene. L'igiene è una bella cosa.»
«Di cosa hai bisogno?»
Dava del tu, faceva lo sborrone.
«Sa dirmi qualcosa su Antonio Càrpano?»
«Chi?»
«Non si risponde con una domanda ad una domanda, è maleducazione» disse Comaschi.
«Boh, non so di chi state parlando.»
«Antonio Càrpano, un ragazzo di diciotto anni, alto, riccio, magromagro.»
«Sai quanti ne passano qui ogni giorno?»
Ferraro tirò fuori una foto.
«Questo qui.»
Il locandiere la osservò con attenzione.
«Sì, forse... non lo so. Non ho una buona memoria, però questo credo di averlo visto, sì. Un paio di volte, non di più.»
«È vera la storia che qui spacciano dalla mattina alla sera?» Comaschi all'attacco.
«Ehi, ma che volete? Io non c'entro niente. Io faccio il mio lavoro. Chi cazzo è 'sto tipo?» Indicò la foto. «Uno spacciatore?»
«Non lo so. Diccelo tu.»
«Non lo conosco. Non so chi sia.»
Si stava irrigidendo.
«Come? Prima dici di ricordartelo e poi non lo conosci?»
«Insomma. Mi sembra di averlo visto, sì. Anche a voi mi sembra di avervi già visto. Non lo sapevo però che eravate poliziotti.»
Voleva dire «sbirri», ma si vedeva che stava cambiando registro.
«E come siamo messi con la licenza e tutto il resto? Paghi l'occupazione del suolo pubblico al Comune?»
Spesso Comaschi entrava troppo dentro la parte. Diventava uno stronzo di prima categoria.
«Dove volete arrivare? Io pago. Pago tutti, non preoccupatevi. Sia i buoni che i cattivi, non so se mi spiego.»
Bisognava fermare Comaschi, la chiacchierata stava pren-

dendo una brutta piega. Ancora un po' e scoprivano i nomi dei vigili che prendevano la mazzetta. Non era il caso. Occhio non vede cuore non duole.

«Torniamo a Càrpano. Sappiamo per certo che le ha telefonato in questi ultimi giorni. Almeno quattro volte.»

«A me?»

«No, a mio zio. Smettila di fare il reticente, mi sto incazzando.»

Il sovrintendente tirò fuori una sigaretta e se la piazzò in bocca.

«Mi scusi. Preferirei non fumasse.»

Ora dava del lei. Le misure erano state prese.

«Cosa? Mi prendi per il culo? Ma se fumano tutti qui. Hai paura che poi ti faccio la multa?»

«No, veramente, la prego. Fumano tutti, è vero. Ma non qua dentro. È l'unica stanza dove riesco ad evitare la puzza di sigarette.»

Comaschi l'accese lo stesso. Ferraro lo trovò eccessivo.

«Vai fuori. Qui finisco io.»

«Dici davvero?»

«Sì, vai. Beviti qualcosa.»

Comaschi uscì dalla stanza scuotendo la testa. Faceva parte della recita.

«Allora, forza, ora siamo solo noi... Che mi dice di queste telefonate?»

Indicò con una penna le quattro telefonate sul fax.

«Cosa le devo dire, ispettore? Ha idea di quanta gente telefona qui, dalla mattina alla sera? Mica sono tutte per me. Molto spesso telefonano perché sanno che c'è qualcuno che magari ha il cellulare spento, o magari non c'è campo, e allora io lo chiamo e lo faccio venire al telefono. Non è che chiedo la carta d'identità a tutti quanti.»

«Cioè lei mette a disposizione il suo telefono ad estranei?»

«Sì, ma solo per ricevere. Ho messo un blocco per le telefonate in uscita.»

«E capita spesso?»

«Quasi tutti i giorni.»

«E sono sempre le solite persone?»

«No... sì, dipende.»

«Sì o no?»

«Non sono due o tre. Saranno un sette o otto persone, anche dieci. Tutti ragazzi.»

«Tutti giovani?»

«Sì. I vecchi non si alzerebbero mai dal tavolo. Tanto sanno chi li chiama: la moglie incazzata...»

Doveva essere una battuta. Rise solo lui.

«Sa chi è Cortese Giuseppe?»

«Boh. Ce l'ha una foto?»

«No, non ce l'ho.» Ci aveva provato. Riprese: «Quindi mi sta dicendo che Càrpano non ha mai chiamato per parlare con lei».

«Ma io non so neppure chi è 'sto tipo. Io li conosco di vista, alcuni di nome, ma poi basta. Io mi faccio i cazzi miei.»

«E me li saprebbe indicare, nel caso, quelli che vengono spesso al telefono?»

«Bah, sì, credo di sì.»

Ma serviva a qualcosa? Forse era meglio andare subito da quel Cortese Giuseppe, via Pascarella 22. Almeno quello non era un locale pubblico, un porto di mare dove tutti entrano ed escono.

«Bene, nel caso le chiederò di identificarmeli.»

I due uscirono dalla stanza asettica. Il gestore era sudato come se avesse confessato un uxoricidio. Non si fa una bella vita a fare il poliziotto, nessuno vuole mai starti affianco.

«Beve qualcosa?» Il gestore ci provava, ammaliante.

«No, lasci stare, sono in servizio.»

«Anche il suo collega è in servizio, però la birretta se l'è presa lo stesso.»

Fuori dal bar Comaschi stava bevendo la sua bottiglia di birra con in mano una sigaretta. Seguiva con attenzione una discussione in atto in un gruppo di ragazzi. Ferraro gli si avvicinò.

«Che fai?»

«Come è andata?»

«Non si risponde con una domanda ad una domanda, è maleducazione.»

«Senti, Ferraro, vaffanculo. Io faccio lo stronzo e poi la gente viene a piangere sulla tua spalla. Che nomea mi sto facendo? Nessuno vorrà più uscire con me!»

«Ci sono sempre io, non preoccuparti, che so quanto sei gentile e sensibile.»

«Tu mi fai paura, ragazzo. Ti stai trasformando in un culandra davanti ai miei occhi. Non è che a casa tua c'è un baccello vuoto sotto il letto?»

«Ci farò caso, stasera.»

Nel frattempo la discussione continuava. C'erano due tipi stravaccati su delle sedie di plastica. Poi un altro paio appoggiati con le chiappe sul cofano di una macchina parcheggiata e uno seduto sul sellino di una moto. Tutti avevano in mano qualcosa da bere. Il più giovane, quello appoggiato alla macchina, mangiava una focaccia. L'aveva già visto da qualche parte, ma non riusciva ad inquadrarlo.

Ferraro sussurrò al collega: «Che c'è? Perché li stai ascoltando?»

«Stanno facendo proprio un discorso del cazzo. Fattelo dire.»

«Cosa c'entro io?»

«Sei di Quarto pure tu, no? Vedi di fare qualcosa, che ti rovinano l'immagine del quartiere.»

«Che vuol dire? Mica sono il fratello maggiore.»

«Be', potresti dire anche 'il padre'. Ormai l'età ce l'hai...»

«Vabbe', ma che dicono?»

«C'è uno che vuole dimostrare che mettere il casco in moto non ha senso.»

Ferraro trovò l'argomento assolutamente insulso e per nulla interessante. Ma vedeva Comaschi preso dalla discussione e, per simpatia, si mise ad ascoltare pure lui.

«Ma ti rendi conto, quando fa caldo, che roba da paura è stare col casco?»

Argomentazioni sopraffine, non c'è che dire.

«Dovrebbero farli con il condizionamento.»

E tutti giù a ridere.

«Poi andare in giro col casco sembri sempre uno che vuole fare uno scippo.»

«Che cazzo vuol dire? Lo fanno per la sicurezza.»

Quello sulla moto intervenne: «Ma finché uno è giovane, come Filippo, lo capisco». Filippo, il mangiafocaccia, si fece più attento. «Però, cazzo, metti un uomo di quarant'anni. Ma ti sembra giusto che se ne deve andare in giro con il casco?»

Comaschi alzò gli occhi al cielo. Poi decise di disfarsi della bottiglia, buttandola in un cestino.

Un altro del gruppo intervenne: «Che c'entra? E se fa un incidente?»

«Mavaffanculo. Se sono maggiorenne decido io che cazzo fare. Come questa storia di mettere le scritte sui pacchetti.»

«Minchia, menano una sfiga.»

E tutti a toccarsi le palle e ad accendersene una.

«Io c'ho il preservativo.»

«Cosa?»

Uno dei seduti sfoggiò una specie di copripacchetto tutto colorato e pieno di fiorellini che nascondeva le scritte mortuarie dei pacchetti di sigarette.

Filippo buttò in terra la carta oleata della focaccia e si avvicinò per guardare meglio l'oggetto.

«Che figata. Troppo tosto... Me la dai una siga?»

«Ehi, tu per andare in culo allo Stato vai in culo a me!»

Qualcuno rise, qualcuno no. Comunque gliene allungò una, facendo in modo però che non toccasse con le dita unte il suo magnifico copripacchetto.

Il motociclista aveva deciso che la discussione non era finita: «Insomma, cazzo. Ho quasi vent'anni, decido io della mia vita. Se mi voglio schiantare contro un muro sono cazzi miei, no?»

A Comaschi vennero le scalmane.

«Ennò, bello. Sono anche cazzi miei, capito?»

«Ma chi è questo? Cosa hai detto, scusa?»

Ferraro perse le coordinate. Che stava succedendo?

«Ho detto che se ti schianti sono anche cazzi miei!»

«Ma chi cazzo ti conosce, ma che vuoi?»

«Forse vuole dire che se non stai attento, magari metti sotto qualcuno.»

C'è sempre uno che vuole fare da paciere, uno che sotto sotto non ama le discussioni.

«Che discorso del cazzo. Se lo metto sotto lo faccio anche se c'ho il casco, no?»

E c'è sempre uno che, invece, le discussioni le adora.

«Quanto sei coglione.»

«Senti un po', Coso, mi stai rompendo le palle.»

Il motociclista si alzò dal sellino, minaccioso. Comaschi non si spostò di un millimetro.

Lo guardò nauseato, poi aprì bocca: «Vuoi andare in giro senza il casco? Va bene, non c'è problema... però allora facciamo così; facciamo una legge dove tutti si mettono in tasca un documento che dice: 'se mi sono schiantato contro un palo e guidavo senza il casco e sono ancora vivo, lasciatemi agonizzare sulla strada, non chiamate l'ambulanza, non curatemi'...»

«Ma che cazzo di discorsi sono?»

Comaschi era un fiume in piena.

«Essì, bello mio. Perché quell'ambulanza te la pago io, con i soldi delle mie tasse. Il pronto soccorso te lo pago io, la riabilitazione te la pago io, e se poi ti danno pure la pensione di invalidità, te la pago io, stronzetto. Vaffanculo. Vuoi morire? Muori. Ma muori, però. Se ti sei rotto una gamba e hai la testa aperta in due non meriti neppure i soldi del colpo di pistola nel cranio, come si fa con i cavalli.»

Il motociclista ora era a due centimetri dalla faccia di Comaschi.

«Tu marchi male, lo sai?»

«Mi sto pisciando sotto dalla paura.»

Ferraro tornò in sé.

«Dai, Comaschi, andiamo. Lascia perdere.»

Il motociclista spostò lo sguardo verso Ferraro. Forse non riusciva a sostenere quello di Comaschi, ma non voleva ammetterlo.

«Senti un po', capo, portati via il tuo amico, se vuoi che questa storia finisce bene.»

«Non mi fai paura, lo sai, vero?»

«Comaschi, basta, andiamo via.»

Erano in due contro cinque, più gli altri che si stavano avvicinando. O tiravano fuori la pistola o erano cazzi. Meglio andare via.

«Non mi fai paura. Coglione.»

Il motociclista alzò il braccio come per colpirlo, ma non fece nulla. Comaschi non si mosse da lì.

«Basta, cazzo!» Ferraro spostò di peso Comaschi. «Andiamo via, porca puttana.»

«Ecco, bravo, portalo via. Che cazzo di gente che c'è in giro...» I due poliziotti si stavano allontanando a fatica mentre il motociclista continuava gonfio come un pallone a far sentire la sua voce vittoriosa. «Che cazzo, non faccio in tempo a tornare a Quarto che subito schiaccio una merda. Ci sono troppi stronzi in giro...»

Comaschi stava per tornare indietro, ma Ferraro lo bloccò subito. Aveva paura che gli piantasse veramente un colpo in fronte.

«Ma che cazzo fai, sei scemo? Ti vuoi mettere nei guai per colpa di un ragazzino?»

«Quello è un coglione. Bisognerebbe colpirne uno per educarne cento!»

«Che te ne frega, scusa? Se si schianta sono cazzi suoi.»

«Non ti ci mettere anche tu.»

«Ma che c'hai contro le moto?»

«Io non ho niente contro le moto. Io ce l'ho contro gli imbecilli.»

3

Lungo la strada Ferraro aggiornò Comaschi sul caso. Era per cambiare argomento, più che altro.

«A me sembra una storia del cazzo!»

«Sì, un po' lo è... però più ci penso e più mi pare ci sia qualcosa che non torna.»

«È Càrpano che non torna. Non ha nessuna voglia di tornare a casa dalla madre!»

«Lo pensavo anch'io. Però perché sparire così, neppure rispondere al cellulare?»

«Perché se lo becca la madre gli fa un culo così.»

«Prima o poi dovrà tornare a casa, no? Avrà pensato a come reagirà la madre?»

«Magari è talmente impasticcato che non riesce neppure a valutare la reazione di sua madre. Oppure a Rimini ha trovato l'amore della sua vita e non vuole più tornare a Milano.»

«No. È a Milano in questo momento. Ha fatto un prelievo oggi, in viale Monte Ceneri.»

«Allora è un pirla. E il padre? Non ce l'ha un padre?»

«Sì, ce l'ha. È separato dalla madre, da quello che ho capito non lo vede da anni.»

«Be', però io un giro dal padre lo farei.»

«Sì, forse hai ragione.»

Ora erano davanti alla porta del Cortese. Suonarono. Ad aprire arrivò un giandone di prima categoria. Dargli vent'anni era essere ottimisti.

«Chi siete?»

«Il signor Cortese?»

«Mio padre non c'è. Arriva tardi oggi. La mamma è andata a fare la spesa.»

«Noi cercavamo il signor Cortese Giuseppe.»

«Sono io.»

I due mostrarono i distintivi.

«Non si preoccupi, signor Cortese, dobbiamo farle solo due domande. Possiamo entrare?»

A Cortese vennero le palpitazioni.

«Ma... ma... io... io...»

«Conosci altre parole, oltre a 'ma' e 'io'?» disse caustico Comaschi.

«Cosa?»

«Sì, direi di sì. Hai vinto una bambolina. Ora ci fai entrare?»

«Ma, io...»

«Non ricominciare, che non è giornata.»

«La vuoi finire? Non vedi che è spaventato?» sussurrò Ferraro al collega. Poi, al ragazzo: «Signor Cortese, non si preoccupi, la nostra è una formalità. Abbiamo bisogno del suo aiuto».

Tira e molla si convinse. Li fece accomodare in soggiorno.

C'erano un cucinotto a vista, un bagno di due metri quadrati e un'altra stanza. E la casa era finita.

«Adesso arriva la mamma, io non so...»

«Mi ascolti Giuseppe... posso chiamarti Giuseppe?»

«Sì, sì, mi chiamo così...»

«Bene, ascoltami. Non avere paura. Dobbiamo farti solo due domande.»

La voce di Ferraro era più dolce del miele di acacia. Comaschi si infilò una sigaretta in bocca.

«Posso fumare?»

«La mamma non vuole.»

«La mamma non vuole che fumi tu. Ma io posso?»

«Papà fuma sul balcone.»

«Vabbe', lasciamo perdere. È una congiura...»

«Ascoltami, Giuseppe.»

«Pino.»

«Cosa?»

«I miei amici mi chiamano Pino.»

«Allora ti chiamo Pino, va bene? Sono tuo amico?»

«Sì, tu sei simpatico.»

Come a dire che Comaschi era l'orco cattivo.

«Ascolta Pino. Quando hai sentito l'ultima volta Antonio Càrpano?»

«Antonio? Ma lui è partito, è andato al mare.»

«Sì, questo lo sappiamo. Ma quando l'hai sentito l'ultima volta al cellulare?»

«Al cellulare? Lui non mi chiama mai al telefonino. Non mi chiama mai nessuno a me.»

E ti pareva. Ci voleva l'assistente sociale, qui, altro che gli sbirri.

«Eppure sappiamo che ti ha telefonato.»

«A me? E quando?»

«Magari non hai risposto tu, magari ha risposto la mamma. Te lo ricordi?»

«Ma quando? Se mi chiamava, la mamma me lo diceva. A me Antonio non mi chiama mai. Abita qui, nella scala affianco. Però non mi chiama mai. A me non mi chiama mai nessuno.»

«Si è incantato il disco.»

Comaschi era nervoso. L'assenza prolungata di nicotina lo stava mandando fuori di testa.

«Ascolta, Pino. Ieri pomeriggio attorno alle 16.00, cioè, scusa, attorno alle quattro, Antonio ha fatto una telefonata. Te lo ricordi?»

«Ieri?»

«Ogiesùcristo.»

Comaschi si alzò e iniziò a passeggiare per la stanza.

«Sì, ieri alle quattro.»

Pino si concentrò. Mise le labbra a papera per far vedere che ci metteva impegno.

«Sì, ieri hanno telefonato. Sì... era Antonio?»

«Ogiesùcristo.»

«Non hai risposto tu?»

«Sì, ho risposto io. Ma non era Antonio, almeno credo.»

Rise in un modo curioso.

«In che senso, scusa?»

«Non lo so. Era la voce di una ragazza.»

A Ferraro si drizzarono le antenne.

«Che ti ha detto questa ragazza, te lo ricordi?»

Pino sorrise imbarazzato.

«Mi diceva delle cose... insomma... delle cose un po'... sporche...»

«Cosa ti diceva? Delle parolacce?»

«Ma no», ora era rosso come un peperone maturo, «mi diceva che voleva fare delle cose con me. Che le piacevo. Poi faceva così: 'ah, ah, sì, sì'. Mi faceva ridere.»

Ferraro aveva la testa fra le mani, sconsolato.

«Non ti ricordi nient'altro? Sei sicuro che non era Antonio?»

Pino rise di gusto.

«Ma Antonio non ha quella voce. Sai cosa mi diceva? Diceva: 'è vero che ce l'hai grosso? Me lo dai in bocca?' Antonio non me le dice queste cose. Antonio non mi chiama al telefono, non mi chiama mai. Non mi chiama mai nessuno a me.»

Era entrato in loop. Comaschi scalpitava.

«Senti, io vado fuori sul balcone a fumare. Che tanto qua...»

«Fumare fa male. Fa venire il cancro.» Ragazzo giudizioso.

Il sovrintendente comunque si strizzò per bene le palle, uscendo.

«Pino. Tu non la conoscevi la ragazza, vero?»

«No, ma va'... mi diceva quelle cose... a me è venuto duro, lo sai? Te lo posso dire? Non ti arrabbi? La mamma si è arrabbiata, diceva che era uno scherzo. Ma io ce l'avevo duro. Me lo toccavo tutto. Ce l'avevo durissimo. Io ho il cazzo grande, lo sai? In cortile me lo dicono tutti.»

«Chi te lo dice?»

«I ragazzi, in cortile.»

«Ti prendono in giro?»

«Boh. La mamma dice che non ci devo parlare, che sono cattivi. Ma con me ci parlano. Mi dicono: 'Pino ce l'ha come un asino', 'Pino, ce lo fai vedere?' Allora io tiro giù i pantaloni e tutti mi guardano. Te lo faccio vedere?»

Era già in piedi. Pieno di entusiasmo, con la mano sulla patta, pronto a condividere il suo tesoro, pur di farsi amare da qualcuno.

«No, no. Lascia stare. Ci credo, ci credo.»

«Secondo me aveva le tette grandi. Le ho viste al mare quelle con le tette grandi. C'era una che le aveva grandiiissime. Te lo giuro, io non dico bugie.»

«Non hai sentito altre voci durante la telefonata?»

«C'era questa che mi diceva quelle cose. E poi ogni tanto rideva. Allora ridevo anch'io. Non era Antonio. La mamma dice che era uno scherzo. Ma Antonio non mi fa gli scherzi, con me è gentile.»

«Ti tratta bene, Antonio?»

«Sì, mi saluta sempre. Lui fa il falegname, lo sai?»

«Sì, lo so. Me l'ha detto sua madre.»

«La mamma di Antonio ha le tette grosse. Però non lo devo dire. Perché non è bello dire che le mamme hanno le tette grosse.»

Comaschi era rientrato. Da dietro il ragazzo picchiettò l'indice sulla tempia, poi fece il gesto di guardarsi l'orologio. Ferraro si convinse che era ora di andare.

«Va bene, Pino. Grazie, sei stato gentile.»

«Antonio è bravo. Una volta mi ha pagato il cappuccino con la brioche. Lui è bravo, fa il falegname... guadagna tanti soldi. Lo sanno tutti che guadagna tanti soldi.»

Ferraro si risedette.

«Chi lo sa?»

«Tutti. Lo dice sempre che lui fa il falegname. Che se uno studia va a fare la fame, mentre lui fa i mobili ai ricchi. Lo sai che lui non paga con i soldi?»

«E con cosa paga?»

«Lui ha la *carta gold*. Lo dice sempre. Che uno che studia all'università non ce li ha i soldi che ha lui. Una volta mi ha detto se voglio andare a lavorare da lui.»

«E tu ci vai?»

«Non lo so. Lo sa la mamma. La mamma ha detto che se faccio il bravo mi manda da Antonio. Però io non ho fatto il bravo.»

«No?»

«No. Io ce l'avevo durissimo, lo sai? Allora me lo sono preso in mano, mi faceva male. E ho sporcato dappertutto e la mamma si è arrabbiata. Perché è entrata in casa e mi ha visto con il coso in mano e si è messa ad urlare e mi ha preso in mano il telefono e allora ho sentito una voce, un'altra voce, che rideva e rideva e ha fatto una pernacchia alla mamma e la mamma ha chiuso il telefono e si è arrabbiata e mi ha detto che non ho fatto il bravo. Allora non lo so se vado da Antonio. Secondo me aveva le tette grandi. Grandiiissime.»

4

I due poliziotti stavano scendendo le scale, sconsolati.

«Fattelo dire, con questo qui non vai da nessuna parte.»

«Uff... non so cosa dire.»

«Il tuo Càrpano è un pezzo di merda, ecco cosa devi dire. Mettersi a fare degli scherzi telefonici ad un poveraccio, ma insomma, è proprio da stronzi...»

«Non lo so, non lo so... come fai a dire che è stato lui?»

«No, è stato mio nonno...»

«Magari gliel'hanno fregato, il telefonino, o l'ha perso.»

«A Rimini?»

Comaschi non ci credeva neanche un po'.

«Magari gliel'hanno fregato a Milano e chi lo sta usando è andato a Rimini.»

«E lui non ha bloccato il numero.»

«Ma sai, è un telefono a scheda. Un sacco di gente che perde il telefono, o glielo fregano, non denuncia la scomparsa. Tanto, finita la scheda non puoi più telefonare.»

«No, non ci credo. Gli fregano il telefono e a chi chiamano per fare uno scherzo telefonico? Proprio a uno che abita nello stesso cortile di Càrpano. No, non sta in piedi, è come vincere al lotto. Hai le stesse probabilità...»

Già, non faceva una piega. Ferraro aveva la testa in perfetta confusione, tipico di quando cerca di metterla in moto. Qualcosa non gli tornava, ma ancora non sapeva cosa. Uscirono dal portone del palazzo e si ritrovarono in cortile. Comaschi si guardò attorno, disgustato.

«Dio, che schifo. Ma non puliscono mai qui?»

«Massì, tutti i giorni.»

«Be', non direi. Guarda là sotto.» Indicò la rampa che conduce alle cantine. «C'è di tutto, guarda.»

C'era di tutto. Ancor più di quello che Ferraro aveva visto la volta precedente. Sembrava che ci fosse stata una festa a base di birra e pizza, dal numero spropositato di lattine e involti di cartone che campeggiavano al sole.

«Fra domani e dopodomani spazzano tutto.»

«E tu come lo sai?»

«Nel mio cortile passano domani. Entro due giorni fanno anche qui.»

Si incamminarono verso la strada.

«Comunque, te lo dico io: quello se ne è andato a fare baccanali a Rimini alla faccia della madre.»

Baccanali? Mancavano *bisboccia*, *bagordi* e *gozzoviglie* ed eravamo in pieno Ottocento.

«Lo pensavo anch'io. Però è veramente strano che non si riesca a trovarlo da nessuna parte.»

«Se uno non vuole farsi trovare, tu non lo trovi. Sai quanti ragazzi spariscono ogni anno?»

«Lo so, lo so, la guardo anch'io la tivù... ma perché, allora, è tornato a Milano?»

«Ma che ne so. Il caso è tuo, non è mica mio...»

«Ecco, appunto...»

«Appunto, cosa?» Comaschi si fermò e guardò fisso negli occhi Ferraro: «Ehi, ehi, cosa hai in mente?»

«Ti devo chiedere un piacere.»

«Eccola la fregatura.»

Alzò gli occhi al cielo. Fece per incamminarsi, ma Ferraro lo prese per un braccio, fermandolo.

«Dai ti prego, ho De Matteis con il fiato sul collo.»

«E io che c'entro?»

«In teoria domani ho un giorno di riposo.»

«Bravo, riposa.»

Comaschi si liberò il braccio.

«Magari! Fra lo studio e tutto il resto sarà peggio di una giornata di lavoro.»

«E quindi? Che vuoi da me?»

«Stammi dietro al caso, solo per domani.»

«Ma figurati. Non esiste nessun caso. Fai prima ad archiviarlo.»

«Per piacere. Sento che non devo perdere tempo. Anche se è solo una giornata. Per piacere.»

«Scusami, cosa dovrei fare? Non so neppure da dove iniziare.»

«Avevi parlato del padre, giusto? Mi sembrava una buona idea...»

«Vuoi che lo interroghi?»

«Perché no? E poi vedi se mi arriva qualche fax sui suoi prelievi o le sue telefonate, ecco... magari vai da quello del bar e ti fai indicare chi le riceve... insomma sei un poliziotto, sai quello che devi fare...»

«Tu me lo stai mettendo nel culo, ecco la verità. Mi vuoi passare la patata bollente.»

«Dai, Comaschi...»

Fece gli occhi dolci, ancora un po' e gli spuntavano i cuoricini tutto attorno, stomacava.

«Cristo santo, smettila, siamo in un luogo pubblico, cosa dirà la gente di noi?»

Passò, roboante, una moto. A cavalcarla, senza casco, c'era una loro vecchia conoscenza. Appena li riconobbe alzò il pugno e sfoggiò il medio in una posa inequivocabile.

Comaschi sussurrò, rabbioso: «Tanto prima o poi ti schianti. E io quel giorno voglio esserci, coglione».

«Allora?»

«Madonna, Ferraro, sei una piattola... va bene, va bene. Lo faccio.»

«Grazie, sei un amico.»

«Massì, non preoccuparti. Mica lo faccio per te. Lo faccio perché così mi guadagno un posto in paradiso.»

«Adesso ti bacio.»

«Vaffanculo, pederasta.»

Riprese a camminare, spedito. Poi si bloccò all'improvviso.

«Be', che c'è?»

«Vai avanti tu, è meglio. Non vorrei prenderlo in culo un'altra volta.»

5

Una leggera bavetta gli colava dall'angolo sinistro della bocca. Era stramazzato sul divano, in una posizione assurda. Il televisore mandava a palla pubblicità di assorbenti e di automobili, ma Ferraro non ascoltava più nulla già dalla terza notizia del telegiornale, quella dove l'ennesimo tuttologo commentava, con scienza e coscienza, il sondaggio sulle perversioni sessuali degli italiani dopo due mesi dal ritorno dalle vacanze. Notiziona bomba, direi, degna di scavalcare quella sull'attentato dinamitardo in medio oriente (tanto quelli si ammazzano sempre, no?) e quell'altra sulla manifestazione pacifista a Roma (ma questa gente non lavora mai?).

Ad un certo punto si svegliò di scatto, come se l'Angelo

della Morte gli avesse sussurrato qualcosa all'orecchio, facendolo rabbrividire. In realtà c'era una finestra spalancata ed entrava un'aria malsana, un refolo bastardo che si insinuava dietro al collo, stimolando la sua cervicale fino allo spasimo.

Spense il televisore. Il rumore gli dava particolarmente fastidio. Silenzio. Il telefono esplose in una serie infinita e aggressiva di squilli esagitati. Lo cercò dappertutto. Si era infilato sotto un cuscino. Rispose più per farlo zittire che perché avesse voglia di parlare con qualcuno.

«Sì?»

«Chiodo?»

«Mmmh...»

Si ributtò a corpo morto sul divano.

«Gesù, Chiodo, che hai? Hai una voce che sembri uno zombie.»

«Mmmh, adesso... mi... riprendo...»

«Ti ho svegliato, vero? Ti sei addormentato davanti alla tivù.»

«Mannò, che dici.»

«Mi prendi per scemo? Fosse la prima volta. Ma perché non lo ammetti, che male c'è?»

Già, che male c'è, che c'è di male? Perché non dirlo? Perché non ammettere: «Sì, stavo dormendo. Ti richiamo dopo»? Perché ogni volta far finta di essere svegli, come se riposare dopo una dura giornata fosse una vergogna, una cosa abbietta, da non confessare mai, a nessuno, pena la morte civile?

«No, ti giuro, non mi hai svegliato tu.»

In un certo senso era vero.

«Allora dormivi! E chi ti ha svegliato?»

«L'Angelo della Morte.»

«Cosa? Ma sei scemo?»

«Lascia perdere... Che vuoi?»

«Ehi, si trattano così gli amici? Se non sono io a chiamarti, tu col cazzo che ti fai sentire!»

«Hai ragione, hai ragione, sono stato un po' preso in questi giorni...»

«Gira una voce su di te, lo sai?»

Ottimo, pure le voci, adesso. Mai nessuno che si fa i cazzi suoi.

«Ah, sì? Che voce?»

«Non è mica una brutta voce. È una bella cosa.»

«Che dicono?»

«Che ti sei rimesso a studiare.»

Ma com'è che tutti sanno tutto di tutti, tranne lui?

«Chi te l'ha detto?»

«Si dice il peccato ma non il peccatore.»

Non aveva voglia di insistere.

«Sì, è vero.»

«Non dirlo come se fosse una disgrazia.»

Stava iniziando ad esserlo per Ferraro. Ci aveva messo anni a decidere di ricominciare a studiare e ora che aveva fatto il grande passo, ora che aveva svuotato il suo conto in banca per pagare le rette arretrate, ora sentiva di aver fatto la cappella più grossa della sua vita. Ora gli toccava studiare veramente, non solo lamentarsi di non poterlo fare. Quanto è più confortante un inattivo rimpianto che un faticoso agire.

«Come te lo devo dire? Cantando?»

«Che cazzo c'hai, sei nervoso?»

«No, no, scusa, tu non c'entri. Ho avuto una giornata pesante, infinita.»

«Hai già mangiato? Lo so che è tardi ma volevo invitarti a mangiare qualcosa, una pizza, un cinese...»

«No, veramente, sei gentile, ma non ce la faccio.»

«Vieni da me, allora. Dico a Tiziana di cucinare qualcosa. Anche lei ha fatto tardi oggi...»

«No, lascia stare. Non è cosa...»

«Sei un solitario del cazzo, fattelo dire. Va bene, facciamo che oggi sei stanco. Ma io domani ti vengo a prendere e ti porto al California. Io e te, da soli, Tiziana è a fare nuoto. Non rompere i coglioni, ho voglia di festeggiarti, va bene?»

«Domani?»

«Sì, domani.»

Si poteva fare.

«Va bene. A che ora?»

«Facciamo alle otto e mezza, va bene? Ti vengo a prendere io.»

«Ok. Otto e mezzo. Ciao Mimmo e... grazie...»

«Ciao, Chiodo, fa' il bravo...»

Un fratello maggiore, praticamente. Anche se solo di due mesi.

6

Neanche a farlo apposta, chiusa la telefonata, era finalmente sveglio. E di cucinare neppure la voglia. Poteva andare da Mimmo, Tiziana non avrebbe fatto storie. Ma non se la sentiva. Voleva stare da solo, a rimuginare un po', ad autofustigarsi.

A pensarci bene non aveva neppure una gran fame, da Don Leo aveva mangiato come un porco. Magari qualcosa per tappare un buchettino che si stava aprendo... che ore erano?

Uscì di casa così come si trovava, giusto il tempo di prendere il portafogli. Erano quasi le dieci di sera. Il programma prevedeva un passaggio alla pizzeria d'asporto sotto casa e poi una cena frugale di fronte a qualche impossibile trasmissione televisiva. Birra compresa.

Entrò nella pizzeria bestemmiando. Ormai faceva un cazzo di freddo e lui non aveva più l'età per andarsene in giro in camicia. Non c'era molta gente, l'ora di punta era passata da un po'. Due persone davanti a lui. Tempo un quarto d'ora e si sarebbe rimbambito per bene di fronte alla tivù; che giorno era, mercoledì, giusto?, cosa fanno il mercoledì in tivù? C'è la coppa? A quest'ora è già finita la partita, cazzo. Però c'è il programma di cabaret. Ma non fa ridere, non fanno mai ridere.

Arrivò la teglia della pizza. A Milano fanno la pizza al trancio. Non confondetela. Non c'entra nulla con quella che si mangia a Napoli. C'è anche quella, certo, con tutti i napoletani che ci sono in città! Ma questa è un'altra cosa. E non c'entra neppure con quella specie di crosta croccante che fanno a Roma; sembra di mangiare l'ostia. Sarà la vicinanza col Vaticano, chi lo sa... Lì la pizza fa schifo, diciamocelo. Proviamo ad immaginarci il turista giapponese o americano che sbarca a Roma e mangia una pizza credendo di mangiare il *non plus ultra* (siamo nella capitale d'Italia, dopotutto). No, errore. Dovrebbero vietarla. Non date da mangiare la pizza ai turisti, ne va della nostra immagine internazionale. Meglio quella al taglio. A Roma è buona la pizza al taglio. La mangi in tutte le maniere nelle rosticcerie, insieme a una serie di cose golosissime e perfette per farvi venire nel giro di due giorni un colesterolo stellare. Ma se vuoi una pizza come Cristo comanda devi andare a Napoli. E a Milano. Che è piena di napoletani. Quella tonda intendiamoci, col forno a legna e tutto il resto.

Però la pizza al trancio è un'altra cosa. Sta alla pizza napoletana come il caffè americano sta all'espresso. È un'altra cosa. È un padellone di circa 90 centimetri di diametro, una pasta alta; quando è ben cotta è spugnosa, morbida, con sopra pomodoro, formaggio, qualcuno ci mette l'acciuga e una bella spruzzata di olio di oliva. L'hanno inventata dei toscani, così dicono, roba di cinquant'anni fa, emigrati a Milano. Si sono messi ad aprire rosticcerie a manetta. All'epoca c'erano poche pizzerie. Si dice che la prima a Milano sia nata intorno agli anni Trenta; figuriamoci un po'. I milanesi non ne avevano mai sentito il bisogno; andavano avanti con la loro polenta tranquillamente.

Insomma questi toscani (erano toscani poi? Qualcuno ha mai scritto la storia di questa gente? Qualcuno si interessa di ricordare la vita di questi uomini, emigranti, lavoratori, inventori di piccole gioie infantili?) fecero una pizza che accontentava tutti. Era tonda, certo, era col pomodoro (si può immaginare una pizza senza il pomodoro?), la mozzarella (quando è mozzarella), il forno era a legna, così la tradizione era rispettata, ma era soprattutto una grossa focaccia, come si faceva dalle loro parti, era anche una cosa che si poteva cucinare in fretta, un fast food *ante litteram*. Perfetto per i milanesi, sempre di fretta. Arriva il padellone e il pizzaiolo ne fa otto porzioni. Otto persone accontentate con una sola infornata. Poca spesa e molta resa. *Milano docet*. Roba da farci un sacco di soldi.

Un orrore filologico, una brutta copia romana dell'originale ellenistico, certo. Ma anche un unicum di innovazione e tradizione, di localismo e meticciato. Buona insomma, come solo a Milano si può mangiare.

Arrivò la teglia e il pizzaiolo iniziò a tranciare. Il primo della fila ne prese due porzioni. Ferraro lo guardò bene. Era Filippo, il giovane mangiafocaccia della discussione con Comaschi. Ora si ricordava dove l'aveva già visto. Due giorni prima, al bar, a cazzeggiare con gli amici. Ma non erano gli stessi di oggi. O no? Chi se lo ricorda. Tre volte che lo vedeva e in una mangiava una focaccia e nelle altre due andava in giro con cartoni di pizza in mano. Una dieta che ucciderebbe chiunque; ma a quell'età si digerisce di tutto, sassi compresi.

Il ragazzo, voltandosi, lo riconobbe. Si guardò attorno, come a vedere se aveva le spalle coperte. Da solo aveva paura, ecco la verità. Il branco è una gran cosa. Da solo, di fronte ad un uomo che aveva il doppio della sua età, se la cagava sotto, il ragazzino. Ferraro fece finta di nulla. Non era un problema suo, ma di Comaschi. Filippo uscì e Ferraro ordinò la sua porzione. Abbondante. Ché la pizza al trancio si prende abbondante, è più sfiziosa.

VII

SCENE DA UN MATRIMONIO

1

La sveglia optò per il suicidio rituale. Anni e anni di devoto servizio e mai un complimento, mai un pensiero per lei e per il suo lavoro ingrato. Aveva fatto il giro del mondo per giungere sul comodino di Ferraro, dalla Cina, passando per l'India, poi per l'Europa dell'Est, ed infine sul bancone dell'ambulante che vendeva cianfrusaglie a pochi euro al mercato del martedì. Il giro del mondo. E Ferraro se ne fregava. Non c'era mattina che non la prendesse a schiaffi o le lanciasse una ciabatta per farla zittire. Era colpa sua? Aveva chiesto lei di fare questo mestiere? Non veniva in mente a quell'essere umano che lei avrebbe preferito di gran lunga stare sulla scrivania di qualche dirigente di banca (ma anche della segretaria del dirigente, ce n'è di gentili e premurose) o di qualche professore universitario (ah, il fascino della cultura...)?

Certo, era un grezzo involucro di plastica arancione (ma chi sceglieva i colori? Un daltonico?). Nulla di veramente tecnologico, nulla a che fare con certe ticchettanti nobildonne disegnate fin nella più intima piega da raffinati designer. Ma il suo sporco mestiere lo faceva come Cristo comanda. Si meritava le scarpate in faccia? Mica era lei a decidere a che ora trillare. È facile scaricare sugli altri le proprie frustrazioni. Alle sette? E io alle sette suono. Se mi dicevi alle dieci io suonavo alle dieci, mica mi diverto a tirarti giù dal letto.

Quindi *seppuku*. C'è più dignità, diciamocelo. Non perdeva nulla, d'altra parte. È un tipo di sveglia, quella, che non considera nessuno, a cui nessuno si affeziona. Ti usano e ti buttano via. Nel sacchetto giallo, che c'è la raccolta differenziata. Nessuna medicazione, nessuna riparazione. Via, verso montagne di plastica, pronta, se Dio vuole, ad essere riciclata, a rinascere, magari beige, o bordeaux, magari come parte di una lampada a stelo, o come sedile di un cesso (ché non c'è niente di male, se si fa il lavoro onestamente).

La decisione fu presa a malincuore. Alle 7^h 28′ 26″ ancora tremava all'idea di lasciare questo mondo così come lo conosceva. Si era abituata ad essere una sveglia da comodino. E se poi non era vero che l'avrebbero riciclata? Se al di là della vita non c'è nulla? Se il sacchetto giallo sarebbe poi stato portato all'inceneritore? Non era meglio continuare a fare, umilmente, quello che si sa fare? Alle 7^h 29′ 17″ guardò con dolcezza Ferraro, che dormiva come un bimbo. Alla fine era una sveglia sensibile, affettuosa. Quell'uomo non era cattivo. Era stanco, tutto qui. Alle 7^h 29′ 34″ le venne il panico. Sapeva che nel giro di pochi secondi avrebbe dovuto mettersi d'impegno a trillare come una pazza. Non aveva scelto lei quella voce, gliela avevano imposta. Non era colpa sua, non lo era, no, no, non mi picchiare, non mi picchiare, papà...

Insomma, basta! La dignità innanzi tutto. Cosa resta ai poveracci se togliamo loro pure il diritto di decidere come uscire di scena?

Alle 7^h 29′ 57″ (poteva aspettare ancora un paio di secondi; diciamocelo: anche questo è stile) smise, per sempre, di esistere, almeno in quella forma. Gli schiaffi e le umiliazioni non le avrebbero più fatto del male. Si spense, semplicemente. Non ci sarebbe stata più pila a farla rinascere. Era libera finalmente. E triste.

2

Fu il mal di testa a svegliarlo. Si muoveva così lentamente che si faceva fatica a capire se era vivo o morto. Ad un certo punto si ritrovò seduto sul letto, con i piedi nudi per terra. La sveglia indicava le sette e mezza. Ma la lancetta dei secondi non si muoveva. Fuori c'era una bella giornata d'autunno, il vento aveva spazzato le nuvole ed entrava in casa un sole tiepido. Non potevano essere le sette e mezza, Ferraro se ne rese conto quasi subito, c'era troppa luce. Cercò il cellulare per vedere che ore fossero. Era spento. Si era scordato di caricarlo. Aveva tutta l'attrezzatura a portata di mano, con fatica si piegò verso la presa elettrica e inserì il caricatore, poi attivò il telefono.

«Va bene», pensò, «e ora bisogna alzarsi.»

Le rotule scricchiolarono. Arrivò in apnea nel bagno e fece un cagatone storico, roba da «Guinness dei primati». Proprio mentre teneva la faccia completamente immersa nell'acqua fredda del lavandino, qualcosa iniziò a trillare. Sentiva giungere da lontano delle onde sonore, lui che era nei suoi mari del Nord, ghiacciati e tonificanti. Tirò fuori la faccia e, asciugamano fra le mani, andò verso il cellulare.

«Sì, pronto.»

Non rispondeva nessuno. Il telefono non trillava più. Si accorse che in realtà nessuno lo aveva chiamato, ma più semplicemente gli era giunta una serie di messaggini.

Dove 6? Il tel di casa tua è occpt

Mic, xche nn rispondi?

Ferraro guardò il telefono fisso. La sera prima, addormentandosi, aveva appoggiato malamente il libro che stava leggendo, la cornetta si era spostata dalla forcella ed aveva isolato la linea.

«Cazzo, ci voleva pure questa...»

Riagganciò. Poi controllò se c'era linea. Non c'era. Arrivarono altri messaggi.

Ferraro, novità. Richiamami.

Questo era Comaschi. Il tempo di un caffè e si sarebbe messo al telefono, però prima il caffè, che alza la soglia del dolore. Perché la testa gli doleva, e assai. Che ore saranno state? Le otto e mezza? Le nove? Guardò il cellulare: erano le 10.47. Aveva dormito come un ghiro per quasi tutta la mattina. Aveva programmato una mattinata di studio matto e disperatissimo e la sveglia l'aveva tradito due secondi prima di trillare. La prese con rabbia fra le mani.

« 'Sta stronza. »

La maneggiò un po', ma non ci cavò nulla. Era morta. I piedi iniziarono a raffreddarsi troppo. Si mise le ciabatte e andò verso la cucina, con la sveglia in mano. Aprì il contenitore dei rifiuti, la buttò. Nell'organico, non nella plastica.

Iniziò a preparare il caffè. Poi tirò fuori dal frigorifero del latte e dalla dispensa un pacchetto aperto di biscotti.

Alla fine non doveva disperare. È vero, aveva buttato via la mattinata, però se aveva dormito è perché doveva riposare. Era inutile mettersi a studiare ancora morto di sonno. Poi aveva pur sempre il pomeriggio. Se evitava di mangiare pesante poteva fare tutta una tirata, fino a sera. Sì, gli sembrava proprio una bella idea. Fece colazione pieno di belle speranze. Poi telefonò a Comaschi.

« Allora? Che dovevi dirmi? »

« E 'buongiorno' non si dice? »

« Non ti facevo così formale » replicò Ferraro.

« Con la buona educazione si ottiene tutto, dice mia zia. La conosci mia zia? »

« Come no! Una persona proprio a modino. Ogni volta che me lo prende in bocca mi chiede per piacere. »

« Tu non hai speranze, morirai burino. »

« Anche tu morirai. Tutti moriremo. » Trangugiò il fondo del caffè. « Andiamo avanti così per tutta la mattina o ci diamo un taglio? »

« Va bene, occhèi. Sono stato dal padre di Càrpano. »

Di Comaschi ti potevi fidare. Se prendeva un impegno lo manteneva.

« E dunque? »

« Niente. Cadeva dalle nuvole. Non vede e non sente il figlio da oltre due anni, da quando se ne è andato di casa. »

« Non vede il figlio da due anni? »

« L'ha buttato fuori di casa. Il padre è un ubriacone. Ho trovato in archivio alcune denunce su di lui di disturbo alla quiete pubblica e di percosse alla moglie. C'è pure la testimonianza del figlio minorenne che lo ha inchiodato. »

« Be', scusa. Non potrebbe essere che il padre l'ha fatto sparire per vendicarsi? »

«Ma che film guardi in tivù? Quell'uomo è uno straccio umano, non sarebbe capace di far sparire un barboncino, figuriamoci il figlio. Poi, anche se fosse, a che pro? Per la vendetta? Dovevi vederlo in faccia. Appena gli ho detto che il figlio è scomparso si è messo a piangere.»

«Però in due anni non l'ha mai cercato. A me queste sembrano lacrime di coccodrillo.»

«Lo sai come sono fatti i padri...»

«No, non lo so!»

«Magari si dimenticano il compleanno dei figli, però non vuol dire che non gli vogliano bene.»

«Che discorso del cazzo.»

«In ogni caso l'uomo ha il suo bell'alibi.»

«Perfetto, allora è sicuramente colpevole.»

«Aspetta, coglione, fammi parlare. È stato tutta la settimana fuori Milano, giorno e notte, in un cantiere. Ci sono decine di testimoni, ho già parlato con il suo caposquadra.»

«Ah.»

Ferraro si appoggiò alla sponda del divano.

Comaschi riprese a parlare: «Già! Ora che faccio?»

«Cercalo ancora. È qui a Milano, dobbiamo solo scoprire dove.»

«Se non è morto.»

Ecco, finalmente qualcuno lo aveva detto.

«Ma come, ieri mi dicevi che il caso neppure esisteva e ora...»

«Che c'entra? Ieri era un tuo caso. Oggi ci lavoro io e penso a tutte le alternative.»

«Pensi che sia morto?»

«Io non penso nulla, io espongo le varie possibilità.»

«E il bancomat? Ne ha fatti di prelievi?»

«Non ancora.»

«Magari la madre è riuscita ad andare in banca e a bloccargliela.»

«Provo a sentirla. Poi ti faccio sapere.»

«Va bene. A dopo.»

«Ciao, studia e rendimi orgoglioso di te.»

«Ciao, Comaschi. E grazie di tutto.»

Chiuse la comunicazione. Da questa storia sembrava non se ne uscisse più. Guardò l'ora. Fra un cazzo e l'altro erano già le undici e mezza. Era meglio non pensare al lavoro e mettersi sotto a studiare. Aprì il libro. Due secondi dopo arrivò un nuovo SMS. Poi un altro ancora.

Il primo era del gestore della rete. Lo avvertiva che qualcuno lo aveva chiamato mentre era al telefono con Comaschi. Non ci volle molto a capire chi fosse, bastava leggere quello successivo:

> *Mic! 6 sempre al tel! T ricordo oggi, h. 15 scuola Giulia, nn mancare.*

Ecco come sono i padri, Comaschi aveva ragione. Si era completamente scordato della festa scolastica. Addio al pomeriggio di studi. Gli restavano comunque una manciata di ore, doveva buttarsi a pesce. Esattamente 18 secondi dopo aver formulato questo bel proposito gli squillò di nuovo il cellulare.

«Pronto, chi è adesso?»

«Ehi, datti una calmata! Se vuoi non ti informo più delle novità. Anzi, meglio ancora, se vuoi ti lascio nella merda fino al collo!»

«Ok, scusami Comaschi. Che dovevi dirmi?»

«C'è stato un altro prelievo. Ho appena ricevuto un fax dal tuo amico. Di 500 euro.»

«Cazzo.»

Era quasi contento. Finché prendeva soldi forse voleva dire che era ancora vivo. O no?

«E vuoi sapere dove li ha presi?»

«Dove?»

«Rimini.»

3

Fece quello che poteva; praticamente non mangiò. Alle tre mollò le sudate carte per precipitarsi come un pazzo verso la scuola della figlia. Arrivò con i suoi canonici tre quarti d'ora accademici di ritardo. Si aspettava un cazziatone di prima categoria. Davanti alla scuola non c'era nessuno. Per un attimo pensò di aver sbagliato edificio, strada, città. Poi piano piano arrivarono i genitori festanti. Era chiaro, no? Francesca gli aveva dato un appuntamento farlocco. Lo conosceva bene, l'ex marito, come nessuna donna, forse. Non era cattiveria e nemmeno uno scherzo, il suo, semmai un favore. Almeno così assicurava al padre di sua figlia di arrivare in orario alla rappresentazione organizzata dai bambini per i genitori.

Francesca era già seduta in prima fila, affianco a lei non c'era un posto libero. Ferraro si sedette tre file dietro. I bimbi, dal palchetto improvvisato, declamavano versi eterni, in coro. Giulia era la più bella di tutte, ovviamente.

Finita la poesia collettiva i bambini scomparvero dietro il siparietto, festanti e gioiosi. Ferraro si avvicinò alla prima fila.

«Ciao, Francesca.»

La donna si alzò. Non c'era nulla nel suo abbigliamento, o nel suo portamento, che fosse fuori posto. Viveva tanta perfezione senza nessuno sforzo. Aveva lavorato su di sé per anni, era allenata alla sua bellezza. Non che lo fosse sempre stata. È come se in un certo momento della sua vita avesse deciso di esserlo. E ci era riuscita.

«Michele, ciao. Sapevo che saresti arrivato in orario.»

Lo sapeva, non era ironica. Aveva fatto in modo che lo fosse. Ferraro le si avvicinò per darle un casto bacio sulla guancia.

«Ti trovo bene, sei bellissima.»

«Grazie, sei molto gentile.»

Ma non ricambiò il complimento. Ferraro faceva pena. Era vestito come solo un poliziotto sa fare in certe occasioni. I bimbi iniziarono a sciamare verso i genitori.

Da lontano si sentì la voce di Giulia: «Papàa, papàa».

Iniziò a correre verso il poliziotto, che si mise in posizione per ricevere il volo d'angelo della figlia per poi farla roteare sopra la testa. Forse era il caso di iniziare a spiegare a Giulia che lui non ce la faceva più a farle fare l'aeroplanino, ma non oggi, un altro giorno.

«Non ti pare di stare esagerando?»

A Francesca non garbavano gli sguardi curiosi degli altri genitori.

«Che c'è di male, scusa?»

«Ti sei accorto che sei l'unico a fare queste cose?»

«E ci credo, gli altri padri sono delle mezzeseghe!»

«Smettila di fare il macho, qui non fai colpo su nessuno.»

Le maestre proposero di uscire tutti verso il giardino sul retro, avevano preparato dei tavoli per la pesca, la tombola e dei giochi da fare insieme ai bambini.

«Mi fai fare il cavalluccio, papà?»

«Giulia, non so, magari dopo...»

«Daaiii.»

Come si fa a dirle di no? Se la piazzò sulle spalle e andarono al trotto verso il giardino. Da dietro Francesca scuoteva la testa. Alcuni bimbi guardavano il cavallo e il cavaliere con invidia.

«Pa', mi prendi sulle spalle?»

«Gianluca, ma cosa dici?»

Almeno su qualche bambino aveva fatto colpo. Solo su quelli, probabilmente.

Nel giardino era tutto uno sfoggiare di giacche e gonne eleganti, neppure fossero al foyer del Piccolo. Le donne sembravano vestite così come si trovavano in casa. Quella di Montecarlo, beninteso. Fra loro era tutto un cinguettare di bimbi, di compiti, di colpi di sole e di palestre. I padri sembravano in libera uscita dall'ufficio. Qualche avventato si era sciolto la cravatta, a dimostrazione del suo essere ancora un tipo trasgressivo e alternativo. Come a ricordare agli altri che lui da ragazzo voleva una vita spericolata, una vita come Steve McQueen. Uno di questi indossava occhialini squadrati, pantaloni in velluto color granata e giacca in pelle nera. Architetto, sicuro come la morte.

All'ingresso, nascosti dietro le siepi di piante dai nomi poco usati (bossi ligustri o acanti; non so, non sono un botanico), si fumavano una sigaretta e chiacchieravano fra loro le baby sitter e i servitori filippini, parlando dei servizi che dovevano ancora fare, dei soldi che dovevano spedire a casa, di come erano bravi i bambini della signora, un po' viziati, ma tanto carini.

Francesca era ovunque. Non c'era gioco, non c'era iniziativa, non c'era gruppo dove Francesca non dicesse la sua, mettesse una parola, desse un consiglio. Uno smisurato talento per le pubbliche relazioni. Ferraro si sentiva sempre in ritardo con lei. Non sapeva mai bene cosa dovesse fare, appena le si avvicinava lei era già da un'altra parte, irraggiungibile.

Ad un certo punto si decise per una corsa dei sacchi di sole mamme. Fu tutto un gran ridere, un togliersi le scarpe con i tacchi, un saltellare festoso, come ad una sagra di paese. Inutile dirvi chi vinse.

Alla fine della gara Ferraro le porse un bicchiere di spuma.

«Tieni.»

«Grazie.»

Non sembrava neppure sudata.

«Mamma, mamma, cosa hai vinto?»

La donna aprì il premio del vincitore. Era un *sailcazzo* in silverplate.

«Ti piace?»

«Bello.»

«Lo vuoi tu? Te lo regalo.»

«Grazie, mamma.» La baciò. «Lo faccio vedere a Beatrice. Ma poi te lo riporto, non ti preoccupare...»

Corse verso le sue amichette.

«Come va con il lavoro?» chiese Ferraro, tanto per dire qualcosa.

«Bene, direi. Ho avuto un aumento.»

«Brava, sono felice per te.»

«Non preoccuparti che gli alimenti me li devi passare lo stesso.»

Sorrise e bevve ancora. Stava scherzando, ma non troppo. Per sé non avrebbe preso neppure una lira, intendiamoci, non era nel suo stile. Era una donna indipendente, ci aveva messo tutta la vita per esserlo. I soldi dall'ex marito li voleva non tanto perché ne avesse bisogno, ma perché era giusto che anche lui pagasse per il mantenimento della figlia, per la sua crescita. La migliore possibile; che non facesse la vita che avevano fatto loro.

«Peccato, speravo non ti servissero più.»

«Perché a te a cosa servono? Se mi dici che li spendi per i tuoi vestiti te li lascio. Almeno ti rifai il guardaroba.»

Ma si vestiva proprio così male? È possibile che lui non se ne rendesse conto?
« Mi lamenterò con il mio sarto. »
« Ecco, bravo... senti un po'... » finì di bere « ... e tu, novità? »
Avrebbe voluto dirle che aveva ripreso a studiare. Era una novità, giusto? Una bella notizia, no?
« No, niente di nuovo. »
Non poteva dirglielo. Non poteva illuderla e deluderla di nuovo.
Li raggiunse una delle maestre di Giulia.
« Sta venendo una bella festa, non trovi Francesca? »
« Molto bella. »
« E lei che ne pensa, signor Ferraro? »
Ferraro non pensava nulla al riguardo. Non vedeva l'ora di andarsene.
« Bella, certo. »
« Che mi dice, vuole iscriversi al tiro alla fune? »
« Cosa? »
« Sto organizzando un tiro alla fune tra i genitori. Vuole essere il primo della lista? »
Figurati. Ma dove credono di essere, questi? Nell'appennino toscoemiliano?
« Mah, non so... »
« Dai, che ti costa? Fai felice la bambina. »
Ferraro guardò Francesca con fastidio. Questo era un ricatto bello e buono.
« Vediamo se ne trova altri di padri disposti. Nel caso ci penso... »
La maestra si allontanò delusa.
« Perché fai così? È un gioco, non devi mica dimostrare nulla. »
« Appunto. Non devo dimostrare a mia figlia che le voglio bene. »
« Ma come ragioni? È possibile che tu non sia capace di stare con gli altri? »
Non fece in tempo a risponderle. La donna si era girata verso l'ingresso. Un uomo, poteva avere fra i quaranta e i quarantacinque anni, le si avvicinò, a passo spedito.

«Ciao, Francesca, scusami, credo di essere in anticipo.»

«Ciao, Walter.» Si baciarono. Ferraro schiumava. «Michele, ti presento Walter. Walter: Michele, il mio ex marito.»

«Molto piacere. Walter Scarpi.»

Ferraro si sforzò di sorridere: «Michele Ferraro».

«Scusate, ero convinto fosse molto più tardi. Se vuoi passo dopo, per tornare a casa...»

A quanto pare Francesca si era trovata un uomo che agli appuntamenti arrivava in anticipo. Anche troppo. Tornò Giulia.

«Ciaooo Walter.»

«Ciao bambolina.»

Si abbassò a baciarla. A Ferraro venne voglia di decapitarlo seduta stante. Si presentò nuovamente la maestra.

«Allora, signor Ferraro, mancano due maschietti e abbiamo le squadre complete.»

«Ma, io non so...»

'Sti cazzo di padri. Il massimo esercizio ginnico che fanno tutto il giorno è tirare palline di carta nel cestino dell'ufficio; proprio ora devono venire a rompere le palle!

«Marisa, se vuoi c'è anche Walter.»

«Di che stai parlando?» disse Scarpi, sorridendo con trasporto.

«Stanno organizzando un tiro alla fune.»

«No, non vorrai mettermi in mezzo, dai.»

Giulia saltellava: «Che bello, il tiro alla fune».

L'uomo scosse la testa paterno.

«Be', non so... tu che dici, Michele... è difficile dire di no a Giulia, non trovi?»

4

Alla vostra destra, signore e signori, la squadra azzurra. Vi prego di guardarli con attenzione questi nostri atleti. Osservate il loro spirito volitivo, l'espressione di potenza che i loro muscoli tesi esprimono. Scolpite nella memoria, per sempre, come il più prezioso dei beni, il loro nome, eternatelo alle future generazioni. Eccoli dunque i cinque impavidi: Mario Panciamoscia, il dott. Morello Copywriter, Messina geom. Flavio, Pappagorgia Stefano fu Luigi, Walter Scarpi l'Usurpatore.

E alla vostra sinistra gli sfidanti, la squadra rossobardata: Incipiente Calvizie Dario, Claudio Quattordicesima, l'Anonimo Appanzato, Benefit&Profit Alessio, Michele lo Sbirro.

Scrutate i loro corpi, penetrate a fondo nei loro sguardi lucidi, soffrite con loro, partecipate alla loro tensione psicologica. Quello che riveleranno i loro occhi acquosi, i loro bicipiti flaccidi, sono anni di lezioni in palestra saltate per fare le consegne come da contratto, di enormi panini ingurgitati fuori dall'ufficio vendite, di iscrizioni a corsi di nuoto dimenticate in un cassetto, di migliaia di chilometri coperti in autobus, di poltrone deformate davanti allo schermo televisivo. Eroi dei nostri giorni, gettatisi, convinti e incoscienti, nella mischia, a salvare patria e onore. Guerrieri del « c'ero prima io », combattenti del « ma insomma è una vergogna », attivisti del « chissà dove andremo a finire ». Padri, sostanzialmente. Combriccola di idioti pronta allo sputtanamento nel nome di figli che neppure se li cagano, presi come sono a vivere la loro vita infantile ben lungi da cotanto deprimente modello.

Perché lo fanno? Potevano negarsi, accampare scuse. Cosa muove, invece, la loro volontà? *Cui prodest*?

Cosa sono quelle risate, quegli ammiccamenti, quelle pacche sulle spalle? Chi volete fare fesso? Alla riunione condominiale vi sareste uccisi e avreste bevuto il sangue del vostro attuale compagno di squadra, com'è che ora lo trattate come un commilitone a cui affidereste la vostra stessa vita?

Ma davvero pensate di essere credibili? Perché fingete di credere che sia un gioco, nulla di più di un divertimento? Quale bestia vi pulsa dentro? Sporgetevi sul baratro, forza! Quale demone vi sussurra all'orecchio, quale e quanta potenza scatenerete da qui a poco, nel nome di chi, Cristo santo?

Vi ho visti: ti conosco mascherina! Vi vedo raddrizzare le spalle, manipolarvi il pacco, virili, aggiustandovi i pantaloni in gabardine, come fosse l'uniforme che in petto sognate. Bestie immonde: centinaia di migliaia di anni ritornano, ribollono nel vostro sangue infetto, rivedono la luce. I vostri muscoli atrofizzati sognano. Ricordano le asce nei boschi, la caccia al cinghiale bianco, il fuoco, il buio, gli Dei!

Destra e sinistra, positivo e negativo, *aut aut*, con me o contro di me, *mors tua vita mea*. Nessuna mediazione, nessun compromesso, nessuna democrazia parlamentare. Guerrieri. Maschi. E le femmine in attesa del responso, frementi, bagnate sotto la seta e l'organza, con i capezzoli turgidi che disegnano le camicette, inebriate dall'aria carica di ormoni.

Saggiate la fune, uomini, sentitene la consistenza, la sezione fallica. Tentatela. Stringetela in una dura masturbazione collettiva. Ecco che giunge la giovine pulzella, mettetevi in posizione, cavalieri, pari fra i pari, ecco che solleva il vessillo, il fazzoletto di Desdemona. Imperlati di sudore, fissi sullo sventolio grazioso. Che la danza inizi, che i giochi si aprano. Cuori impavidi, a voi la scelta: o l'onore o la morte. E massacro sia.

5

Avrebbero dovuto aspettare che la ragazza lasciasse cadere il fazzoletto. Però mentre la squadra azzurra era già bella che schierata, quella rossa era ancora presa dal mettersi in postazione. Solo Ferraro, in prima fila, teneva saldamente la fune. Sapeva bene che le regole del gioco si rispettano solo nei film.

La maestrina sollevò il fazzoletto per attirare l'attenzione di tutti. Appena toccato terra c'era solo da tirare e sperare che tutto finisse al più presto. Ma l'altra squadra giocava sporco. Come se si fossero messi d'accordo iniziarono a titillare la corda prima del convenuto. Ferraro si trovò a dover contenere la spinta praticamente da solo. Piantò il piede destro sul terreno e lanciò un bestemmione che fece tremare la volta celeste. I suoi compagni recuperarono posizione in fretta. Dall'altra parte, a quel punto, non c'era più remora: tirarono anch'essi come forsennati.

Walter sfoggiava un sorriso inutile, falso. O forse lo vedeva così Ferraro. Forse Walter si stava veramente divertendo. Che doveva dimostrare lui, in fondo? Non aveva figli che facessero il tifo, e Francesca non era la tipa che apprezza particolarmente le esibizioni muscolari. L'avrebbe buttata sul ridere e tutto si sarebbe risolto. Di sicuro stasera se la chiavava pure.

Ma Ferraro no. Ferraro era incazzato nero. Ferraro stasera, se gli andava bene, al massimo si tirava un segone guardando un calendario di qualche puttanella che in televisione dichiara che l'uomo che cerca deve essere intelligente, non ricco.

Ferraro era una bestia ferita, solitaria, senza più famiglia, senza clan.

La cima andava un po' a destra e un po' a sinistra. Qualcuno iniziò a strattonare. Le mani stritolavano la fune, piagandosi. Ormai non sorrideva più nessuno. Walter sudava, impaurito da tanta aggressività collettiva.

Il cordone si mosse ancora, a vantaggio degli azzurri. Ferraro sentiva l'affanno del panzone dietro di sé e il lamentio del bancario in ultima fila. Stavano perdendo, è chiaro. Gli azzurri si ringalluzzirono. Il geometra a capofila ululava, deforme in volto, come probabilmente faceva il nonno di suo nonno nelle sagre del suo paese d'origine. Al copywriter si stracciarono pure i pantaloni, ma lui non se ne rese neppure conto. Vincevano, vincevano, è chiaro che stavano vincendo, Walter sembrava enorme, bellissimo, vittorioso, divino.

Ennò, cazzo, no!

Un orgoglio, terrone e brutale, plebeo e cafone, esplose in petto a Ferraro. Attorcigliò la fune al braccio destro e tirò come un pazzo, con tutto il corpo: con le braccia, le spalle, il bacino, le gambe, con i piedi ormai sepolti sotto le zolle divelte. Tutto si mosse. Gli azzurri sbandarono. Ancora uno strattone. Ferraro sentì chiaramente il ginocchio destro fare «crack». Lo sentì, proprio come si sente spezzare un legnetto secco. Ma se ne fregò altamente. Ancora uno strattone. Ancora uno, forza. Tutti i rossi caddero di schiena. Il petto degli azzurri conobbe il fango. Ferraro sorrise, felice come un bambino.

Le urla di gioia si sprecarono. I rossi si abbracciarono come se avessero espugnato Montecassino e massacrato tutti i nazisti. Appena fuori della scuola probabilmente non si sarebbero neppure salutati per strada.

Ferraro rimase seduto in terra. Iniziava a sentire un certo

fastidio al ginocchio e non voleva metterlo sotto pressione. Si avvicinò Walter e allungò una mano per aiutarlo ad alzarsi. Certe volte essere sportivi è proprio una cosa da stronzi.

«Be', è stato divertente, no?» disse Scarpi.

«Certo. Dovremmo farlo tre volte la settimana.»

«Io non ce la farei. Preferisco aspettare che nasca mio figlio prima di rifarlo.»

Cosa voleva dire?

Ferraro ora era in piedi. Si mise in modo che il peso gravasse tutto sulla gamba sinistra. Aveva una posa involontariamente cialtrona, sembrava John Wayne sceso da cavallo.

«Papà, hai vinto! Sei il più forte di tutti!»

E se lo baciò. Ci si spacca un legamento crociato anche solo per un bacio, certe volte.

Dopo le cibarie, le bevande, i ricchi premi e i cotillon la festa d'inaugurazione volse al termine.

Francesca si avvicinò al poliziotto: «Come stai?»

«Come devo stare, scusa?»

«Zoppichi.»

«Ma va', niente di importante, adesso passa.»

«Cosa volevi dimostrare?»

«Come? Cosa vuoi dire?»

«Ti ho visto prima, sembravi un pazzo.»

«Quando?»

«Dio, Michele, smettila. Nessuno ti conosce meglio di me. Perché ti sei messo a fare il macho? Sembravi Conan il barbaro!»

L'ironia non le era mai mancata, c'è da dirlo.

«Non è vero, stavamo giocando, tutto qui. Un po' di agonismo non fa male a nessuno...»

«È il tuo ginocchio che fa male. Se vuoi ci facciamo dare un'occhiata da...»

«Stai scherzando? Come lo spieghi a mia figlia?»

«Ma sei scemo?»

«Certo. Io vinco e mi porti al pronto soccorso. Walter perde e te lo porti a letto. Come glielo spieghi?»

«Le dico che ha un padre cretino. È talmente evidente!»

«Tu non hai delicatezza. Che bisogno c'era di farlo venire qui oggi?»

«Devo vivere come una suora per tutta la vita, secondo te?»

«Perché no? A me non dispiacerebbe.»

La donna sorrise. Un sorriso bello, popolare. Poi si ricompose.

«Va bene, lasciamo perdere. Da qui non se ne esce. Ora vado.» Si avvicinò all'ispettore e lo baciò su una guancia. «Ti saluto, Michele. Vai a farti vedere il ginocchio, ti prego. Non fare come al solito.»

Gli diede una carezza materna. Forse non lo amava più. Forse gli voleva solo bene, come a un fratello, come ad un amico con il quale si è condivisa la gioventù. Forse era colpa sua. Nessuno si ricordava bene di chi fosse la colpa. O meglio. Lei di certo se lo ricordava, lui no, lui preferiva esserselo dimenticato.

Sia come sia, fosse stato per lui, se la sarebbe scopata seduta stante, appoggiati contro il muro della scuola, come facevano da ragazzi, la sera, dietro la stazioncina, che la macchina neppure ce l'avevano e bisognava arrangiarsi.

6

La leggenda narra che qui passò il circo di Buffalo Bill. Era una sera nebbiosa e non si vedeva un bel niente al di là del proprio naso. La carovana si fermò in cascina a mangiare e riposare. Bisognava essere al meglio per il giorno appresso, quando il circo sarebbe entrato in città a mostrare lo «spettacolo spettacolare» di cavalli in corsa, di rodei esotici e pistoleri coraggiosi.

La piazza d'armi dietro il Castello era pronta ad accoglierli. Il giorno dopo sarebbe stato un tripudio di gente festosa di fronte alla leggenda del selvaggio West che faceva bella mostra di sé e dei suoi cowboy, in una esibizione che si mormorava fantasmagorica, almeno a sentire quel che dicevano i fortunati che avevano già assistito allo spettacolo in altre capitali europee.

È probabile che la bella borghesia snobbasse tanta cafonaggine. Roba per il popolino, è chiaro. Che interesse ci possa essere per un gruppo di bifolchi americani vestiti come vaccari resta un mistero. La vecchia Europa aveva altro per la testa, la giovane Italia sognava la Quarta Sponda. L'America non avrebbe mai plagiato la millenaria storia dei nostri padri.

Qui era ancora, come nel più sputtanato dei luoghi comuni, aperta campagna. Pare che la cascina fosse una tappa obbligata per la posta e il riposo dei cavalli per chi veniva da nord. E un piatto caldo non te lo negava nessuno. Polenta, probabile; se andava bene con del formaggio o, meglio ancora, qualche uccelletto. Forse la domenica anche il risotto, con le rane, pescate nel fosso. E un bel bicchiere di rosso.

La truppa circense rimase un bel mesetto in cascina. Di giorno lo spettacolo, la sera, stanchi morti attorno al fuoco del braciere. Come pensate che andò alla fine? Che uno dei ragazzetti del seguito, con tutta probabilità, si fece beccare con una giovane contadina (sana razza lombarda, forte come una giumenta) avvinghiati nel fienile. Mi pare non ci sia molto da aggiungere: caro Buffalo, come ripariamo? Ti sembra che ora io mi tengo una ragazza in queste condizioni? Chi se la prende più?

Le cose andarono meglio di quello che si immagina. Forse perché il giovane cowboy ne aveva piene le palle di fare il cowboy. Il posto era bello, la città vicina e Rosina aveva due poppe così. Il nostro Jack (o Dick, o John, o magari si chiamava Rodrigo, chi lo sa?) fece una bella pensata: rimase con questi contadini, abbruttiti dallo scorbuto, ma tanto simili a quelli lasciati a casa, nel Nevada o in Arizona; che a fare il pistolero lui non è che ci tenesse tanto.

Al pater familias la soluzione non dispiaceva. C'era già troppa gente che se ne andava a lavorare in città e qui i campi non li vuole coltivare più nessuno. Il vecchio Gino si comportò da vero milanese, che non ti chiede « da dove vieni? » ma « cosa sai fare? »

Jack la sapeva lunga sugli animali e il Ginetto lo mise a strigliare cavalli. Forse, alla fine, divenne anche una attrazione di chi frequentava la corte.

Me li vedo: « 'Ndue te vet? »

« Voo a mangiàa quai coss dal Ginett, el g'ha vun che l' parla in giargianess che 'l me fa s'ciupà de ridd. »

« Ma chi, l'american? »

« Soo no mi se l'è american o amerigatt! »

«Tel disi mi, l'è american, de la California.»

E dai e dai la cascina, nel giro di poco, divenne la cascina del California, e, infine, la Cascina California. L'edificio era sito in una posizione strategica, non c'è che dire. Proprio davanti ci passava il Gambadelegn, che, zoppicando e sbuffando, portava in città tutte le mattine gli operai a lavorare. Qualcuno saltava giù dal vagone all'ora di pranzo e si fermava a mangiare. La Rosina cucinava bene, immagino. E così non ci volle molto che la Cascina California si trasformò nella Trattoria California.

Se la cercate su una cartina di Milano la trovate, statene certi: puntate il dito in zona Niguarda. Ora una città volgare e arrogante, fatta di uffici in vetri a specchio, capannoni prefabbricati e parcheggi, gli è cresciuta tutto attorno, pure il vecchio tracciato tranviario è in dismissione. Ma la Trattoria continua la sua missione di soccorso: non c'è elettricista, muratore, idraulico, camionista, che, trovandosi da quelle parti a mezzogiorno, non si fermi a mangiare un boccone.

Ora pure alcuni impiegati, superato l'imbarazzo iniziale, si fermano a tavola. Prima cercavano qualche baretto che facesse dei panini trendy (*panini trendy*, vi rendete conto?), poi, puzzetta sotto il naso, si sono accontentati del California. Passando però intorno alla una, una e mezza, quando la massa dei laudadur è già sciamata verso i cantieri.

Lo spettacolo vero, è chiaro, è andarci a mangiare a mezzodì. Sempre se trovate posto. Appena entrati un muro di fumo vi impuzzolentirà per giorni i vestiti. Tutto attorno, come in una riserva indiana, vedrete le ultime facce di chi lavora, lavora veramente mica fa finta, a Milano. Vedrete milanesi, rumeni, egiziani, calabresi, brianzoli, nigeriani, bergamaschi, mangiare tutti assieme. Vedrete enormi bottiglioni di vino passare di tavolo in tavolo ed esaurirsi a vista d'occhio. Vedrete fogli di quaderno a quadretti unti e bisunti, con su scritto a mano il menu del giorno: due, tre primi, altrettanti secondi, il contorno. Mangerete la migliore michetta di tutta Milano.

Non stupitevi se il gestore del locale vi sembrerà ovunque, o se vi chiederà due volte l'ordinazione. Non è pazzo, non è uno smemorato. La missione della Rosina, Dio l'abbia in gloria, era tale che Nostro Signore Gesù Cristo ha voluto mandare sulla terra due gemelli affinché i nostri uomini mangiassero e bevessero (e bevessero molto) come Cristo comanda. Due gocce d'acqua. Cercate di identificare chi vi serve per non fare brutte figure.

Siederete dove c'è posto. Magari vicino a uno dello Sri Lanka, sporco di vernice dalla testa ai piedi, o a uno di Bari, nero di grasso di macchina. Vi scambierete il pane e il vino, cristianamente.

Alla fine del pasto chiedete il caffè, ma come se fosse un favore, non un obbligo. E poi sloggiate che c'è gente che fa la fila. Semm minga chì a fa flanela! Quando avrete pagato il pasto (il costo di uno di quei panini trendy di cui sopra), quando sarete fuori, se non siete commossi, se non vi riempie il cuore sapere che ancora qualcuno vive e lavora nella realtà vera, sudata, non quella asettica e virtuale, se non avrete voglia di scrivere all'UNESCO perché protegga questo Patrimonio dell'Umanità dalla sua estinzione, non siete uomini, sappiatelo, siete mostri: edonisti, fighetti, lobotomizzati. Vi meritate i web designer, Matrix, la Grande M, l'Impero!

7

Mimmo versò il vino.

«Che facciamo, brindiamo?»

«Lascia perdere, non ne vedo la ragione.»

«Gesù, Chiodo, possibile che hai sempre quella faccia? Sorridi ogni tanto, mica te lo vieta il dottore!»

Alzò il calice. Poi, di forza, prese la mano di Ferraro e gli fece fare lo stesso. E se Mimmo lo fa «di forza» nessuno controbatte.

«Cin cin» disse Mimmo.

«Va bene, va bene, cin cin.»

Trangugiarono tutto d'un fiato.

«Bravo ragazzo.»

Gli mollò una tale pacca sulla schiena che Ferraro si convinse di aver sputato anche la dentiera insieme al vino.

«Cazzo, Mimmo, controllati; ci voglio arrivare sano alla pensione!»

«Se continui a fare quel cazzo di lavoro non so in che condizioni ci arrivi. E poi anche se ci arrivi quanto credi di prendere? Una miseria!»

«Miiinchia.»

Ferraro si tastò i genitali, scaramantico.

«Bravo, toccati, che non si sa mai. Senti un po' e... stai studiando?»

«Ma com'è che siete tutti interessati ai miei studi? Secondo me mi menate sfiga!»

«Non dirlo neanche per scherzo. Io sono orgoglioso di te, ecco tutto. Così la smetti di fare lo sbirro e mi dai una mano nella contabilità.»

Da sbirro a contrabbandiere, una carriera fulgida, non c'è che dire.

«Ascolta, Mimmo. Non è che uno decide di studiare e il giorno dopo fa un esame, non è così semplice...»

«Vabbe', insomma... datti una mossa, ecco. Così facciamo una festa. Come quel tipo, te lo ricordi?»

«Chi?»

«Quello di via Lopez, al sette. Te lo ricordi? Che si è laureato geometra.»

«Ingegnere, non geometra, ingegnere.»

«È lo stesso, dai...»

«Non è lo stesso. Per fare il geometra ci vuole il diploma, per fare l'ingegnere la laurea.»

«E tu cos'hai?»

«Il diploma.»

«Allora sei geometra? Che cosa studi a fare?»

«Mi stai tirando scemo, Mimmo!»

Uno degli omozigoti portò due piatti di maccheroni all'arrabbiata.

«Ecco qua ragazzi.»

Mimmo gongolava: «Bene, si mangia».

I maccheroni non trovarono il tempo di acclimatarsi all'ambiente che fecero subito conoscenza dell'apparato digerente di Mimmo.

Dopo un po' che mangiavano Ferraro prese la parola: «Oggi ho visto Francesca».

«E come sta?»
«Come vuoi che stia? È uno splendore.»
«La ragazza c'ha stile.»
«Era con un tipo.»
«Che tipo?»
«Uno. L'uomo con cui sta ora.»
«Ah! Hai capito Francesca? Che tipo è, cosa fa?»
«Come cosa fa? Respira, si muove, caga, dorme... che cazzo di domanda è?»
«Sei nervosetto? Ti brucia il culo che Francesca sta con un altro?»
Ferraro bevette con lentezza il suo vino. Cercava una elegante ellissi per rispondere adeguatamente alla domanda.
«Sì. Mi brucia il culo.»
Non gli venne migliore.
«E perché, scusa? Cosa doveva fare? Cucirsi la patonza?»
La raffinatezza di Mimmo è tutt'ora rinomata nell'intera zona 8 di Milano.
«Però cazzo. Poteva evitare...»
«Boh, io non ti capisco. Vi siete lasciati? Basta. Che senso ha andare avanti con queste menate?»
«La fai facile tu. Voglio vedere se Tiziana...»
«Che c'entra? Io e Tiziana non siamo neppure sposati.»
«Che vuol dire? Se la vedi con due palmi di lingua in bocca di un altro che fai?»
«Le spezzo le ossa!»
«Aahhh, vedi!»
«Ma io la amo. Le spezzo le ossa e la faccio andare su una sedia a rotelle per tutta la vita perché la amo.»
A modo suo aveva un senso.
Mimmo fece scarpetta. Il piatto a questo punto non aveva bisogno neppure di un veloce risciacquo.
«Poi, scusa...» ingurgitò l'ultimo boccone, «...tu non uscivi con quella tipa, quella della moda?»
«No, non la vedo più da quella volta che è successo tutto quel casino, per colpa tua.»
Lo diceva perché voleva farlo sentire in colpa. Non che ce ne fosse una ragione, ma perché aveva le palle girate.

«Ehi, bello. Io non avevo nessuna colpa...»

Si versò un bicchiere, un po' offeso. In quel mentre arrivò l'angelo del desco.

«Allora che vi porto, ragazzi?»

Tutti ragazzi per lui; se passava il presidente della Repubblica gli dava del ragazzo, senza indugi.

«Che c'è di buono stasera?»

«Ossobuco con i fagiolini, coniglio al forno con le patate o una valdostana con il purè.»

«Mmmh... tu che dici Chiodo?

«Boh, non so...»

«Allora ragazzi», il cameriere fremeva, «passo dopo e me lo dite?»

«Con cosa era la valdostana?»

«Il purè.»

«Ah... e l'ossobuco?»

Il cameriere gli passò il fogliettino del menu.

«Te', vediamo se sai leggere. Quando hai scelto fa' un fischio.»

Mimmo fece finta di leggere. Poi bloccò con la mano il cameriere prima che se ne andasse veramente.

«Senti un po'... già che ci siamo, perché non me li porti tutti e tre?»

8

Vederlo mangiare metteva fame, o disgusto, dipende se siete delicati di stomaco o meno.

«Veramente non l'hai più vista... come si chiamava... Luisa! A quella piacevi. Non ho mai capito perché, però le piacevi.»

«Cos'è, sono così brutto?»

«Be', bello non sei.»

Mimmo sgranocchiò una michetta. Poi un'altra. Poi un'altra ancora. Ferraro si guardava attorno, come non volesse che il suo sguardo incrociasse quello dell'amico. Poi si rese conto che non poteva andare avanti così tutta la sera.

«Sì. L'ho rivista.»
«Ah, vecchio porco, tu non me la racconti giusta...»
«Solo una volta.»
«E poi basta?»
«Sì, sì, basta. Troppo diversi... poi mi costava troppo.»
«In che senso?»
«L'ho portata a cena fuori e ho pagato io. C'ho lasciato giù lo stipendio di luglio.»
«Te la sei scopata, almeno?»
«Ma come cazzo ragioni? Se io porto a cena una donna la devo per forza scopare?»
«Certo.»
«Come, 'certo'? Perché, me lo vuoi spiegare?»
«Scusa, hai pagato tu?»
«Sì.»
«Allora te la dovevi scopare.»
«Non è mica una troia che se pago la cena mi deve tirare una pompa... ma dove vivi?»
«No, scusa, aspetta un attimo. Se uscivi con un collega pagavi tu?»
«Che c'entra. Ognuno pagava il suo.»
«Perché?»
«Be'... perché... insomma, è una galanteria pagare la cena o il cinema ad una ragazza se la inviti fuori...»
«Perché?»
«Cristo, Mimmo, cosa vuoi farmi dire?»
«Fammi capire. Questa guadagna almeno dieci, che dico, venti, trenta volte quello che guadagni tu e fa pagare a te? Ti sembra corretto?»
«Si è sempre fatto così, lo sai.»
«Infatti lei voleva scopare, te lo dico io.»
«Ma come fai a dirlo?»
«Sennò si sarebbe almeno pagata la sua parte. Così tu capivi che non c'era trippa per gatti.»
«Tu sei fuori di testa.»
«No. Insomma: hanno voluto la parità dei sessi, giusto?»
«Cosa c'entra?»
«L'hanno voluta?»

«Sì. L'hanno voluta. La vuoi contestare?»

«Ma figurati. Hanno fatto bene. Ti pare che se io nascevo donna mi facevo palpare il culo dal primo stronzo che passa...» Seguire Mimmo nei suoi ragionamenti, certe volte, era peggio che leggersi Foucault sotto l'effetto di una canna. «Ora però... se siamo pari, se siamo uguali, perché io ti devo pagare la cena?»

«Be', è questione di buona educazione, di...»

«Non dire cazzate. Quando un uomo paga una cena ad una donna è uno stronzo, un arrogante, altro che.»

«Cosa?»

«Certo. Puttana Eva, com'è che non lo capisci? Perché io devo aprire la porta dell'ascensore, se c'è una ragazza? Non dico un vecchietto, poverino che non ce la fa, o una donna incinta, o una con le borse della spesa, non dico questo. Sarei uno stronzo di merda se non aiuto chi ha bisogno. Io dico: perché devo aprire la porta dell'ascensore a una bella figa, o lo sportello della macchina, vedi tu... Cos'è? Non ce le ha le mani? Ha paura di rompersi un'unghia? Se io ti apro la porta, se io ti pago la cena, allora dopo ti fotto. E tu stai zitta, perché è quello che vuoi!»

«Tu sei malato.» Ci pensò su: «E se fosse il contrario? Se fosse lei a pagare?»

«Allora ti vuole scopare. Se è lei a farti tutte queste attenzioni è perché vuole qualcosa da te. Siamo pari, abbiamo gli stessi diritti? Va bene, ci sto.»

Ferraro mangiò un po' della sua valdostana. Mimmo, non ostante parlasse come un ossesso, aveva già finito il secondo piatto e stava assalendo il terzo.

«Ma, scusa... cosa c'entra l'arroganza?»

«C'entra, eccome. Se ti apro lo sportello della macchina, se ti pago il cinema, cosa voglio dimostrare?»

«Ormai non lo so più, dimmelo tu.»

«Che sono superiore a te. Che io posso farlo, ho i mezzi per farlo, sono un Dio. E tu sei la mia femmina sottomessa. Mia, di proprietà.»

Messa giù così aveva persino una logica.

«Esagerato.»

«Tu lo apri lo sportello della macchina ad un amico?»

«Be', se capita.» Bugiardo.

«Se capita. Se ne hai voglia, se non hai altro da fare. Sennò si arrangia. Siamo maschi, siamo uguali, non abbiamo bisogno della baliasciutta. Giusto? Ecco: chi paga le cene alle donne o vuole scopare o è un maschilista del cazzo.»

«Be', tu non mi sembri un femminista.»

«Ma che cazzo dici, coglione? Io sono più femminista delle femministe. Per me le donne hanno i miei stessi diritti. Però se metti in mostra le tette io te le guardo!»

«Che cazzo devono fare? Andare in giro con il velo?»

«Ma no, non hai capito un cazzo. A me piace che vanno in giro con le minigonne e le tette di fuori, figurati. Però, chiediti... perché lo fanno?»

«Cosa?»

«Perché si vestono così, in quel modo?»

«Magari stanno comode.»

«Con quei tacchi assurdi? Ma ci credi? Con le cosce di fuori d'inverno?»

In quel preciso istante squillò il cellulare di Ferraro. Era Comaschi.

«Disturbo?»

«Sono a cena fuori.»

«Una bella figa?»

«Dipende dai gusti. È pelosissima.»

«Mmmh, donna pelosa, molto golosa.»

Si sentiva accerchiato. La riscossa dei maschi, dopo decenni di sonnecchiamento. O forse erano gli ultimi due esemplari di una razza ormai estinta.

«Che mi dovevi dire?»

«So chi riceve le telefonate al bar.»

Grande Comaschi. Un mito.

«E chi è?»

«La combriccola dei coglioni senza casco.»

Sembrava quasi che avesse pregato così tanto che il suo angelo custode gli aveva fatto la grazia di mettergli il motociclista su un piatto d'argento. Pronto per un interrogatorio di prim'ordine.

«Che pensi di fare?»
«Se vuoi vado da lui ora e la faccio finita.»
«Lui lo sa che tu sai di lui?»
«Lui non sa un cazzo. È un coglione, ti ricordi?»
«Allora aspetta, non fare cazzate. Domani mattina all'alba lo tiriamo giù dal letto, insieme però. Io e te.»
«Va bene, agli ordini, *mio capitano, oh mio capitano.*»
Un teatrante da strapazzo. Non si sa se faceva ridere o se faceva pena.

9

Arrivò il caffè. Mimmo tirò fuori il pacchetto e se ne accese una.
«Francesca era una tosta. Quella sì che è una femmina di prima scelta.»
«Non ho mai capito perché mi ha sposato.»
«Perché ti amava, no?»
«Boh. Non credo che fossi il suo target.»
«Che cosa? In che lingua parli?»
«Non so, è sempre stata diversa da tutti noi. Viveva a Quarto, ma sembrava fosse cresciuta in centro.»
«Non è vero, dai. Ci siamo fatti di quelle risate insieme. Non era una di quelle stronzette snob, come quella tua amica... Luisa...»
«Francesca ha sempre puntato alto. Voleva cambiare vita, voleva il meglio. Cosa ci stava a fare con me non lo so...»
«E con chi sennò? Tu *eri* il meglio.»
Trascinò quell'*eri* esageratamente, spalancando le vocali in modo fin troppo sgraziato.
«Non dire cazzate.»
«Ma scusami... Gigi *lo Zoppo*... vabbe', lo dice il nome stesso. Vito *Manidiporco*, Mimmo *'O Animalo*... ci siamo capiti, no? Chi restava?»
«C'erano un sacco di ragazzi, che vuol dire. Abitava a Quarto Oggiaro, non su un'isola deserta.»

«Te la vedi Francesca con Paolo, il figlio del macellaio? O con Franchino?»

«Te l'ho detto: c'erano altri ragazzi.»

«Uff, che palle. Tu eri sempre lì con quei libri in mano. E la chitarra...»

«Il basso.»

«Vabbe', insomma è lo stesso... parlavi sempre, dicevi cazzate a rullo. Era bello sentirti, te lo dico io. Tu, allora, in quel momento eri il meglio che c'era.»

«Esagerato.»

Stava facendo il lagnoso, si piangeva addosso. Voleva che qualcuno lo accarezzasse un po' e lo coccolasse. Forse era solo da troppo tempo. Forse non accettava l'idea che qualcun altro assaporasse gli umori di quella donna, che qualcuno la penetrasse. La sua donna. Sua. Mimmo, sottosotto, aveva ragione sul maschilismo mascherato di Ferraro.

«Ma cazzo, Chiodo. Pensa un po' a tutti i ragazzi con cui giocavamo in cortile... metà sono morti di droga, l'altra metà spaccia o è in galera. Tu eri l'unico pulito. Eri il meglio. Poi volevi studiare. Vi siete messi insieme ad andare in biblioteca, credi che non me lo ricordo? Insomma: era la figlia di un operaio, mica di Gianni Agnelli!»

«Perché sennò col cazzo che si metteva con me, giusto?»

«Chiodo, hai rotto il cazzo. Stasera sei una lagna, ecco la verità.»

Si alzò all'improvviso e chiese il conto. Andò verso la cassa, nero in volto. Dopo un po' lo raggiunse anche Ferraro, mogio mogio.

Il gestore-cameriere-cassiere (o era il suo gemello?) mise in moto le sinapsi: «Allora ragazzi, sono... il caffè l'avete preso?»

«Sì.»

«Allora sono... 24 euro.»

«È aumentato?»

Che coraggio barbaro. Stavano pagando una miseria e contrattava pure.

«No. Sei tu che ti sei scofanato tre secondi e due chili di pane! Per non parlare del dolce!»

«È giusto» disse Mimmo. «Ho un po' esagerato.»

Ferraro fece la mossa di tirare fuori il portafogli. Mimmo gli bloccò la mano: «Lascia stare, pago io», poi si avvicinò all'orecchio dell'amico, «e non vuole dire che dopo ti scopo, non preoccuparti».

«Me lo auguro. Non ho dietro i preservativi.»

«Se è per questo ce li ho io. Se sono quello che paga tu sei quello che lo prende in culo, no?»

10

Avevano deciso di passeggiare un po', parcheggiata la macchina. Faceva freddo, ma era un freddo piacevole, di quelli che rende ciarlieri.

«Quello che tu non capisci, Chiodo, è che non devi chiederti perché Francesca stava con te... ma: che cazzo ci stavi a fare tu con noi!»

«In che senso, non capisco? Siamo cresciuti assieme, nello stesso cortile...»

«Sì, però che tu eri diverso era chiaro. Eri sempre lì a scassare la minchia con i tuoi ragionamenti. Poi, quanti anni avevi? Quindici? Che ti sei messo a suonare, ti ricordi?»

«Sedici, ero in terza.»

«Appunto. Studiavi in quella scuola, frequentavi quei ragazzi del centro, una volta sono venuto a sentirti alle prove, ti ricordi?» Mimmo guardò l'amico: «Ma che c'hai? Zoppichi?»

«Non è niente, non preoccuparti.»

«Come te lo sei fatto?»

«Lascia stare, non è niente.»

«Se vuoi ci fermiamo.»

«Ma no, ti ho detto che non è niente, adesso passa.»

«Va bene, va bene... Cosa stavo dicendo?»

Stava mettendo in croce Ferraro, ecco la verità. Stava toccando il nervo scoperto dell'ispettore, quello che continuava a nascondere a tutti. Mimmo era giunto involontariamente al nocciolo della questione. Meno male che neppure se ne era accorto, che si era già dimenticato di cosa stava parlando. Altrimenti come poteva, il nostro ispettore, spiegargli la sensazione che provava, ogni giorno sempre di più, quando pensava alla sua esistenza?

Ferraro si sentiva come se un bel giorno avesse deciso di attraversare un fiume. Di lasciare una sponda amica, fatta di gente, facce, situazioni, comportamenti che conosceva bene, che gli erano nel sangue, nei cromosomi, per andare ad esplorare altri lidi. Il problema è che ad un certo punto, in mezzo al fiume, aveva sentito la terra mancargli sotto i piedi. Aveva sbagliato il guado? Che fare? Doveva tornare indietro? Ma indietro dove?

La strada fatta era fatta, quella da fare sembrava infinita. Né carne né pesce. Né di qua né di là. Questo si sentiva. Inadeguato. Al mondo e agli uomini. Anomico. Non ricordava più la sponda dalla quale era partito, non vedeva, immerso nella nebbia, l'approdo. Non sapeva neppure se la strada fosse quella giusta, se, persino, dovesse farla. Sentiva solo il fango, le sabbie mobili che lo tiravano giù. Francesca, forse, c'era arrivata dall'altra parte. Forse era proprio questo quello che voleva fargli pagare: di averla portata con sé nel suo viaggio e di averla persa nella nebbia. Lei ora era di là, salva, ma sola.

« Che cazzo stavo dicendo, non me lo ricordo più » insisteva Mimmo.

« Te lo dico io: una marea di cazzate, stavi dicendo, altro che! »

« No, no, era importante... uff, ho mangiato troppo. »

Si bloccò e si palpò lo stomaco. E giù un rutto che risuonò sin oltre la settima sfera celeste. Ferraro, per non essere da meno, caricò il suo. Ci mise passione, entusiasmo. Ci credeva. Prima di emettere si illuminò. Decise di fare un rutto parlato.

« Vaffanculocazzoooo. » Era soddisfatto, 4 secondi di rutto, una buona prova. « Allora? Che mi dici? »

Mimmo raccolse la sfida. Ingerì un volume impressionante di ossigeno e preparò mentalmente l'ottonario da declamare.

Emise: « Cazzofigaculomerdaaaaaaa ».

7 secondi. Record stagionale, ma non dell'anno, comunque detenuto dal campione in carica Gigi *lo Zoppo*, che non ostante gli anni e i quattro figli restava un maestro della nobile arte. 9 secondi, filati filati. Un campione.

«Vabbe', con te non c'è storia, hai mangiato come un porco, non vale...»

«Che c'entra? Il mio è un talento naturale...»

«Quello di Gigi è un talento naturale.»

«Senti, bello, quando eravamo più giovani a me non mi batteva nessuno.»

Ma Ferraro non lo ascoltava, si era distratto.

«Ma che succede?»

A furia di passeggiare erano arrivati in prossimità del cavalcavia ferroviario. Qualcuno da sopra stava buttando degli oggetti che in aria sciabolavano nel buio, fiammeggianti. Si sentiva chiaramente ridere, come fossero ad una festa. Anche Mimmo guardò con attenzione, senza comprendere perfettamente l'accaduto.

«Ma cosa fanno quelli?»

Il buio al di sotto del cavalcavia all'improvviso si illuminò a giorno. Ferraro intuì subito. Iniziò a correre, non ostante sentisse il ginocchio come trafitto da enormi spilloni.

Mimmo si mise in moto, per quanto non avesse capito bene per dove. Probabilmente pensò che il suo amico volesse bloccare i teppisti sopra il ponte. Lo vedeva correre zoppicando e decise di anticiparlo. Fece le rampe delle scale alla velocità della luce. Ma Ferraro non puntava in alto.

L'ispettore si lanciò in corsa, disperato, verso l'enorme cumulo in fiamme, urlando come un ossesso.

«Baffo, Baffooo, Cristo santo, BAFFOOO...»

Si sentiva guaire, si sentiva una voce, da dentro, urlare, bestemmiare, piangere. Era il terrore in presa diretta, il panico assoluto, la morte dal vivo. L'intradosso del ponte si stava annerendo della fuliggine prodotta dagli stracci e dai teli che formavano il rifugio del barbone. Ferraro provò a passare da dietro. C'era una lamiera che fungeva da parete divisoria. Provare a spostarla con le mani, in quelle condizioni, era impossibile. Cercò in giro qualcosa per poterlo fare. Nel frattempo continuava a chiamare a squarciagola il suo amico. I guaiti erano ora ululati strazianti. Il panico iniziò ad insinuarsi anche nella mente dell'ispettore.

«Baffo, Baffo, ti prego, rispondimi...»

«Aiuto... Aiutooo, Gesù mio aiutami....» si sentiva da dentro.

Nel frattempo era tornato di corsa anche Mimmo, con il volto sconvolto.

«Che cazzo facciamo?» urlava.

«Non lo so, non lo so, là dentro c'è il Baffo, quello muore, lo capisci?»

Urlava pure lui. Urlavano tutti, dentro, fuori, tutti avevano paura, la morte trionfava.

«Che facciamo? Chiamiamo i pompieri?»

«Gesù, Gesù, Baffo, sono io, sono Ferraro...»

Dentro non si sentiva più nulla. A Ferraro venne da piangere. Impotente. Inadeguato.

Poi due colpi di tosse.

«Baffo, Baffo, sono io, Chiodo...»

Con un grosso ramo cercava di togliere più stracci infuocati che poteva.

«Ciòd, Ciòd, g'ho paüra, Ciòd, ghe la fu no...»

Era un rantolo, non una voce.

Mimmo all'improvviso si tolse la voluminosa giacca a vento che indossava.

«Occhèi, va bene. Facciamo così...»

La avvolse sulla mano destra. Ferraro intuì il suo progetto.

«Aspetta, ti aiuto.»

Ora quattro mani, più o meno isolate dalle temperature elevatissime, stavano cercando di spostare con forza la parete di lamiera. L'idea di un pazzo. Completamente senza senso. Inutile, sarebbe stato meglio telefonare ai pompieri.

Vero, tutto vero. Ma a tirare c'era Mimmo. Al terzo colpo d'anca la lamiera cedette.

11

Arrivarono i pompieri, probabilmente chiamati da qualcuno che aveva visto le fiamme.

Il Baffo era mezzo bruciacchiato ma vivo, più o meno cosciente. Ferraro, seduto per terra, gli teneva la testa sulle gambe e lo accarezzava come un padre affettuoso.

«Che paura che mi hai fatto prendere, Baffo.»

«Cusa l'è stàa? Mi durmivi della grossa...»

«Adesso è passato tutto, non preoccuparti.»

Il Baffo non si dava pace: «El g'avevi no quai coss de acés. La candela l'era spenta, te lo giuro, Ciòd...»

Quasi fosse colpa sua. Tirò due colpi di tosse impressionanti.

Poi arrivò una volante. Scese dalla macchina Fusco.

«Ferraro, che succede?»

«Sono stati dei teppisti che hanno dato fuoco alla baracca del Baffo.»

Fusco si accovacciò verso i due.

«Come sta, signor...» Poi, rivolgendosi a Ferraro: «Non mi ricordo come si chiama...»

«Oreste.»

«Come va signor Oreste?»

«Adess che te vardi, va ben, belessa.»

Galante, come sempre. La classe non è acqua. Provò pure ad alzarsi, ma non ci riusciva.

«Stia fermo, signor Oreste, è meglio.»

Da lontano si sentiva la sirena dell'ambulanza avvicinarsi. Un guaito attirò l'attenzione.

«Chiodo... i cani... la mee Ninetta, il Black...»

Da quella posizione il Baffo non riusciva a vedere il pompiere che aveva depositato per terra il corpo semicarbonizzato di uno dei cani. Meglio così: a vederlo veniva voglia di vomitare. L'odore di carne bruciata infestava l'aria. Zampettante, anch'esso pieno di piaghe, l'altro cane si avvicinò alla compagna. Le leccò il muso, poi ci provò sul collo, dentro le orecchie. Le diede un paio di musate, come volesse rianimarla. Ad un certo punto sembrò proprio che si fosse reso conto che non c'era nulla da fare. Allora iniziò ad ululare, mestamente. Ogni tanto singhiozzava, si abbassava verso la compagna perduta e poi, pacifico, come dovesse assolvere ad un rito millenario scritto nel suo patrimonio genetico, tirava il collo verso l'alto, straziando con i suoi guaiti i cuori di tutti.

Il Baffo iniziò ad agitarsi: «Cheschì l'è il Black. Se gh'è, Chiodo, cosa succede?»
«Stai tranquillo, Baffo. Non preoccuparti.»
«Indua l'è la Ninetta?»
Si avvicinarono gli infermieri. Ferraro li aiutò a mettere il Baffo sulla lettiga.
«Stai tranquillo, Baffo, adesso ti portano in ospedale.»
«Ciòd, indua l'è la Ninetta? Dove mi portate?»
Tossì, agitato.
«Ti prego, Baffo, fa' il bravo. I dottori ti devono visitare.»
«Ciòd, i cani, Ciòd...»
Era dentro l'ambulanza. Lo portarono via subito. Ferraro si avvicinò a Fusco. La poliziotta lo guardò, allarmata.
«Come stai?»
«Io sto bene, non preoccuparti.»
«Sei sicuro? Ho visto che zoppichi...»
«Non è niente.»
«Vuoi farti vedere da un medico?»
«Ma cazzo, ho detto che non è niente, lo capisci quello che dico?»
Si avvicinò anche Mimmo.
«Calmati, lei non c'entra.»
«E lei è, scusi?»
«Domenico Jodice.»
«È un amico. Eravamo insieme stasera. Se non era per lui il Baffo era morto di sicuro.»
La poliziotta annuì. Poi tirò fuori un taccuino.
«Allora: mi spiegate come è andata? Cosa è successo esattamente?»
Glielo spiegarono. La ragazza prese appunti, giudiziosa.
«Mi dispiace per la giacca a vento» disse Fusco, e sembrava dispiaciuta veramente.
«Tanto quella non mi piaceva più. L'avevo presa da un marocchino per strada.... domani me ne compro un'altra...»
«Senta, ancora una domanda, ma lei quando era salito per andare dai teppisti, non è che per caso li ha visti in faccia?»
«Era buio. Come facevo?»
«Be', il ponte è illuminato.»

Mimmo sbuffò.
«Erano due. Maschi. Sembravano vestiti bene, però, non so. Giovani, vent'anni... È successo tutto di fretta... Avevano un macchinone, un fuoristrada.»
«La targa l'ha vista?»
«E poi che cosa? Se avevano una carie al molare destro? Sentivo urlare e allora sono tornato giù di corsa.»
«Basta Fusco. Siamo stanchi» disse Ferraro.
«Lo so, hai ragione. Provo a fare una comunicazione in giro alla stradale e alle volanti se hanno visto qualche macchina sospetta. Sono andati verso Litta Modignani, magari prendevano la Milano-Meda... Certo, se avevamo qualche elemento in più... Tu sei sicuro di stare bene?»
«Sì, non preoccuparti, sto bene. Adesso vado a casa e mi faccio una dormita.»
Rassicurata, Fusco salutò entrambi e si diresse verso la radio della volante.
Mimmo, nel frattempo, guardava di sottecchi l'amico.
«Be', che c'è?» disse Ferraro.
«Chi è questa, non l'avevo mai vista.»
«È una collega. C'è già da più di un anno.»
«Carina. Quanti anni ha?»
«Ma che te ne frega, scusa?»
«A me niente. Mi sembrava però che fosse molto gentile con te.»
«Mavacagare, pirla.»
Avevano bisogno di scherzare. Un bisogno vitale.
Black non si muoveva da lì. Un pompiere si era avvicinato cercando di capire le sue condizioni, ma il cane, forse credendo che volessero portare via il corpo inanimato di Ninetta, digrignava i denti in modo preoccupante.
«Buono cucciolo, buono, vieni qui, ti do una caramella...»
Il pompiere non demordeva. Allungò una mano per accarezzarlo. Mancò poco che Black gliela portasse via. Poi il cane iniziò a girare attorno al cadavere, come se marcasse un confine invalicabile.
Mimmo si rivolse a Ferraro: «Che facciamo con quel cane?

È tutto ferito, se non si fa toccare va a finire che muore pure lui...»

Ferraro guardò il cane. Poi lo chiamò, con voce calma ma ferma.

Black si girò di scatto e guardò fisso Ferraro. Sembrò riconoscerlo. Abbassò lo sguardo e le orecchie e si avvicinò guaendo verso il poliziotto. Un volto amico in mezzo a tutto quel marasma. Un capobranco da cui andare per chiedere consigli.

«Va bene, Black, fa' il bravo, adesso ti curiamo noi.»

Cercò di accarezzarlo, ma non sapeva dove mettere le mani, tanto era ridotto male.

«Lo porto a casa io» disse perentorio Mimmo.

«Come?»

«Guarda com'è conciato! Lo porto a casa e lo medico.»

«Ma se vuoi, io...»

«No. Tu non ci sei mai a casa. Ha bisogno di cure. Poi se lo scopre Tiziana mi ammazza. Sai com'è fatta con i cani, lei.»

Un poliziotto mise in un sacco di plastica il corpo di Ninetta. Ferraro guardò con tristezza la scena, pensando a Baffo, che non era riuscito neppure a vederla morta; a darle un saluto, una tomba. Chissà dove l'avrebbero portata. Se in un inceneritore o chissà dove. Uscito dall'ospedale il Baffo non avrebbe neppure saputo dove andare a piangerla: a Ninetta il fato prescrisse illacrimata sepoltura.

VIII

A CARO PREZZO

1

Senza mandato niente irruzione in casa. Su questo Ferraro era irremovibile. Comaschi se ne doveva fare una ragione, la legge la conosceva pure lui.

«Invece: hai scoperto qualcosa su quel motociclista?» disse l'ispettore.

«Si chiama Centi Aldo. È figlio di brave persone, lavoratori. Ha diciannove anni, fa lavori saltuari, nell'ultimo faceva il magazziniere. Era un co.co.co., quaquaqua, perepeppè!»

«Riesci ad essere serio per dieci secondi di fila?»

«Cosa mi dai se lo faccio?»

Ferraro gironzolava per l'atrio del commissariato, pensieroso.

«È stato l'unico a rispondere al telefono?»

«Ieri sì, ma il barista mi ha indicato altre due persone che fanno parte della combriccola. Ragazzi della stessa età, più o meno, tranne quello giovane, Filippo. Ha 16 anni, è il fratello di uno del branco.»

«Il mangiafocaccia.»

«Sì, lui. Sono tutti figli di brave persone, nessun precedente penale. Tranne il padre di Filippo.»

«Per cosa?»

«Cazzate. Da giovane l'hanno messo dentro un paio di giorni perché aveva pestato uno allo stadio.»

«Tu sai dov'è adesso... come hai detto che si chiama?»

«Centi Aldo? Il motociclista?»

«Sì, lui.»

«Dove vuoi che sia? Al bar.»

Ferraro guardò, istintivamente, l'orologio.

«A quest'ora? Ma non ha un cazzo da fare?»

«No che non ce l'ha. Non fa più il magazziniere da luglio. È a spasso.»

«Potrebbe andarsi a cercare un lavoro.»

«Ma chi glielo fa fare, scusa? Vive con i suoi, che, sicuro come la morte, i soldini in tasca non glieli fanno mancare. Tu ci andresti a fare il magazziniere?»

«Ok, andiamo a parlargli.»

«Lo portiamo qui?»

«No. E perché? Hai qualche accusa da formulare? Noi andiamo a fare una chiacchierata amichevole.»

«Lui e Càrpano stanno spellando quella povera donna. Bisogna fermarli.»

«Noi questo ancora non lo sappiamo. Non sappiamo se questo Centi è coinvolto o meno. Magari non c'entra nulla.»

«Quello è colpevole. Non so di cosa, ma lo è. Antropologicamente colpevole.»

«Chi cazzo sei, Lombroso?»

Comaschi fece un sorrisetto ruffiano.

«Ho fatto un'indagine, sai, curiosità...»

«Che indagine?»

«Sai dov'era Centi fino a due giorni fa? A Rimini. L'ho trovato registrato in una pensione di Viserbella.»

«Da solo?»

«È questo il problema.»

«Cioè?»

«Erano in due, ma il gestore della pensione ha registrato solo la carta d'identità di Centi.»

«È illegale.»

«Lo sa anche lui. Quando gli ho detto che ero della polizia si stava cagando sotto. Secondo me è stata una distrazione. Magari l'altro la carta d'identità gli ha detto che gliela portava dopo e non l'ha fatto.»

«Càrpano.»

«Già, Càrpano... Allora: che facciamo?»

Ferraro pensava. Pensa, pensa, pensa, come Winnie the Pooh, che deve trovare il modo di arrivare al vasetto di miele. Quanto piaceva a Giulia, Winnie the Pooh. Ora un po' meno. Cioè le piace ancora, ma è un po' da bambini, no papà?

In quel mentre passò Fusco.
«Fusco!»
La ragazza si girò verso i colleghi.
«Dimmi Ferraro.»
«Sai niente del Baffo?»
«Arrivo ora dall'ospedale. Diciamo che sta bene. Mi ha chiesto di te. Gli ho detto che lo andrai a trovare presto...» Poi sorrise, complice. «Mi ha anche raccontato perché ti chiama Chiodo.»
«Si sa qualcosa dei due teppisti?»
Cambiava argomento, imbarazzato.
«Niente di niente. Quelli non li prendiamo più.»
Era molto probabile. O rifacevano la cazzata o per loro la sera prima restava un gioioso ricordo dei bagordi giovanili, da raccontare attorno al camino, il giorno di Natale, di fronte ai nipotini increduli di tanto eroismo giovanile di quel nonno che ora stava a malapena in piedi e sbavava quando sorbiva il brodo.
«Senti un po'... hai un cambio qui?»
«Che cambio?»
«Sei venuta in uniforme o hai i vestiti civili in armadietto?»
«Non vengo mai in uniforme. Mi vergogno.»
Non ci aveva mai fatto caso.
«Bene. Ho da farti fare una cosa.»
Forse Winnie the Pooh aveva trovato il suo vasetto di miele.

2

Apparve rivestita a nuovo. Come una ragazza qualunque. Quello che era, nei fatti. Non si è sbirri ventiquattr'ore al giorno, almeno all'età di Fusco.
«Ascoltami bene. Adesso io e Comaschi andiamo a parlare con un tipo, al bar Quinto, sai dov'è?»
«Sì, lo so. È qui dietro. Lo sai che non si chiama così? Ho guardato l'insegna e...»
«Va bene, lascia perdere, non è il quarto d'ora del filologo, questo.»

«Ok, scusami.»

La ragazza frizzava. Guardava Ferraro con gratitudine. Era entrata in polizia per fare le investigazioni, lo voleva fin da quando era una bambina e litigava con il fratello più grande che la trattava come una femminuccia. Si era un po' stancata di stare sulla volante, con quella uniforme scomoda che la imbruttiva. Voleva far vedere che anche lei sapeva il fatto suo.

«Dieci minuti dopo che siamo entrati nel bar ci vieni pure tu. Ti siedi al banco e chiedi una birra.»

«Una birra? A quest'ora? Non è un po' presto? Poi sono in servizio...»

Voleva essere precisa, operativa, metteva tenerezza.

«Prendi quello che vuoi: una birra, un'aranciata, un succo di frutta.»

«Un caffè?»

«No, il caffè no. Chi prende il caffè entra, beve e se ne va. Tu devi perdere tempo al banco. Quando ce ne siamo andati, resti lì e aspetti.»

«Cosa?»

«Che il tipo faccia qualcosa. Se resta lì, tu resti lì. Se si muove, tu lo segui.»

Fusco si trattenne dal dargli un bacio, ma si vedeva che era felice.

«Saremo sempre in contatto radio?»

Ma quanti film polizieschi aveva visto da ragazzina?

«Sì, certo. Tu ce l'hai il mio cellulare?»

«Sinceramente no...»

Arrossì.

Intervenne Comaschi: «Se vuoi ti do il mio».

«Non fare il pirla, Comaschi.»

Glielo dettò. Fusco si premunì di memorizzarlo sul suo portatile.

«Fatto. Magari ti do il mio, non si sa mai.»

Ferraro replicò sul suo cellulare.

«Bene. Ora, ascoltami: non perderlo mai di vista. Non fargli capire che è pedinato. Appena vedi qualcosa di strano, di sospetto, chiamami. Noi saremo nei paraggi. Non fare cazzate di testa tua.»

«Ma perché? Cosa potrebbe accadere? Chi è questo tipo?»
«Non è nessuno, ma non si sa mai. D'accordo?»
«D'accordo.»
«Bene. Ciao, ci vediamo dopo. Dieci minuti, ricorda...»
I due uscirono. Comaschi guardava avanti, sorridendo.
«Che hai da ridere?» disse Ferraro.
«Di tutti i modi, questo ancora mi mancava.»
«Che stai dicendo?»
«Di tutti i modi per ottenere il numero di cellulare di una ragazza. Tu hai del talento, fattelo dire.»
«Ma non dire cazzate. È per lavoro.»
«E allora perché non si è preso il mio?»
«Perché ha capito chi comanda, di noi due. E poi tu sei *gay*, lo sanno tutti.»
«Come sarebbe a dire?»
«Gira questa voce su di te in commissariato. Che sei un pigliànculo.» Lo disse così, sdrucciolo.
«Ehi, stronzo, io sono un mettìnculo, non un pigliànculo. Chi ha messo in giro questa notizia falsa e tendenziosa?»
«Io, ovviamente. Per far fuori la concorrenza.»
Risero. A furia di dire cazzate si ritrovarono nel giro di cinque minuti dentro al bar. Aldo Centi se ne stava davanti ad un videogioco, con una pigna di monetine affianco, che stava lì come una clessidra, a scandirgli il ritmo della giornata. Ferraro si mise alla sua destra, Comaschi alla sinistra. Ad un certo punto Centi si girò, incuriosito.
«Ehi, ma chi...»
Li riconobbe. Comaschi, tanto per far capire che le palle gli giravano come un frullatore, fece cadere in terra le monetine.
«Oh, scusami, che distratto.»
Il ragazzo si buttò istintivamente sul pavimento, per raccogliere il denaro, imprecando.
«Brutti stronzi, ma che cazzo volete?»
Appena si rialzò, pronto a dare le mani, vide due tesserini di riconoscimento sventolargli in faccia.
«Hai un po' di tempo, Aldino? Dobbiamo chiederti una cosa.»
Il ragazzo ammutolì.

«Vieni, sediamoci.»

Ora erano attorno ad un tavolo. Sembravano pronti per una partita a carte, fra amici.

«Che volete?»

«Sai, non ti vedo abbronzato.»

«Cosa?»

«Credevo che fossi andato a Rimini per prendere un po' di sole. Effettivamente non è stagione, però, insomma...»

Centi impallidì. Forse fino ad allora credeva che la questione fosse ancora quella della moto. Ora c'era qualcos'altro, evidentemente.

«Che state dicendo?»

«Ehi, amico, siamo poliziotti. Se dico che sei stato a Rimini, vuol dire che ci sei stato. O metti in dubbio le mie parole?»

Entrò Fusco, un po' in anticipo sulla tabella di marcia. Ferraro la guardò con la coda dell'occhio fingendo indifferenza.

«Sono stato a Rimini, è vero. E allora?»

«Con chi eri? Con Tony?»

«Chi?»

«Antonio, Tonino, Tonio, Tony, Antò, come lo chiami?»

«Ma che sta dicendo?» disse il ragazzo, rivolgendosi a Ferraro.

«Ti sta chiedendo se ci sei andato insieme ad Antonio Càrpano.»

Fu una specie di fendente al petto. Aldo sembrava stesse per svenire.

«Ch... chi?»

Toccava a Comaschi: «Stronzetto. Ascoltami bene che non lo ripeto più: An-to-nio Càr-pa-no. E non far finta di non sapere chi è. Abitate nello stesso cortile».

«Sì... sì... so chi è... ma, ma... lui non c'è... è andato in vacanza...»

«A Rimini.»

«No!» Lo disse come se fosse una dichiarazione di fede. «No. Non è andato a Rimini, lo sanno tutti.»

«Tutti chi?»

«Tutti! Lo ha detto a tutti che andava in Liguria, al mare.»

«Ma guarda un po'. E pensare che io credevo...»

Ferraro gli tirò una pedata da sotto il tavolo. Toccava a lui.

«Quindi tu sai che è in Liguria.»
«Lo sanno tutti. Quando è partito io non c'ero.»
«E dov'eri?»
«Appunto. Ero andato a Rimini.»
«Allora non l'hai incontrato Antonio?»
«Perché dovevo? Lui era... è in Liguria.»
«Era o è?» La palla era tornata a Comaschi.
«Che volete dire?»
«Non lo so dimmi tu. *Era* in Liguria o *è* in Liguria?»
«Ma che ne so io?»
«Come non lo sai? E quando ti telefona di cosa parlate?»
«Cosa? Io non ce l'ho neppure il cellulare, si è rotto.»
«Ma guarda un po'. Però lui ti chiama qui, al bar. Ieri hai risposto tu alla sua telefonata.»
La mano sinistra del ragazzo iniziò un lieve tremolio.
«Io, io... era uno scherzo, sì. Uno scherzo telefonico, non so chi era...»
«Cazzo, qui è tutto un fare scherzi, hai visto Ferraro?»
«Come a Giuseppe Cortese. Lo sai che anche a lui hanno fatto uno scherzo telefonico?»
Le mani ora erano in pieno Parkinson. Si alzò. Come uno di quei pagliacci con la molla che scattano appena aperta la scatola. Stava in piedi per miracolo.
«Voi non potete... io, io... quello che dovevo dire l'ho detto.»
Prese per l'uscita. Ferraro non mosse un muscolo.
«Ma perché fai così? Stava cedendo...» Comaschi non capiva.
«Lascialo andare.»
Poi si girò verso il banco, per vedere dove fosse Fusco. Era sparita. E loro non se ne erano neppure accorti. Bene.
Da dietro la vetrata del bar vedevano Centi avvicinarsi alla motocicletta. Il ragazzo, cavalcatala, diede una sgasata roboante. Poi, prima di partire, mesto come se fosse ad un passo dal patibolo, indossò il casco.
«Bravo ragazzo» disse Comaschi, «metti la testa a posto, che ti conviene.»
La moto scomparve. Quattro secondi dopo passò una macchina con dentro Fusco. Bene. Ottimo. La ragazza ci sa fare.

3

Interno giorno. Commissariato. Location: *davanti alla macchina del caffè.*

Comaschi e Ferraro armeggiano con la macchina erogatrice.

FERRARO
Vediamo di ricapitolare, sennò qui ci perdiamo.
Càrpano sparisce 6 giorni fa.

COMASCHI
Parte. Quello che si sa, ufficialmente, è che è partito per
la Liguria.

FERRARO
Ma non è vero. Noi sappiamo che invece è andato a
Rimini. Lo testimoniano i prelievi.

COMASCHI
A Rimini negli stessi giorni c'è anche Centi.
Probabilmente nello stesso albergo.

FERRARO
Punto primo. Siamo certi che fossero insieme?
Non ne abbiamo le prove oggettive.

COMASCHI
È una deduzione, certo... però sarebbe
un bel caso, no?

FERRARO
Punto secondo: Càrpano è morto?

Comaschi prende per primo il suo caffè.

COMASCHI
Poco credibile. Perché? Perché ucciderlo?
A chi giova?

FERRARO
Un balordo, chissà. Magari gli voleva fregare il portafogli.

COMASCHI
No, lo abbiamo già detto. Avremmo avuto notizia del cadavere, sicuramente. Fare sparire un morto non è così semplice. E poi, anche se fosse: in quei casi cerchi di usare la carta di credito. Ma non è mai stata usata. Solo il bancomat.

FERRARO
Ha perso il portafogli.

COMASCHI
Sarebbe già tornato a casa. O comunque avrebbe avvertito la banca. E poi: per prelevare ci vuole il codice. O te l'hanno clonata, la carta, o sei *il mago di Aversa* che al primo tentativo becchi il codice giusto.

Tocca a Ferraro usufruire della tazza di caffè.

FERRARO
Si è fatto frate; è entrato in un convento di clausura; è in India da un santone indù; in Africa a salvare i lebbrosi.

COMASCHI
Ci sono i lebbrosi in Africa? Non erano in India?

FERRARO
Ok, ipotesi scartata. E poi ci sono le telefonate da Rimini.

COMASCHI
Le fa lui. Oppure Centi. Anzi le fa Centi. Avranno beccato qualche troia e fra una tirata di coca e

un'inculata senza vaselina si sono divertiti alle spalle di quel poveraccio. Cortese Giuseppe.

FERRARO
Pino.

Giunge De Matteis. Ha una moneta in mano.

DE MATTEIS
Comaschi, dov'è Fusco?

COMASCHI
Ci sta aiutando a pedinare un sospetto.

DE MATTEIS
È una tua iniziativa?

FERRARO
No, è stata una mia idea.

DE MATTEIS
Hai anche delle idee, Ferraro? Complimenti... e, scusa, non hai pensato che, per caso, avevo bisogno anch'io di lei?

COMASCHI
C'era da spazzare l'ufficio?

DE MATTEIS
Ti tengo d'occhio, Comaschi. Lo sai, vero?

COMASCHI
Lo so. Io so tutto. Sono onnisciente.

De Matteis ordina un caffè.

FERRARO
Siamo ad un passo dalla soluzione del caso.

DE MATTEIS
Perché, c'è un caso? Non mi aveva avvertito nessuno. A quando un bel rapportino come Cristo comanda? E Fusco che c'entra? Non ha esperienze di questo tipo, lo sai.

COMASCHI
Non è vero. Ha già fatto dei pedinamenti per me.

FERRARO
E poi il sospettato ci conosce, non potevamo seguirlo noi. E non volevo interferire ulteriormente sull'organico usufruendo di personale altamente specializzato che sicuramente sarebbe tornato utile alle tue indagini.

DE MATTEIS
Mi stai leccando il culo?

COMASCHI
Sì. Te lo sta leccando. Ne sono testimone.

De Matteis prende il caffè. Giunge Lanza.

LANZA
Ferraro, c'è un fax per te.

Lo porge a Ferraro, che legge avidamente.

FERRARO
Occazzo.

COMASCHI
Che succede?

FERRARO
Càrpano ha cercato di fare un altro prelievo.

Comaschi si accende una sigaretta.

COMASCHI
Che vuol dire «cercato»?

LANZA *(a Comaschi)*
È il participio passato del verbo «Cercare»: il tentativo, fisico o psicologico, diretto a trovare qualcosa o qualcuno. In questo caso significa...

FERRARO *(interrompendolo)*
Il bancomat gli ha mangiato la carta. Probabilmente la madre l'ha bloccata.

COMASCHI
Bene, è già qualcosa.

Comaschi armeggia ancora con la macchina del caffè.

LANZA
Ma ne hai appena bevuto uno...

COMASCHI
Non me lo sono goduto. Poi, sai, con la sigaretta...

DE MATTEIS
Guarda che qui non siamo al bar.

LANZA
In effetti siamo in commissariato. Ma credo che lo sapesse già, giusto?

DE MATTEIS
Lanza. Tu, tu... lasciamo perdere...

De Matteis se ne va, esasperato.

LANZA *(curioso)*
Tu, cosa? *(Poi a Comaschi)* Che voleva dire?

FERRARO
Lo volete sapere dove è accaduto?

COMASCHI
Dove?

FERRARO
A Rimini.

COMASCHI
Lo sapevamo già, lo ha fatto anche ieri, non ti ricordi? Si vede che l'altro giorno è tornato a Milano con Centi e poi è tornato a Rimini da solo.

FERRARO
Perché?

Comaschi è pensieroso. Prende in mano il suo cellulare. Un fischio avverte che il suo caffè è pronto.

COMASCHI
Mi sta venendo in mente una cosa.

Cerca sul suo cellulare un numero. Ma nel frattempo squilla quello di Ferraro.

FERRARO
Sì, pronto.

MARIO ROSSI *(voce fuori campo)*
Ti telefono perché la cosa mi sembra interessante. Il tuo amico non ha chiamato un numero fisso, come le altre volte, ma un cellulare.

FERRARO
Lo stesso dell'altra volta?

MARIO ROSSI *(v.f.c.)*
No. Un altro. Appartiene ad un certo Aldo Centi.

FERRARO
Ottimo lavoro. Grazie.

MARIO ROSSI *(v.f.c.)*
Prenota il Brunello. Ciao.

FERRARO
D'accordo. Ciao.

Intasca il cellulare e guarda i presenti. Comaschi prende in mano il bicchierino di caffè.

COMASCHI
Chi era?

FERRARO
Il mio amico dei telefoni.

COMASCHI
Che dice?

FERRARO
Càrpano ha appena telefonato a Centi.

COMASCHI
Gli avrà comunicato la storia dei soldi. Strano che lo chiami sul cellulare, però.

LANZA
Se è stato lui.

Ferraro guarda Lanza, carico di domande.

COMASCHI
Mi stavo appunto chiedendo questo. Càrpano è tornato da solo a Rimini?

FERRARO
Come facciamo a saperlo?

COMASCHI
Non so, magari è un'idea stupida. Ma ho pensato di richiamare la pensione di Viserbella. Se, nel giro di due giorni, torni nella stessa città, ti viene voglia di andare a dormire nello stesso posto, no?

Comaschi formula un numero, memorizzato sul cellulare. Poi schiaccia un altro tasto.

COMASCHI
Metto il vivavoce, così sentite tutti.

Si sente il segnale di libero. Comaschi si libera della sigaretta, ormai un mozzicone, e inizia a sorseggiare il caffè.

ARRIGO *(voce fuori campo)*
Pensione Arrigo, buongiorno.

COMASCHI
Buongiorno, signor Arrigo. Sono il sovrintendente Comaschi, della polizia di Milano, si ricorda?

ARRIGO *(v.f.c.)*
Buongiorno, sovrintendente, buongiorno. È successo qualcosa? Io, lo sa che è stata una distrazione la mia. Non mi capita mai. Spero che per colpa mia non è...

COMASCHI *(interrompendolo)*
Si calmi signor Arrigo. Non ci sono problemi. Le devo chiedere un piacere.

ARRIGO *(v.f.c.)*
Se posso, volentieri.

COMASCHI
Ha lì davanti i registri?

ARRIGO *(v.f.c.)*
Sì. Certo. Guardi che io registro tutti quelli che vengono. L'altro giorno avevo mal di pancia ed è per questo che io...

COMASCHI *(più duro)*
Arrigo, la smetta e mi stia ad ascoltare. È venuto qualcuno in questi giorni da Milano?

Dall'altra parte si sente scartabellare.

ARRIGO *(v.f.c.)*
Sì. Cinque persone. Una famiglia con un bambino e due giovani.

Tutti si fanno più attenti. Ferraro addirittura avvicina l'orecchio al telefono.

COMASCHI
Mi dica i loro nomi. Non della famiglia, dei due ragazzi. I nomi e gli indirizzi di residenza.

Ferraro si guarda attorno come se cercasse qualcosa. Lanza, pacifico, tira fuori dalla tasca un taccuino e una matita.

ARRIGO *(v.f.c.)*
Allora, vediamo un po'... Luca Caccia, via Trilussa 14 e... Federico Borghi, via Capuana 3.

I poliziotti si guardano stupiti. Ferraro fa un cenno a Lanza, come a chiedere se ha scritto tutto. Il collega annuisce e mostra il taccuino.

COMASCHI
Cazzo.

ARRIGO *(v.f.c.)*
Come, scusi? Qualcosa non va? Mi devo preoccupare? Guardi che se sono delinquenti io chiamo subito la polizia e...

COMASCHI *(alterato)*
Lei non fa un bel niente sennò mi incazzo. *(poi si calma)* Mi scusi signor Arrigo. Non deve preoccuparsi, è tutto sotto controllo. Lei li tenga d'occhio, ma faccia finta di niente. Se avessimo bisogno di lei, l'avvertirò in tempo.

ARRIGO *(v.f.c.)*
Ma io, io... Non è che poi succede...

COMASCHI
A risentirla, Arrigo. E si calmi. Non succederà nulla, glielo assicuro.

Comaschi chiude la comunicazione in modo brusco. Poi osserva gli astanti.

COMASCHI
Io non ci sto capendo più un cazzo.

LANZA
Sono due di Quarto Oggiaro, non può essere un caso. E Càrpano non è con loro. La domanda è: c'è mai stato? Càrpano è mai partito per Rimini?

Ferraro sembra illuminarsi.

FERRARO
Oddio, ho capito. Ho capito tutto. *(verso Comaschi, operativo)* Presto, allertiamo una volante, anzi due. Andiamo subito da Centi, prima che scappi.

Ferraro tira fuori ancora il suo cellulare.

COMASCHI
C'è Fusco con lui.

FERRARO
La sto chiamando.

COMASCHI
Ma si può sapere cosa hai capito? Sputa il rospo.

LANZA *(schifato)*
Oddio! *(A Ferraro)* Ma cosa hai mangiato a colazione?

FERRARO
Fusco, dove sei?

FUSCO *(voce fuori campo)*
Sono nel cortile di via Pascarella al 22. C'è un po' di agitazione, ti stavo telefonando. Il ragazzo ha ricevuto una telefonata che l'ha innervosito. Subito dopo ha chiamato al citofono qualcuno. Ora sono in tre vicino ad una scala che va in cantina. Uno di questi ha una borsa.

FERRARO
Arriviamo subito. Non perderli di vista. Stiamo arrivando con le volanti. Ce l'hai la pistola?

FUSCO *(v.f.c.)*
Sì, ce l'ho.

FERRARO
Bene. Tienila a portata di mano, non si sa mai.

Ferraro chiude. Poi si rivolge a Comaschi.

FERRARO
Presto, muoviamoci.

COMASCHI
Ma muoviamoci dove? Me lo vuoi spiegare?

FERRARO
Ti spiego tutto strada facendo.

Ferraro va verso alcuni agenti in uniforme.

COMASCHI *(a Lanza)*
Tu ci capisci qualcosa?

LANZA
Sì.

COMASCHI
E ti pareva...

Comaschi finisce di bere il suo caffè. Poi butta il bicchierino nel contenitore.

COMASCHI *(pensieroso)*
Buono. Oggi era buono.

Lanza osserva i colleghi andare via. Poi si gira verso la macchina del caffè, che sta vibrando. Da sotto esce dell'acqua, come se la macchina se la fosse fatta addosso dalla contentezza.

4

Le volanti navigavano a vele spiegate, verso il sol dell'avvenire. Il canto delle sirene inchiodava chiunque passasse per strada. Non c'è poliziotto che in macchina non viva un'emozione quasi erotica davanti a tanto potere. La città si blocca tremante, in attesa del passaggio dei guerrieri ululanti, le forze del bene (del bene?) a capofitto verso la gloria (la gloria?), verso la sconfitta ineluttabile del male (il male?) Gratificante; l'ego si gonfia a dismisura. Meglio di una scopata.

«Ispettore?»

Ferraro aveva le mani occupate, Comaschi prese il microfono della radio.

«Sono Comaschi, che c'è?»

«Come convenuto ci dividiamo qui. Andiamo verso l'uscita secondaria.»

«Vedete di fare più casino possibile. Tirate fuori anche le armi, dovete spaventare tutti quelli che passano.»

«Non dovremmo agire con circospezione?»

«Dove l'hai imparata questa parola? Al corso di agente ausiliario?»

«Mi scusi, sovrintendente. Eseguo gli ordini. Anche se non comprendo la procedura.»

«Non sei pagato per capire, ma per eseguire i miei ordini idioti.»

Dall'altra parte il pulotto non respirava. Quanti anni poteva avere? Diciannove, venti? Come rispondi se ti parlano in quel modo? Meglio stare zitti.

«Agente, la nostra è una strategia psicologica» disse Ferraro per rincuorarlo, «è evidente che non siamo intenzionati ad usare le armi.»

«Ah no?» si stupì Comaschi. «Peccato.»

«Smettila coglione, che poi lo vanno a dire a Zeni.»

«Come, ispettore?»

«Nulla, nulla.»

Si intromise Comaschi: «Dove siete?»

«Ci siamo quasi.»

«Bene, fra esattamente 30 secondi scendete, irrompete da dietro il cortile e terrorizzate i villici. Capito?»

«Sì, sovrintendente.»

«Ottimo. Capo Rosso a Capo Oro. Passo e chiudo.»

Ferraro scuoteva la testa.

«Ma è possibile che tu non riesca a fare la persona seria per più di dieci minuti di seguito?»

Comaschi sorrise: «Chi ce lo fa fare, scusa?»

Potrebbero spararci in fronte, potremmo morire da un momento all'altro, potremmo rimanere paralizzati per sempre, tua figlia potrebbe restare orfana... Chi ce lo fa fare di restare seri? Questo voleva dire Comaschi. Ma non lo disse perché ora c'era da scendere dalla macchina, correre verso il cortile con le armi spianate, fare casino. Era tutta una messa in scena, chiaro. Mica dovevano prendere un boss della mafia. Con quelli, anzi, si va con i piedi di piombo. Qui c'era da far cagare sotto dei ragazzini. Se erano innocenti se ne stavano fermi, immobili, spaventati a morte da queste furie uscite da chissà dove. Se invece a loro il culo un po' bruciava, se qualche scheletro nell'armadio ce l'avevano, stai certo che iniziavano a correre. Da veri polli. I mafiosi, in questi casi, non corrono. Aspettano, tranquilli, le manette.

Detto fatto. Era tutto un fuggi fuggi. Il primo girò per l'uscita secondaria; appena si vide davanti la squadra della seconda volante con i mitra spianati alzò le mani e si mise in ginocchio, convinto, forse, che lo volevano graziare lì sul posto. L'ausiliario lo fece alzare, quasi imbarazzato, e lo tranquillizzò, mentre lo ammanettava.

Il motociclista invece aveva un futuro assicurato nella squadra di atletica leggera del carcere di Opera. Con un paio di saltoni agguantò la moto e la mise in funzione. Comaschi poteva sicuramente fermarlo prima, ma è sempre stato uno che ha bene in mente i tempi teatrali; sa cos'è un colpo di scena. La moto, guidata con quello stato d'animo, sembrava imbizzarrita. Cinque secondi dopo scalzò il cavaliere facendolo cadere in terra. Il ragazzo prese una zuccata storica. Comaschi, sornione, gli si avvicinò con le manette tintinnanti.

«Come va? Ti sei fatto male?»

Con uno strattone gli mise le mani dietro la schiena e lo ammanettò.

«Aiutatemi, sto sanguinando.»

«Davvero? E il casco dov'è?»

Aveva aspettato questo momento per giorni. Il piatto freddo era servito.

Restava Filippo. Senza una ragione logica corse verso le scale che portavano in cantina. Ferraro lo bloccò quasi inciampandogli addosso, scivolando entrambi sulla ruera di cartoni di pizza e robaccia varia.

«Forza, Filippo, sta' fermo... Dai, dimmi dov'è. Dove l'avete messo Antonio Càrpano?»

Filippo piangeva, terrorizzato.

«Io non volevo, non volevo...»

Confessione assicurata. Ci gioco una palla.

5

La storia, se non fosse vera, sembrerebbe presa da un libro.

Fra interrogatori incrociati, deposizioni, minacce, ceffoni, avvocati, sostituti procuratori, confessioni spontanee (spontaneissime, intendiamoci, nulla di estorto, mai sia!), tutto venne ricostruito nel giro di una giornata.

A quanto pare Antonio Càrpano era uno che si bullava di avere una pacca di soldi in banca. Quattro soldi del cazzo, in realtà, a guardare il conto; fatto più dei risparmi della madre che di quelli che effettivamente guadagnava. Lo diceva perché così si faceva bello al bar. Aveva la faccia da sveglione e le ragazze non è che se lo cagassero più di tanto. Alcuni suoi amici (begli amici, non c'è che dire) decisero di farglieli spendere veramente questi soldi.

Erano in cinque. Due vivevano nel cortile di Càrpano, gli altri erano amici del bar.

Càrpano a Deiva ci voleva andare veramente; non a caso la mattina di sabato (molto presto, il treno parte alle 7.15 da Centrale, per essere certi di arrivarci con la 57 bisogna partire di casa almeno un'ora prima), intorno alle 6.00, Càrpano uscì di casa. Aveva il suo portafogli bello gonfio di ghelli presi il giorno prima. Era praticamente ancora buio e in giro non si vedeva nessuno.

Il commando lo assalì all'improvviso. Nel giro di un nonnulla si trovò legato ed incappucciato. Dove lo tenevano imprigionato, due dei balordi, con il volto coperto e con la voce che si sforzavano di camuffare, gli fecero credere che se non confessava il numero del bancomat lo avrebbero fatto fuori. I patti erano questi: dieci giorni doveva stare fuori di casa e dieci giorni loro lo tenevano prigioniero. Se il codice del bancomat era giusto lo facevano tornare a casa. Se dava loro quello sbagliato lo ammazzavano seduta stante. Vi rendete conto? Proprio un piano del cazzo.

Càrpano si cagò sotto e sciorinò il numero. Chi lo interrogò, in teoria (in teoria per i balordi, polli di prima categoria), era sconosciuto a Càrpano; anche se a lui parve di ricordare la voce di qualcuno (ma ti pare che non li avrebbe riconosciuti?).

Sia come sia, i due del suo cortile, i più furbi (o i meno coglioni, dipende dai punti di vista), fra cui il motociclista amico di Comaschi, emigrarono a Rimini e folleggiarono per un paio di giorni. Poi ritornarono per dare il cambio agli altri due. Chi restava alla base era il povero Filippo, il più piccolo e il più coglione, che era l'addetto all'approvvigionamento alimentare del detenuto. Il suo turno doveva ancora arrivare. Per farla breve Càrpano si pappò per una settimana pizza al trancio e birra, come testimoniavano, muti, i cartoni depositati all'ingresso delle cantine (ma si può essere così imbecilli? Neppure capaci di nascondere le prove). Di sicuro da quel giorno in poi Antonio avrebbe frequentato solo ristoranti cinesi e bevuto unicamente tè al gelsomino.

Càrpano in realtà non si era mai mosso da via Pascarella. I poliziotti lo trovarono nella cantina sotto casa, legato e bendato in una stanzetta tutta ricoperta di poster di gruppi rock, isolante acustico e contenitori di uova. È probabile che anni prima il fratello maggiore di uno del commando suonasse la batteria in un gruppo heavy metal e avesse trasformato la cantina in una saletta insonorizzata dove dare sfogo alle sue paturnie adolescenziali insieme agli amici.

Perché l'avevano fatto? Avevano padri violenti e ubriaconi che li picchiavano dalla mattina alla sera? Un'infanzia difficile? Una madre puttana che se la faceva con tutti? L'affitto da pagare? Il fratellino poliomielitico? La zia di uno di loro aveva una malattia rara e tutti insieme cercavano disperati i soldi per pagarle le medicine? Erano un gruppo politicizzato che odiava lo sfoggio di quattrini al punto di rapinare un uomo per ridistribuire il suo denaro ai poveri del quartiere? C'era una cazzo di ragione, una sola, un solo ragionamento, una logica in tutto ciò? C'era un possibile significato, un urlo di protesta, una dimostrazione di disagio, un appello al «mondo degli adulti», una spiegazione sociologica, psicologica, una, vi chiedo, una sola, una pezza, qualcosa, insomma, un po' di materiale da dare in mano agli assistenti sociali, una piccola, microscopica, attenuante ad un piano così imbecille?

No, no, no!

Un bel cazzo di niente.

Nessuno di loro difettava di una ben che minima attenzione. I soldi in tasca i loro genitori, gente che si tirava il culo a panaro dalla mattina alla sera, non glieli avevano mai fatti mancare. Uomini e donne con valori grossi così, timorati di Dio, osservanti, onesti, padri e madri amorevoli, sempre presenti nelle vite dei figli, mai una mano alzata, mai una violenza. Brave persone, non uno screzio con la legge, non un problema con la polizia. Gente che paga le tasse, che non si tira indietro se c'è da mandare dei soldi in Africa, per qualche iniziativa missionaria. Che andava a parlare con i professori per chiedere dei progressi del figlio, che lo iscriveva a nuoto, che lo mandava in vacanza al mare, che lo aspettava fino alle tre di notte alzata e appena lo sentiva rientrare dalla discoteca andava a letto senza farsi notare, per non metterlo in imbarazzo.

Non ostante ciò, colpevoli. Così si sentivano. Colpevoli. Queste erano le loro facce in commissariato, mentre entravano nella stanza degli interrogatori, insieme all'avvocato (d'ufficio, ovvio, mai visto un avvocato prima d'ora): sembravano loro i criminali.

Colpevoli, Vostro Onore. Colpevoli di aver generato questi bravi ragazzi, questa feccia. Chiedo il massimo della pena, nessuna pietà, Vostro Onore. Colpevoli della loro inconsapevolezza, della loro innocenza, della loro purezza. Colpevoli di aver accettato tutto, le stragi di stato, le pastoie della politica, il rimbambimento mediatico, come bestie al macello. Colpevoli di non essersi mai evoluti da Massa a Popolo. Colpevoli. Che le colpe dei figli ricadano sui padri.

O gran mano di Diu, ca tanto pisi,
cala, manu di Diu, fatti palisi!

IX

MATTANZA

1

Ci aveva messo anima e corpo. Aveva liberato l'ostaggio, fatto arrestare i due coglioncelli ancora a Rimini che se la spassavano ignari di quello che stava accadendo a Milano, aveva fatto incriminare i colpevoli, avvertito la madre del ragazzo. E anche il padre, povero Cristo, che poi andava a finire che nessuno glielo diceva.

E ora che avrebbe voluto una pacca sulla spalla, un «bravo», lo zuccherino, il bacetto sulla fronte, non se lo cagava nessuno. Il commissariato era senza presidio. Non c'era Zeni, non c'era De Matteis, non c'era Lanza. Tranne Comaschi e Fusco, che avevano passato la giornata insieme a lui, tutta la stazione di polizia era nelle mani di burbe e sfigati. Roba da matti.

«Ma che cazzo succede? Dov'è Zeni?»

Comaschi scuoteva il capo: «Non ne ho la minima idea». Blindò il pulotto alla ricezione telefonica. «Ehi, burba, senti un po'...»

«Dica sovrintendente.»

«Dove cazzo sono tutti?»

«In che senso, non capisco?»

«Dov'è Zeni? E De Matteis?»

«Non l'avete saputo? Ormai è su tutte le tivù...»

«Se *l'avessi saputo* te lo avrei chiesto?»

Il ricezionista deglutì. Comaschi sarebbe stato perfetto come istruttore dei marines. L'istintivo gusto sadico nei confronti delle matricole non gli mancava.

«C'è stata una sparatoria. Due morti sicuri, non si sa quanti feriti.»

I due poliziotti impallidirono. Ferraro si avvicinò al ragazzo. «Dove è accaduto?»

«Qui a Quarto.»
«Sì, ma dove?»
«Non l'ho capito esattamente. Io non ci sono stato. Ci sono andati tutti; quelli della omicidi, chiaro. Qui in commissariato sono rimasti quelli dell'antitruffa e dell'antirapina.»
Ferraro e Comaschi si guardavano interdetti. Erano stati così presi dal caso del rapimento di Càrpano che non si erano resi conto che qualcosa di grosso, molto grosso, era accaduto sotto i loro occhi.
«Quando è successo?»
«Stamattina.»
«Ma com'è che...»
Non finì la frase. Fusco lì chiamò entrambi.
«Ferraro, Comaschi!» disse *Ferraro* più dolcemente di *Comaschi*.
«Fusco, ma che succede?»
«Un casino pazzesco. Venite, forza. In sala riunioni. C'è un collegamento televisivo.»

2

«Ma che...»
«Zitto, fammi sentire.»

«... siamo in attesa di ulteriori sviluppi da Milano, dove, come già saprete, questa mattina c'è stata una sparatoria di chiaro stampo mafioso che ha ucciso due persone e ne ha ferite quattro. Il conto dei feriti è purtroppo ancora provvisorio, in quanto le notizie che ci sono giunte...»

«Scusami Roma, scusami.»

«Sento l'audio del nostro inviato da Milano. Ma non lo vedo. Se la regia riesce a ripristinare il video...»

«........»

«Purtroppo vediamo le immagini del nostro collega ma non sentiamo le sue parole... un attimo solo, scusate... sì, pronto... mi comunicano che il collegamento sarà ripristinato al più presto. Scusateci ancora per il disagio.

Nel frattempo cambiamo decisamente argomento: *Agli italiani piace farlo a letto*. Uno studio dell'Università di Camerino, finanziato dai fondi dell'Unione Europea, è giunto, dopo tre anni di sperimentazione e di test in loco a fornire una classifica dei luoghi dove gli italiani preferiscono scambiarsi 'piacevoli effusioni'... Al decimo posto, dalla regia potete mandare la scheda, grazie, gli ascensori condominiali, al nono in alto mare, all'ottavo, a sorpresa, fra gli scaffali degli ipermercati, al settimo...»

«Scusa Roma, scusa...»

«Vedo che è stato ripristinato il collegamento. Lascio immediatamente la parola al collega di Milano.»

«.........»

«Milano?»

«... ntemente. Tutto attorno qui c'è un'aria di tragedia che riempie i polmoni. La città è attonita. Nelle dichiarazioni del sindaco si legge tutto l'orgoglio di una città laboriosa che è estranea a queste logiche criminali. Potete mandare il filmato. Un attimino solo... ecco:

'L'intera amministrazione comunale, ed io personalmente, siamo vicini ai parenti delle vittime e vogliamo esprimere tutto il nostro sentimento di solidarietà di fronte a tale e tanta brutalità che è estranea, per cultura e tradizione, alle donne e agli uomini di questa città. Le forze dell'ordine stanno lavorando al meglio affinché tali crimini diventino una lontana memoria del nostro vivere civile.'

Ecco, come avete sentito, nelle parole del sindaco si legge tutta la fermezza delle istituzioni di fronte a questi tragici avvenimenti luttuosi. Ma mandiamo l'intervista, in esclusiva, al vicecommissario De Matteis, della vicina stazione di polizia:

'al... stor... non cre... certo, solo che... torc... ntamen... iamo lavorando alacremente. Ma avete già un'idea? È un attentato mafioso? O possiamo ipotizzare la pista anarchica? *Mi scusi, ma non posso darle questo tipo d'informazione che è coperta dal segreto istruttorio. Voglio però assicurare i cittadini che nessuna pista verrà abbandonata, per quanto abbiamo ben chiara quella più probabile da percorrere.* Grazie commissario, e buon lavoro. *Grazie a lei.'*

Purtroppo mi è giunta in questo momento una brutta notizia. Uno dei feriti, una donna di 32 anni, è morta per le ferite riportate durante la sparatoria. I medici dell'ospedale Fatebenefratelli si sono prodigati per oltre quattro ore in sala operatoria ma il cuore della vittima non ha retto allo stress. Ecco, se non ci sono novità, io restituirei la linea a Roma. Roma?»

«Eccoci Milano. In attesa di notizie continuiamo il nostro telegiornale. È chiaro che se ci fossero novità ci collegheremo immediatamente con il nostro inviato.

Vogliamo ricordare, a chi si è messo in collegamento solo ora, che a Milano, nel popolare quartiere di Quarto Oggiaro, questa mattina è avvenuta una sparatoria che ha lasciato sul selciato i corpi di due uomini, dei quali ancora non conosciamo i nomi, e ha, come abbiamo appena sentito, ferito a morte una donna, una probabile passante, di 32 anni. Altri feriti meno gravi sono ora sotto le cure dei medici dell'ospedale Fatebenefratelli.

Cambiamo decisamente argomento: *Prete gay s'innamora di suora lesbica.* L'incredibile notizia ci giunge da Sulmona, dove il vescovo ha fatto richiesta di scomunica al Santo Padre rivolta a Don Alfio, giovane prete della parrocchia di Santa Brigida. Sembra che nel vicino convento di suore...»

«Roma, Roma, scusa Roma... Qui è Milano... Roma?»

«... la madre superiora smentisce categoricamente...»

«Roma? Ma mi sente quella?»

«... Le tendenze di Don Alfio, comunque... Come? ... Scusate, ma mi dicono dalla regia che il collega di Milano chiede urgentemente un collegamento. Sì, Milano, ti lascio volentieri la linea. Milano?»

«.........»

«Milano? Non sentiamo nulla...»

«.........»

«Uff, cazzo... come? ... Sono in onda? ... Gentili telespettatori siamo in attesa che il collegamento veng...»

«... ettatura. A questo punto le dinamiche della strage si fanno più chiare. Un commando di tre uomini, mitraglietta alla mano, arma di probabile fabbricazione russa, hanno aperto il fuoco colpendo a morte l'uomo, un pregiudicato di ventinove anni, Vito Russo, collegato alla Sacra Corona Unita.

L'attentato è avvenuto alla luce del giorno in un parcheggio di fronte ad un gruppo di negozi al dettaglio. Il commando non ha avuto alcuna pietà a sparare anche sugli ignari passanti. In proposito mandiamo l'intervista esclusiva fatta ad un testimone oculare:

'Ho sentito gli spari e sono uscito sul balcone. Ha avuto paura? *Certo che ho avuto paura. Madonna santa. C'erano delle persone a terra, due bambini.* Ha visto gli assassini? *No, macché, ho visto solo la macchina che era già lontana.'*

Il nome della donna di trentadue anni, poi morta in ospedale, è Daniela De Rosa. Sembra che abbia fatto scudo con il suo corpo al figlioletto che è rimasto leggermente ferito ad una gamba. Come sappiamo, disgraziatamente lei non ce l'ha fatta. Si contano altri tre feriti, meno gravi, di cui non conosciamo l'identità e, purtroppo, un altro morto: il gestore del panificio, un giovane extracomunitario con regolare permesso di soggiorno. I testimoni dicono che stava attraversando il parcheggio per andare verso il suo luogo di lavoro. Roma? Roma?»

«Riprendiamo la linea da Milano in attesa di nuovi sviluppi. Ed ora cambiamo decisamente argomento: *Cellulite. Un aiuto dalle stelle.* Si è tenuto a Vicenza un incontro fra astrologi e esperti...»

«Spegni.»

«No, aspetta, mi interessa.»

«... le neoscienze sono al servizio del consumatore che...»

«Spegni o sparo al televisore. E poi ti tiro un colpo in fronte!»

3

Ferraro odiava, in ordine crescente:

1) I giornalisti
2) I giornalisti sportivi
3) I giornalisti televisivi
4) I giornalisti sportivi televisivi.

Per ragioni che vanno oltre l'umana comprensione il collegamento esterno era stato affidato, forse perché passava di là, forse perché gli altri erano occupati ad intervistare qualche imbecille, proprio ad un giornalista sportivo televisivo. Questo faceva frullare i genitali di Ferraro sino al parossismo.

Ma non era solo per quello, diciamoci la verità. Ferraro aveva le palle girate perché era morta quella donna, una madre, in quel modo assurdo. No, dai, niente retorica. Non era questo che lo indisponeva. Era che il caso che stava seguendo con Lanza, quello di Vito Russo, gli era scoppiato in mano. Giusto? No. Forse neppure quello. Ferraro era depresso perché una persona che aveva conosciuto, Zoran Gjomarkaj, una brava persona, uno di quelli che avrebbe frequentato volentieri nella sua vita, magari per una birretta al bar, il panettiere sotto casa sua, che faceva un pane così croccante e che, non è poco, lo aveva salvato da un linciaggio assicurato, era morto così, da cazzone. Da sfigato. E gli giravano anche perché l'inviato del telegiornale non aveva perso tempo a specificare che la vittima fosse un extracomunitario con permesso di soggiorno. Come se, nel caso non avesse avuto il permesso di soggiorno, non l'avrebbe neppure meritata la citazione. Giornalista. Televisivo e sportivo. Merde con licenza di sparare cazzate.

Nessuno si muoveva dal commissariato, anche se i turni della maggior parte di loro erano abbondantemente terminati. I telefoni squillavano all'impazzata. Arrivarono altri poliziotti. Ma dalla scena del crimine ancora nessuno. Ad un certo punto Ferraro convinse Fusco a tornarsene a casa. Impose pure il suo grado e la sua autorità affinché la ragazza si convincesse che non aveva senso aspettare. Aveva avuto già una giornata piena e poteva ritenersi soddisfatta. Rimasero Comaschi e Ferraro. Nessuno diceva nulla, non c'era nulla da dire.

Un'oretta dopo entrarono, neri in volto, Zeni, De Matteis, Lanza e il giudice per le indagini preliminari. Si fiondarono nell'ufficio del vicequestore e blindarono la porta.

«Cazzo, hai visto che faccia che avevano?» disse Comaschi.

«Qui sono cazzi da cagare. Per tutti.»

«Perché, scusa? Non abbiamo mica la palla di vetro. Che ne sappiamo noi di quello che passa per la mente di certa gente?»

«Tu non capisci. Non sai cosa c'è dietro.»

«Cosa c'è dietro? Me lo vuoi dire o devo morire nell'ignoranza, senza aver conosciuto il vero verbo?»

Ferraro cercò di riassumere tutta la storia. La scuola, il professore, Vito Russo, il piccolo Leoluca, Don Leo Grillo, Lanza.

«Porca puttana!»

Comaschi era l'icona dello sbalordimento.

«Già.»

«Caaazzzo. Non vorrei essere nei panni di Lanza. Ma Zeni e De Matteis lo sanno?»

«Credo di sì. Almeno Zeni.»

«Porca miseria. Ma com'è 'sto Don Leo? È il tipo da ordinare una strage?»

«Non so cosa dirti, ti giuro. A me sembrava una brava persona.»

«Insomma, non direi; da quello che mi dici del suo passato.»

«Cerca di capire. È stato un delinquente, è vero, ma con un suo codice d'onore.»

«Tutte cazzate. Quella è roba per i film.»

«A me sembrava un tipo a posto.»

Comaschi scuoteva la testa incredulo. Decise che il momento meritava una sigaretta. La cavità toracica raggiunse quasi subito un picco espansivo. Poi lentamente tornò a contrarsi.

«Quello che non capisco è Lanza» insisteva Comaschi. «Non è da lui un comportamento così.»

«Cos'è tipico di Lanza, scusa? Gli hai mai visto fare qualcosa di *normale*?»

«E tu?»

«Io cosa?»

«Insomma, eri lì, mentre parlava con questo Don Coso...»

«Don Leo.»

«... Don Leo. Si mettevano d'accordo su come far fuori Vito Russo e tu non dicevi niente?»

«Comaschi, non mi fare incazzare! Non si stavano mettendo d'accordo per uccidere quel coglione di Russo, va bene? Stavano cercando una soluzione, come dire... dai non mi viene la parola...»

«Criminale?»

«Dai... bizzarra, singolare, eccentrica... come si dice?»

«Imbecille?»

«Senti, vaffanculo!»

Ferraro si allontanò, sbuffante.

«Che fai, l'offeso?»

In realtà stava cercano la parola. Certe volte non c'è sinonimo che regga. Vogliamo esattamente quella parola. Sentiamo che soltanto quel termine esprime nel modo più aderente il sentimento che vogliamo manifestare. Spesso è una formula, una locuzione, un modo di dire, che ci rappacifica con il mondo.

«Ferraro?» Comaschi insisteva. «Mi tieni il broncio? Ti devo regalare un mazzo di fiori per farmi scusare?»

«Non ortodosso.»

«Cosa?»

«Lanza aveva trovato un modo *non ortodosso* di risolvere la questione inerente la scuola di via Graf.»

«Su questo non ci sono dubbi. È come se, per tagliarsi un'unghia, avesse usato la motosega. Un metodo sicuramente poco ortodosso.»

Così come stavano le cose, poteva dargli veramente torto?

4

Se ne stava sdraiato sul divano, sommerso nei suoi pensieri. Ad un certo punto qualcuno bussò alla porta. Chi diavolo era? Non aspettava nessuno. Andò ad aprire con una certa riluttanza, anche se sentiva che doveva farlo, il più presto possibile. (Perché, poi? Perché questa urgenza?)

Era Fusco. Con una bottiglia in mano.

«Ferraro, sai... non riuscivo a dormire... volevo sapere le novità...»

Entrò in casa senza che lui le dicesse nulla. La ragazza aveva una certa sfacciataggine, un modo di fare che non le calzava perfettamente addosso. (Forse aveva bevuto, forse era stanca di fare la brava ragazza, chi lo sa.)

Ferraro aveva tutto il braccio sinistro intorpidito. Probabilmente la posizione che aveva assunto sul divano non faceva affluire il sangue e ora sentiva migliaia di formiche percorrergli il braccio. Apriva e chiudeva la mano nel tentativo di scacciare al più presto quella fastidiosa sensazione.

«Che c'è?» disse Fusco.

«Ho il braccio addormentato.»

«Poverino. Stavi dormendo? Ti ho disturbato?»

«No... no.»

Ferraro provava un certo imbarazzo di fronte alla scena che stava vivendo.

«Hai un cavatappi?»

Fusco mostrava la bottiglia come un feticcio.

«Sì, aspetta.»

Ferraro andò nel cucinotto. Aprì uno sportello e prese il cavaturaccioli. Con la mano sinistra. Il contatto con l'acciaio dell'utensile infastidì la mano ancora intorpidita. L'oggetto gli cadde di mano.

«Porca miseria» bofonchiò.

«Aspetta, lo prendo io.»

La ragazza si abbassò con un gesto atletico. Raccolse il cavatappi e lo porse a Ferraro. Le due mani si toccarono in un contatto prolungato, più del dovuto.

Con assoluta naturalezza, dalla sua posizione accovacciata, Fusco fece scivolare la mano tesa che solo un istante prima brandiva il freddo metallo, verso la fredda cerniera metallica dei jeans di Ferraro. La testa della ragazza era a meno di una spanna dal suo membro.

L'ispettore sudava, non capiva più nulla. Nella sua testa sembrava risuonare una canzone, però non ricordava il titolo.

Il pene spingeva sui jeans, gli faceva male. Aveva quasi paura che la ragazza sbagliasse a tirargli giù la cerniera. Metti che si incastra, sai che dolore?

Invece lei fece tutto con dolcezza. Fece sgusciare il membro dalle mutande e subito lo accolse nella sua cavità orale. Che detto così sembra proprio una brutta cosa, una cosa da medici. Ma dire gli praticò una fellatio è freddo altrettanto; e un pompino è roba da giornaletti porno, come quelli che leggeva da ragazzino, nei cessi della scuola media, insieme a Mimmo e tutta la congrega di neosegaioli.

Ferraro era in trance. Si ritrovò sdraiato sul divano senza ricordarsi come. La ragazza insisteva, esperta. Aveva ragione Comaschi? Se hai l'età per fare la poliziotta ce l'hai anche per fare i pompini?

Ad un certo punto abbandonò il pene e iniziò a strusciarsi sul corpo di Ferraro. Poi gli si sedette sopra e sbottonò la camicetta. Aveva un seno abbondante, turgido, Ferraro non ci aveva mai fatto caso. Sembrava identico a quello della ragazza all'università, quella che si sbaciucchiava con il suo compagno di corso. Forse avevano la stessa età.

Lei iniziò a muovere il bacino. Ferraro continuava ad avere il braccio sinistro intorpidito. La cosa gli dava un certo fastidio, perché gli stava rovinando il momento topico. La canzone comunque continuava a non ricordare come si intitolasse.

Lei disse: «Oh, sì, sì, Michele, sì».

Come lo diceva bene. Diceva «Michele» proprio come lo diceva sua moglie. Sembrava avesse la stessa intonazione, la stessa identica voce.

Continuava a dirlo: «Michele, sì, Michele, ancora, ancora Michele».

Non era una canzone italiana. Non si ricordava una sola parola. Lei però lo diceva bene «Michele». Identica a sua moglie. Si muoveva proprio come Francesca. La guardò in faccia. Era lei. Era Francesca che aumentava il ritmo, vogliosa, porca, come solo lei sapeva essere.

«Francesca» le disse.

«Io non sono Francesca» rispose, pacata.

«Amore, amore» diceva lui.

La fanciulla aumentava il ritmo. Ferraro era al limite della sopportazione. Era una canzone americana, ma quale? Non si ricordava neppure una parola, come faceva a dire che era americana? Il braccio faceva male, doveva cambiare posizione ma non aveva voglia, era bello stare sotto le coperte del letto.

«Amore, amore» diceva.

Potrei essere suo fratello maggiore, o suo zio. E me la sto scopando. Uguale a Francesca. Potrei essere suo padre? No, dai, non esagerare. Potrei essere suo padre?

«Amore, amore.»

«Papà, papà» rispose Giulia.

Eiaculò, con abbondanza. Sentì sporcarsi tutte le lenzuola. Si svegliò di scatto, completamente sudato, tachicardico. Sconvolto.

5

Qualcuno alla porta stava bussando veramente. Ma non era Fusco. Era Lanza, con una faccia da funerale.

«Lanza. Che ci fai qui?»

«Questa mattina alle 5.00 hanno arrestato Don Leo, a casa sua.»

Ferraro non era ancora completamente sveglio. Una parte del suo cervello era ancora nel mondo dei sogni. Anzi degl'incubi. Si stropicciò un po' gli occhi.

«Ma che ore sono? Aspetta, entra, dai, faccio un caffè...»

«Ho ottenuto un colloquio con Don Leo. Zeni vuole che ci sia anche tu...»

«Entra, dai.»

«... forse vuole che mi controlli, non so...»

Ferraro era andato verso la camera da letto per mettersi qualcosa indosso. Faceva freddo. Lanza fece a malapena un passo dentro casa.

«Il tempo di un caffè» insistette Ferraro.

«No, niente caffè. È già tardi. Il caffè lo prendi a San Vittore.»

«Lo hanno portato lì?»

«Sì.»

«Chi l'ha arrestato?»

«De Matteis.»

«Aspetta un attimo.»

Ferraro immerse la faccia nel lavabo colmo d'acqua fredda. Usò il sapone con parsimonia e pensò, infastidito, che doveva farsi un bidet, ma che non c'era il tempo.

Uscirono, trafelati.

«Cos'hai?» chiese Lanza.

«In che senso?»

«Zoppichi. Hai preso una storta?»

«No, non ti preoccupare, non è nulla. A proposito... Lanza, ieri... cioè, quello che è successo...»

«Ferraro, preferirei non parlarne, se non ti dispiace.»

Non dissero più nulla. Non c'era nulla da dire, evidentemente.

Arrivati a San Vittore i colleghi della polizia carceraria li fecero accomodare in una saletta adibita ai colloqui.

«Siediti» fece Lanza, avvicinandogli la sedia, «che ti fa male il ginocchio.»

«Come fai a sapere che è il ginocchio? Poteva essere il piede, o la caviglia.»

«Zoppicheresti in modo diverso. Aspetta qui...»

Uscì dalla stanza. Ferraro era solo. Ripensò al sogno fatto poche ore prima e un brivido lo avvolse per tutto il corpo. Magari aveva un po' di febbre, no?

Tornò Lanza con in mano un caffè.

«Tieni.»

«Grazie. Ne avevo bisogno. Tu non l'hai preso?»

«Ne ho già bevuti due. Meglio non esagerare.»

Si sedette. Non sembrava neppure lui. Aveva un tono freddo, cupo.

Si aprì una porta. Entrarono due poliziotti, in mezzo a loro c'era Don Leo. Lo fecero accomodare e si allontanarono. Il vecchio teneva in mano qualcosa, una cordicella, non si capiva bene cosa. Mugugnava fra sé e sé. Lanza non disse nulla. Rimase fisso ad osservarlo. Don Leo continuava la sua lagna sottovoce fissando a sua volta l'ispettore capo.

Ferraro si sentiva inutile. Guardò prima Lanza e poi Don Leo, sembrava che non esistesse per loro due. Provò a bere il caffè, tanto per fare qualcosa. Ad un certo punto decise che toccava a lui rompere il ghiaccio. Ma proprio in quel momento Don Leo sembrò uscire dal coma. Si fece un abbondante segno della croce e mise in tasca il rosario che solo ora Ferraro aveva riconosciuto come tale. Lanza, conoscendolo, aveva capito subito che Don Leo stava pregando, e aveva aspettato che finisse il *gloria al padre*. Bene. Ora si diranno qualcosa, no?

No. Silenzio. I due continuavano a guardarsi fissi negli occhi. Ma non era una sfida. Era più una comunicazione telepatica.

Poi Don Leo appoggiò le due mani sul tavolo che lo divideva dai poliziotti e aprì bocca.

«Non sono stato io.»

Così. Calmo, in un italiano senza accenti, come se volesse che pure Ferraro capisse.

Un secondo dopo Lanza si alzò dalla sedia.

«Va bene. Forza Ferraro, andiamo.»

E si avviò verso l'uscita. Ferraro era nel pallone.

«Ma, ma... Lanza... ma...»

«Andiamo, forza, non abbiamo tempo da perdere.»

«Non dobbiamo chiedergli qualcos'altro, scusa? Non dovremmo interrogarlo?»

«Ha detto che non è stato lui. E io gli credo. Perché dovrebbe dirmi una bugia?»

Il piantone da fuori gli aprì la porta e Lanza uscì, mentre i due carcerieri si avvicinarono a Don Leo per riaccompagnarlo alla sua cella. Ferraro era ancora seduto, stupefatto da tutto ciò.

«Lanza, Lanzaaa!»

Ora anche Don Leo era in piedi.

«Ispettore, non sono stato io.»

«Ma come faccio a credervi, scusate... vi rendete conto il casino che è successo ieri?» Si alzò anche Ferraro, alterato. «Lo sapete cosa sta rischiando Lanza, ve ne rendete conto? Io non so che rapporto c'è fra voi due, ma vi dico che...»

«A mea vita è soia.»

«Cosa?»

«La mia vita è sua. Glielo dica a Lanza. La mia vita gli appartiene. Ghia ci vaiu sutta volentieri pe' idu. Cumi sugni ci rimangu, juornu e notti; anche tutta 'a vita 'n carcere, se gli serve nu culpevuli.»

6

Nella sala biliardo non c'era un solo cliente. Gli unici presenti erano i parenti: i figli, le figlie, i generi, le nuore e i nipotini di Don Leo. Una vera e propria riunione di famiglia.

Accolsero Lanza e Ferraro con rispetto ed educazione, senza neppure un muso lungo o uno sguardo di diffidenza. Mancava Giovanni. Dissero di aspettarlo di là, sul retro, che sarebbe arrivato a momenti. Evidentemente fungeva da presidente del Senato. In assenza del grande vecchio le funzioni presidenziali passavano nelle sue mani. Prima di accomodarsi Lanza fece un salto in bagno. Doveva essere pulitissimo e accogliente: non c'era volta che, appena entravano in quell'esercizio, lui non ci facesse una visita.

Arrivò anche Giovanni (o, adesso, bisognava chiamarlo Don Giovanni?)

«Abbiamo visto Don Leo.»

Parlava Lanza, l'unico che ne avesse l'autorità, probabilmente.
«Non è stato lui.»
«Lo so, me l'ha detto.»
Se ora Lanza si fosse alzato per andarsene, Ferraro aveva già deciso di tirargli un pugno in faccia. Ma non si alzò.
«Ci ha detto che dobbiamo stare calmi e affidarci a voi» continuò Giovanni.
«Bene, meglio così. Sai dirmi cosa è successo?»
«Due giorni fa l'ho accompagnato ad un incontro con il padre di Vito Russo.»
«Cosa si sono detti?»
«Io sono rimasto fuori. Non ho sentito una parola.»
«Don Leo ti avrà detto come è andato l'incontro, no?»
«Certo, ispettore. Era calmo. Diceva che Russo aveva capito le sue ragioni e che doveva fare quello che era giusto.»
«Quindi Russo sapeva.»
«Sì.»
«Dopo cosa è successo?»
«Abbiamo fatto quello che dovevamo fare.»
«Chi c'era? Tu c'eri?»
«No. Don Leo non vuole, lo sapete come è fatto.»
«Chi è stato?»
«Amici di famiglia.»
Era tutto un linguaggio cifrato, per iniziati. Sembrava non dicessero nulla di preciso, anche se fra loro si capivano alla perfezione.
«Cosa hanno fatto, esattamente...»
«Lo hanno aspettato davanti alla scuola. E lo hanno umiliato davanti ai ragazzini.»
Che vuol dire umiliato? Gli hanno fatto fare un atto di sottomissione, l'hanno dileggiato, avvilito, imbarazzato? Che vuol dire?
«Mi scusi, Giovanni, ma che vuol dire che l'hanno umiliato?»
L'uomo e Lanza si guardarono stupiti dell'intromissione di Ferraro.
Lanza si rivolse al collega: «Non ti preoccupare. Poi ne parliamo».

Come a dire «non rompere i coglioni. Stattene zitto che qui ci penso io».

Entrò Isabella. Portava un vassoio con tre caffè e alcuni biscotti. Giovanni (Don Giovanni?) ne sgranocchiò subito uno. La donna uscì.

«Scusate, non ho fatto ancora colazione.»

Erano le 11.00 passate. Doveva aver avuto una mattina difficile. Ne offrì agli ospiti. Lanza rifiutò.

«Grazie» disse Ferraro, «lo prendo volentieri un biscotto. Neppure io ho fatto colazione questa mattina.»

«Li fa Donna Acheropìta. Sono i migliori biscotti di tutta Milano.»

Forse esagerava, ma erano buoni veramente. Donna Acheropìta li preparava ogni mattina con le sue mani, da più di quarant'anni, per il suo uomo, suo marito, il suo signore, il suo Dio. Non c'era mattina che Don Leo non li mangiasse, anche quando era in carcere non c'era mattina che il pacchetto non gli giungesse in cella. Così stamattina. Più buoni del solito, forse perché impastati con le calde lacrime della povera donna.

Tutti e tre i presenti finirono di bere i caffè.

«A che ora è successo?»

«Quando entrano i ragazzini a scuola.»

«Tre ore dopo c'è stata la sparatoria.»

«Noi non c'entriamo.»

«Ho capito. Non c'è bisogno di ripetermelo.»

«Scusatemi, ispettore, se vi ho mancato di rispetto.»

Che voleva fare? Anche leccargli le suole delle scarpe? Già che c'era poteva eleggerlo presidente del Clan *pro tempore*, finché non tornava a casa il grande capo.

«Non ti preoccupare, non ti preoccupare» disse Lanza, distensivo. Poi riprese ad interrogarlo: «Don Leo ha visto Antonio Russo dopo la strage?»

«È questo il problema, ispettore. Stiamo cercando di parlargli, da ieri, ma loro non vogliono. Sono andato da loro anche questa mattina, da solo, ma Russo non mi vuole parlare...»

«Non dovevi, hai rischiato grosso. Don Leo lo sa?»

«No, non lo sa.»

Lanza rimase immobile, immerso nei suoi ragionamenti.

Certe volte Ferraro vorrebbe aprirgli la testa e vedere che cavolo accade dentro a quel cervello. A che stava pensando? Perché aveva quella espressione smarrita, delusa, quasi? Forse perché le cose non stavano andando come pensava, dedusse Ferraro, come se ci fosse stata una rivolta irrazionale del mondo contro le logiche previsioni di Lanza. La situazione gli stava sfuggendo di mano, ecco la verità, e forse Lanza non c'era abituato. Lui, che era capace di prevedere razionalmente ogni avvenimento, non aveva previsto il battito d'ali della farfalla in Amazzonia che provoca il tornado negli Stati Uniti.

Doveva passare dalla fisica classica alla fisica quantistica, cambiare registro d'analisi, o qui il ciclone avrebbe investito tutti, nel giro di pochissimo. E lui lo sapeva.

7

Per strada cercarono di fare il punto della situazione.

«Allora... le cose stanno in questi termini... Don Leo avverte Antonio Russo della sua intenzione di dare una lezione al figlio... Russo acconsente... alcune persone vanno da Vito Russo e lo picchiano davanti alla scuola, punizione esemplare per tutti.»

«Scusa se ti interrompo, ma che razza di padre è Russo? Arriva un tipo che gli dice che vuole far pestare il figlio e lui acconsente?»

«Antonio Russo è anche un *uomo d'affari*, diciamo così... Probabilmente il comportamento e le manie del figlio erano imprevedibili e davano fastidio pure al padre. Se qualcuno lo metteva in riga, qualcuno che il figlio non poteva riconoscere, forse faceva un favore pure a lui.»

Una logica perversa, non c'è che dire.

«Chi ha pestato Vito Russo?»

«Ecco. Bella domanda. Sicuramente nessuno della famiglia di Don Leo. Non lo avrebbe permesso.»

«Allora a chi ha fatto fare il lavoro sporco?»

«A qualche suo vecchio compagno d'armi. Avrà chiesto il piacere a qualcuno della 'ndrangheta.»

«Non è che quella gente si muove a bacchetta. Non sono un'agenzia di servizi.»

«Don Leo può chiedere quello che vuole. Sa troppe cose. Se un giorno decidesse di confessare metterebbe nei guai un sacco di gente.» Lanza fissò il collega. «Vuoi che rallenti?»

«Cosa?»

«Stai zoppicando, vistosamente.»

«No, ma figurati. Dopo un po' che ci cammino sopra neppure lo sento più.»

«Dovresti fartelo vedere. Magari è una semplice infiammazione, ma non devi sottovalutarla...»

La salute di Ferraro pareva interessasse a tutti tranne che a Ferraro stesso.

«Andiamo avanti, Lanza, prosegui con il tuo ragionamento.»

«Da questo momento in poi succede qualcosa di imprevisto che cambia le regole del gioco. È proprio quello che dobbiamo scoprire. Il comportamento che ha Antonio Russo nei confronti della famiglia di Don Leo mi preoccupa. Giovanni è andato da solo a parlargli e lui non l'ha neppure ricevuto. Questo significa che li ritiene in qualche modo responsabili della morte del figlio. Finché era un pestaggio, un avvertimento, andava bene. Uccidergli il figlio è un affronto a lui, alla sua famiglia e al potere che esercita sul territorio.»

«Un omicidio geo-politico, quindi.»

«Già.»

«Forse i calabresi 'amici' di Don Leo, con la scusa di fargli un favore hanno volontariamente fatto fuori il ragazzo.»

«Perché, scusa?»

«Non lo so. Per un calcolo che noi non conosciamo. Per far scatenare una guerra. Per mettere fuori gioco Don Leo, non lo so...»

«Mmmh, non riesco a capire... e perché allora non l'hanno ammazzato subito? Perché prima lo picchiano e poi tre ore dopo fanno una strage? Cosa è successo in quelle tre ore?»

«Lanza, io... in teoria oggi pomeriggio non sono di turno, ma se ti serve una mano...»

«No, lascia stare. Fai le tue cose.»

«Guarda che non è un problema per me.»

«No, no. Questa è una cosa che devo risolvere io.»

Doveva catturare la farfalla da solo. Prima che battesse di nuovo le ali.

8

All'Ospedale Maggiore, se uno volesse, potrebbe non bagnarsi mai la testa. Superati i patetici arconi italici, superato il piazzale antistante, si entra nel primo padiglione. Da lì, o giri a destra o a sinistra. Un grosso anello di corridoi, porticati, tettoie fa in modo che nessun visitatore, in caso di pioggia, si prenda il raffreddore. Credo sia stato l'imperativo che il progettista, all'epoca, si era imposto: evitare, se non altro, che i parenti in visita facciano la fine di quelli costretti a letto. Infatti tutti i padiglioni, almeno quelli del progetto originario, tronfio e fascista, sono fra loro collegati in qualche modo da questo anello. A piedi è un bel camminare, l'ospedale è immenso; una vera e propria città della sofferenza dove perdersi è semplicissimo. Se si vuole però c'è il pulmino fuori, ma bisogna aspettare un quarto d'ora. E non c'è volta che Ferraro non l'abbia visto partire prima che potesse prenderlo.

E poi una camminata non avrebbe fatto male, aiutava a meditare.

Controllò se era giunto al padiglione giusto. Salì al secondo piano ed entrò in una stanza enorme, dai soffitti inutilmente alti, dove erano ricoverate sei persone. Il Baffo dormiva. L'avevano strigliato per benino. La pelle adesso aveva il colore della pelle. I capelli sembravano capelli.

Ferraro gli si sedette affianco, in silenzio, appoggiò sul comodino una scatola di cioccolatini che aveva comprato allo spaccio di sotto, aprì un libro che aveva in tasca e iniziò a studiare. Rimase così, in silenzio, una buona mezz'ora.

«Te set adrée a legger cus'è?»

Il Baffo era ritornato nel mondo dei vivi.

«No, niente.» Vergognoso, Ferraro se lo mise in tasca. «Ti ho portato questi.»

Prese la scatola dei cioccolatini e li porse al malato.

«Grazie, grazie.» Li aprì subito. «Mmmh, inn boni... ciàpel vün!»

«No grazie, sono per te.»

«Daaiii, rumpa minga i ball.»

Massì, aiuta il buonumore.

«Come stai?»

«Come sto? Boh. Mi me senti ben. Adess spettum quel che dis el dotur.»

Però... erano buoni i cioccolatini!

«Ne prendo un altro.»

«Ciapa, ciapa, mi fai un piasè.»

Ne prese un altro anche il Baffo, goloso come un bambino.

«Senti, Baffo, volevo dirti... per quanto riguarda i cani...»

«Lo so, lo so, so già tuss coss. L'è vegnù chi el too amìs.»

«Chi?»

«Il Mimmo. L'era con la sua miée, Tiziana.»

«Cosa ti ha detto?»

«Che il Black ce l'ha lü. E che la Ninetta... la Ninetta...»

Gli occhi gli si inumidirono.

«Dai, Baffo, non fare così. Ti prego...»

«L'era inscì brava. Dava fastidii a nissün...»

Tirò su col naso fragorosamente. Ferraro gli porse un fazzoletto di carta.

«Dai, soffia.»

Lo trattava come trattava sua figlia; con la stessa autorevole dolcezza. Il Baffo fece un pernacchione nel fazzoletto che si sentì per tutto il reparto.

«Robb de matt...»

«La cosa più importante è che sei vivo.»

Si tranquillizzò. Poi decise di mangiare un altro cioccolatino.

«Piano. Mica li devi finire oggi» disse, sorridendo, Ferraro.

«Si sa mai. Magari me li rubano stanotte.»

Questa era la sindrome di chi aveva vissuto per strada, fatta di sospetti, rapine, paure, ansie.

«Ma figurati. Che se ne fanno dei tuoi cioccolatini?»

«Me piasen. Quando esco da qui mi fai vedere dove li hai comprati?»

A neppure trenta metri da lì.

«A proposito, Oreste...»

«Ahia... Se me ciami inscì alura l'è òna roba seria...»

Fine psicologo il Baffo.

«Ascolta. Non puoi continuare a vivere in quel modo, lo sai, vero?»

«E indue voo? A ca' tua?»

L'ispettore impallidì. Un po' se l'era cercata.

«Be', se vuoi...»

«Figurèmess.»

«Comunque... Ci sono dei posti, dei centri di accoglienza...»

«Nooo, non se ne parla... preoccupess no che mi voeri nianca andàa a ca' tua. A ca' di uno sbirro, ti te se foeura de coo... se almeno eri una bela fighètta...»

Il Baffo era estenuante. Questo discorso lo facevano ogni due anni, senza mai cavarci un ragno dal buco.

«Scusami... ma il tuo amico... il Napoli. Perché non provi a contattarlo? Sono certo che...»

«Scolta, lassa stà. Il Napoli el g'ha una miée, una tusa e tre nipotini. Voeri minga fa la bela statuina.»

«Ma perché, scusa? Magari lui...»

«Ciòd. Ha una famiglia. Mi sarìa un pes e basta. Lü el m'ha dit de andà a ca' sua, che 'l gh'è òna camera per mi. Ma mi voeri no. Sono un uomo, t'è capì? Òn omm. Liber come l'arj.»

Fine del discorso. Altro cioccolatino.

«Vabbe', dai... dammene un altro...»

«Ciapa...» Glielo porse. Poi aggiunse: «Li avete presi?»

«Chi?»

«I doo merdùs fioeu de lôgia!»

Colorito, non c'è che dire.

«No, Baffo, non ancora. Ci sta lavorando Fusco.»

Ma poi, ci stava lavorando davvero? Dove li beccava più quei due merdosi figli di troia?

«Chi l'è Fusco?»

«La mia collega. Te la ricordi?»

«Ah... ho capito... l'è vegnuda chì l'alter dì... una bela tusa. Come se ciama?»

Sembrava fatto apposta. Proprio in quel mentre entrò Fusco. Era in borghese, con una gonnellina maliziosa che mostrava il ginocchio. Se ne stava abbracciata ad un ragazzo. Dieci a uno che era il suo compagno. Quello che se la scopava veramente, mica nei sogni.

«Anna, signor Oreste, mi chiamo Anna. Anna Fusco. E lei come sta?»

9

Finalmente domenica.

Zeni aveva mantenuto la parola. Permessi, mezze giornate, rotazione dei turni... a volerlo il tempo per studiare si trovava. Certo guadagnava qualche lira di meno, ma forse è meglio così. Se si fosse licenziato di che campava? Chi se lo pigliava e a fare cosa?

Il programma quotidiano prevedeva innanzitutto niente telefono di casa (staccato), niente telefonino (spento), niente televisione (telecomando in un cassetto). Dopo una colazione abbondante almeno tre ore filate filate sui libri. Si stava togliendo la ruggine di dosso, gli piaceva. A vent'anni gli sembrava solo una perdita di tempo, una fatica inutile. Ora era quasi rilassante.

Crediamo di essere sempre gli stessi, di non cambiare mai, ma sappiamo che non è vero. A vent'anni poteva dormire diciotto ore continuate o stare sveglio per tre giorni di seguito senza risentirne, poteva mangiare i mattoni e digerirli, fumare le cose più abbiette e bere come una spugna. Aveva vent'anni. Di suo, quanto meno, Ferraro aveva il fatto che se ne era reso conto, eccome!, che gli anni erano passati. Non fingeva di essere un *supergiovane*. Trovava patetici i quarantenni che insistevano con pose da fringuelli. Ingrassavano, ingrigivano, perdevano i capelli, ma continuavano a frequentare locali da adolescenti, vestendosi come loro, convinti della loro immortalità.

Ma si muore, tutti moriamo, Ferraro lo sapeva, di morti ne aveva visti a frotte nella sua carriera di poliziotto.

I supergiovani no. I morti non li vede più nessuno a dir la verità, tranne gli sbirri e i dottori. E i becchini, ovvio, ma per loro sono un prodotto, un investimento, direi.

I supergiovani esorcizzano. Se perdono i capelli se li rapano a zero così credono di essere trendy, trasgressivi, mica calvi. Peccato che, per quanto tu ti rapi, si vede benissimo dove inizia l'attaccatura dei capelli e dove invece non ce l'hai più da anni. Patetici. Se vai in certi posti sembra di essere attorniati da marziani, tutti pelati, con gli anfibi ai piedi e i jeans sdruciti. La mattina dopo tutti in banca. Si credono supergiovani perché non fanno figli. I figli ti danno la distanza, sono una clessidra, scandiscono il tempo. Giulia.

Ancora una mezz'ora e poi andava a prenderla. Niente macchina, però. Anche se il ginocchio faceva male. (Magari prima passo da una farmacia e prendo un antinfiammatorio.)

Quanti anni aveva Fusco? Almeno quindici meno di Ferraro. Quindici. Non sono pochi. Perché avrebbe dovuto andare a letto con lui?

Una volta, era in prima superiore, Ferraro lo beccarono a scuola a tirare gavettoni dalla finestra sulla testa della gente che passava di sotto.

Studiava in una seriosissima scuola del centro. La madre lo aveva iscritto lì perché sapeva che ci andavano i figli della signora dove andava a fare le pulizie. Quindi doveva essere una buona scuola, no? Magari conosceva i figli dei signori, faceva amicizia, nella vita può servire...

Il piccolo Michele si alzava alle 6.30 per arrivare in orario. Era un viaggio interminabile, da Milano a Milano, in mezzo al traffico caotico e assordante. Aveva 14 anni. La mattina se trovava posto sull'autobus si addormentava di colpo. Tanto poi al capolinea doveva scendere, non rischiava nulla. Come dicevo, la sua natura quartoggiarese lo portava a certi eccessi non molto apprezzati dai professori. Quell'anno rischiò grosso, al primo quadrimestre aveva avuto un brutto voto in condotta e la bocciatura si prospettava sicura. La madre ci rimase molto male. Era lei che andava a parlare con i professori. «Ma come», si chiedeva, «alle medie era il più bravo della classe!» Vero. I professori delle medie l'avevano detto ai signori Ferraro: fatelo studiare, può farcela. È il più bravo della classe. Una classe di quartoggiaresi, però. Lì poteva permettersi di fare il genietto. Nella scuola del centro, invece, era uno sfigatello, vestito in modo ridicolo, con usi e costumi da cavernicolo, che risolveva in modo fin troppo spiccio le divergenze. Inadeguato, diciamoci la verità. E allora tirava i gessetti ai professori, lanciava gavettoni dalla finestra, si pestava nei corridoi con i compagni di classe.

Insomma: un giorno il professore, uno nuovo, un supplente, lo beccò con il palloncino pieno d'acqua, pronto per essere lanciato. Lo tirò giù dalla finestra per un orecchio.

«Ferraro, dai... ancora questi scherzi... ma quanti anni hai?»

«Quattordici professore...»

Il professore lo guardò sorridente e aggiunse: «Pensa, io ho esattamente il doppio dei tuoi anni».

Il doppio. Faceva paura. Aveva 28 anni. Era praticamente un vecchio, ai suoi occhi. Un ragazzino, a pensarci oggi. Uno sbarbatello neolaureato al suo primo impiego fisso.

Perché Fusco doveva andarci a letto? Perché se una ragazza si comporta in modo gentile con te, magari perché ti rispetta come professionista, o perché è beneducata di suo, tu subito pensi che ti vuole scopare? (Da quant'è che non fai sesso?)

Era ora di uscire. Doveva passare da Francesca, prendere Giulia e portarla da Mustafà, in viale Monza. Pizza. Non al trancio, quella alla napoletana. A Milano la fanno i pugliesi (così così), i napoletani (la migliore ma più cara), i cinesi (incredibile ma vero), e gli egiziani. I migliori nel rapporto qualità-prezzo. Poi Mustafà ormai era un amico, trovava sempre un posto per Ferraro e sua figlia.

Col tatto dell'indagatore navigato Ferraro provò a tastare il polso della situazione familiare. Fece domande e allusioni su Walter Scarpi. Niente. Bravo, gentile, educato, simpatico. Ancora un po' e lo chiamava *il mio secondo papà*!

«Ma sai che lavoro fa?»

«Non lo so, papà. So che la mattina va a lavorare.»

«Che vuol dire? Anch'io lavoro.»

«No, tu non lavori. Tu fai il poliziotto.»

Pomeriggio ai Giardini di Porta Venezia. Strategico. Se piove o se fa troppo freddo si può andare al Museo di Scienze Naturali. Ci andavano, di tanto in tanto. A vedere i dinosauri, ma anche i mammiferi al piano di sopra. L'immenso scheletro del capodoglio. Giulia che digita sul computer e si sente il verso delle balene, il canto delle megattere. (A Lanza piace. Lo emoziona.)

La sera ancora studio. Sì. È bello. Sarebbe bello vivere così. In un *buen retiro* senza più i tormenti quotidiani, sommerso di carta e di nobili pensieri.

Alle due del mattino decise che era ora di andare a dormire.

(Magari faccio un giro su internet. Scarico la posta, vedo se ci sono novità.)

Entrò in un sito di news: «*Sparatoria a Milano. Un morto*». Ferraro cliccò sul link. Poi lesse:

> La stagione delle stragi e del terrore mafioso sembra non avere fine a Milano. Nel popoloso e periferico quartiere di Quarto Oggiaro, naturale terreno di coltura del disagio urbano contemporaneo, ancora una giornata vissuta all'insegna della paura e del sangue. In un bar gelateria di fronte alla chiesa di Santa Lucia, luogo molto frequentato dai giovani del quartiere, un uomo dal volto scoperto è entrato nell'esercizio commerciale e ha freddato con tre colpi di pistola Gaetano Falbo, davanti agli astanti increduli. L'azione criminale si è svolta in un arco temporale brevissimo e, secondo le testimonianze dei presenti, nessuno è riuscito a identificare il killer. Omertà? Paura?
>
> Gaetano Falbo, di origini calabresi, era un pregiudicato associato ad una delle famiglie malavitose che controllano il territorio dal punto di vista criminale. Gli inquirenti collegano il brutale omicidio alla strage di due giorni fa. È scoppiata una guerra fra «famiglie» a Quarto Oggiaro? Dove può portare questo perverso circolo vizioso? Dove sono le forze dell'ordine?

Ferraro odiava la retorica dei giornalisti. E i suoi sogni da bibliofilo. Il buon ritiro era terminato. La sera del dì di festa pure. Bisognava tornare a casa, in mezzo al sangue e alla merda.

X

ORDINE E DISCIPLINA

1

«Non avevo alternative» disse Zeni, a mezza voce.

Sembrava vero. Non aveva alternative. Lo diceva triste, sconsolato.

Ferraro non riusciva a stare seduto. Faceva avanti e indietro per l'ufficio del vicequestore.

«Cristo santo, non riesco ad immaginare la faccia che ha fatto Lanza.»

«Lanza non ha detto nulla. Ha accettato la nostra decisione, mia e del giudice, con responsabilità.»

«Lanza è un signore. Non si meritava di essere sospeso dal servizio.»

«Non avevo alternative, Ferraro, cerchi di comprendere la mia posizione. La decisione viene dall'alto. I media stanno battendo il tamburo. Qui potevamo saltare tutti.»

«E allora ha deciso di fare saltare la testa di Lanza!»

«No! Non mi faccia più stupido di quello che sono.» Zeni si stava incazzando. «Ci sono tutti i presupposti per una indagine disciplinare nei confronti di Lanza, non posso far finta di non saperlo.»

Ferraro alla fine si sedette. Il ginocchio scricchiolava un po'. L'indagine era un atto dovuto, è vero; ma a Ferraro i marroni giravano lo stesso.

«Lo sa cosa sta rischiando Lanza, vero? Doveva restare qui da noi per un paio di mesi e poi tornare a Bruxelles. Con un'indagine disciplinare sul collo e una sospensione dal servizio chi lo vuole più? Questa storia potrebbe rovinargli la carriera! Lo sa vero?»

«Sì, lo so. Lo so meglio di lei, la smetta di fare il cavaliere senza macchia e senza paura. Ho fatto quello che dovevo fare.»

Silenzio. Ferraro si passò le mani sul volto. Non era ancora del tutto sveglio.

«A chi ha affidato le indagini?»

«A De Matteis.»

«Ma bene! Siamo a posto.» Si alzò furibondo. Il ginocchio lo odiò. «Perché non a Torquemada? De Matteis non vedeva l'ora di fare fuori Lanza! Eccolo servito sul piatto d'argento!»

«Basta, per Dio! Si sieda ispettore, è un ordine.»

Zeni schiumava. Ferraro eseguì l'ordine. Quello del ginocchio, a dir la verità.

Il vicequestore cercò di abbassare i toni della discussione: «De Matteis è il più alto in grado. Dovevo fare una scelta inattaccabile, oppure ci toglievano l'indagine. D'accordo?»

Silenzio.

«D'accordo?»

«D'accordo.»

«È un buon poliziotto, il suo mestiere lo conosce bene. D'accordo?»

Silenzio.

«D'accordo?»

«D'accordo, d'accordo...»

«Comunque non è solo. Il caso non lo seguirà solo lui.»

«Dottore, io non ho problemi a dare il mio contributo...»

«Lei non fa un bel niente. Voleva il suo tempo per lo studio? Se lo prenda e non rompa le scatole. Mica può entrare e uscire a suo piacimento, come fosse a casa sua.»

«Però, cioè...»

Vaffanculo all'università gli veniva da dire. Ma non lo disse.

«Però cosa?»

«Insomma, chi ha messo insieme a De Matteis?»

«Comaschi.»

Ferraro fece uno sforzo immane per non ridergli in faccia.

«Ma, ma... quei due si odiano!»

«Appunto. Ho anch'io il mio bel senso dell'umorismo, no?»

Ora ridevano in due.

«Comaschi sa il fatto suo» disse soddisfatto Ferraro.

«Bene. Almeno su questo la pensiamo allo stesso modo.

Non potevo affiancare lei a De Matteis, non con gli orari di lavoro che ha in questo periodo.»

«Mi vuole far sentire in colpa?»

«Sì. Ovvio.»

Ci stava riuscendo, e alla grande.

«Cosa posso fare io?»

«Salvare i gattini saliti sui rami, mettermi a posto l'archivio, correggere i rapporti, rispondere al telefono.»

Ferraro impallidì.

«Sta scherzando, vero?»

«Lei crede?»

«Non ha più Lanza, Comaschi e De Matteis occupati sul caso... e mi mette a...»

«C'è Fusco, me lo ha consigliato lei, giusto?» Fece un sorriso preoccupante. «Lo sa? Ho letto il suo rapporto sul caso del rapimento del giovane Càrpano. Mi sembra che Fusco si sia comportata bene. Perché non darle fiducia?»

«E io?»

«E lei fa le sue ore di servizio. Il suo bel *part time*. Poi se ne va a casa a studiare. Almeno credo. Se poi, al posto di studiare perde il suo tempo in un altro modo, io, questo, ovviamente non lo so. Non lo posso sapere.»

Ci siamo capiti, no?

2

Innanzitutto c'era una a cui avevano fregato la dentiera. C'è poco da ridere; avete idea di quanto costi una dentiera?

Le cose andarono così: la nostra povera vecchietta si era accorta che stava finendo l'adesivo che fissava la dentiera al palato. Allora aveva pensato bene di andare in farmacia a prenderlo, meglio non restare senza. Già che c'era pensava di andare a fare una visita ad un'amica, che ha l'ascensore rotto ed è un paio di giorni che non esce di casa («*sa, ispettore, abita al quinto piano. Scendere, ancora ancora, ce la fa, ma salire...*») e non fa una passeggiata al parchetto, dove ci sono tutte le sciure che si incontrano («*cicerémm un poo... roba di vecchietti...*») e danno le briciole ai piccioni.

Ora. Era meglio a questo punto portarsela dietro. Sicuramente l'amica («*la signora Pina. Una brava donna. È vedova, il marito è morto tre anni fa. Una brava persona. Vanno via sempre i migliori*») le avrebbe offerto un tè. Se c'era da sgranocchiare un biscotto come faceva?

Dunque: dentiera nella custodia. Custodia nella borsetta.

La povera vecchina («*Me ciami Rosa Assunta. Assunta è il nome, non confonda, che poi succede come quello della* ASL *che non mi trovava nel suo schedario. Rosa è il mio cognome da signorina. Le serve quello di mio marito? No, perché lui faceva Paderno, come il paese. Ma non era di Paderno Dugnano, no, lui era bresciano... essì è morto anca lü, vanno via sempre i migliori... come? Non le serve?*»), la povera vecchina, dicevamo, non aveva neppure fatto in tempo ad arrivare davanti alla farmacia che un ragazzo le aveva scippato la borsetta («*Sì, era a piedi, non in moto... eh, cara el mee Ispetur... una volta correvo anch'io come un missile... adess ghe la foo no!*»).

Scippo da imbecilli di prima categoria. Da polli da batteria industriale. Non era periodo di pensioni, che ti freghi nella borsetta di una vecchia? Quanti soldi poteva avere? Lo stretto necessario per l'adesivo, forse qualcosa in più per un caffè, o un ovetto di cioccolata da prendere per la nipotina («*l'è òna tusa inscì bela, ispettore... tutta il papà, non perché l'è ul mee bagaii, però...*»).

Non c'è proprio niente da ridere. Se le avessero fregato la pensione forse sarebbe stata meno agitata la sciura Assunta («*Tina per gli amici*»). Provate a mangiare senza i denti se ci riuscite. Provate ad immaginare il calvario di dover rifare la fila dal medico di base, ottenere l'impegnativa, andare alla ASL competente, pagare il ticket, rifare i calchi, aspettare che arrivi la nuova dentiera. Quanto tempo? Sei mesi? Un annetto?

Certe volte Ferraro preferirebbe indagare sui morti, non sui vivi. I morti sono morti, non si lamentano, non piangono, non mettono tenerezza. Non fanno pena. La sciura Tina, la dignitosissima signora Rosa Assunta in Paderno, detta Tina, che non versava una lacrima, che non si lamentava se pioveva e se il governo era ladro, che quasi chiedeva scusa per il disturbo, faceva pena. Meglio i morti.

Poi c'era la storia di quello che al lavoro non c'era andato (« *Artrosi lombosacrale. Lo ha scritto anche il medico, legga, legga... Mica è colpa mia, glielo dica a mia moglie, che sta sempre lì a urlare come una matta* ») e la moglie non era molto contenta (« *a te la lombaggine viene ogni volta che c'è la partita, ecco la verità. Ma un giorno ti licenziano, te lo dico io... e fanno bene!* »). Insomma, tira e molla sono volati schiaffi, ma di quelli pesanti. I vicini si sono spaventati (« *doveva sentire come urlava la signora, faceva paura. Mi sono detta: ma quell'animale la ammazza. Ah, sì, sì, è proprio un animale, glielo dico io... deve sapere che una volta...* ») e hanno chiamato le forze dell'ordine (« *Mai che si fanno i cazzi loro! Io so chi è però, se la becco sulle scale ci penso io poi...* »). La squadra del cuore, per dovere di cronaca, perdeva 3 a 1. Magari nei tempi supplementari ci scappava un gol. Magari! Comunque era un'andata dei quarti. Nulla che non si potesse risolvere al ritorno (« *E poi il gol in trasferta vale doppio, basta un 2 a 0 ed è fatta. Lei che squadra tifa, ispettore?* »)

Infine ci fu una visita di cortesia. Era la signora Cappelli che era venuta con il suo Antonio a ringraziare l'ispettore per averle liberato il figlio.

« Volevo darle questo. È una sciocchezza, non si offenda... »

« Signora, ma che fa, scherza? Non doveva assolutamente... »

« Sa, purtroppo abbiamo perso molti soldi, le avrei volentieri comprato un... »

« Signora Cappelli non lo dica neppure per scherzo, io non posso accettare; è contro la legge... »

« Oggesù che sarà mai? Sono dei pomodorini sott'olio, non è mica una tangente! »

Lo sguardo di Ferraro era libidinoso. Adorava i pomodorini sott'olio.

« Li prenda ispettore » disse il ragazzo. « Non se ne pentirà. »

« L'olio è buono, è quello delle mie parti. Io sono di Pistoia, ha presente? »

Pistoia. Toscana, Firenze. Dunque, poi c'è: Prato, Siena, Lucca, Pisa, Livorno, Massa-Carrara, Arezzo, e... e... cosa c'è ancora? Ne manca una... Ah, sì: Grosseto.

«Come stai tu?»

«Bene. Grazie. Oggi ho ripreso a lavorare.»

«Non ce n'era bisogno. Forse ti conviene aspettare un po', farti una vacanza, una vera!»

La madre non era d'accordo: «Ah, no, caro mio! Una volta che hai voluto andarci da solo hai visto cosa è successo?»

«No, ha ragione la mamma. Poi devo lavorare, c'è l'affitto da pagare.»

«Be', ci sarà il processo, con un buon avvocato magari otterrete un indennizzo, non so...»

«Chi vivrà vedrà.»

Si alzarono. La donna riavvicinò il pacco all'ispettore.

«Lo prenda.»

«Signora, proprio non posso.»

«Lo prenda. Non è avvelenato.»

«E Pino?» disse l'ispettore, rivolto al ragazzo.

«Come?»

«Pino, il tuo vicino di casa...»

«Cosa c'entra Pino?»

«Hai bisogno di una mano, come falegname, oppure no?»

«Mah, non so... dovrei chiedere a mio zio...»

«È mio cugino, ma lui lo chiama zio. Sa, l'ha cresciuto lui...» si premurò di aggiungere la donna.

«Tu chiedigli se c'è bisogno, portati Pino al laboratorio...»

«Va bene. Farò come dice lei...»

Il ragazzo capì poco dell'interessamento di Ferraro, ma sembrava deciso a fargli il favore.

«Fammi sapere.»

«D'accordo.»

«Arrivederci.»

I due andarono. Il pacco rimase.

A proposito: a fine giornata arrivò un'anima pia in commissariato. Aveva trovato la borsetta della sciura Tina. Niente soldi. Ma i documenti c'erano tutti. E anche la dentiera. («*Oh Gesù d'amur acés... grassie, grazie ispettore, lei è un angelo... Ero qui che mi stavo facendo un brodino...*») Certe volte i vivi danno soddisfazioni che i morti non sanno dare. Mai.

3

A conti fatti il più bel parco di Milano resta il Parco Lambro. Certo, al posto degli scoiattoli, come nello Schönbrunn, ci girano delle pantegane che a vederle fanno paura, però, se uno non le disturba, normalmente non danno fastidio. Sono animali riservati.

E poi le pantegane uno le può trovare anche se va nel giardino di Villa Reale, a Palestro. Un giardino che è un incanto, ma piccolo e troppo affollato.

Quelli di Porta Venezia poi, per quanto nobili e pieni del salutismo borghese fine Ottocento, sono pur sempre dei giardini, non un parco. C'è il Sempione, è vero. Ma, detto tra noi, al di là della ottima collocazione, non è più il parco di trent'anni fa. Mette tristezza. Non voglio parlare poi del Parco delle Basiliche. Solo un piazzista poteva chiamare Parco quel prato spelacchiato. Ci vuole coraggio oppure malafede, vedete voi. La nuova cancellata ha cambiato ben poco. Gli spacciatori si sono spostati di pochi metri, i barboni dormono sotto i portici dell'esattoria, l'abside di San Lorenzo, una delle più straordinarie esperienze architettoniche del mondo, ora è un po' più difficile ammirarla da lontano. Ma tanto non se l'è mai cagata nessuno, quindi, appunto, cambia poco.

C'è il Trenno. Ha una buona estensione, e poi c'è il piccolo cimitero di guerra britannico, luogo di pace e meditazione. Poi, sicuramente il Monte Stella. Tumulo dei detriti bellici, sepoltura simbolica del passato, mitologia urbana meneghina, che vuole rinascere in altezza, nel centro di una pianura piattissima. Belli, va bene. Ma il Parco Lambro è il più bello. Il fiume è vero, non è un canaletto artificiale con le paperelle finte; i movimenti di terra, gli avvallamenti, i montarozzi, le cascine, le marcite... lo giri e rigiri e cambia il paesaggio. Non è piccolo, il Lambro. Non è enorme, non esageriamo, a Milano il verde è una perdita di tempo, sono soldi buttati, sai quanto ci fai al metro quadrato se lo rendi edificabile? Però non è piccolo. È un parco vero.

Lì davanti c'è un intero quartiere, il Feltre, che ha i polmoni ripuliti dalla sua presenza. Edilizia ex *Ina Casa*. Tutta l'Italia è piena di questi quartierini neorealisti, costruiti fra gli anni Cinquanta e Sessanta, con la nostalgia del mattone a vista, delle case di campagna, del bel vivere di una volta. Quartieri che aborrono il moderno, che hanno terrore della città. Case popolari un po' civettuole, nulla a che vedere con certi falansteri utopisti in cemento armato, spalmati per tutte le periferie del globo.

Se c'era una casa popolare dove Ferraro avrebbe voluto andare in affitto era di certo lì, al Feltre. Peccato che ora se lo può solo scordare. L'intero quartiere, nel corso degli anni, è stato venduto ai suoi inquilini. È lì che abita Lanza, praticamente da quando arrivò a Milano, ancora ragazzino. Nel corso degli anni di onorato servizio si è messo da parte un po' di soldini e ha comprato l'appartamento. Un investimento, dice sua moglie. Voglia di radici, anche. Di un porto sicuro dove rientrare in caso di burrasca. Non a caso lo tiene in ordine e pulito come fosse un tempio: non un libro fuori posto, non un quadro fuori bolla, non una fotografia dimenticata sotto una poltrona. Un tempio, costruito con una foresta di simboli dallo sguardo familiare e rassicurante.

4

«Ispettore, che piacere vederla...»

«Buongiorno, signora, scusi il disturbo... c'è suo marito?»

«Sì.»

La donna non disse più nulla. Rimasero tutti e due sulla porta. Lei dentro, lui fuori. Sorrideva felice e immobile. Non è che non voleva farlo entrare. Era però la moglie di Lanza, non bisogna dimenticarlo. Con un uomo così o impazzisci o diventi come lui. A domanda, risposta; nulla di sottinteso, nessun doppio senso, niente di figurato. Ricordatelo, stai entrando nell'antro della follia, usa le parole giuste.

«Posso entrare?»

«Ma certo, con grande piacere.»

«Grazie, signora.»

Entrò. La donna gli prese il cappotto.

«Se non le dispiace, preferirei mettesse queste.»

Le pattine. Era dal 1976 che Ferraro non vedeva più le pattine. Sua madre ci aveva provato a civilizzare la famiglia, vedeva che tutte le vicine le usavano. Dopo meno di una settimana il padre le raggruppò e ci fece una bella pira dall'orrendo foco. Si tornò così a lasciare patacche di fango per tutta la casa, alla faccia della schiena della madre, perché di ciabatte neppure a parlarne, è roba da ricchioni.

Ferraro si trovò così a pattinare per casa Lanza accompagnato quasi a braccio dalla donna, che invece si muoveva con disinvoltura sul pavimento tirato a specchio. Il ginocchio dell'ispettore non era felice di questo sforzo ulteriore. Ferraro si teneva alle maniglie delle porte e agli schienali delle sedie. Si sentiva come in un film di fantascienza. Sembrava uno catapultato su Marte, obbligato ad imparare a camminare nella nuova condizione gravitazionale prima che i marziani lo catturino. Solo che i marziani in questo caso erano amici suoi.

«Ferraro, che ci fai qui?»

Lanza era seduto su una poltrona; spaparanzato, anzi. Aveva sulle ginocchia un libro e fumava, con calma, una grossa pipa.

«Adesso vi lascio» disse la donna, «ho da terminare il mio origami.»

Se ne andò. Ferraro si chiese per tutto il tempo che rimase lì perché diavolo quella donna dovesse fare un origami alle dieci del mattino e non un ricamo a tombolo, o il bucato, insomma, qualcosa di normale, da donna di mezza età!

«Lanza, ciao, passavo di qui...»

Come no. Per Quarto una deviazione al quartiere Feltre è normale, come passare per Mosca se si vuole andare a Roma.

«Ah sì? E perché, hai perso la strada?»

«No, cioè... stavo facendo una passeggiata al parco e ho pensato di venirti a trovare.»

Il martedì alle dieci del mattino? Al parco Lambro? Non poteva inventarne una migliore?

«Hai fatto bene, siediti.»

Stramazzò sulla poltrona di fronte al collega. Il ginocchio pulsava.

«Cosa fumi?»

«La pipa.»

Ovvio, no? Precisione nelle domande.

«Certo. Intendevo dire, quale tabacco? Ha un buon profumo.»

«Aroma.»

«Non è lo stesso?»

«No. Il profumo è specifico del tabacco non combusto. L'aroma è una caratteristica del fumo percepita dall'odorato... sono le sostanze volatili, come gli oli essenziali...»

Poteva tirare per almeno un'ora. A «sostanze volatili» Ferraro aveva già smesso di ascoltare.

«Be', insomma, è buono.» Cercava di tagliare corto.

«È una composizione di Virginia, black cavendish e burley. Ha un'ottima fumabilità, al gusto di cherry.»

«Aroma.»

«No. Gusto. È il sapore che si avverte con la lingua e il palato. È determinato dalla composizione della miscela. Devi sapere che...»

Vabbe', allora te le cerchi da solo. Mai contraddire Lanza, se non in casi estremi. Quando attaccava non lo fermava più nessuno. Meglio non chiedergli nulla sul modello della pipa, o qui si faceva notte.

«Cosa leggi?»

«Un libro.»

«Ma dai! Pensavo fosse una scatola di cioccolatini.»

Lanza rimase perplesso. Guardò il libro, lo prese in mano e poi riguardò l'amico.

«Davvero? Eppure è un libro. Certo la forma potrebbe essere simile ma ti assicuro che nelle scatole di cioccolatini non ci sono delle pagine stampate disposte in sequenza numerica progressiva. Non che non si trovi nulla di interessante dentro le scatole di cioccolatini. La composizione chimica...»

«Lanza, ho capito che è un libro. Stavo scherzando.»

L'ispettore capo sembrava rinfrancato. Probabilmente stava già consigliando a Ferraro una visita oculistica. Appoggiò il libro ad un tavolino di fianco alla poltrona e fece un paio di boccate abbondanti.

«Ah, scherzavi. Bene... ma, senti un po', io divago sempre... mi volevi dire qualcosa?»

«No, figurati, te l'ho già detto... passavo di qui e volevo fare una chiacchierata. Parlare del più e del meno...»

«Volevi parlare di matematica?»

Gesù, aiutami.

5

Inutile prendersi in giro, la sua non era certo una visita di cortesia. Ferraro era a casa di Lanza perché si sentiva in colpa.

Aveva lasciato tutta la storia di Russo nelle sue mani, senza intervenire mai. E ora chi stava pagando era il collega. A modo suo il caso di Càrpano risolto brillantemente l'aveva messo in una botte di ferro, mentre Lanza era quello che pagava per tutti e due le varie morti degli ultimi giorni.

Per farla breve Ferraro non era lì solo per dimostrare la sua solidarietà. Era lì perché forse Zeni un po' di ragione ce l'aveva. Fuori dagli orari di lavoro poteva fare quello che voleva lui? Anche l'eroe senza macchia e senza paura? Bene, allora che lo faccia!

«A proposito di cioccolatini...»

L'ispettore capo si alzò dalla poltrona e scivolò agile attorno al tavolo, verso la vetrinetta di fronte. «Lanza, io... volevo dirti... insomma è inutile che ci giriamo attorno.»

«Ma io devo fare il giro del tavolo per prenderli.» Aprì l'anta. «Ecco, me li hanno portati dal Piemonte. Una squisitezza. Prendine uno.»

Fra il Baffo e Lanza, qui era tutto un mangiare cioccolato.

«Grazie...»

«Com'è?»

«Ottimo, veramente.»

Ma non aggiunse nulla sul gusto, o l'aroma, o chissà cos'altro, sennò qui non se ne usciva più.

Lanza si risedette.

«Stavi dicendo?»

«Ascolta, Lanza. Trovo che quello che stanno facendo in commissariato nei tuoi confronti sia una cosa infame.»

«Esagerato.»

«Insomma, non solo l'indagine disciplinare... pure la sospensione dal servizio...»

«È un atto dovuto. Zeni non poteva fare altrimenti.»

«Lo so, lo so. Ne abbiamo parlato. Comunque io credo che tu non possa stare qui fermo a non fare nulla.»

«Non è vero che non sto facendo nulla. Fumo, leggo, mangio cioccolatini... ne vuoi un altro?»

«No grazie... Non intendevo dire *nulla* nel senso che...» Ci stava cascando. «No, aspetta, non voglio cascarci...»

«Dove?»

«In questo circolo vizioso.»

«Quale?»

«Questo!»

«*Questo*, quale?»

«Quello dove io cerco di spiegarti...»

C'era cascato.

Va bene, riordiniamo le idee. Cosa volevo dire?

«Cosa volevi dire?»

«Lanza, tu stai rischiando molto. La tua carriera potrebbe essere compromessa. Non lo trovo giusto. Così come non trovo giusto che a pagare sia solo tu.»

«A pagare cosa?»

«Lanza, ti prego!»

«Io non sto pagando nulla. C'è un'indagine disciplinare nei miei confronti, tutto qui. Io ho fiducia nella giustizia e nei miei colleghi.»

Il problema è che Lanza la fiducia ce l'aveva veramente, non era una frase fatta.

«Sì, ma non credi che bisognerebbe fare qualcosa?»
«Cosa?»
«Non lo so... hai sentito un avvocato?»
«Perché? Io non ho fatto niente di male.»
«Lanza, sai anche tu che la storia di Russo ha avuto una procedura di indagine *non ortodossa* da parte nostra.»
«Da parte mia. Tu non hai fatto niente.»
«Appunto. Io non ho fatto niente. Potevo sconsigliartelo, non so... potevo fare qualcosa.»
«Ascolta: non è stato Don Leo. Devi credermi. La verità verrà fuori e tutto si risolverà.»
In che mondo viveva Lanza? De Matteis probabilmente era già pronto con la corda saponata in mano e lui bello bello viene a parlare di Verità, di Giustizia. Ma come faceva a rimanere così calmo, pacifico, come se fosse in ferie, come se non ci fosse davvero nessun problema?
«Senti, va', dammene un altro.»
Carenza di affetto, probabilmente.
«Prendi, prendi...»
Lanza allungò la scatola verso il collega. Ferraro prese un altro cioccolatino.
«Mmmh. Squisito... nettare...»
«Be', no; non è secrezione delle angiosperme. A meno che tu pensavi all'Olimpo. Ma quella era una bevanda... questo è un gianduiotto, ha una consistenza differente...»
«Lanza, ci sono delle volte che non capisco se sei un genio, un pazzo o uno scemo!»
Il silenzio assordava. Complimenti ispettore. Vieni a dare la tua solidarietà e insulti chi dovrebbe riceverla. Un vero eroe moderno.
«Perdonami, Lanza. Scusa... non so cosa mi ha preso.»
«Non ti ha preso nessuno. Sei ancora qui.»
Non si è curato di lui, ha guardato ed è passato. Questo è stile.
«Quello che sto cercando di dirti, se ci riesco... è che vorrei darti una mano...»
«Ne ho già due, grazie. Poi tu come fai senza?»
Fece finta di non sentire: «... vorrei aiutarti, in qualche modo».

«Aiutarmi a fare cosa, scusa?»

«Pensavo che potremmo fare una indagine parallela a quella ufficiale. Trovare le prove per scagionarti.»

«Tu lavori. Non puoi fare indagini parallele.»

«Lavoro a *part time.*»

«E poi studi. Se no, cosa hai richiesto a fare il *part time*?»

«Lanza, non puoi avere questa calma olimpica. Lo sai cosa rischi, vero?»

«Io sono tranquillo. Non è stato Don Leo. De Matteis e Comaschi scopriranno come sono andate le cose.»

«Ma ci credi veramente?»

«E anche se non ci credessi? Dovrei dirlo a te? Cosa risolverei?»

Altro silenzio. Questa reazione Ferraro non se l'aspettava.

«Ma... Lanza... noi siamo amici...»

«Siamo amici? Siamo colleghi, certo... ma... amici?»

«Be', scusa, io credevo che...»

«Ascolta. Noi non siamo amici. Siamo mai andati a teatro o al cinema insieme? Conosci le mie idee politiche? Sai quali sono i miei gusti alimentari, le mie passioni, dove vado in vacanza d'estate, cosa faccio il sabato sera, se ho figli, nipoti, cosa leggo, cosa mi piace e cosa no?»

Fece una tirata di pipa, nel silenzio assoluto. L'aroma era buono. Ferraro sembrava una mummia del Museo Egizio.

Lanza riprese a parlare, con calma: «Pensa, ci chiamiamo per cognome, come a scuola... tu frequenti ancora qualcuno dei tuoi compagni di scuola? No, giusto? Eppure li vedevi tutti i giorni, erano *amici tuoi*... il lavoro è come la scuola. Coarta, costringe a frequentarci. Ma cosa sai tu di Augusto Lanza? Che sono un tipo buffo, pieno di manie, uno da barzelletta, da raccontare la sera a cena come curiosità, uno che sembra un autistico. Ma mi conosci veramente? Come sono io fuori dal commissariato? Credi che la mia carriera sia qualcosa di fondamentale per me? Ti senti solidale o vuoi lavarti la coscienza? Nel primo caso, accetto la solidarietà, ma, fidati, tutto si metterà a posto, nel secondo caso non mi interessa che tu perda del tempo per me, non ne vale la pena. Non fra colleghi.»

Fu peggio di una coltellata al cuore. Ferraro non lo dava a vedere, ma, sotto le sue bende da mummia, stava sanguinando.

6

Be', allora vaffanculo. Sì vaffanculo, ma chi cazzo credi di essere brutto stronzo di merda. *Noi non siamo amici*, ah va bene va bene, allora vaffanculo sono cazzi tuoi arrangiati, vedi a voler fare del bene? Aveva ragione papà, *fatti i cazzi tuoi che vivi più a lungo*, ma si può essere così stronzi? Lui e quel calabrese del cazzo che non si capisce una parola di quello che dice, sembrava di essere in un film, sembrava il Padrino parte seconda, vedi a volere aiutare la gente? *Cosa faccio il sabato sera...* ma che cazzo ne so cosa fai, io cosa faccio il sabato sera? Dove cazzo è la chiave? Ma guarda che storia, stai nel tuo brodo allora, ma a me che me ne frega scusa? *Noi non siamo amici*. E ci credo, marziano di merda, chi è tuo amico? Mettila via sennò va a finire che non la trovi, ecco, qui, sì, meglio. Non c'è un cazzo, devo fare la spesa, che palle. Mi fumerei una sigaretta. Comaschi fuma come un turco, perché lo chiamo Comaschi? Perché ci chiamiamo per cognome perché non lo chiamo Antonio. Antonio, Àntonio, come Càrpano, poi c'era Pino, *gli amici mi chiamano Pino*, magari c'è posta, come si chiamava quello sulla moto? Perché Comaschi (Antonio, Antonio, perché non lo chiamo Antonio?) perché odia le moto? Non so un cazzo di Comaschi, quel buffone teatrante. Comaschi, come a scuola. Ma io Mario lo chiamo Mario. Anche a scuola lo chiamavo Mario. A scuola. L'università, cazzo. Ma quando cazzo mi metto sotto? Così va a finire che do un esame all'anno, ha ragione Francesca ecco la verità. Mario non lo vedo mai, l'uomo digitale, chi cazzo vede Mario? Ha degli amici? C'ho una fame, devo fare la spesa. *Altro?* Due etti di salame. *Altro?* Cosa c'è nel freezer magari scongelo qualcosa. *Noi non siamo amici*. Ho voglia di qualcosa. Adesso scendo e compro le sigarette, sì. Mi metto sotto e do due esami prima della fine dell'anno, che cazzo me ne frega di perdere tempo per quel vulcaniano venuto giù con la piena. Che palle non si apre mai, c'è traffico. L'autostrada digitale. Retorica del cazzo. Aspetta, c'era un pacchetto nel cassetto in basso. Sì. Aspetta. Ahia che male. Dovrei metterci del ghiaccio, ti metti a fare il supergiovane, hai quasi quarant'anni vedi di finirla. Ma dove cazzo sono? Le avevo lasciate qui. Giulia. Me le ha buttate lei, lo so. Mette sempre le mani dappertutto. *Papà non fumare, fa venire le malattie.* Adesso la chiamo. No, dopo. C'è posta? Ho voglia di qualcosa. Password. Cucciolotta. Ho voglia di qualcosa. Non mi scrive mai un cazzo di nessuno. Nessuno. *Noi non siamo amici.* Chi sono i miei amici? Niente cioccolato, basta, crea dipendenza, mi fumerei un cannone, altro che... apri qui, ma quanto ci mette? *Il lavoro è come la scuola. Coarta.* Ma chi cazzo dice coarta? Coarta. Co-ar-ta. Che sito di merda. Odio la pubblicità. Ci metto del ghiaccio, non ho voglia di andare dal dottore, poi passa, lo so. *Cosa volevi dimostrare? Sembravi Conan il barbaro.* Preferisci quell'imbecille, come cazzo si chiama? Ma ti sembra un nome Walter? *Aspetto che nasca mio figlio.* Cosa voleva dire? Uno che si chiama Walter è ricchione, di sicuro. Un figlio. Cosa voleva dire? Come lo chiama, Efebo? Guarda che bella figa. *Noi non siamo amici.* Gigi *lo zoppo*, Vito *Manidiporco*, Mimmo *'O Animalo.* Begli amici. *Che ci stavi a fare tu con noi!* Neanche Mimmo mi vuole, vuoi vedere? *Chiodo*, che soprannome del cazzo. Guarda questa che tette, Fusco non ce le ha così grosse, sembrano quelle di quella puttanella all'Università, bella fighetta, vieni qui che ti faccio vedere come si chiava, lascialo stare il tuo amico è uno sfigato brufoloso. *Credevi di essere Conan.* Quando ci si mette è una stronza di prima categoria. *Mi hanno dato l'aumento.* Ben per te. Fatti la tua carriera. Zeni. *Da lei mi aspettavo un maggior spirito di corpo.* Prima mi dice che devo studiare e poi mi rompe le palle. *Tu vuoi stare in polizia, vuoi restare a Quarto Oggiaro, non voglio fare crescere nostra figlia qui.* Che stronza. Scopati il tuo Walteruccio di merda. Cosa voleva dire? Quale figlio? Aspettano un figlio? *Noi non siamo amici.* Co-ar-ta. Ho voglia di qualcosa. Guarda questa, mmmh, bella figa, guarda che uccellone, è tutto tuo, prendilo in bocca, col cazzo che scarico il programma, e poi mi fate telefonare a Katmandu, brutti stronzi, dovrebbero arrestarvi tutti, un giorno vengo lì e vi metto in galera, andiamo io e Comaschi (Antonio, Antonio)... perché non mi chiama Michele? Bel culettino d'oro, ora te lo sfondo, ahh ti piace eh, puttanella, non l'hai mai visto un cazzone così vero? Ah, sì, dentro, dentro, ah, sì, grida, grida, non ti sente nessuno, ah, sì, sì, dov'è il fazzoletto, non voglio, ah sì, sì, non vo... sì... sporcaahh... sporcare... ah, sì, troietta, succhialo, succhialo, ecco, ecco, sì, sì, prendilo, prendilo, ti piace, eh, ti piace... sì, sì, vengo, vengooo... ahh... mmmhhh. *Da quand'è che non tocchi una donna?* Dice Comaschi. Antonio. Da quand'è? È mio amico? Chi sono i miei amici?... Che vita di merda. *Noi non siamo amici*. Hai quasi quarant'anni, Michele. Non hai amici, non hai famiglia, vivi solo, fai un lavoro di merda. Dio che vita di merda. Che vita di merda, Dio, Dio, che... vita... di... Dio santo, Cristo santo, ecco, ci voleva anche questa, sembri un cretino, ecco... piangere con l'uccello di fuori, che vita... del cazzo... che vita... no coglione, che fai? Hai il fazzoletto sporco, manca solo che ti asciughi e ti sporchi la faccia di sborra... cazzo, che vita di... perché le lacrime sono salate? Lanza lo saprebbe. *Noi non siamo amici*. Dio, che vita del cazzo. Francesca, Giulia, Mimmo, Lanza... Dio mio, Elì, Padre, Padrone, Porco, Dio... perché mi hai abbandonato?

7

Alla fin fine il giorno dopo passò, alla bell'e meglio ma passò. Il lavoro coarta, certo, ma anestetizza, anche. Fra senegalesi che si pestavano davanti ad un negozio di telefonia e vecchiette che avevano perduto le chiavi di casa, Ferraro non aveva avuto per l'intera giornata neanche un minuto per meditare sulla sua penosa esistenza di uomo nel mezzo del cammin di nostra vita. Meglio così. Verso sera era tutto intento a stilare i suoi bei rapportini. Un lavoro da mezzemaniche, di una noia mortale. Ma riempiva il tempo. Cosa credeva che avrebbe mai potuto fare nella vita? Cosa sperava accadesse dopo la laurea? Caviale e champagne? Vuoi vedere che il professore all'università, il barbuto mezzobusto del Pincio, sotto sotto, ci aveva visto giusto? Il pezzo di carta, l'ufficio al piano di sopra... Ecco, stava ricominciando a deprimersi, brutto segno.

«Che fai?» Comaschi, il salvatore della patria.

«Medito il suicidio.»

«Prima finisci i rapporti, però. Sennò poi li fanno finire a me.»

«Tu non lo faresti per me?»

«Ma sei scemo? Prima di morire paga tutti i debiti!»

«Ma se uno paga tutti i debiti perché poi si dovrebbe suicidare? Non ha senso.»

Comaschi aprì un nuovo pacchetto di sigarette e se ne accese una. Con questo pacchetto, probabilmente, aveva ormai fatto raggiungere al suo tabaccaio la cifra necessaria per fargli acquistare l'appartamento al mare (che quello in montagna ce l'aveva già, grazie ai contributi di Comaschi dell'anno precedente).

«Ne hai ancora per molto?» disse, fumante.

«No, ho praticamente finito.»

«Ci facciamo una birretta?»

«Fa freddo. Meglio una cioccolata calda.»

«Cos'hai, carenza di affetto?»

«Può darsi.»

Dieci minuti dopo erano per strada.

«Dove andiamo?» chiese Ferraro.

«Andiamo al bar Quinto?»

«Ci sei affezionato a quel posto.»

«Mannò, è che è qua dietro...»

«Guarda che i tuoi amici motociclisti sono in gattabuia, non so con chi potrai pestarti oggi...»

«Qualche coglione si trova sempre, non preoccuparti.»

Effettivamente faceva freddo, non aveva senso andare lontano. Nel giro di una settimana il tempo era decisamente peggiorato. Sul marciapiede davanti al bar ormai stazionavano pochi pischelli, la maggior parte si era rintanata nel locale. Il gestore, quando vide i due poliziotti, fece buon viso a cattivo gioco: sgomberò un tavolo e si dimostrò servizievole più del dovuto. Mai sia che questi due mi rompano ancora le palle!

«Ma non dovevi prendere una cioccolata?»

«No, meglio di no, mi rovina l'immagine.»

«Perché, hai un'immagine da difendere?»

«Tutti ce l'hanno, no? Non siamo nella società dell'immagine?»

«Dell'immaginazione, forse. Sembra che di reale non ci sia più nulla. È tutto virtuale.»

«A cagare ci andranno pure quelli della società dell'immagine, no? O non cagano?»

«Non riesco ad immaginarmi Naomi Campbell o Claudia Schiffer che cagano. Oppure il presidente della Repubblica, o il Papa... Te li vedi seduti sul cesso?»

«Dovranno pur andarci, no?»

«Che discorsi di merda...»

«Questa era fin troppo facile come battuta, Comaschi.»

Perché lo chiama Comaschi? Perché non lo chiama Antonio?

«Che c'hai? Hai cambiato faccia!»

Cosa risponderebbe Lanza? «La faccia non si può cambiare.» Oppure: «Non ho fatto un'operazione di chirurgia estetica»... oppure... boh, solo Lanza lo sa cosa avrebbe risposto. *Non siamo amici.*

«Ehi, Ferraro, sei ancora lì? Che succede, ti è morto il gatto?»

«Perché ci chiamiamo per cognome?»

«Cosa?»

«Perché ti chiamo Comaschi? Perché non ti chiamo Antonio?»

«Che ci hanno messo in quel bicchiere, un allucinogeno?»

«Sto parlando sul serio.»

Comaschi si accigliò. Bevve un po' della sua birra, come se dovesse riordinare le idee.

«Che sta succedendo Ferraro? È da un paio di giorni che vai in giro con una faccia da funerale.»

«Perché mi chiami Ferraro? Mi chiamo Michele, lo sai, vero?»

«Qual è il problema?»

«Non si risponde ad una domanda con una domanda, non è educato!»

«Ma vaffanculo, coglione.» Sorrise. Poi si rifece serio: «Allora che succede?»

Gli raccontò in sintesi di Lanza e di come l'avesse scaricato. Comaschi ascoltò con attenzione.

«Allora, vediamo di mettere un po' di ordine e di disciplina a tutto questo casino. Primo: a me piace che ci chiamiamo per cognome, mi sembra di stare ancora a scuola.»

«Ecco, vedi... il lavoro coarta...»

«Ma va' a cagare, pirla. Il mondo coarta! A scuola ci si divertiva, giusto? A me piace che rimanga un po' di quello spirito cialtrone fra di noi. È vero, i miei compagni di classe non li vedo più. Ma neppure un sacco di amici della mia infanzia non vedo più. Neppure la prima ragazza che ho scopato. Un giorno mio figlio se ne andrà di casa e si trasferirà in Australia perché si è innamorato di un'aborigena. E non lo vedrò più. Pace, amen. Vedo più te che mia moglie, questa è la verità. Anche De Matteis, è vero, ma con lui non vado a berci una birra, o a dirci cazzate...»

«Ma se potessi scegliere...»

«Se, se, se... se mio nonno avesse il troller sarebbe un tram! Io scelgo ogni volta che posso scegliere. E non è che il ventaglio è così ampio. Scelgo il meno peggio, ecco...»

«Io sono il meno peggio, quindi.»

«Anch'io lo sono per te. È già qualcosa, non ti credere.» Bevve ancora. «Com'è che ti chiama quel tuo amico barbone...»

«Chi, il Baffo?»

«Chiodo, giusto? E tu lo chiami Baffo... ti sembra normale?»

«Be', sai è un vezzeggiativo... è affettuoso...»

«Sì, ma tu ti chiami Michele, giusto? Non Chiodo. E lui non si chiama Baffo. Vi siete dati un soprannome. E io pure. Io ti chiamo Ferraro. Per me questo è il tuo soprannome. Non è lecito? Non è che perché lui ti chiama Chiodo sa più cose di te di quelle che so io...»

«Non è questa la questione. Io credevo che Lanza mi considerasse un amico. Lo so, sono patetico, ma sto passando un periodo difficile, e, ti dirò, Lanza non ha torto. Che ne so io di lui?»

«Sai quello che devi sapere per rispettarlo o meno. Già è difficile sapere qualcosa di noi, figurati degli altri.»

«La fai facile tu.»

«No. Sono solo un tipo pragmatico. Applico la *prova valigetta.*»

«Che cosa?»

«La valigetta con un milione di dollari.»

«Ma che cazzo dici?»

«Fai finta di avere una valigetta con dentro un milione di dollari.»

«Mi riesce difficile.»

«Fai finta, dai. Sforzati, senza cagarti addosso, però.»

«Sei proprio un comico sopraffino! Vabbe', comunque... Ho la valigetta, e allora?»

«Bene. Ora: la devi dare a qualcuno, non so perché, metti che devi partire e qualcuno te la deve portare dall'altra parte del mondo.»

«Ma scusa, me la porto dietro, non faccio prima?»

«E che cazzo! Ho detto che devi fare finta. Non metterti a fare della tetrapiloctomia.»

«Che cazzo faccio?»

«Non spaccare il capello in quattro! Allora, ordine e disciplina: devi andare dall'altra parte del mondo e non puoi portarti la valigetta. Occhèi?»

«Ok.»

«Bene. A chi la daresti? Chi sei sicuro che te la porterebbe a destinazione? Chi, anche se sa che dentro ci sono tutti quei bei dollaroni, prenderebbe l'aereo per portartela sana e salva dall'altra parte del globo terracqueo?»

Silenzio.

«Mah, non so... dovrei pensarci...»

«Pensaci. La daresti a De Matteis?»

«Ma stai scherzando?»

«Bene, meno uno... La daresti a Zeni?»

«Oddio, poi dovrei spiegargli perché ce l'ho... no, forse meglio di no...»

«La daresti a Fusco?»

«Non so, non la conosco... no, non credo. Non perché sia una della quale...»

«Non me ne frega un cazzo sapere perché. A lei non la daresti! Non ti chiedo di me perché non si parla dei presenti, ovviamente. A chi altri la daresti?»

La darebbe a Mimmo? E a Francesca?

«Io, io...»

«Ascolta: la daresti a Lanza? Gli affideresti la valigetta con dentro un milione di dollari?»

Silenzio. Ferraro fece un lieve sorriso. Dolce, quasi.

«Sì. A Lanza credo proprio che gliela affiderei.»

«Bene. Allora Lanza è un tuo amico. Non mi interessa sapere quale sia la ragione. A lui affideresti la valigetta. Mi basta.»

E, forse, non solo a lui.

8

«Qui la situazione è incasinata, Ferraro. De Matteis non sente ragioni, vuole andare avanti per la sua strada; il magistrato che conduce le indagini lo appoggia in tutto e per tutto.»

«In che senso?»

«Hanno scoperto tutta una serie di trascorsi su Leoluca Grillo da fare impallidire pure Jack lo Squartatore. Rapine, pizzo, omicidi...»

«Lo so, lo so, ma è tutta roba di anni fa.»

«E chi lo dice? Che ne sappiamo noi che il vecchio non sia ancora in mezzo a queste pastoie? Mi dispiace dirlo ma non è scorretto quello che sta facendo De Matteis. Ha una sua logica. Qui è una questione di controllo del territorio fra i Russo e i Grillo.»

«Don Leo non è più tornato in carcere d'allora, e neppure nessuno della sua famiglia.»

«Magari si sono fatti furbi, no?»

«No. È che ormai li abbiamo marchiati a fuoco. Sono criminali geneticamente, nessuno può cambiare, giusto?»

«Niente melodramma. I Russo afferiscono a tutta la cricca che ruota attorno alla Sacra Corona Unita e i Grillo alla 'ndrangheta, è semplice, basta saper guardare.»

«Perché finora non è mai accaduto nulla allora? Sono qui da decenni.»

«Fino ad adesso si erano spartiti la torta da buoni vicini di casa. Ma siamo in recessione, caro il mio Ferraro; ora le belve si scannano anche per le briciole.»

«Don Leo era andato dal padre di Russo per chiedergli il permesso di punire il figlio.»

«Ma dove cazzo vivi? Che credi, che siamo in un film di Hollywood?»

«Lo ha fatto, ne sono certo.»

«E Russo padre ha accettato? Ma ci credi?»

«Perché no? Il figlio alla fine era un peso anche per lui. Di tutta la famiglia era quello che più conoscevamo, sempre in giro a fare il pirla, non è certo un modo che aiuta a mantenere la privacy della famiglia...»

«Era un coglione di prima categoria, lo so. Se non fosse stato figlio di cotanto padre magari se ne stava per i cazzi suoi e non rompeva la minchia a nessuno.»

«Appunto. Il padre avrà pensato che una strigliata da parte di uomini che non fossero del suo giro lo avrebbe rimesso in riga.»

«Mi sembra tutto un po' troppo farraginoso.»

«Farraginoso? Cos'è, ora hai imparato questa nuova parola e la vuoi usare a tutti i costi?»

«Sono un mago al *Paroliere*, dovresti vedermi a Natale... comunque sia... le indagini hanno preso questa strada e non credo che cambieremo percorso, a meno che non ci siano novità eclatanti, ti ricordo che De Matteis è il capo, io più che prenderlo per il culo non posso.»

«I tuoi informatori che dicono?»

«Un bel niente. Sono tutti muti come pesci. L'aria in giro è pesante, pesantissima. Le fila si sono serrate.»

«È iniziata la guerra. O di qui o di là. Ma cosa si vince? Quella del territorio vuole dire tutto e nulla.»

«Schiavi.»

«Cosa?»

«Io ho questa cosa che mi frulla per la testa. Il mercato di schiavi, di sfigati che vengono scaricati sulle coste calabre o pugliesi. Li prendono e li smistano. Milano è perfetta. *In Mediolanum*, giusto? Siamo a metà strada per tutto, da qui li mandano dove vogliono. L'Europa è nostra!»

«E la camorra?»

«Bah, non credo che i napoletani di qui siano interessati al mercato. La camorra non esiste, non come la si legge sui giornali. Cutolo è roba del secolo scorso. Il *sistema* funziona lì, a casa loro.»

«Il *sistema*?»

«Te l'ho detto, la camorra non esiste. Nessuno fa più patti di sangue o cazzate folkloristiche di questo tipo. Sono più manageriali. A loro interessano le scorie, l'uranio, la spazzatura da smaltire. Sono miliardi, lo sai? E se lo fanno a casa loro...»

«Quindi tu credi che Don Leo...»

«Io non credo un cazzo. So però che De Matteis si sta muovendo *coerentemente*. Se il tuo amico è pulito magari lo scopriremo, certo, ma magari fra quattro anni, o magari mai.»

«E chi ci va di mezzo è Lanza. De Matteis starà gongolando.»

«Non ti dico che lui si muove in funzione di far fuori Lanza, no... però, diciamo che il suo atteggiamento è... preconcetto.»

«Preconcetto? Voglio proprio esserci alla partita natalizia del *Paroliere*.»

«Non venire. Ti straccerei.»

«Quell'imbecille di Lanza. Certe volte non capisco se sia un genio o un cretino.»

«Il cretino sei tu! Non hai capito un cazzo, come al solito. Se smettessi di piangerti addosso capiresti l'atteggiamento di Lanza.»

«Ma che cazzo dici?»

«Lanza ti vuole tenere fuori, ti sta proteggendo. Non vuole che tu ti muova al di fuori delle indagini ufficiali, perché sa che

De Matteis vuole anche la tua pelle. Zeni te lo ha detto, no? Anzi non te l'ha detto perché lui non può dirtelo, però te l'ha fatto capire. Per assurdo tu sei molto più libero di me. Hai spazi di manovra più ampi. Però è chiaro che rischieresti molto di più, sei senza rete, se cadi ti sfracelli e questo Lanza non lo vuole. Se la smettessi di crederti l'unico uomo al mondo a soffrire, l'unico ad avere un'etica integerrima, se la smettessi di crogiolarti nelle tue sfighe, tutto questo lo vedresti. A te conviene che Lanza si comporti da stronzo, così puoi dargli la colpa...»

«Ma come cazzo ti permetti?»

«Insomma, basta. Tu e le tue menate sull'amicizia, la solitudine, le sfighe... cosa sei, l'unico che se l'è preso nel culo dalla vita? Vuoi vedere il mio deretano? Sembra un portaombrelli!»

«Tu non sai un cazzo di me e della mia vita, come puoi...»

«Ah, non so un cazzo? Sai tutto tu, giusto? Adesso te ne racconto una io... Lo vuoi sapere perché mi stanno sul cazzo quelli senza casco? Lo vuoi sapere?»

«Che cazzo c'entra, adesso, questo discorso?»

«Allora, lo vuoi sapere o no? Ti fai tutte le menate sul fatto che non ci chiamiamo per nome, che non sappiamo nulla l'uno dell'altro, mi sembri Don Giovanni Bosco, va bene, allora ascolta la mia confessione, e dopo assolvimi però...»

«È inutile che ti dica che non me ne frega un cazzo, giusto? Tanto me lo racconti lo stesso, vero?»

«Ma stai zitto, credi che non lo so che muori dalla voglia di saperlo?»

XI

RIVELAZIONI

1

Rapotti lo fece accomodare in aula professori. Spostò una pila di giornali che campeggiava nell'angolo del tavolo e riempì subito il buco con un'altra pigna di compiti in classe. Si sedettero, Rapotti di qua, Ferraro di là. Sembrava dovesse esaminarlo; all'ispettore era venuta voglia di tirare fuori il libretto universitario e di metterlo sul tavolo, a sua disposizione.

«Spero di non disturbarla.»

«Nessun problema, ho un buco di un paio di ore. Giusto il tempo di finire le correzioni.»

«Vedrò di non farle perdere tempo.»

«Che dice, lo vuole un caffè?» Il professore si alzò e si avvicinò ad una macchinetta lì di fianco. «Direi che è l'ora giusta, no?»

«Vada per il caffè.»

Il terzo questa mattina.

«Quanto zucchero?»

«Uno e una punta.»

«Un po' di latte, ispettore... Ferrante, giusto?»

Insomma, mettetevi d'accordo! Ferraro era pure pronto a cambiare il cognome, ad andare in Comune a fare la pratica, a mutare identità, tanto non è che doveva difendere chissà quale tradizione araldica, ma che almeno si mettessero d'accordo su come chiamarlo, cazzo! Manco si chiamasse Shostakovich, o Krautheimer, o Gjomarkaj (povero Zoran... ma poi si scriveva così il suo cognome? Magari era Giomarcai, o Djomarkay). Non è che aveva uno di quei cognomi polacchi zeppi di sequenze di X, K, W, senza neanche una vocale, neppure a pagarla, di quei nomi che fanno la felicità dei tabelloni degli ottici. Ferraro. È di una banalità esasperante, come si fa a sbagliarlo? Tutta la filosofia occidentale era lì attenta a discutere sul tema del soggetto, sulla scomparsa dell'autore, sull'altro da sé, sulla crisi dell'identità, senza rendersi conto che in quanto a cancellazione dell'Io Ferraro era da studiare all'università. Sarebbe stato meglio se si fosse chiamato Rossi, almeno non lo sbagliava nessuno.

«Ferraro.»

«Come?»

«Ferraro, mi chiamo Michele Ferraro, non Ferrante.» Piccato.

«Ah, sì, mi scusi... devo continuamente mandare a memoria un sacco di nomi, è normale che poi li sbaglio. I miei studenti mi prendono sempre in giro per questo.»

«E lei che fa?»

«Do loro dei soprannomi. Così va a finire che si chiamano fra loro con i soprannomi. Io mi ricordo di tutti e loro costruiscono una comunità meno formale... non so se mi capisce...»

Da proporre per il programma ministeriale. Al capitolo *Educazione Civica*, paragrafo *Relazioni Sociali*.

«Come le dicevo, professore.»

«Diamoci del tu, dai. Qui mi chiamano già in troppi *professore.*» Allungò una mano. «Mi chiamo Francesco; Franz per gli amici.»

Siamo amici?

«Ti stavo dicendo... *Franz*... so che sei già stato interrogato dai miei colleghi...»

«Ti dico la verità, pensavo che il caso lo seguiste tu e il tuo collega... com'è che si chiama... Lanza, giusto?»

Com'è che Lanza non lo sbaglia mai nessuno? Sarà colpa della fermata della metropolitana?

«Sì, Lanza, è giusto. Solo che, per ragioni che non posso spiegarti, ora Lanza non può e allora...»

Che cazzo gli doveva raccontare? Che Comaschi gli aveva aperto gli occhi? Che era ora che la smettesse di fare il frignone e che si mettesse sotto a trovare una soluzione, sennò il suo amico, quello a cui affiderebbe la valigetta da un milione di dollari, si sarebbe trovato presto col culo per terra? E chi se ne fregа degli esami! Ha aspettato tutti questi anni può aspettare ancora qualche giorno, no?

«Comunque non è che c'è molto da aggiungere, non so se i tuoi colleghi ti hanno già riferito...»

Una beata fava. Lui non dovrebbe neppure essere lì, ora.

«Sì, certo, però preferisco che tu me lo ripeta...»

Poi si bevve il caffè d'un fiato, come a voler evitare il suo sguardo.

«Va bene, come vuoi... dunque, che ti posso dire... quella mattina, quando sono arrivato davanti alla scuola, non mi sono reso conto subito di quello che stava accadendo, ero soprappensiero.»

A cosa stava pensando? Alla pace nel mondo? Ad un modo per risolvere il problema della fame nei paesi sottosviluppati? All'incontro fra religioni monoteistiche? Alla riscossa delle masse oppresse? Perché non all'affitto da pagare? Perché Ferraro lo immaginava sempre pronto, in prima fila, paladino di mille battaglie umanitarie? Cosa c'era in lui che lo metteva in evidente soggezione? Sembrava quasi che lo ammirasse e, al contempo, non lo sopportasse proprio per l'ammirazione che gli suscitava.

«Sta di fatto che solo all'ultimo momento mi sono reso conto della situazione.»

«Che cosa hai visto?»

«C'erano tre tipi attorno a Russo. Più in là i ragazzi guardavano la situazione ammutoliti.»

«Cosa facevano i tre tipi?»

«Lo stavano prendendo per il culo. Cioè, dovrei dire lo beffeggiavano, si burlavano di lui, lo canzonavano... ma nessuno di questi aulici vocaboli rende esattamente il contesto. Lo pigliavano per il culo davanti agli occhi di tutti. Ecco. Una situazione veramente imbarazzante per lui...»

Non si capiva se lo diceva sfottendo o credendoci. Ferraro guardò la tazzina nelle mani del professore.

«Non lo bevi?»

«No, aspetto, mi piace tiepido.»

Strani gusti. Ha senso bere un caffè tiepido?

«Comunque... poi cosa è successo?»

«Mah, sai... ho pensato che era meglio non considerarli. Li ho guardati un attimo e sono andato oltre. Mi sono avvicinato ai ragazzi ricordando loro che entro dieci minuti dovevano essere in classe.»

«Scusa un attimo. Hai per caso fatto attenzione a cosa dicevano i tre?»

«Ti dico la verità: no. Cioè... in realtà non li volevo ascoltare e poi, in tutta sincerità, avevano una parlata assurda, si capiva la metà di quello che dicevano.»

«Non erano italiani?»

«No, no... italianissimi. Solo che parlavano praticamente in dialetto.»

«Che dialetto?»

«Mah, non sono certo un fine linguista... ti posso dire che era meridionale. Ma non napoletano o pugliese... qualcosa più a Sud.»

«Calabrese?»

«Molto probabilmente.»

Se non ci capiva un cazzo era quasi sicuramente calabrese. Il dialetto più incomprensibile del mondo; dopo il bergamasco, ben inteso.

Rapotti ingurgitò la brodaglia tiepida. Sembrava proprio gli piacesse. Strani gusti.

«E poi?»

«Ecco, appunto... ti stavo dicendo... ero quasi arrivato all'ingresso della scuola quando ho sentito delle urla. Mi giro e vedo una situazione abbastanza confusa.»

«Cioè?»

«Non so... alcuni ragazzi sembrava facessero il tifo, tutti attorno ai tre calabresi e a Russo. Da lì non è che vedevo molto.»

«E allora cosa hai fatto?»

«Sono tornato indietro, mai sia che c'era andato di mezzo uno dei miei ragazzi.»

I miei ragazzi. A questo l'aureola non gliela toglieva proprio nessuno.

«E cosa hai visto?»

«Russo aveva reagito e gli altri tre hanno iniziato a picchiarlo. Ma non so come dire... non sembrava un pestaggio, tipo quello dei film... hai presente i film di Scorsese?»

«Più o meno.»

«Be', non so... lo prendevano a schiaffi, come fosse un bambino capriccioso.»

«E Russo?»

«Ti dirò, sembrava furibondo. Io ero ancora lontano, ma ho visto che ad un certo punto si è avventato addosso a uno di loro, aveva in mano un coltello...»

«O cazzo.»

«Ma scusa, non te l'hanno riferito i tuoi colleghi?»

«Certo, certo... solo che tu lo racconti così bene...»

«Mi prendi in giro?»

2

Entrò una donna di una certa età, probabilmente una collega.

«Rapotti scusa, volevo dirti... oh, scusate, non sapevo che fossi occupato...»

«Non preoccuparti, dimmi.»

«Puoi venire un attimo? C'è la Santi che sta facendo un macello.»

Il professore guardò verso Ferraro.

«Vai, vai, non preoccuparti. Io ti aspetto qui» disse l'ispettore.

«È questione di un attimo» si premurò di specificare la collega.

Rapotti andò. Ferraro si trovò a pensare ai cazzi suoi. Fuori pioveva e l'umidità entrava nelle ossa. Ferraro valutò il suo stato fisico. Tutto nella norma, tranne il ginocchio, a dir la verità, che ogni tanto si faceva sentire. Forse aveva ragione Francesca, doveva andare da un dottore. Si palpò la spalla destra, come a verificare se il suo trigemino fosse ancora lì. Un dolorino appena percettibile gli ricordò che era meglio lasciare il cane dormire.

Dopo un po' riapparve Rapotti.

«Scusami, Michele, c'è questa collega, la Santi, che è proprio una brava persona, ma ogni tanto va fuori di testa...»

Michele. Quanto meno il nome non l'ha sbagliato. Nessuno lo chiama Michele. Cioè: Francesca sì, forse solo lei (no, c'è anche Mario...) Ma i suoi amici? Chi sono i suoi amici? Basta chiamarsi per nome?

Rapotti si sedette.

«Dove eravamo rimasti?»

Ferraro tornò in sé: «Al coltello».

«Giusto, il coltello...»

«Dicevi che si era buttato addosso a uno dei tre calabresi, con un coltello in mano...»

«Tieni conto che tutto è accaduto abbastanza in fretta. Ci sto mettendo più tempo io a raccontartelo che il tempo realmente trascorso.»

«Non preoccuparti, è normale. Tu cerca di dirmi i tuoi ricordi, le tue impressioni, anche se le trovi confuse.»

«Comunque sia: Russo colpisce su un braccio uno dei tre. Ma non mi è sembrato nulla di veramente grave. Di certo quello colpito si è incazzato di brutto. Sembrava dispiaciuto più per il giubbotto tagliato che altro.»

«E cosa ha fatto?»

«Ecco: qui tutto cambia. Hanno iniziato a picchiarlo sul serio. Io ho chiamato i miei ragazzi perché si allontanassero subito.»

«Urlavi?»

«Sì.»

«Ti hanno visto?»

«Chi?»

«I tre calabresi.»

«Non ci avevo mai pensato... sì, è probabile. Anzi: sì, mi hanno visto di sicuro. Ora mi torna in mente... sì, sì, uno mi ha fissato negli occhi. Ma io, in realtà non lo stavo guardando.»

«In che senso? Cosa stavi facendo?»

«Stavo osservando Russo per terra, con la bocca sanguinante. Ho pensato che dovevo chiamare subito la polizia.»

«Come, scusa? Fammi capire... c'erano tre tipi che stavano

dando una ripassatina al tuo incubo quotidiano e tu volevi chiamare le forze dell'ordine?»

«Per chi mi hai preso, scusa? Non era certo quello il tipo di soluzione al problema. Non è che, dato che sono pacifista, voglio vedere morti tutti gli arabi perché ci sono gli uomini bomba, o tutti gli americani perché invadono i paesi arabi. C'è il diritto internazionale, la legge...»

Ferraro sorrise sardonico.

«Be', dai... un pensierino sugli americani ce l'hai fatto... tutti quelli della vostra cricca non è che li amate proprio gli yankee.»

«Ma che discorsi fai, scusa?»

«La menate sempre sugli Stati Uniti e la pena di morte, però vi dimenticate che in Cina ne ammazzano molti di più!»

Rapotti sembrava deluso. Da Ferraro, dalle sue insinuazioni, dal suo essere così banalmente sbirro.

«Ascolta. Se io ho un fratello maggiore che sta sbagliando glielo dico. Anche se per me è stato un mito, che mi ha insegnato ad ascoltare un certo genere di musica, o a leggere certi libri o a vedere certi film, anche se mi vesto con la sua roba, che è sempre alla moda. Ma se fa una cazzata, se, non so, si droga o spaccia, io faccio di tutto perché la smetta. Perché gli voglio bene, giusto? Certo, tu puoi dire: ma quello del palazzo di fronte spaccia il doppio, si droga il doppio. Vero, hai ragione. Ma io devo pur iniziare da qualche parte, no? Da chi se non da mio fratello? Voglio un fratello esemplare, giusto? Altrimenti sai cosa mi vengono a dire? Vieni a rompere le palle qui da noi e non ti preoccupi di quello che fa tuo fratello. Lo capisci?»

Didascalico e didattico, un professore con i controfiocchi, da mandarci Giulia quando sarà più grandicella, sempre se la moglie non l'ha già iscritta dalle Orsoline, chiaro. Ferraro, comunque, si sentiva una merda ambulante.

«Ok, scusa... scusami, Franz...» (come a dire: siamo ancora amici?) «... era una battuta fuori luogo. Torniamo a quella mattina... cosa hai fatto quando ti sei reso conto della situazione?»

«Te l'ho detto, tutto è accaduto troppo in fretta. Non ho fatto in tempo a prendere in mano il cellulare che i tre picchiatori erano già spariti.»

«E tu?»

«E io mi sono avvicinato a Russo, per vedere come stava. Gli ho detto che stavo chiamando un'ambulanza, ma lui non ha voluto. Ho appena fatto in tempo a tirarlo su, che se ne è andato per i fatti suoi; tutto incazzato...»

«E i *tuoi* ragazzi? Erano ancora lì?»

«Non vorrai farli testimoniare, vero? Sono minorenni, non voglio che passino dei guai...»

Erano lì.

«Dai, forza, dimmelo. Cosa hanno fatto?»

Rapotti sorrise quasi vergognoso.

«Ma niente... siamo tornati in classe...»

«Dai, smettila, si vede benissimo che non sei capace di raccontare palle...»

Rapotti alzò gli occhi al cielo. Ora sorrise, senza più pudori.

«E va bene. Te lo dico. Sì, erano lì. Quando sono andato a tirare su Russo hanno applaudito.»

«A chi, a te?»

«Neppure fossi una rock star.»

Veniva da ridere, a tutti e due.

«E poi?»

«E poi... e poi, quando hanno visto andare via Russo con la coda fra le gambe hanno iniziato a fischiare e spernacchiare. Gesù, faceva quasi pena...»

I due ora risero, finalmente liberi dal loro ruolo. Amichevoli.

«Ogni tanto funzionano, allora.»

«Cosa?»

«Le maniere forti.»

«Non sperare che ti dia ragione. Non ci casco!»

3

Blindò Comaschi, che gli raccontò tutto, per filo e per segno. Non se ne usciva. Gli avvocati dei Russo facevano quadrato. Non c'era minuto secondo dei giorni scorsi che non fosse coperto da un alibi.

«E tutti plausibili, capisci? Antonio Russo ricoverato per accertamenti al Policlinico...»

«Cosa c'ha? Un brufolo sull'uccello?»

«Sospetta neoplasia al duodeno.»

«Minchia. E i figli?»

«Pasquale e Marco al capezzale del padre, ininterrottamente. Pensa che mi hanno anche fatto una menata perché la polizia non si muove abbastanza per scoprire gli assassini...»

«Sono stati loro.»

«Sicuro come la morte. Ma non possiamo fare nulla. In giro nessuno apre bocca, quelli della scientifica non hanno trovato nulla che ci possa aiutare. L'unico che ci è andato di mezzo è il tuo Don Leo, gli altri sono liberi come gli uccelli in cielo e i gigli nei campi.»

«L'unico innocente.»

«Non esserne così certo.»

«Che fa De Matteis?»

«Scava sul passato di Grillo. Non ha nient'altro in mano. C'è un casino che neppure immagini. Zeni è sotto pressione dal prefetto, dal governo, da tutti.»

«Cazzo, quando è successo? Venerdì scorso, giusto? Non è passata neppure una settimana, che cosa vogliono, i miracoli?»

«Sì, esattamente. L'opinione pubblica non ha pazienza. Se ne sbatte dei tempi di indagine. Vuole la fine del film al più presto, che poi ha altro da fare. Se riusciamo a sciogliere il nodo di tutto questo casino, metti, fra due anni, non fregherà più niente a nessuno. Saranno presi da altri scandali giornalistici.»

In quel mentre passò De Matteis, altero.

«Che fate voi due qui?»

«Le prove del presepe vivente. Quest'anno tocca al nostro commissariato.»

«Mancano due mesi a Natale.» Fessurò gli occhi, verso Comaschi: «Non è che tu stai spifferando le nostre indagini secretate a Ferraro?»

«E chi le ha secretate?»

«Io, ora!»

Si aggiunse Ferraro: «Non preoccuparti De Matteis, parlavamo dei cazzi nostri». Che poi era vero.

«Bene, allora fatelo fuori dall'orario di lavoro.»

E se ne andò, così gonfio che sembrava stesse esplodendo da un momento all'altro.

«Senti, togliamoci da qui.»

I due si diressero verso la sala riunioni. Comaschi accese la luce ed entrarono.

«Bene, qui non c'è nessuno che possa spaccare la minchia.»

«Cosa stavi dicendo?»

«Boh, non mi ricordo...» Comaschi ci pensò un po'. «No, proprio non me lo ricordo... comunque, sai cosa ti dico?»

«No, ovviamente, mica leggo il pensiero.»

«Ti dico che hai ragione tu, c'è qualcosa che non va in tutta questa storia. De Matteis sembra un rullo compressore, dice che sono un cacadubbi, però...»

«Zeni che dice?»

«Formalmente è d'accordo con De Matteis. Ma so che neppure lui è del tutto convinto.»

«Scusa, perché non lo dice chiaramente?»

«Perché i ragionamenti, le prove e i collegamenti di De Matteis non fanno una piega. Ha in mano una persona che può tamponare l'emorragia.»

«Che cazzo dici, non capisco!»

«Il nome di Leoluca Grillo non è ancora stato dato in pasto ai giornalisti. De Matteis e il magistrato se lo tengono al caldo. Quando la pressione esterna sarà insostenibile tireranno fuori il jolly.»

«Tutto questo potrebbe distruggere Don Leo, lo sai?»

«Certo che lo so. Tanto che gliene frega a De Matteis? Vuoi che non gli danno la promozione sul campo?»

Ferraro si fece pensieroso. O meglio, si mise in posa. Perché in realtà non gli veniva in mente nulla. Non avevano niente in mano. Solo la parola di un vecchio calabrese. In una situazione diversa dalla sua, chi avrebbe, in tutta onestà, dato torto al vicecommissario?

Comaschi prese in mano un pennarello appoggiato alla lavagnetta.

«Che fai?» chiese Ferraro.

«No, è che non ho ancora trovato il tempo di fare un ragionamento.»

«E lo fai con il pennarello in mano? Quando non ce l'hai come fai? Prendi il mattarello?»

«No, mi tocco il pacco. Ha le stesse dimensioni!»

Il sovrintendente iniziò a scrivere qualcosa sulla lavagnetta.

VITO RUSSO ⟶ LEOLUCA JR.

«Cerco sempre di farmi uno schema. Mi aiuta nei ragionamenti.»

«Fai lo stesso quando vai a donne?»

«No, non ce n'è bisogno. Conosco tutta la procedura, ho fatto molta pratica.»

«Certo, da solo, seduto sul cesso...»

Comaschi continuava a scrivere.

VITO RUSSO ⟶ LEOLUCA JR. ⟷ DON LEO

«Quand'ero al liceo mi serviva fare questi schemi.»

«Hai fatto il liceo?»

«Lo scientifico. Sai, credevo di avere una mente analitica. Avevamo un corso sperimentale di informatica. Avrò fatto centinaia di flowchart.»

«E che cazzo sono?»

«Roba che non fa più nessuno.»

«E ti sono serviti?»

«No, ovviamente. La scuola non serve mai a nulla, giusto? Mi è rimasta solo l'abitudine a questi schemini.»

VITO RUSSO ⟶ LEOLUCA JR. ⟷ DON LEO

↕ ↕

PUGLIESI CALABRESI

Comaschi si fermò a contemplare il grafico.

«Hai finito?» chiese Ferraro.

«No, no... ora: facciamo un primo step. Vito Russo fa il coglione davanti alla scuola del piccolo Leoluca. Russo afferisce ai pugliesi, il ragazzino è il nipote di un vecchio boss del clan dei calabresi. Giusto?»

«Giusto.»

«Bene. Cosa succede?»

«Che Don Leo chiede a qualcuno dei suoi ex compagni d'arme di 'punire' Vito Russo.»

Comaschi tracciò una bella freccia diagonale.

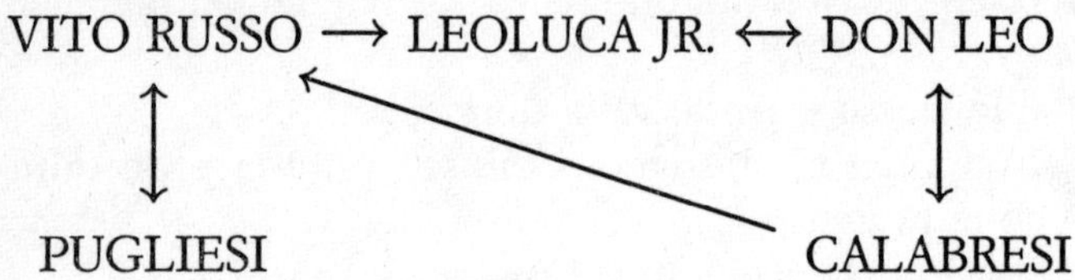

«Bene. Qui le versioni divergono. Don Leo dice che lui ha ordinato solo un pestaggio. Invece qualcuno fa una strage. Fa fuori Vito Russo, insieme a quella povera crista e all'albanese. Per non parlare dei feriti.»

«Non era albanese, era serbo.»

«Con quel nome? Ma i cognomi serbi non finiscono tutti per 'ic'?»

«Sarebbe troppo semplice, no?»

«Bah... comunque... cosa fa il clan dei pugliesi?»

E via con un'altra bella frecciona.

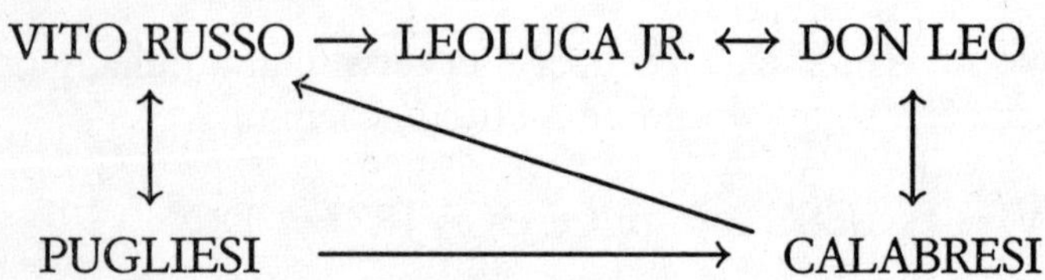

«Fanno fuori Gaetano Falbo. Uomo della 'ndrangheta, pregiudicato, probabile operaio specializzato in omicidi su commissione.» Comaschi si fermò di nuovo ad osservare il suo schemino. «Dov'è la stranezza?»

«Boh.»

«Minchia, Ferraro, mi sei proprio di grande aiuto!»
«Boh, non lo so, dimmelo tu dov'è la stranezza...»
Comaschi stava mangiucchiando, tutto concentrato, il pennarello. Senza accorgersene si era riempito di sbafi verdi tutta la bocca. Ferraro non gli diceva nulla; un po' per non distrarlo, un po' perché era stronzo dentro.
«Te lo dico io dov'è... è che questo schema è asimmetrico.»
«Ti trovo un righello? Così lo disegni meglio...»
«Stai zitto, coglione... Perché i Russo fanno fuori Falbo e non un parente di Don Leo, se non lui stesso?»
Già, perché?
«Non so, forse l'autorità di Don Leo...»
«Ma va', sono tutte cazzate. A te ti ammazzano tuo figlio e tu che fai? Al posto di fare fuori chi credi che sia il mandante fai fuori l'esecutore? La freccia doveva andare da qui a qui.»
Cancellò e pennarellò.

«Capisci? Ora il sistema è in equilibrio. Ma non è andata così... Cosa significa?»
«Che sei ubriaco?»
«Dai, smettila...»
Ferraro decise che era ora di mettersi a fare la persona seria. Nel frattempo Comaschi, cancellino alla mano, ripristinava la situazione precedente. Quella asimmetrica, per intenderci.
«Forse significa che...»
«Dai Ferraro, che ce la fai...»
«Significa che... Antonio Russo ha creduto a Don Leo. Che non l'ha fatto fuori perché sa che non è lui il responsabile della morte del figlio.»
«E che, però, è convinto che il clan dei calabresi, con la scusa di fare un favore a Don Leo, ha voluto regolare un conto.

Se poi ci andava di mezzo il tuo simpatico vecchietto, amen, cazzi suoi.»

«E perché allora non l'hanno ammazzato subito Vito Russo? Lo sai anche tu che la 'punizione' davanti alla scuola è avvenuta veramente.»

«Già. Perché?»

«Poi, come se non bastasse, i Russo non ci sono cascati. Non hanno colpito la famiglia Grillo. No, non funziona...»

«Sai cosa?» Comaschi fissava il tabellone. «La sai una cosa?»

Si bloccò, fissò verso il nulla.

«No, non la so, non so un cazzo. Me la vuoi dire o no? Mi sta venendo una colite a starti dietro!»

Comaschi tolse il cappuccio al pennarello.

«Che forse il sistema non è chiuso; per niente. Altro che equilibrio... il sistema è aperto... chi ha innescato la miccia non fa parte di questi elementi... entra in gioco un nuovo fattore...»

Rimise mano allo schema.

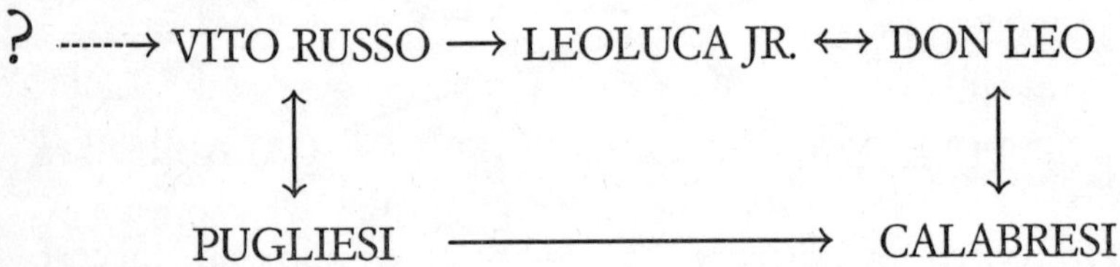

«Capito?»

«Capito cosa? Che sei completamente fuori di testa?»

«Non hai capito? Chi ha ucciso Vito Russo non è uno della 'ndrangheta, macché. È qualcuno che forse voleva far scatenare una guerra fra i caporioni che cercano di spartirsi il territorio, ed hanno usato la storia di Don Leo come una scusa.»

«E perché uccidere allora Falbo?»

«Forse è stato oggettivamente lui a far fuori Vito Russo. Forse ha lavorato per la concorrenza... oppure... oppure è qualcuno che è, in qualche modo, collegato con i calabresi.»

«Cazzo. Questa non è una bella notizia. Già con gli elementi che avevamo non ci cavavamo nulla, ora potrebbe essere stato chiunque.»

«Qualcuno che o è a contatto con i calabresi o addirittura vuole sostituirsi a loro.»

«Chi?»

«Boh. A una prima stima il catalogo è questo: mafia, ma ci credo poco, camorra, ma conosci già i miei dubbi, organizzazioni extracomunitarie: albanesi, slavi, nigeriani, turchi, cinesi...»

«Vaffanculo, tu e i tuoi ragionamenti! Ora ne sappiamo meno di prima.»

«Già. Hai ragione. Ora il problema si allarga all'infinito. Qual è il nome che dobbiamo scrivere al posto di quel punto di domanda?»

4

Sparavano concentratissimi, non sbagliavano un colpo. Nel giro di due minuti c'era sangue dappertutto.

«Buongiorno, ispettore, come sta?»

«Ho avuto giornate migliori... tutti quanti noi, immagino.»

«Eh, lo so, lo so... che le devo dire, siamo nelle mani del Signore.»

«E della Madonna Nera, giusto?»

«Mio suocero è sempre stato molto devoto alla Madonna. Non sorrida... sono cose che danno conforto, in momenti difficili, proprio come quello che stiamo vivendo ora...»

«Ce l'ha un minuto per me?»

«Anche un'ora, non si preoccupi. Venga, mettiamoci comodi.»

«La seguo...»

Poi le cose si fecero più veloci e non ci volle molto che i loro avversari li fulminarono. Prima una ferita al braccio, poi la gamba destra, schizzi di sangue ovunque.

«Lo vuole un caffè?»

«Massì, perché no...»

«Isabella, ce lo fai un caffè?»

«Con piacere. Un minuto e ve lo porto. Giovanni, tu ristretto, giusto? E lei ispettore come lo prende?»

«Espresso, grazie. Anzi, no... un po' lungo.» Bisogno di caffeina.

«Sa, stiamo cercando di mantenere tutti la calma, facciamo finta che non sia successo nulla, ma non è facile.»

«La vita va avanti, giusto?»

«Non è per noi... è per le creature. Non vogliamo che i ragazzi ci vadano di mezzo...»

«Capisco... mi dica la verità, Giovanni, come sta Don Leo?»

«Prega.»

Il primo a rimanerci fu il più giovane (meno esperienza, è chiaro), l'altro resistette ancora una decina di secondi, ma ormai i giochi erano fatti. Una granata lo fece scaraventare in mille brandelli sui muri scrostati della città, una scena orrenda, da vomitare per giorni.

«Prega e basta?»

«Ci vuole pazienza, è quello che continua a dirmi.»

«Non deve essere facile.»

«Ha molta fiducia nell'ispettore Lanza.»

«È stato sospeso dal servizio, lo sapete?»

«Lo sappiamo. È venuto a trovarci.»

Si avvicinò uno dei due terroristi morti.

«Papà, ce li dai altri due gettoni?»

«Ora basta, non mi va che state tutto il tempo davanti a quel gioco cretino!»

«Ma dai, papà, ancora una volta. Abbiamo capito come passare di livello...»

«Uff, va bene. Ma questi sono gli ultimi, poi ve ne andate a fare i compiti, capito?»

«Capiitooo...»

Agguantò i gettoni e corse, allegro, verso nuove stragi.

«Non si riesce mai a dire di no a questi ragazzi... lei ha figli, ispettore?»

«Una bambina.»

«Come si chiama?»

«Giulia.»

«Bel nome.»

«L'ha scelto la madre.» Guardò verso i due ragazzi. «Sono suoi tutti e due?»

«No, solo Giorgino, l'altro è mio nipote, suo cugino... Leoluca...»

«Leoluca?»

«Sì, proprio lui.»

Era un bel ragazzetto, agile, con due occhi così, furbetti. Le labbra pronunciate, carnose; fra qualche anno avrebbe fatto girare la testa a molte delle fanciulle che ora evitava con fastidio, preso com'era dalle stragi virtuali da fare insieme al cugino più grande (ma di un anno, un anno e mezzo al massimo. Amici per la pelle, probabilmente, da patto di sangue, che nessuna ragazza riuscirà mai a sciogliere).

A modo suo era la causa involontaria di tutto il casino che gli ruotava attorno. Era il centro del ciclone, immobile e inconsapevole. Aveva la sfortuna di chiamarsi Leoluca Grillo; di essere cocco di nonno, anche se i nipoti per Don Leo sono tutti uguali, certo (ma vuoi mettere il più piccolo? Quello che si chiama come lui?); di subire il fascino di quel Vito Russo, della sua pistola, che un giorno gliel'ha pure messa in mano e dovevi vedere come pesava, altro che quella dei videogiochi, se ti becca nella pancia ti fa un buco così...

«Loro lo sanno del nonno?»

«No, non ancora. Credono che sia andato fuori Milano per lavoro.»

«Non potrete tenerlo nascosto all'infinito. Qui a Quarto la voce inizierà a girare, io non so come poter controllare...»

«Quando verrà il momento troveremo una soluzione... un problema per volta, ispettore. Già così è abbastanza difficile andare avanti...»

Arrivò Isabella, con i caffè. Li lasciò sul tavolo, senza dire nulla, e scomparve.

«Giovanni, non prendiamoci in giro: chi sta facendo le indagini ha già trovato il suo colpevole!»

«Non è stato mio suocero.»

«Non sto dicendo questo. Io sono dalla vostra parte, cerchi di capirlo. Solo che Lanza è fuori gioco e io ufficialmente non dovrei neppure stare qui, ora. Non sono stato incaricato del caso.»

«Lo so. Ho già conosciuto i suoi colleghi.»

Fece una smorfia di disgusto. Come la metti metti i poliziotti non erano fra le sue frequentazioni più ambite. Con Ferraro comunque si comportava più che educatamente, sembrava quasi affettuoso.

«Mi deve aiutare» insisteva Ferraro, «mi deve dire tutto quello che sa, anche se potrebbe sembrarle compromettente.»

«Ispettore, quello che so ve l'ho già detto.»

Ferraro non ci credeva: «Lo conosceva Gaetano Falbo?»

«Sì, lo conoscevo. Veniva spesso qui al biliardo.»

«E basta?»

«Ispettore, non giochi con me, la prego. Non siamo stati noi. Se vuole le do i nomi dei due ragazzi che hanno picchiato Russo. Bravi ragazzi, gente che sa come si fa un avvertimento. A Falbo non gliel'avremmo mai chiesto, era un assassino, uno pericoloso. Neppure l'avrebbe fatto il favore a mio suocero. Era nu mpillosu figghiu di ndròcchia.»

Il calabrese gli cascò dalle labbra, come se gli fosse sfuggito. Forse stava a significare che si sentiva in intimità con Ferraro e allora poteva usare la sua lingua domestica, o forse si stava innervosendo e non riusciva più a controllarsi.

«Secondo lei perché i Russo l'hanno fatto fuori?»

«E chi gliel'ha detto che sono stati loro?»

«Perché, lei sa chi è stato?»

«Io non so niente... e non lo dico perché faccio l'omertoso... Una cosa la so, però.»

Bevve il caffè, in un sorso. Ferraro fece lo stesso, se ne era dimenticato. Era tiepido. Provò un certo fastidio. Come si fa a bere un caffè tiepido?

5

«La fuma una sigaretta?»

Magari!

«No, grazie.»

«Le dà fastidio?»

«Non si preoccupi.»

Il presidente del Senato Familiare si accese una MS e aspirò, meditabondo.

«Mi distende i nervi. Da quando è iniziata questa storia mi fumo due pacchetti al giorno. Questa roba fa male, malissimo, lo so... però... non so come dirglielo...»

Ferraro friggeva: «Giovanni, sono un ex fumatore, non mi deve spiegare niente. Mi stava dicendo una cosa, prima... non perdiamo tempo...»

Aspirò ancora. La sigaretta si consumava a vista d'occhio.

«Due giorni fa sono riuscito a parlare con Antonio Russo.»

Cazzo!

Altro tiro. La sigaretta era praticamente finita. Fece un'ultima boccata che intaccò anche il filtro. La spense disgustato. Nel frattempo i due terroristi imberbi superavano il terzo livello. Ora erano stati catapultati nel mezzo di Beirut, o Sarajevo, non si capiva bene da quella distanza.

«Diciamo che amici comuni sono riusciti a mandargli un mio messaggio. Ci siamo trovati all'autolavaggio, ha presente?, quello di via Amoretti.»

«È territorio dei Russo.»

«Appunto. Ci siamo spiegati. Mi ha assicurato che alla mia famiglia non succederà nulla. Che si fida di Don Leo e della sua parola.»

«E perché hanno fatto fuori Falbo?»

«Io questo non potevo chiederglielo. Non era nei patti l'argomento, sarei stato maleducato.»

La diplomazia dell'ONU era roba per dilettanti al confronto.

«E poi?»

«E poi basta. E poi sono tornato a casa. Tutto intero.»

Accese d'istinto un'altra sigaretta. Tutta questa storia era troppo grande, anche per lui. Si sentiva sotto pressione, non poteva sbagliare, il suo ruolo glielo impediva.

Comunque sia Ferraro aveva ragione. I pugliesi non ritenevano responsabili i Grillo della morte di Vito Russo. Comunque, in qualche modo, c'entravano i calabresi. Quindi forse Grillo stesso non sapeva più neppure lui a chi rivolgersi per uscire fuori da questa storia.

«E lei che ne pensa?»

«Di cosa?»
«Chi ha ucciso Vito Russo?»
Boccata di sigaretta.
«Falbo.»
«Perché?»
«Vorrei saperlo. Vorrei proprio saperlo.»
«Che dicono i vostri 'amici'?»
«M'u dici? Sunu Nzallanutu!»
«Come?»
Altra boccata.
«Mi scusi, mi scusi...» Altro che familiarità. Era il nervoso che lo faceva parlare in dialetto! «Questo è uno dei problemi che non so risolvere. Nessuno dice nulla. Tutti mi dimostrano la loro solidarietà per quello che è accaduto a Don Leo, ma, sotto sotto, nessuno parla. Sembra che nessuno sappia niente, come se aspettassero ordini superiori, oppure non so... sparagnanu i paroli.»
Era sincero, si vedeva.
«Uhm. E Falbo? Chi l'ha fatto fuori Falbo?»
Megaboccata.
«Sono stati loro.»
«Loro, chi?»
«I pugliesi.» Lo guardò negli occhi: «Ispettore, lo sa anche lei: qui lo dico e qui lo nego. Ma lo sanno tutti che sono stati loro».
«Anche la 'ndrangheta lo sa.»
«Sì, anche loro.»
Sigaretta finita. Cosa doveva chiedergli ancora? Ferraro non ci stava capendo poi molto.
«Mi scusi, Giovanni, ma a Falbo che gliene fregava di fare una strage? Era un killer, non un pazzo. Qualcuno ce l'ha mandato, no? Non può essere che volevano incastrare proprio Don Leo?»
«Nessuno dei calabresi avrebbe potuto ordinarlo. Facevano prima ad ammazzare mio suocero. Sa troppe cose, se parla vanno tutti in carcere.»
«Gesù Cristo, qualcuno l'avrà pur dato questo ordine, no?» Si fermò un attimo a meditare. «Chi sta 'vicino' ai calabresi?»

«Qui da noi? A Quarto?»
«Sì.»
«I turchi. E i nigeriani.»
«E con i pugliesi?»
«Gli slavi e gli albanesi. Ma nessuno di questi avrebbe potuto farlo. Non credo che siano capaci di tanto. Se lo vede un negro che dà un ordine a uno come Falbo? Questa è gente che lavora con le cosche, o per loro, ma non hanno abbastanza potere da fare una guerra su questo territorio a chi lo controlla da anni.»

Gli stragisti superarono un altro livello. Che città era questa? Da lì non si vedeva. Era la prima volta che ci entravano. Conoscere il territorio è fondamentale. Sennò ti fanno fuori come un pivello.

6

«Dobbiamo aspettare, ispettore, aspettare e pregare.»
«Ma aspettare cosa, scusi?»
«L'ispettore Lanza.»

A Ferraro stavano girando le palle come le eliche del volo di linea Milano-Crotone.

«Ma, insomma, lo volete capire che Lanza è fuori gioco? È stato sospeso. Non mi stupirebbe che gli hanno pure messo un uomo alle calcagna, se fa un passo falso lo incastrano definitivamente!»

«Don Leo ha detto di aspettare e noi aspettiamo.»

«La sa una cosa? Lo sa cosa mi ha detto suo suocero?» Si stava infervorando. «Mi ha detto che lui è pronto a restare in carcere tutta la vita per Lanza. Lo capisce? Magari vi sta dicendo di non fare nulla perché non vuole che si faccia qualcosa. Preferisce restare in carcere, se ne rende conto?»

«Se questa è la sua scelta io la rispetto.»

«Ma cazzo!» Si alzò in piedi, furibondo. «Ma dove minchia credete di stare, in un film? Voi e queste cazzo di pose da teatranti! Ma cosa volete dire, si può sapere? Mi state facendo diventare matto! »

Si girarono tutti a guardare l'ispettore. I due pivelli furono immediatamente massacrati. Giovanni rimase seduto. Prese in mano il pacchetto, poi però lo scostò subito. Forse si era reso conto che stava fumando a getto continuo. Di questo passo arrivava a tre pacchetti nel giro di mezza giornata.

Si girò verso i due ragazzini: « Quodrari. Fori, subbito! »

« Ma papà... »

« Ho detto fuori di qua! Nu vogghiu mi sentu rijatari. »

I due ragazzi uscirono dal locale, mesti. Ferraro si rese conto di avere esagerato. Quell'uomo cercava di tenere nascosto ai ragazzi la verità e lui, come se niente fosse, la stava spiattellando ai quattro venti.

« Mi scusi, Giovanni. »

Si risedette, colpevole.

« Lo sa, ispettore? Isabella l'ha cresimata Lanza. »

Il calabrese sembrava in vena di confessioni.

« Cosa? »

« Sì, ha capito bene. Il padrino della cresima di mia moglie è stato l'ispettore Lanza. »

Ferraro sembrò stupito.

« Lanza e Don Leo si conoscono da così tanto tempo? »

« Già. Da tutta una vita, potremmo dire, no? »

« Come si sono conosciuti? »

« Ecco. Pensavo lo sapesse già. Lanza ha parlato molto bene di lei. Come di un amico... » Cambiò di tono, si fece più duro. « Si ricordi che se non fosse per lui, io ora neppure starei a parlarci con lei... »

« Cosa devo fare? La devo ringraziare? »

« Non ci scherzi. Se Don Leo ha deciso di restare in carcere per fare un piacere a Lanza, bisogna rispettare la sua volontà. D'altra parte un favore glielo deve, da più di trent'anni. »

« Quale favore? »

Giovanni guardò il pacchetto. Stava crollando psichicamente. Voleva fumare, ma non era il momento. Prese il pacchetto e lo mise in tasca.

«Gliel'ha raccontata la storia della rapina a lei, l'ispettore Lanza?»

«Sì, sì... della sparatoria e di Don Leo che è rimasto vivo per miracolo.»

«Per intercessione della Madonna nera di Seminara. E per l'intervento tempestivo di un giovane poliziotto della volante, che prima che arrivasse l'ambulanza ha tamponato le ferite di Don Leo e gli ha praticato un massaggio cardiaco. In pratica gli ha salvato la vita. Era morto. I medici poi gliel'hanno spiegato all'ospedale... Da quel giorno Don Leo sa che la sua vita doveva finire lì, sul selciato di quella strada, davanti alla banca. Ma non è morto. Perché la Madonna di Seminara gli ha mandato un angelo a salvarlo. Un angelo che si chiama Augusto Lanza. Per Don Leo, da quel giorno, la sua vita gli appartiene.»

Se uno studente di Brera avesse fatto, in quel momento, un ritratto a Ferraro, l'avrebbe sicuramente intitolato *L'ebete dalla bocca spalancata.*

7

Eccolo, di nuovo in mezzo alle sudate carte. La tabella di marcia prevedeva il venerdì pomeriggio in commissariato. Si stava abituando alla mezza giornata, ai casi di quart'ordine. Perché mettersi a fare l'eroe in servizio quando puoi farlo fuori dagli orari di lavoro, illegalmente, rischiando la carriera e perdendo tempo prezioso per gli esami, non ostante i soldi spesi per iscriversi nuovamente all'università?

Passò Fusco, con un paio di cartellette in mano.

«Queste sono per te Ferraro, dacci un'occhiata, io stacco.»

«Finito il turno?»

«Sono qui da ieri sera, non ce la faccio più.»

«Vai a farti una bella dormita?»

«Un paio d'ore al massimo... stasera esco.»

Cinesino, cinemino, localino, scopatina. Ha vent'anni, d'altronde.

«Esci con il tuo tipo?»

Fece un bel sorriso, innamorato.

«Sì, esco con Gustavo.»

«Gustavo? Ma che razza di nome è? C'è ancora qualcuno che si chiama così?»

«È il nome di suo zio, che gli ha fatto da padrino, lui un po' se ne vergogna. Ma non è poi così brutto, dai!»

«Me lo vedo a scuola: Gustavo la mela, Gustavo la pizza... il problema è che non c'è diminutivo... come lo chiami? Gusto?»

«Ma che cretino che sei.»

«Cos'è, un collega?»

«No!» Lo disse perentoria. «Già mi basta vedere poliziotti tutto il giorno, non ho voglia di vederli anche nel mio letto.» Giusto, non fa una piega.

«Allora che fa?»

«Lavora da un elettrauto... che poi è... suo zio...»

«Non ci credo.»

Arrossì un po'.

«Sì.»

«Cosa c'è scritto fuori, sull'insegna? Gustavo Gustavo?»

«Scemo.»

Gli diede una spintarella sulla spalla destra, nulla di che. Ma Ferraro non se l'aspettava e piegò la gamba, sotto la scrivania, in modo imprevisto. Il ginocchio si risvegliò. L'ispettore fece una piccola smorfia.

«Che c'è? Ti ho appena toccato!»

«È il ginocchio, mi fa male...»

«Cos'è, l'artrosi?»

«Ehi, ma che pensi, che ho cento anni? Ho preso una storta e mi fa male, tutto qui.»

«Come sei suscettibile. Lo so che ti fa male, è una settimana che zoppichi. Ma almeno te lo sei fatto vedere?»

Da uno qualsiasi, un dottore, un omeopata, un pranoterapeuta, un santone filippino, uno sciamano pellerossa, un guru indù. Niente. Ferraro aspettava che tutto passasse, ma non passava. C'era da credere che lo facesse apposta, che non fosse solo colpa della sua accidia congenita. Forse era un modo assurdo di ricordarsi continuamente di sua moglie, chi lo sa.

«Vai dal tuo Gustavo, che è meglio...»

«Se hai bisogno per la macchina dimmelo, che ti fa lo sconto...»

«Sconto sbirri?»

«Sconto amici. Se tutto va come deve andare, lo zio gli lascia l'attività e allora vi saluto.»

«Ti metti a fare l'elettrauto?»

«Perché no? Fare il poliziotto è un lavoro da maschi!»

«Ah, perché fare l'elettrauto è da fanciulle in fiore.»

«Ma no, nel senso che in polizia mi sa che la carriera me la scordo.»

Fusco era brava. Nel giro di due settimane, però, era passata dall'entusiasmo al disincanto. Ci vuole pazienza in questo mestiere. E pensare che la carriera sarebbe riuscita pure a farla, in polizia, non ostante il maschilismo del corpo. Sempre se non si beccava una bella pallottola in fronte, fra qualche anno, magari da uno di quei ragazzini che ora si esercitavano a Beirut o a Sarajevo, o in quell'altra città virtuale che Ferraro non aveva capito quale fosse, dalla sua posizione non si vedeva bene. Come diceva Comaschi? Chi ce lo fa fare?

«Vai, vai. Che qui stai solo perdendo tempo. Vai da Gustavo.»

«Ciao Ferraro» gli porse le cartellette, «non ti sbattere troppo, non ne vale la pena. E vedi di uscire ogni tanto anche tu, hai una faccia, da un paio di settimane, che fa paura...»

Uscì dalla stanza. Forse c'era ancora una speranza per lei. Per Ferraro molto meno. Forse i giochi erano già fatti, da tempo. Tutti sapevano che stava bluffando; era lui l'unico che ancora non se ne era reso conto.

8

Tornò a casa. Voleva farsi una doccia, puzzava come una capra.

Non era tardi. C'era il tempo anche per andare al Super ed organizzare una spesa volante. Sulla cena era ancora in alto mare. Prima la doccia, però. Dopo, spingendo il carrello, si sarebbe fatto venire in mente un minimo di menu plausibile.

Entrò in casa. Lasciò le chiavi al solito posto, sulla mensola in cucina. Poi decise di gigioneggiare un po' al telefono, con la figlia.

«Ciao cucciolotta, cosa fai?»

«Sto facendo i compiti.»

Ha appena iniziato la scuola e già le danno i compiti da fare. Ma cos'è, un istituto di correzione nazista?

«E ti diverti?»

«No.»

Giustamente.

«Ma no, dai... se ti metti di buzzo buono» (lo saprà cosa vuol dire 'buzzo buono'?) «vedrai che alla fine ti divertirai.»

Certo, come no. Divertente come infilare le dita nella presa della corrente elettrica.

«Non ci credo. Io mi sto annoiando. E poi sono sempre qui seduta a scrivere... è brutto... non ho più tempo per giocare con le mie amiche.»

Aveva appena iniziato a vivere e già le mancava il tempo libero.

«Ma cosa stai facendo adesso?»

«Devo distinguere un gruppo di mele da uno di banane e poi vedere se c'entrano con uno di sassi.»

Oddio, l'insiemistica, non ci aveva mai capito una fava.

«E c'entrano?»

«Ma no, papà, scusa! Cosa c'entrano i sassi con le banane?»

«C'entrano come i cavoli a merenda.»

«Che cosa? Perché, tu mangi i cavoli a merenda?»

La domanda della figlia gli ricordò Lanza. A pensarci bene forse quella del suo collega era una intelligenza così: pura, infantile, non corrotta dal mondo.

«Be', dipende... quanti sassi sono?»

«Sette.»

«E le banane?»

«Aspetta... uno, due... otto!»

«Ah. E le mele?»

«Uff... perché non vieni qui e li fai insieme a me i compiti?»

Sapesse quanto gli sarebbe piaciuto. Tornare a casa, lavarsi le mani, la faccia, fare i compiti insieme alla figlia, dopo cena giocare un po', sul divano... e poi: tutti a nanna, forza! Lavarsi i denti e mettersi il pigiamino, che domani si va a scuola!

«Allora, quante sono?»

«Sette.»

«Ah, ecco.»

«Ecco cosa?»

«Pensaci. Poi quando lo risolvi mi chiami e mi dici la risposta.»

«Ma così non vale, uffa!»

Andarono avanti un'altra decina di minuti, parlando del nulla. Scambiando affetti, ridendo. Poi dovette lasciarla, Francesca la chiamava dall'altra stanza, era ora di farsi il bagnetto.

Ora toccava a lui. Si spogliò, con calma. Aprì il rubinetto della doccia. L'acqua raggiunse la temperatura ideale. Finalmente. I capelli bagnati e schiumati gli si stirarono sulla faccia. Non ha neppure sette anni e non ha più tempo libero. Cosa gli ricordava? Passò ancora la testa sotto la pioggia calda. Gli apparve in mente Comaschi: «Credi che non lo so che muori dalla voglia di saperlo?»

9

Era uno di quei pomeriggi cazzuti, hai presente? Uno di quelli dove non hai niente da fare, che te ne stai tu e i tuoi amici a cazzeggiare sotto il portico. No, niente che abbia rilevanza storica, uno di quei portici da geometra brianzolo, con sotto i negozietti: il farmacista, il panettiere, l'edicola, il bar... Eravamo, quanti eravamo? Quattro, cinque? Stavano lì a lamentarci che non avevamo tempo per un cazzo, perché quegli stronzi dei professori ci riempivano di compiti. Mai fatti, mai studiati, sempre copiati la mattina presto, prima che arrivava il prof. C'era un secchione, sai di quelli spilungoni con gli occhialoni che sembrano dei fondi di bottiglia? Sì, proprio come nei film di Pierino, uguale uguale. Un bravo ragazzo, che faceva sempre i compiti, poi c'era la fila per copiarli, peggio degli amanuensi medievali. E pensare che lo trattavamo a pesci in faccia, gli facevamo sempre degli scherzi assurdi... una volta gli abbiamo messo un pornazzo dentro un libro. Che sarà mai? Tu puoi dirmi... Altro che! Lascia perdere... il padre era uno tutto timorato di Dio, sempre in chiesa, la madre una beghina. Se lo beccavano come minimo lo lasciavano nudo sul balcone, solo col saio, a pentirsi dei suoi peccati. In realtà non è mai successo, e lui non ha mai fatto storie. Secondo me è diventato cieco a furia di pippe, l'avrà consumata quella rivista...

Comunque, cosa stavo dicendo? Che eravamo in quattro, a ballare l'hully gully. Va bene, va bene, faccio la persona seria. Eravamo lì. C'era tutto il tempo del mondo e noi non lo sapevamo. Ti ricordi quegli anni? Ti ricordi che aspettavamo il nuovo disco del cantante rock preferito e non usciva mai? Ti ricordi che se usciva dopo un anno sembrava una eternità? Te lo ricordi? Non finiva mai quell'anno, mai. Oggi se passano tre, quattro anni dall'ultimo disco di *chennesò* diciamo: diggià? Sono già passati quattro anni? Sai perché il tempo non finiva mai? Perché non facevamo una beata fava, un bel cazzo di niente, ecco la verità. Altro che impegnati dalla scuola. Un bel cazzo. Averlo saputo. Oggi non trovo il tempo neppure per scaccolarmi. La verità è che il tempo non passava mai perché facevamo sempre le stesse cose, in quel cazzo di paesino. Uno di quelli che puoi trovare ovunque da Torino a Udine, hai presente? Uno di quelli che finiscono per ATE o che stanno sopra un fiume o un canale, tipo: San Puzzone sull'Orina, o Legnate sul Fango, uno così, senza passato, senza futuro, senza centro storico, senza periferia. Un'unica distesa di casette anonime, geometresche, italiche, semiabusive, con la veranda, il giardinetto, la tavernetta. La brutt'Italia imperante, maggioritaria, di governo. Hai capito, no? I miei avevano una casa così. Pensa che mia madre ancora tiene la mia cameretta così come l'ho lasciata, ma ti rendi conto? Sono venuto a vivere a Milano quindici anni fa e lei ancora crede che sono il suo bambino. La mamma italiana è un mostro, iperprotettivo, fagocitante...

Comunque: eravamo lì a farci un cannone, di quelli tosti, carico carico. La roba la procurava sempre Max, conosceva uno, vicino casa sua, che la portava dalla Svizzera. È più buona, non è tagliata con la merda. Eravamo lì belli belli a fumarci il cannone in santa pace. Sai com'è in paese. C'è quello che poi diventa falegname, l'altro che ora fa l'avvocato, io, chi lo sapeva che andavo a finire in polizia? E Piero, che ora fa il regista in RAI, a Roma. Il paese è così, si cresce tutti insieme, non è come qui, non è che c'è il quartiere degli sfigati e quello dei miliardari, al bar il caffè lo prendevano il sindaco e l'imbianchino, insieme. Ora che ci penso uno poi è diventato un tossico. Uno su quattro, una bella media, no? Cioè: non è che una canna ti fa diventare un tossico, giusto? Uno su quattro, non quattro su quattro. Anzi, io mi ammazzavo di fumo, dalla mattina alla sera. Dovevi vedermi, facevo paura. Mia madre chissà cosa pensava: povero figlio, è innamorato, sempre con la testa fra le nuvole. Macché, erano le canne. E ora sono uno sbirro. Ogni tanto mi faccio uno svuotino, per non perdere l'abitudine, ma non sono un tossico. Niente merda nelle vene, mai.

C'era un sole pallido, malato. È un modo di dire, lo so, un po' letterario, da romanzo esistenzialista. Ma era così, un sole freddo. Tieni conto che l'edificio con il portico stava di fronte ad un parcheggio. Niente piazza, niente sagrato o robe del genere. La statale taglia in due il paese, ci passa di tutto, camion, macchine di pendolari, gli abitanti del posto, motociclette, un traffico assurdo, un muro di carrozzerie, pneumatici, ogni tanto un trattore che forma una fila interminabile, chilometrica, poi gira per una stradina e tutti rombano felici. Il parcheggio a sua volta dava su una strada, lo stradone lo chiamavamo, che poi imboccava la statale. Che imbocca, ancora adesso, non è che ora c'è un sottopassaggio, un ponte o che ne so. Ancora adesso, quando vado dai miei, qualche fine settimana, mi faccio di quelle code che mi passa la voglia. Noi stavamo lì, i ragazzi del muretto, i randagi di paese, i cannaioli di provincia, gli adolescenti brufolosi, i segaioli impenitenti, i rivoluzionari imberbi.

Com'è, come non è, passa mio fratello. Sì, lo so, non te l'ho mai detto. Io ero più piccolo, di tre anni. Quindi, fammi fare due conti, se io ne avevo sedici lui era già maggiorenne. Aveva una moto da fare paura. Sai cos'è l'invidia del pene? Hai presente? Io che me ne andavo in giro con un Ciao sfigato, e lui con l'enduro. Ecco cos'è l'invidia del pene. Poi lui scopava, io no. Almeno lui mi diceva che scopava, che andava a fighe con gli amici, non mi ha mai portato, a quell'età tre anni sono un abisso, non è come adesso che non ci trovi differenza. Il tempo è dilatato, tre anni sono tre anni, mica cazzi. Comunque si era tirato un culo così per comprarsi la moto, aveva passato l'estate a raccogliere le mele, o era l'autunno? Quand'è che si raccolgono le mele, non me lo ricordo... Era andato in uno di quei paesi del Sudtirolo, quelli che si chiamano tutti «sulla strada del vino», ma in tedesco però. Oddio, magari era lì a raccogliere l'uva, non le mele. Allora era autunno, giusto?

Passa e mi vede, buttato sul marciapiede a ridere come un coglione. Sai quando ti viene e non sai più trattenerti, hai presente? E ridi, ridi, ogni cosa ti fa ridere. Vedi passare uno e gli ridi in faccia, leggi un necrologio e ridi come uno scemo, uno dice che gli scappa da cagare e ti scompisci. Valerio arriva, sì, Valerio Comaschi, e mi chiede di fare un tiro. Un tiro? Di cosa? Non sto fumando niente! Insomma aveva tre anni più di me, mica era un coglione. Ha iniziato tre anni prima a fumarsi la mariagiovanna, sono uno sbarbatello per lui. Mi prende la mano, e fuma. Ma serio, come se dovesse valutarne la composizione chimica. C'è gente che fuma così, senza allegria. Sono quelli che mangiano per nutrirsi, non per il piacere della tavola. Insomma non sto a fartela lunga. Ad un certo punto dice: io vado. No, aspetta Valerio, me lo fai fare un giro? Ma ti pare che me lo faceva fare? A me, al fratellino minorenne? Fumato come un paguro? Vattene a casa che non stai in piedi, mi dice. Dai un giro, un giretto, faccio due penne e te la ridò. Impennati questa minchia, sai quanto costa questa moto? Arriviamo ad un compromesso (mi voleva bene, era il mio fratellone). Guida lui, io gli sto dietro, stonato come un boxeur. Facciamo un giro. Tutto lo stradone a manetta, avanti e indietro. Mi tengo stretto, magari ci scappa pure l'impennata, mio fratello è un gallo in queste cose, faceva trial, hai presente? Che guardi? Hai già capito? Aspetta, che adesso arriva il bello.

Dice: va bene, avanti e indietro sullo stradone. E io: andiamo anche sulla statale? La incrociamo e torniamo. E lui: no, scordatelo. O questo o niente. Occhèi, ci sto. Ci sono stato. Meglio che niente. E lui: mettiti questo. Mi dà il suo casco. Che palle il casco. Dovevi vedermi, avevo i capelli lunghi fino qui. Sì, ti giuro, sembravo un rasta venuto male. No, il casco no! Mettiti il casco e non rompere i coglioni. Lo metto. Mi ha dato il suo casco. Io ce l'ho, lui no. Perché ce l'avevo io il suo casco. Il suo. Io non l'avevo mai avuto, vai in giro senza col cinquantino, non ti serve, il casco non serve ad un cazzo, io sono immortale, ma ora ce l'avevo, il suo. Il suo casco. Lui no. Hai capito, giusto? Hai capito? Partiamo. A manetta. Da paura. Una figata pazzesca. Non c'è nessuno, lo stradone è vuoto, nessuno. Sgomma, inversione a U. Faceva trial, mica merda. Vedo i portici avvicinarsi, i miei amici saltare, fare il tifo, come fossimo a Monza. Adesso lo fa, adesso lo fa, si impenna, si impenna, lo so, lo so. Me lo dice: attento! Siamo su una ruota, in due. Ti giuro, è durato un cazzo di niente, ma è stato pazzesco. Avevo il cuore in gola. Bellissimo. Torna giù, sull'altra ruota, siamo a metà dello stradone. È fatta, mio fratello ha i riflessi pronti, ha fatto un tirello del cazzo alla canna, era quasi finita, solo tabacco, è un tipo tosto.

Poi esce fuori quel cazzo di cane. O era un bambino? O era un uomo, una macchina, un tir, un'astronave? Che cazzo era? Non me lo ricordo più. Voliamo. Giuro, VOLIAMO. Ma io avevo il casco, quello di Valerio. Lui no. Hai capito?

Ogni tanto torno dai miei, qualche fine settimana. Gli do da mangiare, lo lavo, lo cambio, gli parlo. Lui ascolta. Almeno credo. Io avevo il casco. Il suo. Lui no.

XII

SORVEGLIARE E PUNIRE

1

Tempo di allacciarsi le scarpe ed era pronto per svolgere il suo compito di cacciatore-raccoglitore al supermercato sotto casa. Ma gli suonarono alla porta. Era Mimmo.

«Sei pronto?»

«Per cosa, scusa?»

«Seguimi, andiamo a prendere un aperitivo.»

«Ma non posso, devo fare la spesa.»

«La fai domani, voglio compagnia.»

«Non ho niente in frigo, se non faccio la spesa stasera salto il pasto.»

«Non preoccuparti, ti porto in un posto dove mangerai come un maiale.»

Il tono non ammetteva repliche. Era come se Mimmo avesse assoluto bisogno di vederlo, di parlargli di qualcosa, forse. Alla fine Ferraro non obbiettò, aveva anche lui voglia di stare con qualcuno, con un amico, uno di quelli a cui dare la valigetta, per capirci. Il ricordo riaffiorato di Comaschi e di suo fratello l'aveva intristito un po'; la solitudine serale lo spaventava.

Scesi in strada, Mimmo si avvicinò alla macchina.

«Forza, sali.»

«Dove mi porti? È lontano?»

«Non preoccuparti, non te ne pentirai.»

In macchina non disse nulla. Sembrava quasi ci fosse imbarazzo, o tensione, qualcosa del genere. Superato il Ponte Palizzi Ferraro iniziò a chiedersi cosa cavolo stessero facendo veramente. Era l'aperitivo la loro meta?

«Dove stiamo andando?»

«Te l'ho detto, a prendere un aperitivo.»

«E dove cazzo è 'sto posto? A casa di Gesù Bambino?»

Mimmo neppure rispose. Dopo piazzale Accursio prese la circonvallazione, verso Lotto. Bruciò anche un paio di semafori.

«Scusa se insisto, ma non potevamo prenderci l'aperitivo sotto casa?»

«Te l'ho detto, non devi preoccuparti, è un locale nuovo, molto alla moda.»

«E da quando ti interessano i locali alla moda?»

«Non sono mica un bifolco come te, Chiodo. Io mi tengo aggiornato sulle mode, le tendenze...»

«Mi prendi per il culo?»

«Certo, ovvio. Con te mi riesce sempre benissimo...»

In via Brunelleschi scavalcarono i Navigli ed entrarono a San Cristoforo. Ora Mimmo si fece più circospetto. Non si capiva se stava cercando un parcheggio o qualcos'altro.

«Siamo arrivati?»

«Un attimo, dovrebbe essere da queste parti.»

«Ma non ci sei mai stato?»

«No, per chi mi hai preso? Mica ci vado in questi locali da stronzi!»

«E ci vuoi portare me? Ma sei scemo?»

«Con te è diverso, almeno mi diverto un po'.»

Boh, era inutile cercare di capire, bisognava prenderlo così com'era.

Mimmo parcheggiò, in una via qualunque da quelle parti. Scesero, girato l'angolo furono sul Naviglio Grande, verso Ripa di Porta Ticinese.

Era venerdì pomeriggio, sul tardi; tutta una congerie di attoruncoli fuori corso, impiegati artistoidi, nullafacenti modaioli, operai del world-wide-web, pubblicitari stolti, sciurette in pectore, bancari trasgressivi, sciamava verso il dorato mondo dell'happy hour, dell'hora feliz, del magnaebbevi. Quello era il luogo, quello il giorno, quella l'ora. Davanti ad un localuccio di neppure una vetrina su strada, un'assemblea di fedeli, una vera e propria ecclesia di accoliti, assiepava il marciapiede. Tutti in piedi, in alta uniforme, tutti officianti il rito collettivo dell'autocertificazione della propria esistenza nell'urbe. Tutti seguaci fedeli della religione dell'apparenza; disciplina spirituale fra le più ardue, che prevede stati di misticismo autentico.

Dentro di te devi riuscire, con pratica indomita, ad ottenere il vuoto assoluto. E poi fare di tutto per evitare di riempirlo di alcunché che non sia vacuo, fatuo, idiota.

2

Una volta si trattava di una ciotolina di arachidi salate, qualche patatina, al massimo due o tre cetriolini sott'aceto. Nulla di più, servivano a stimolare le ghiandole gustative, ad invogliarle a berci sopra qualcosa di dolceamaro, un bitter, un vermouth. Poi si andava a casa, dalla mogliettina fedele, che ti aveva preparato una cena succulenta, con le sue sante mani di casalinga piena di gratitudine nei confronti del maschio di casa. Si chiamava aperitivo non a caso. Apriva al desco familiare. Oppure tamponava la serata a teatro, prima della cena al Biffi.

Era cosa assai grezza, da veri barboni, spazzolare le ciotole del bancone del bar. Mica si era lì per mangiare, mai sia. Si stava alla barra, o seduti al tavolino, per il piacevole chiacchiericcio pomeridiano, dopo l'onesto e proficuo lavoro.

È vero, in certi bar di periferia si andava, e si va ancora, giù di bianchini. Ma quelli sono gli eredi delle mescite, dei trani, dove si beveva sino allo sfinimento, dopo il cantiere o la fabbrica, giusto il tempo di perdere un po' di soldi alle carte e tornare a casa incazzati il necessario per pestare con gusto la moglie. Ma in centro, sotto la Galleria, nessuno mai avrebbe osato deglutire, oltre una certa grammatura, cibo solido.

Tempo addietro la cricca di Mimmo, quando ancora il loro capo non aveva conosciuto le gioie del soggiorno al Beccaria, si ritrovò in un barettino sotto la metropolitana di Cordusio. C'erano tutti: *'O Animalo*, *Lo Zoppo*, *Manidiporco*, *Chiodo*.

Il gestore del bar aveva agghindato per bene il bancone con una serie di eleganti vassoietti di tartine e ciotole colme di carnose olive verdi. I quattro entrarono perché volevano bersi un bicchiere di qualcosa. Quando si resero conto che tutta quella roba non era lì per ornamento, ma che si poteva sgranocchiare aggratis, decisero di trasformare il bancone nel deserto dei Tartari. Fu una strage. Mangiarono tutto, affamati, come se facessero provviste per il futuro, peggio dei cammelli in un'oasi. Era una fame atavica, popolare, che veniva dal profondo dei loro geni terroni, contadini, anemici, pellagrosi. Era un continuo mangiamangia, fottifotti, èttuttogratis, primacheseneaccorgano...

Il barista li guardava con disgusto. A pensarci oggi, Ferraro ancora sprofonda. Meno male che non c'era Francesca. Se avesse assistito a tutto ciò non gli avrebbe più rivolto la parola. Ma lui si divertì come un matto, diciamoci la verità. Uscirono dal locale felici, convinti di avere inculato il mondo. Con il costo di quattro spume mangiarono immondizia per quattrocento. Ovviamente morivano di sete, ma sopra, in piazza, c'era la fontanella.

È probabile che da quel giorno qualcosa sia cambiato a Milano. È probabile che il gestore si sia fatto due conti in tasca e abbia deciso di cambiare strategia verso la clientela; che era ora di dare da mangiare gratis gli scarti della giornata (quelli che sarebbero stati buttati nella spazzatura la sera stessa) e fare pagare il doppio l'abbeveraggio.

Sarebbe bello pensarlo. Sarebbe bello immaginare che per colpa di quel gruppo di tamarri di periferia fosse scaturito il rito più modaiolo di tutta la Milano, dalla fine degli anni Ottanta in poi. Ma non è così, ovviamente.

È successo, più semplicemente, che gli operai, quelli che ancora una fabbrica ce l'avevano, o i cassaintegrati, vedete un po' voi, continuarono ad andare giù di bianchini e a pestare la moglie (per certi ceti gli stili di vita mutano lentamente). Ma per gli altri, per i figli dei piccoli borghesi, per gli studenti universitari, per la X-generation, per la Milano della moda, per il terziario avanzato, per l'universo impiegatizio, non c'erano più casalinghe imbigodinate a casa pronte all'adorazione del maschio dominante. Non c'era neppure il tempo di tornare a casa. Tutto si era fatto veloce, velocissimo. Tutto era da fare in fretta: ufficio, computer, panino, aula, negozio, shopping, cinema, discoteca, piste di coca, exstasy. Cucinare? Roba da matusa. Meglio una bella sfilata improvvisata in un localino che, con una bibita abbondante (meglio se alcolica), ti rifornisce anche paccottaglia iridescente commestibile. L'ora felice dove si gioca al «ma guarda chi c'è!», «l'hai riconosciuto?», «ma sai chi ho visto?», «in tivù sembra più grasso!»

Tutti a far bella mostra di sé, convinti di essere nel locale più esclusivo (talmente esclusivo che ci vanno tutti, cani e porci), come se questo donasse loro la certezza di una ragionevole pensione di anzianità negli anni a venire, se non addirittura, per vicinanza con gli Dei televisivi, l'immortalità.

Ma, come si sa, evitare di mangiare non si può, è inutile provarci. Il corpo esiste e vuole energia chimica da trasformare in movimento, calore, pensiero. A questo punto è meglio farlo in fretta, in piedi, come se fosse un caso, un obbligo, fra un gossip e l'altro.

I banconi così si imbandirono a festa: si aggiunsero tavoli, mensole, carrelli; colmi, fino a straripare, di tartine, panini, salumi, formaggi, sushi, tacos, wan ton fritti, ravioli al vapore, frutti di mare, spaghetti al ragù, spiedini di carne, involtini di pesce; tutti bellissimi, coloratissimi, abbondanti, tutti identicamente insapori.

E l'eletta schiera degli esclusivi a sbranare ogni cosa come truzzi quartoggiaresi, per placare lo stomaco ancora inadatto, per atavica costituzione genetica, alle novità virtuali del millennio nascente.

Così andò, così è.

Il paradosso è che Francesca aveva fatto di tutto per migliorare i modi inurbani del marito, riuscendoci a tal punto che ora Ferraro si ritrovava a provare perfino vergogna a mangiare tutto quel ben di Dio senza pagarlo. Lui che forse (sarebbe bello pensarlo, no?) è stato il vero iniziatore inconsapevole di questa moda pantagruelica. Non andava mai a farsi un aperitivo (ma ha ancora senso chiamarlo così?); viveva con disagio tutta quella grande abbuffata. Inadeguato, come al solito.

3

Un po' spintonando entrarono.

«Che prendi? Un mojito, un bloody mary, un margarita, un negroni?» chiese Mimmo.

«Ma come cazzo parli?»
«Dove sei vissuto finora? In un convento?»
«Una birretta va benissimo.»
«Occhèi, occhèi...» Poi, rivolgendosi alla cassa: «Due birre, grazie».
«Messicane? Alla menta? Doppio malto? Lager? Weiss? Ale?»
«Cristo santo» pensò Ferraro.
Mimmo guardò il cassiere senza dire nulla. Un silenzio eloquente.
«Va bene, ho capito, due chiare alla spina...»
Computò l'ordinazione sulla tastiera della cassa.
«Bravo ragazzo.»
'O Animalo prese lo scontrino e si fece largo fra la marmaglia. Ritornò poco dopo con le birre.
«Riempiti il piatto con quel cazzo che ti pare, io torno subito.»
«Ma dove vai? Mi lasci qui, solo come uno scemo?»
«Sì» e se ne andò.
Ferraro iniziava a provare un certo fastidio per il comportamento dell'amico. In ogni caso gli era venuta fame e decise di riempirsi il piatto di robaccia varia. Uscì dal locale e si mise in un cantone, dentro non si poteva, la calca era soffocante, poco importava che faceva già un freddo becco, fuori c'era gente ovunque, più o meno riscaldata da enormi stufe a gas; iniziò a masticare con moderazione, sorseggiando ogni tanto dal suo bicchiere.

Tutto attorno era il caos. Un va e vieni di pelati con l'orecchino al naso e di gonnelline con ai piedi anfibi militari. Si accorse, nella calca, che Mimmo si era avvicinato ad un tipo, un cameriere probabilmente, almeno così sembrava, guardandogli la bardatura. Confabularono un po'. Poi il cameriere gli indicò una porta sul retro del locale e Mimmo scomparve.

Il cameriere riprese a mettere ordine in giro. Raccoglieva bicchieri abbandonati dappertutto, sui tavoli, e questo sarebbe il meno, ma, ancora peggio, sul marciapiede, sulle fioriere, sui davanzali delle finestre prospicienti. Più metteva ordine e più la massa disseminava ovunque mozziconi, cartacce, tartine, bottiglie.

Un gruppetto della miglior risma rideva a sproposito, felici di esistere. Nello stesso preciso istante stavano morendo di stenti decine di persone nel Bangladesh.

La risata più squillante era di una ragazza, non più di venticinque anni, bella soprattutto della convinzione di esserlo. Dalla sua posizione Ferraro sentiva il cinguettare della fanciulla con i suoi amici: un'altra ragazza, bionda, e due baldi giovini ingiacchettati come Cristo comanda. Il cameriere si avvicinò per ripulire la mondezza prodotta dal quartetto. Alla fighetta venne un improprio senso di colpa.

«Lavoro di merda, vero?» disse rivolta al cameriere.

«Come?» Faceva lo gnorri, giustamente.

«No, dico: lavoro di merda...»

«Ma no, perché?»

«Be', dai, noi stiamo qui a ridere e tu raccogli la spazzatura.»

Forse voleva essere solidale. Era soltanto inopportuna.

«Qualcuno dovrà pur farlo, giusto?»

«Sì, vabbe', tu dici così, però non è giusto... insomma, la gente ti guarda come se tu non esistessi...»

Se ne era accorta lei e questo bastava a riempirla di autostima. Il tipo continuava nella sua missione, un po' infastidito.

«Meglio, così non disturbo nessuno.»

«Ma che cazzo, la gente dovrebbe rendersi conto che c'è gente che lavora, che si spezza la schiena...»

E mentre lo diceva buttava il mozzicone di sigaretta per terra, non ostante il portacenere sul tavolino lì di fianco.

«Che ti devo dire? Ci vuole pazienza...» chiuse il cameriere, tagliando corto.

Gli amici guardavano l'amica come fosse una povera pazza. Soprattutto i due maschi, che non nascondevano un certo sorriso idiota, come se stessero assistendo ad un dialogo di Ionesco.

«Eh no, cazzo, altro che pazienza...»

Intervenne un maschietto: «Che vuoi fare, la rivoluzione proletaria?» e giù a ridere.

«Che cazzo ti ridi, pirla? Magari questo non c'ha neppure il permesso di soggiorno e qui lo sfruttano...»

Rise anche il cameriere.

«Non ti preoccupare, sono in regola.»

«Sì, però anche tu...» Le cadde un tovagliolo di carta a terra, ma neppure se ne rese conto, «devi avere più coscienza della tua condizione...»

«Non mi lamento, poteva andarmi peggio.»

Stava per andarsene.

«E qui sbagli, cazzo. Se ti dico che il tuo è un lavoro di merda, mi devi credere.»

Si stava impuntando, non accettava l'idea che il suo tempo e la sua solidarietà fossero dedicati a chi non li apprezzava come di dovere.

La bionda affianco allungò il suo bicchiere vuoto al cameriere: «Toh, prendi, porta via anche questo».

Lui lo impilò agli altri.

La rivoluzionaria non demordeva: «Vedi? Vedi che ho ragione? Roba da schiavismo... e quanto ti pagano, dimmi? Una miseria, giusto? È proprio un lavoro di merda».

Il cameriere raddrizzò la schiena e guardò fisso negli occhi la ragazza, sorridente.

«No, non direi che è un lavoro di merda. Soprattutto se sei il proprietario del locale.»

Ferraro, lì vicino, scoppiò in una risata incontrollata, sputò pezzi di salame e formaggio dappertutto. Il proprietario del locale se ne andò lasciando oltremodo basita la *pasionaria*, che non sapeva se guardare con odio Ferraro o l'errante icona proletaria passata repentinamente a grado di «padrone del vapore».

Tornò Mimmo, frettoloso.

«Vieni con me.»

«Che succede? Aspetta, non ho ancora finito.»

«Bevi la birra e andiamo, se hai ancora fame dopo ti porto in pizzeria.»

Mimmo si mosse verso il retro dell'edificio. Ferraro faceva fatica a stargli dietro.

«Ma insomma, la vuoi finire di fare il misterioso? Dove cazzo mi stai portando?»

Ma Mimmo non rispondeva. Girato l'angolo, un tale, sembrava un altro dei camerieri del locale, gli affidò una tanica colma di benzina. I due si strinsero la mano, poi il ragazzo scomparve.

«Forza, muoviti, non abbiamo molto tempo.»

Tirò dritto verso una viuzza. Ferraro ne aveva già le palle piene di tutto questo mistero.

4

Mimmo girò ancora per un'altra stradina. Si ritrovarono abbastanza in là rispetto al locale, in uno slargo con alcune macchine parcheggiate. Ormai era buio, un lampione lanciava il suo cono giallo, ai vapori di sodio a bassa pressione, verso gli autobloccanti in cemento della pavimentazione del parcheggio.

«Dunque, vediamo...»

«Mimmo ma cosa...»

«Eccola qua.»

Si fermò, soddisfatto. Tirò fuori dal giubbotto un grosso martello, una specie di mazza da lapicida. Ferraro impallidì.

«Ma cosa stai combinando?»

«Spostati, non voglio che ti fai male.»

La cosa non accadde così in fretta che Ferraro non se ne potesse accorgere. Solo che era talmente esterrefatto di tutto quello che gli stava succedendo che non riusciva a connettere fra quello che vedeva e il significato di quelle azioni sempre più insensate. Questo lasciò libero Mimmo di prendere la rincorsa e, con un colpo secco, rompere il finestrino di un grosso fuoristrada. All'improvviso scattò l'antifurto, Mimmo, felino, era già dentro, il tempo di armeggiare e tutto si silenziò.

«Porca troia, Mimmo, ma che cazzo combini, si può sapere? Quello che fai è contro la legge, cazzo! Io sono un poliziotto, te lo sei dimenticato?»

Mimmo sembrava non ascoltarlo, non per sufficienza, ma per perizia. Era concentratissimo a distribuire benzina ovunque, dentro e fuori la macchina.

«Cazzo, Mimmo, fermati!» Stava urlando. «Ho detto fermati!!!»

Cercò di bloccare *'O Animalo*, una buona intenzione, nulla di più.

«Aspetta un attimo, Chiodo, ho quasi finito.»

«Aspetta questa minchia! Ma lo sai cosa succede se ci vedono? Si può sapere perché lo stai facendo? Ti devono dei soldi? Sei nel giro del pizzo? Mimmo? Mimmo, cazzo, non mi fare tirare fuori la pistola, cazzo...»

Mise la mano sotto l'ascella. Fu istintivo. In realtà non c'era nulla, non usciva mai con la pistola fuori servizio.

A Mimmo venne da ridere: «Ma quale pizzo, smettila... certo che ce ne hai di fantasia...»

Ferraro si sentiva stremato. Iniziò a guardarsi attorno, spaventato. Tirò su la cerniera del giubbotto sino a coprirsi la bocca, come se cercasse di camuffarsi.

«Mimmo ti prego, andiamo via... smettila, non puoi farlo, non con me presente, cazzo!» La voce gli si fece stridula, isterica.

«Minchia, sembri mia zia!»

«Mimmo, porca puttana, se passa un collega sono rovinato. Mi sbattono fuori dalla polizia!»

«Meglio, così hai tutto il tempo per laurearti, non sei contento?»

Ferraro gli si piazzò davanti, a mo' di scudo.

«Fermati, andiamo via, faccio finta di non aver visto niente.»

«Spostati, non rovinare tutto.»

«Mimmo!»

Mise la mano sotto l'ascella, bluffava. *'O Animalo* lo spostò con una manata.

«Ma vai a cagare, pirla...»

Lasciò stillare le ultime gocce di benzina sul cofano, poi, metodico, allontanò la tanica. Frugò la tasca dei jeans.

«Bene,» disse tirando fuori un accendino, «ora concludiamo l'opera.»

Allungò l'accendino verso l'amico. Questo proprio Ferraro non se l'aspettava.

«Ascoltami bene, Chiodo. Se vuoi ti lascio l'onore di mandare a troie questa macchina. Ma se non lo fai te, ti assicuro che lo faccio io, non cercare di fermarmi.»

Ferraro proprio non capiva. Per sicurezza però allungò la mano, per prendergli l'accendino, ma con calma, per non irritarlo troppo.

«Ma... ma scusa... perché?»

«Questo è il fuoristrada di quei due figli di puttana che hanno cercato di bruciare per gioco il Baffo.»

Gli occhi di Ferraro erano due dobloni d'oro zecchino, enormi.

«Cosa? E come fai a saperlo?»

«Ho i miei informatori. Ho diffuso la voce. È una settimana che li cerco, ma ora li ho beccati e non me li lascio scappare.»

«Ma... ma... come hai fatto a...»

«La targa...»

«Ma a Fusco hai detto che non l'avevi...»

Mimmo sbuffò, impaziente.

«Senti, non c'è tempo per le spiegazioni, va bene? Se li beccavate voi, i due stronzi, se la cavavano di sicuro. Hai visto che macchina? Non avranno più di venticinque anni, chi credi che gliel'ha comprata? Paparino, no? Lo stesso che non ci mette nulla a trovare un bell'alibi per i due stronzi e una fila di avvocati a difenderli più lunga di quella della Caritas la sera di Natale.»

«Ma sei certo di quello che dici?»

«Mi conosci, ho una memoria di ferro. Sono loro, li ho riconosciuti nel locale. E questa è la loro macchina.»

Ferraro era come paralizzato, ancora col braccio steso. Fissò l'accendino.

«Mimmo, io non...»

L'amico fece un gesto, come per riprendersi l'accendino, ma Ferraro tolse la mano.

«Chiodo, dammi l'accendino.»

«No.»

«Chiodo!»

«No» aggiunse ancora il poliziotto e poi si avvicinò alla macchina, «ho detto di no... l'onore è mio, giusto?»

Si abbassò a prendere un foglio di giornale, fra i rovi cresciuti spontanei negli interstizi degli autobloccanti. A Mimmo si allargò il sorriso come uno squarcio, da orecchio a orecchio. Due secondi dopo un missile di carta fiammante penetrava l'abitacolo del fuoristrada; violandolo per sempre.

5

«Bene, direi che ora ci vuole proprio una bella sigaretta. Tu ne vuoi una?»

«Lo sai che non fumo più, è inutile che ci provi ogni volta! Devi cancellarmi dalla lista dei tuoi clienti affezionati.»

«Vorrà dire che non ti manderò più gli auguri di Natale.»

Se ne stavano seduti, pacifici, su una panchina, non molto distante dall'incendio, che stava rosseggiando tutto il parcheggio. Mimmo si mise una mano in tasca e prese una sigaretta. Ferraro cercò l'accendino. Ma nelle mani di Mimmo ne spuntò un altro.

«Brutto stronzo, non ne avevi uno solo.»

«E ch'è? Sono scemo? Se non me lo ridavi usavo questo.»

«Che figlio di troia.»

«Non parlare male di mia madre, ti ha sempre voluto bene.»

«Lo so, povera donna, hai ragione. L'hai ammazzata tu, a furia di dispiaceri...»

I vetri della macchina esplosero, facendo un botto pazzesco. Nel frattempo Mimmo, con tutta calma, puliva con un fazzoletto le impronte che aveva lasciato sulla tanica.

«Che dici, l'avranno sentito dal Naviglio?»

«Sarà meglio tagliare la corda, non credi?»

«Noo. Scherzi?»

Di lontano si sentiva la classica sirena dei pompieri.

«Chi cazzo li ha chiamati?»

«Quelli del locale; gliel'ho detto io che appena sentivano puzza di bruciato dovevano chiamare i pompieri.»

«E... loro... ma... scusa...»

«Minchia, Chiodo, che c'hai? Mi sembri un lobotomizzato!»

A Ferraro venne da ridere, di cuore.

«Che stronzo che sei, sei proprio uno stronzo di merda galleggiante.»

Era un titolo onorifico che si scambiavano volentieri da ragazzini, in cortile.

«E tu sei la diarrea su cui galleggio!»

E giù a ridere, tutti e due, come se avessero fatto una delle solite marachelle, una di quelle che facevano a tredici anni che poi andava sempre a finire a cinghiate.

Non ci volle molto che tutto attorno si formò un assembramento di curiosi; persino i pompieri avevano difficoltà a fare il loro lavoro.

«Che dici? Ci avviciniamo?»

«Perché no?» disse Ferraro. «Sono pur sempre un tutore dell'ordine, è giusto che mi accerti.»

Mimmo spense la sigaretta e poi buttò lontano dalla panchina il mozzicone. Qualche secondo dopo, strattonando di qua e di là, erano al centro della scena. L'incendio era stato domato abbastanza in fretta, la macchina però era da sfasciacarrozze.

Da dietro la platea si sentiva urlare: «Cazzo, cazzo, la macchina, la macchina...»

Apparvero sul palco dello psicodramma i due ingiacchettati amici della rivoluzionaria della Zona Uno. Ferraro fece una fatica immane a non ridergli in faccia. Il più giovane si mise in ginocchio, mani nei capelli.

«Oh cazzo, oh, cazzo, adesso chi lo dice a papà, chi cazzo glielo dice?»

«Ma cos'è successo» chiedeva l'altro, «cos'è successo?»

«Un incendio» si intromise Mimmo, «secondo me è doloso.»

«Ma perché, perché?»

«È tua la macchina?»

Quello in ginocchio continuava a frignare come un bimbo viziato.

«Porca troia, chi glielo dice adesso? Quello ci ammazza, ci ammazza...»

«Si vede che vi siete fatti dei nemici... questa è roba da professionisti...»

Il più anziano dei due, faccia da bocconiano convinto, guardava allucinato Mimmo.

«Ma tu chi cazzo sei?»

«Passavo di qui, ho chiamato io i pompieri...»

Il bocconiano era completamente stordito, non capiva più una beata fava: «Sì, sì, grazie, grazie...» stringendo la mano a Mimmo.

Ferraro piangeva dal ridere.

«Che vergogna» continuava Mimmo, «è proprio una vergogna, c'è in giro della gente allucinante, tutti da mettere al muro...»

Ma l'altro non lo ascoltava più, ipnotizzato com'era dallo spettacolo di ottantamila euro andati in merda.

Ferraro prese sottobraccio l'amico.

«Dai andiamo, io non ce la faccio più, va a finire che confesso che sono stato io, per il puro piacere di vedere se gli viene un infarto.»

Lo trascinò via, fra la folla, mentre Mimmo continuava a lanciare i suoi strali.

«È una vergogna, sì, è proprio una vergogna. Ma dov'è la polizia quando serve?»

6

Erano praticamente arrivati a casa.

«Ci siamo divertiti, no?»

«Tu sei completamente fuori di testa. Ma ti rendi conto che mi hai reso complice di un reato?»

«Ma smettila... com'è che si diceva? 'Colpirne uno per educarne cento', no?»

«In realtà ne abbiamo colpiti due.»

«Bene, così ne abbiamo educati duecento.»

Mimmo aveva un concetto dell'educazione civica che forse non avrebbe trovato ospitalità a casa di Rapotti. Ma era fatto così, a modo suo si stava comportando rettamente.

Parcheggiò sotto casa. I due amici scesero.

«Chiodo, ma che cazzo...»

«Che succede?»

«Zoppichi ancora?»

«Ma no, è solo un leggero fastidio.»

«All'anima! Sembri uno che chiede la carità in metropolitana!»

«Senti un po', tu non hai un po' di fame? Io, alla fine, non è che ho mangiato questo gran che!»

«Non si vive di solo pane.»

«Allora hai fame o no?»

«Certo, ma non di solo pane. Io ci metterei anche un po' di prosciutto, tu che dici?»

Qualche minuto dopo erano da Mimmo.

«Dov'è Tiziana?»

«È andata da sua sorella che non si sentiva bene, dorme da lei questa notte.»

Mimmo, con metodo, stava preparando i panini. Ferraro nel frattempo aveva aperto il frigo, con un gesto familiare, di chi non si sente ospite.

«Non c'hai un cazzo da bere... e questa cos'è? *Mecca Cola*?»

Tirò fuori dal frigo una bottiglia di plastica intarsiata di caratteri arabi.

«È buona come la Coca e costa la metà.»

«Ma che cazzo sei, un *no global*?»

«No, sono un *no sghelli*!»

I panini erano pronti. Se li papparono di gusto. Ferraro sorseggiò dal suo bicchiere.

«Be', cazzo, non è vero che è buona uguale.»

«Però costa la metà, non rompere i coglioni. Se vuoi c'è sempre l'acqua del sindaco.»

Indicò il lavandino.

«Va bene, va bene, come sei suscettibile...»

Ancora due morsi e finiva il panino. Mimmo, nel frattempo, stava già preparandosi il secondo.

«Ne vuoi un altro?»

«No, no, questo mi basta.»

Mimmo si risedette e azzannò voglioso il secondo sfilatino.

«St studnd?»

«Eh? Ma che cazzo dici? Lo sai che non si parla a bocca piena, te l'hanno mai detto?»

Mimmo deglutì.

«Sì, me lo diceva sempre quella stronza di mia nonna!»

«Povera vecchietta... una santa donna!»

«Cazzo, era acida come le mie calze dopo una partita di pallone!»

Ferraro rise e Mimmo dietro lui.

«Ma come cazzo ti vengono? Devo farti conoscere Comaschi, fareste un sacco di soldi al cabaret.»

«Chi, il tuo collega? L'ho già conosciuto, non ti ricordi?»

«Ah già, è vero...»

Mimmo si passò la manica della camicia sul muso.

«Allora, me lo vuoi dire?»

«Cosa?»

«Stai studiando?»

Praticamente l'avevano adottato tutti. Meno male che non l'aveva detto a sua madre sennò andava a finire che gli telefonava un giorno sì e l'altro anche. Non l'aveva detto neppure a Francesca, a pensarci bene. Ma in quel caso le ragioni erano altre.

«Cazzo, non puoi chiedermelo tutte le volte che mi vedi. Mi fai venire l'ansia!»

«Ho capito, non stai studiando.»

«Cosa fai, ti metti a fare lo psicologo?»

«Ma smettila, ti conosco da anni. Lo so quando ti prudono le chiappe.»

«E va bene. Non sto studiando, il lavoro mi sta facendo perdere un po' di tempo.»

«Ma non eri a mezza giornata?»

Non si dimentica mai niente, proprio una bella memoria d'acciaio temperato!

«Sì, è vero... solo che fuori dal turno sto... come dire... facendo un favore ad un collega.»

Stava per dire amico, ma non ne era ancora del tutto certo.

«Chi, Comaschi?»

«No, no. Un altro...»

'O Animalo si alzò: «Le vuoi due acciughe sott'olio? Le ha preparate Tiziana...»

«Ma che cazzo sei? Una fogna ambulante?»

«Allora, le vuoi o no?»

«Ma me lo scaldi un po' di pane nel fornellino elettrico?»

È praticamente impossibile rinunciare alle acciughine sott'olio di Tiziana.

«Golosastro!»

7

Puzzavano d'aglio. Ferraro era certo che con un'altra razione di acciughe la notte gli si assicurava di un bianco virginale. Ma la seconda fetta di pugliese caldo lo tentava da morire.

«Smettila di guardare il pane in quel modo, mi sembri un bambino del Biafra. Toh, sbafa.»

Non aspettava altro.

Ad un certo punto a Ferraro frullò un pensiero.

«Ma, scusa... dov'è il cane?»

«Quale cane?»

«Black!»

«È passato ieri il Baffo a riprenderselo.»

«Ma perché, è uscito dall'ospedale?»

«Non lo sapevi?»

«No che non lo sapevo. Non l'ho mica visto in giro.»

«Mi ha detto che aveva trovato un posto nuovo dove andare. Io gli ho detto che se voleva una branda gliela trovavo, ho degli amici in viale Ortles, i soldi glieli davo io, ma lo sai come è fatto.»

«È fatto male, ecco come è fatto! È un orgoglioso di merda.»

«Massì, dai, se gli togli pure quello cosa gli resta?»

La seconda fetta di pugliese con sopra le acciughe, l'olio, il prezzemolo, il peperoncino e l'aglio, scomparve così come apparve. Ferraro si versò altra *Mecca Cola* nel bicchiere.

«Ti piace, eh? Fai tanto lo schizzinoso e poi...»

«Cazzo, questa roba è salata da morire...» Scusa loffia.

Mimmo si accese una sigaretta.

«Tu non ne vuoi, giusto?»

«No, e lo sai, Satana!»

In realtà ne aveva una voglia matta. Ma almeno questo fioretto doveva rispettarlo. Sennò cosa gli restava della sua dignità?

Mimmo fece un paio di boccate, di gusto.

«E allora qual è 'sto favore che stai facendo?»

«Sto aiutando un amico» (gli venne così, naturale) «sulla sparatoria in piazzetta. Hai presente?»

«Certo che ho presente, ne hanno parlato tutti. Qui, per giorni, era pieno di giornalisti del cazzo.»

«C'è un'inchiesta ufficiale che sta incastrando il mio amico.»

«Minchia, roba tosta. E lui è colpevole?»

Bella domanda.

«No... no... cioè... in un certo senso ha qualche responsabilità, ma non nel senso che credi tu.»

«Io non credo un cazzo. Mi dispiace solo per i passanti che sono morti, quelli sì che non c'entravano un cazzo, c'era pure una madre di famiglia, lo sai vero?»

«Certo che lo so.»

«Ma per Vito non me ne frega più di tanto. Era una testa di cazzo.»

«Lo conoscevi?»

«Come facevo a non conoscerlo, scusa? La sua famiglia è 'nel ramo' da prima di me.»

«Conosci personalmente anche Antonio Russo, il padre?»

«Certo, come no! Pensa che un po' di anni fa, saranno stati, boh... otto, nove? Mi aveva chiesto se potevo prendermi il figlio con me, fargli fare qualche trasporto... secondo me se lo voleva togliere dalle palle...»

«E tu?»

«Un cazzo. All'epoca non mi stava girando bene.»

«E come andò a finire?»

«Ma sai, Vito aveva tutte quelle manie delle armi, di Rambo... poi è partito volontario... no aspetta, altro che otto anni... anche di più, dieci, dodici... perché poi era andato con l'esercito, in Bosnia.»

«In Bosnia?»

«Sì, non ti ricordi? Le missioni dell'ONU... quando tornò sembrava ancora più fuori di testa. Secondo me lì, a Sarajevo, è strippato del tutto.»

«A Sarajevo?»

«Sì, me lo ricordo benissimo. Ci tornò pure, un po' di volte, anche quando non era più di leva...»

Ferraro non ne poteva più di stupirsi continuamente. Tutte queste emozioni l'avrebbero ammazzato prima o poi.

Mimmo nel frattempo si stava scolando a canna tutta la bottiglia di *Mecca Cola*. Ad un certo punto si toccò lo stomaco, concentratissimo.

«Viene, viene... sta arrivando, lo sento...»

Ferraro tornò in sé, il momento era topico, lo sapeva. Mise mano all'orologio.

«Allora?»

«Arriva, arriva... Chiodo... sta arrivando...»

Eruttò: «vaffanculofighettidimerdavel'homessonelculooooo».

I vetri della cucina tremarono terrorizzati. Ferraro fissò l'amico con le lacrime agli occhi, emozionatissimo.

«Fantastico, 12 secondi. Record assoluto!»

XIII

UFFICIALE E GENTILUOMO

1

A conti fatti assomigliava poco alla madre. Lei era una sarda, alta un metro e un cazzo, tutta pepe. A quattordici anni già faceva la cameriera d'estate sulla Costa Smeralda. Dopo tre anni il suo capo aveva aperto un altro villaggio turistico sul continente e decise di portarsela con sé, per la stagione. Era tutta pepe ma, diciamoci la verità, anche un po' babbiona: incontrò un bel bagnino romagnolo, manco fosse la tedescona venuta giù con la piena, e al quarto mese di stagione estiva tutto ciò che le rimase del suo ricciolone in fuga fu un assai poco occultabile pancione. Tornare in paese non se ne parlava neppure, abortire meno che meno, non siamo mica bestie. Si rimboccò le maniche e tirò avanti la carretta, nel giro di un paio d'anni si ritrovò a vivere a Quarto, in un monolocale al settimo piano di uno di quei casermoni prefabbricati in cemento armato precompresso di via De Pisis (verso la piscina, per intenderci).

Faceva le pulizie a casa di un paio di famiglie, dalle parti di piazza Firenze, e la sera arrotondava negli uffici. Fu così che conobbe la madre di Ferraro, avevano gli stessi orari la sera e al ritorno si aspettavano alla fermata dell'autobus; in questo modo facevano la strada del ritorno in compagnia (ché non si sa mai chi si incontra di sera). Se una si ammalava, l'altra l'andava a sostituire. Un vero e proprio mutuo soccorso, basato sul rispetto professionale dell'una per l'altra, sulla certezza che il lavoro sarebbe stato fatto come si deve (ché di questi tempi non ci si può fidare di nessuno). E poi c'era il piacere di farsi una chiacchiera sulla 57 o di bersi un caffè insieme, a casa, s'intende, che al bar metteva sempre un certo imbarazzo.

Al figlio non fece mai mancare nulla. L'aveva chiamato Raoul. Alla faccia della famiglia che lo voleva Bastiano, come il nonno. Ma lei se ne fregava. Tanto, ai loro occhi, puttana era e puttana rimaneva, anche se lo chiamava Gesù Cristo. Preferì Raoul, come il padre. Alla fine il figlio aveva un nome assurdo: Raoul Melis, non sembrava neppure italiano. Lui suo padre non lo vide mai, ma non ne sentì in particolar modo la mancanza. E neppure lo odiò più di tanto. Sua madre non ne parlava, e se lo faceva era sempre senza rancori. Lo aveva amato e lui le aveva regalato la cosa più bella della sua vita, la luce dei suoi occhi, di tutto il resto se ne fregava. Si rimboccava le maniche e tirava avanti la carretta. Così è la vita, è inutile lamentarsi. Di uomini ne ebbe altri (era un peperino, tutta curve), ma si fece furba. Ognuno a casa sua e amici come prima.

Raoul voleva fare il botanico. La madre si ammazzò di lavoro per farlo studiare. Era bravo, aveva il pallino della scienza. Ci fu un anno che Michele venne rimandato in matematica. La trigonometria non gli entrava nella zucca (o forse erano le canne, il rock, le ragazze, che gliela occupavano troppo). Le madri ne parlarono, si decise che Raoul dovesse dare ripetizioni a Michelino. A pagamento, s'intende. Tanto di soldi non ce n'erano e la vacanza anche quell'anno si saltava, a questo punto quei pochi valeva la pena darli a Raoul, che ne aveva bisogno per gli studi.

Fu l'unica volta nella sua vita che Ferraro trovò divertente parlare di paradossi matematici, di Achille piè veloce, di Limiti, di Derivate, di tangenti e cotangenti. Raoul ci sapeva fare, su questo nessuno nel quartiere dubitava.

Non si vedevano spesso, ma il ricordo di quella estate, intervallata da certe domeniche fuori porta, con Raoul che parlava di botanica con lo stesso entusiasmo di chi sta parlando di una bella figa, era come un loro tesoro privato, inviolabile. Certe volte basta solo questo. Conoscersi a sedici anni, condividere un segreto, un ricordo. Basta questo, un respiro, per legarti per sempre ad una persona.

A conti fatti, come dicevo, assomigliava ben poco alla madre. Era alto, grosso (un bel quarto di manzo), villoso, timido e codardo. Tutto il padre, probabilmente. Quando la madre finì di ammazzarsi di lavoro, in tutti i sensi, quando cioè lasciò prematuramente questa valle di lacrime (e quante ne versò la madre di Ferraro il giorno del funerale, dietro il carro, in una fila stentata, fatta di quattro gatti), Raoul non se la sentì di proseguire gli studi. Non aveva più nessuno. Non aveva mai conosciuto i suoi parenti in Sardegna, neppure sapeva come facesse il padre di cognome. Aveva paura, diciamocelo. Non aveva voglia di ricominciare da zero, ripetere la vita tutta in salita, in solitaria, di sua madre, non ne aveva il fiato, il pepe.

Alla notizia della malattia materna stava facendo il militare, come sottotenente (un'idea della madre, ovvio. Ci stai un po' di più ma ti metti da parte qualche soldino per finire l'università); decise di mettere la firma per un altro triennio, giusto il tempo di riordinare le idee. La laurea poi se la prese, ma dopo dieci anni era ancora lì, il capitano più cazzuto di tutto l'esercito, che raccoglieva margherite durante le esercitazioni, talmente gentile con la truppa che più di uno, negli anni, lo prese per omosessuale. Ci mise un po' per incattivirsi. Ora era una carogna di prima categoria, roba da film sul Viet «fottuto» Nam.

Ferraro non lo sentiva da tempo, molto tempo. La cosa in sé non era particolarmente grave. Capitava, nessuno si dava pena per questo. Bastava una telefonata, una pizza, e la magia di quella estate tornava istantaneamente.

Il suo segreto, neppure raccontato agli amici del cortile, meno che mai a Francesca. La magia di una canicola a malapena mitigata dalle fronde dei salici, di un tuffo nel torrente alpestre, l'istante preciso, intenso e inviolabile, dove Ferraro conobbe veramente, nel profondo, l'anima di una persona che osò dichiarargli la sua diversità; che lo baciò castamente, vergognandosene, come fosse una vergine. Il contatto fu tumido, stupefatto, puro. Ognuno poi prese la propria strada, le proprie inclinazioni; nessuno rivangò, nessuno recriminò nulla.

Questo era il suo segreto. Anzi, il loro segreto. L'uno di aver amato, l'altro di non aver provato ribrezzo.

2

«Raoul?»

«Gesù, Michele... chi si sente...»

«Ti disturbo? Stai maltrattando qualche burba?»

«Non ti preoccupare, è sabato, non c'è quasi nessuno qui...»

«Bene, meglio così.»

«Di cosa hai bisogno?»

«Chi ti ha detto che ho bisogno di qualcosa?»

«Non è così?»

«Magari ti ho telefonato per sapere come stai...»

«Bugiardo.»

Non era un coglione. Gli uomini li conosceva bene, e non faccio della facile ironia.

«Va bene, va bene... hai ragione, ho bisogno di un favore...»

«Appunto, lo so... dimmi.»

A Ferraro era venuto in mente che in Bosnia ci era andato pure Raoul, guidava un contingente quando ancora era tenente a Caserta, nella caserma operativa «Garibaldi». Gli portò da Sarajevo, come ricordo, un enorme narghilè in legno intarsiato a mano. Un vero gioiello artigianale. Si ammazzarono di canne, con il resto della ciurma, per un mese intero. Le sigarette ce le metteva Mimmo, come sempre. Ferraro era l'addetto ai filtri.

Poteva essere una pista quella della Bosnia, perché no? D'altra parte: aveva qualcos'altro in mano? Nessun carico da undici, solo una serie di scartine. Doveva giocare bene le sue carte e sperare in una botta di culo. La fortuna aiuta gli audaci, dopotutto.

Gli raccontò della mattanza e di tutto il resto. Raoul si ricordava a malapena di Russo.

«Facciamo così» concluse il capitano, «dammi un'ora. Provo a cercare qualche informazione per te.»

«Ti richiamo dopo, allora.»

«No.»

«No? Chiami tu?»

«No.»

«Cos'è? Un indovinello?»

«È un invito a pranzo. Ti voglio fra un'ora qui a Brera. Mangiamo al circolo ufficiali.»

Questo non l'aveva previsto. Fra l'andarci, il pranzo e il ritorno ci perdeva, sane sane, tre orette buone. L'esame si allontanava in una zona d'ombra sempre più fitta.

«Devo proprio?»

«Ho un altro modo per vedere un vecchio amico? Sei l'unico uomo che mi tocca ricattare per averlo a tavola, lo sai?»

In effetti Raoul era un pezzo di maschio, non aveva bisogno di pregare nessuno. Sarà stato il fascino della divisa, chi lo sa... comunque non funzionava con tutti: quando ancora Ferraro girava in divisa il suo sex appeal era ai minimi storici (non che poi sia risalito di molto).

«D'accordo, mi hai fregato. Dove mi faccio trovare?»

«Vieni a Palazzo Cusani. Alla reception chiedi di me.»

«Avete il ristorante, il bar, la reception... affittate anche delle camere? Fate uno sconto comitiva?»

«Se eri un carabiniere, se ne poteva parlare. Ma sei uno sbirro, mi dispiace.»

Dopo neppure un quarto d'ora dalla telefonata partì. C'era da mettere in conto il traffico di chi va in centro per il cazzeggio del sabato e la ricerca affannosa del parcheggio. C'è gente che arriva e subito gli si libera un posto, d'incanto, mentre gli altri automobilisti lo guardano invidiosi, bestemmiando. Ferraro era uno di quelli che bestemmiavano. Andava sempre a finire che parcheggiava in posti improbabili, con in più l'onere, al ritorno, di ricordarsi dove diavolo aveva cacciato la macchina.

Questa volta gli andò di lusso, trovò un varco in Foro Bonaparte. Parcheggiò. Era in anticipo, aveva tempo. Decise di prendersela comoda, passeggiò come un turista per le viuzze di Brera, cambiando strada tutte le volte che gli veniva voglia di cambiarla. Entrò in San Simpliciano, diede un'occhiata all'abside di San Marco. Poi prese per via Brera, prima di proseguire volle dare un'occhiata al pisello di Napoleone, nel cortile del Richini, lo faceva ogni volta, ma non si ricordava più perché; uscì dall'Accademia. Ancora pochi passi e si ritrovò davanti a Palazzo Cusani; guardò l'ora. Lo immaginate già, vero? Era in ritardo di un quarto d'ora. Nella norma, quindi.

3

«Che c'hai?»

«In che senso, scusa?»

«Non so... stai zoppicando...»

«Non è niente, non ti preoccupare.»

«Come te lo sei fatto? Al lavoro?»

«Ma una palata di cazzi vostri non ve la sapete fare tutti quanti?»

«Gesù, come siamo suscettibili... se vuoi ci faccio dare un'occhiata da un dottore, c'è qui un maggiore che...»

«Non ti preoccupare, te l'ho già detto, non è niente.»

«Bah, contento tu...»

Si sedettero al tavolo. La sala era bella ed elegante, Ferraro si sentiva perfettamente fuori luogo.

«Scusami, Raoul, non ho molto tempo...»

«Dovrai pur mangiare qualcosa, no? Oggi fanno i tortelli di zucca, sono ottimi.»

«Niente trippa?»

«Trippa?»

«Giovedì gnocchi e sabato trippa, non era così?»

«Questo è il circolo degli ufficiali dell'Esercito Italiano, ti pare che cucinino la trippa?»

Arrivò un cameriere, ancheggiando.

«Buona giornata, capitano. Cosa posso servirle?»

Raoul ordinò per tutti e due. Ferraro glielo lasciò fare. Il ragazzo si incamminò, sicuro e sculettante, verso la sua meta.

«Non lo sopporto» disse il capitano.

«Chi?»

«Il cameriere, sembra una checca persa.»

«Qual è il problema, scusa?»

«Dovrebbe darsi un contegno, siamo nell'Esercito dopotutto.»

«Ma parli proprio tu?»

«Appunto, parlo proprio io. Se va avanti così gli renderanno la vita impossibile.»

«Forse è quello che vuole. Si è scelto apposta un lavoro pieno di bei maschioni.»

«Poteva andare in fabbrica, allora. O in miniera.»

«Ci va ancora qualcuno in miniera?»

«Di certo qualcuno io ce lo manderei, volentieri.»

Tornò la checca persa, con in mano una bottiglia. La stappò e fece annusare il sughero al capitano, che benedisse.

«Dovremmo bere un Garda dei colli mantovani, ma ho preferito un Falangina, il 2003 è stata un'annata ottima.»

A Ferraro se gli davano da bere un vino nel tetrapak era praticamente lo stesso. Fece però finta di sorbirlo con cura, per non sfigurare agli occhi dell'amico. Il cameriere sparì di nuovo.

«Hai ragione. Ancheggia in modo esagerato. Certo, anche lui... proprio nell'esercito doveva capitare...»

«Ascolta, Michele, non è che manchino gli omosessuali nell'Esercito, anzi, detto fra noi, è pieno di froci.» Lo diceva marcando la volgarità, con un certo gusto per il paradosso. «D'altra parte ci sono ovunque, spesso nei posti dove meno te lo aspetti. È una questione meramente statistica.»

«Be', magari in certe attività se ne vedono di più. Tipo nella moda.»

«Tutte cazzate. Lì, semplicemente, non devono mascherare la loro natura. Anzi, ti dirò, secondo me molti fingono di esserlo.»

«Cosa? Ma che dici?»

«Massì, è più trendy.»

«Cristo Santo, mi stai dicendo che per non essere emarginati al lavoro ci sono degli etero che fanno finta di essere omo?»

«Esatto. Curiosa la mente umana, non trovi?»

«Ma allora, scusa, perché te la prendi con quel poveretto? Non sta facendo altro che seguire la sua natura, no?»

«Questo è l'Esercito. E l'Esercito è l'Esercito!»

Tautologico. Si può veramente aggiungere qualcosa al ragionamento? Raoul era l'esempio vivente di come un'istituzione possa modellare un'anima, farla vivere in una perenne contraddizione, senza che questo pesi sulla sua resa operativa, sul campo. Come, insomma, nessuno si possa veramente salvare dalla professione che ha intrapreso. Ferraro pensò a sé e un po' si spaventò.

Arrivarono i primi; erano buoni, li mangiarono con gusto. Poi i secondi. Per un po' parlarono di aria fritta. Ferraro stava al gioco, era il pegno che doveva pagare, ma sotto sotto scalpitava.

«Come sta tua figlia? Da quand'è che non me la fai vedere? Un anno? Un anno e mezzo?»

«Raoul, ti prego... giuro che programmo una serata tutta per noi, ma direi che sia giunto il momento di parlare di altro, non trovi?»

L'amico sorrise. Sembrava non aspettasse altro, come se volesse mettere alla prova la pazienza di Ferraro.

«Va bene, hai ragione. Lo prendi un caffè?»

«Sì, lo prendo.» Sconsolato.

Il capitano fece un gesto e il cameriere comprese all'istante.

«Come ti stavo dicendo... anzi no, non ti stavo dicendo proprio un bel niente, giusto?»

«Raoul, smettila, arriva al dunque...»

«Ho fatto un paio di telefonate. Vito Russo non aveva un profilo dei migliori, la sua scheda parla chiaro.»

«Ce l'hai qui?»

«No, ovviamente, è dove deve stare. In caserma.»

«La posso vedere?»

«Certo. Se ti fai un bel viaggetto di 850 chilometri.»

«Ok, ho capito. Riassumi tu.»

«C'è poco da riassumere. Era un coglione come tanti altri. Il nostro è sempre stato, per tradizione, un esercito di coglioni. Un coacervo di sfigati, nullatenenti, disoccupati, qualche invasato. Speriamo nel nuovo esercito di professionisti. Ormai con tutte le missioni all'estero è giunta l'ora di darci una regolata, non trovi?»

Dell'esercito di professionisti a Ferraro gliene fregava meno di zero.

«Può darsi... vai avanti...»

«Comunque... Nulla di particolarmente grave, a livello disciplinare, e neppure, se è per questo, azioni eroiche. Come tutti, insomma. Faceva parte della scorta del colonnello Lari, un toscano, simpaticissimo...»

Arrivarono i caffè. La burba li depose con cura. Ferraro si

accorse che guardava il capitano più con desiderio che con ossequio. Forse era questo che infastidiva l'amico. L'idea che qualcuno l'avesse scoperto, che la sua facciata stesse sgretolandosi, lasciando apparire, sotto l'intonaco, i mattoni crudi.

«Bene, se non ti disturba ora puoi lasciarci. Penserai dopo a sparecchiare.»

Lo disse astioso. Il ragazzo se ne andò, coda fra le gambe.

«Perché lo tratti così?»

«Te l'ho già detto.»

«Non mi hai detto la verità.»

Raoul fece per bere il caffè. Poi guardò l'amico. Appoggiò la tazza sul piattino.

«E va bene... mi dà fastidio come mi guarda, va bene?»

«Qual è il problema, scusa? Sei un bell'uomo, dovresti esserne contento.»

«Il tuo è un discorso del cazzo, scusa. Sono il suo capitano, lo capisci?» Si avvicinò, come per non farsi sentire, anche se, in realtà la sala era praticamente vuota. «Sono un omosessuale, è vero. Questo però non vuol dire che mi devo fare ingroppare da tutti i froci solo perché lo sono anch'io. Ho diritto di scegliere, giusto? Non sopporto tutta questa solidarietà di casta, mi sembra razzista.»

Ferraro rinunciò a capire. Non era lì per quello.

«Cosa stavi dicendo di Russo?»

Il militare finì di bere il caffè.

«Cosa stavo dicendo... sì, allora... ah, sì, del colonnello Lari... Se lo scorrazzavano per tutta Sarajevo.»

«Chi?»

«Russo e la scorta.»

«Si può parlare con questo Lari?»

«Se frequenti degli occultisti è molto probabile...»

«Che vuoi dire? È morto?»

«Tre anni fa. No, non guardarmi così. Aveva i suoi anni, quella bosniaca fu la sua ultima missione. Andò in pensione poco dopo.»

«Cazzo!»

Finalmente si sorbì il caffè, d'un fiato. Tiepido. Da un po' di tempo non riusciva a berselo come Cristo comanda.

«Già, è proprio il caso di dirlo. Ma non preoccuparti, il tuo Raoul ha pensato anche a questo.»

«Che vuoi dire?»

Tirò fuori dalla sua valigetta un foglio.

«Questo è l'elenco dei componenti del battaglione. Ho segnato i nomi della scorta. Generalità, indirizzi, numeri di telefono. È inutile dirti che è materiale riservato.»

«Be', sto seguendo un'indagine, potrei ottenerli lo stesso.»

«Certo, come no! Un'indagine legale, hai ricevuto un incarico dal magistrato, giusto?»

Michele sorrise. Raoul pure. Come oltre vent'anni prima. Il loro segreto.

4

Meridionali. Una marea di pugliesi, calabresi, siciliani, campani. Rari i veneti, i piemontesi. Quelli del Nord erano quasi sempre graduati. Un esercito di terroni. Tantissimi dalla provincia di Caserta. Gente che si era imboscata alla «Garibaldi», caserma «operativa» ma pur sempre vicino casa, e che si era ritrovata in Bosnia da un giorno all'altro, senza neppure immaginare esattamente perché.

La scorta di Lari era composta da tre persone. Un caporale, Mario Pascale, residente a Sparanise, e due soldati semplici, Vito Russo e Cataldo Lazzaro, di Taranto. No, un momento. Si era trasferito a Milano, sei anni fa, in via Odazio, al Giambellino. Botta di culo.

Fece telefonare da Raoul, per accertarsi che Lazzaro fosse a casa. Gli diede un appuntamento per il pomeriggio.

«Raoul, grazie, spero di cavarci qualcosa.»

Si abbracciarono.

«Sparisci, gli addii mi commuovono sempre.»

«Non è mica un addio.»

«Lo so, ma la frase era molto gay... sai, devo rispettare in toto la parte che la società mi impone, no?»

«Tu sei completamente fulminato!»

In uscita dal centro non trovò molto traffico. Nel giro di poco parcheggiò in via Lorenteggio.

Entrò nel cortile. Una madonnina di plastica, innicchiata in una grotta di cozze, capesante e mitili vari, proteggeva dai demoni ultramondani gli abitanti del borgo inconsapevole. Il portone era aperto, sfondato, per la precisione. Fece pochi gradini, l'appartamento di Lazzaro era al piano terra.

Suonò alla porta, venne ad aprire una donna che non poteva avere più di trent'anni, anche se sembrava avesse l'età di sua nonna. Magra da fare paura, con una faccia che sembrava uno straccio dei pavimenti strizzato a dovere.

«See?»

«Sono qui per Cataldo Lazzaro.»

«Vieni, entra.» Gli diede le spalle e si incamminò verso il centro della stanza, poi ululò. «Catavede, ci sta l'amico tuo. Catà!!!» Si girò verso Ferraro: «Nnu sente u curnute».

«Disturbo? Sta dormendo?»

«Ma ce dorme! Sta sempe cu quedde cuffie dde gomma!» Si catapultò verso la porta che dava nell'altra stanza: «Catà, muèvete, ce sta l'amico tuo».

Dall'altra stanza si sentì una voce: «U pesce d'mamete, ce urle?»

«Strunze cacate a forza, lavete lle rrecchie.»

«Carmèl, nnu me spacche le cugghiune!»

Andarono avanti così ad insultarsi per un paio di minuti. In tarantino. Cioè nella lingua più volgare del mondo. Probabilmente era il loro modo di tubare.

Alla fine si decise che Ferraro doveva entrare nell'altra stanza perché Carmela doveva lavare il pavimento del soggiorno. Entrò. Prima ancora del suo uomo vide due enormi casse da concerto rock e una serie infinita di registratori, DVD, CD-ROM, stereo, monitor e compagnia bella. Sulle pareti poster sbiaditi di cantanti inverosimili o morti da anni. Poi lui, Cataldo, su una sedia a rotelle motorizzata, una sorta di cyborg del Giambellino, in mezzo a cavi e marchingegni, con una cuffia calata sulle spalle, intento a digitare qualcosa sulla sua consolle.

«Vieni, vieni, sto a face nna cosa e poi ho finito.»

Ferraro non sapeva dove mettersi. Tutta la stanza era occupata dall'ambaradan di Cataldo da una parte e dal letto matrimoniale dall'altra. Aveva ancora in dosso il giubbotto e la sciarpa, ma non sentiva la necessità di toglierseli.

«Assettete, siediti, sul letto... mmo vengo...»

Si rimise la cuffia sulle orecchie; alzò il volume, si sentiva anche da lì, probabilmente si stava spaccando un timpano. O forse l'aveva già rotto, forse aveva ragione Carmela sulla mancanza di cura dei padiglioni auricolari del suo compagno di vita. Poi cambiò espressione, come se gli fosse venuto un dubbio. Si alzò una cuffia, la destra.

«Vuoi qualcosa? Un caffè?»

«No, grazie, l'ho già preso.»

«Onest, nnu ffa u vergugnuse.»

«No, veramente, grazie.»

«Na bbirra?»

«No.»

«Nudd?»

«E va bene... un bicchiere d'acqua.»

«Acqua?»

«Sì.»

«Boh» (non era convinto). «Si tu u patrune...» Impostò la voce: «Carmèl... Carmè...» Niente, nessuna risposta. «Uagneeeedde!»

Entrò lo straccio.

«Ce ue' mo, pizzarrone?»

«Mò te n'agghia da une.» Fumava, rabbioso.

«Ma vide nu picche stu pacche de merde.» Lei se ne fotteva assai delle sue minacce.

«Zitt, pisciature, porteme nu caffè. E nu picche d'acqua a quist.»

«Acqua?»

«Ce t'agghie ditte? Acqua! Nu ne tenimme?»

«Sì.»

«E allora? Ancora addà ste? Men bell mè, spizz e min n'guerpe, datte da fà!»

Uscì. Cataldo tornò alla sua attività. Ferraro si rese conto che faceva freddo, dalla bocca gli uscivano sbuffi di vapore acqueo. Poi Cataldo fece una espressione soddisfatta e si tolse le cuffie.

«Agghie da fatià n'otre e tre ore! Ma u ggruosse l'agghie fatte.»

Fece una manovra con una leva sul bracciolo destro, sembrava giocasse ad un videogame, e si avvicinò con la sedia a rotelle a Ferraro.

«Allora... il capitano mi ha detto che mi dovevi chiedere quaccoss...»

5

Non lo fermava più nessuno. Parlava, parlava e parlava. Di cose perfettamente inutili. Se ne stava tutto il giorno lì, in quella stanzetta del cazzo, a duplicare CD. In tutto il mondo la gente si scaricava la musica direttamente da internet e lui ancora lì, come una piccola vedetta lombarda, come un soldato giapponese perduto su un'isoletta della Micronesia, convinto di metterlo in culo allo Stato, di farci un bel guadagno. Quanto ancora gli mancava prima di doversi inventare una nuova attività? Ma lui forse neppure lo sapeva. Girava per casa, motorizzato, e duplicava. Non parlava mai con nessuno, al massimo ringhiava qualcosa a Carmela. Ferraro era un boccone ghiotto. Una faccia nuova, qualcuno con cui parlare, finalmente.

«Sai una cosa, capo? Si odiavano, si odiavano tutti... A Sarajevo non potevi camminare sul marciapiede sbagliato. Noi dovevano scortare i serbi fuori dalla città. E c'erano i croati che li guardavano con gli uecchie chini de ssangue.»

Dopo un po' che parlava il dialetto franava sul suo italiano per turisti.

«Volevo chiederti dei tuoi compagni...»

Non lo faceva finire: «Teneveme tutti na paura... Eravamo un esercito di cugghiune. I francesi erano tosti... nuje nunn'ereme bbuene a nudd. I russi erano sempre ubriachi. E tenevane 'na famm! Peggio di noi, capo. C'erano delle donne serbe che gli davano delle patate e loro mangiavano. Gli americani mangiavano, bene, con le posate.»

«Perché, voi come mangiavate?»

«U ssai addò mangeve je? Ci davano due buste al giorno, sì, sai quelle della spesa... in una c'era l'acqua, nell'otre u mangiare. L'aneme e citemmuerte, manco nu piatte, nu bicchiere! Mangiavamo come le bestie. Pigliavamo la neve e la sciogliavamo per farci la barba. Così risparmiavo l'acqua da bere. Ero andato per i soldi in Bosnia, lo sai vero? Ma, vafangule, trattateme bueno! Sai quando si stava bene? Quando veniva la tivù. Onest! Ce steve u marescialle, mocca a jidde, che si metteva i guanti per servire a tavola. Sembrava di stare all'albergo di Santa Maria di Leuca. Poi se ne andavano i giornalisti e a nuje ce l'ho rasckavano 'ngule!»

Entrò la donna con un vassoio di fortuna. Cataldo prese il caffè e lo ingollò tutto d'un fiato. Probabilmente gli serviva per scaldarsi le budella. Il freddo era pungente, non sembrava neppure di stare dentro un appartamento. Ferraro prese il suo bicchiere d'acqua anche se non ne aveva voglia. Bevette un po', proprio per non fare una brutta figura. Gli uscì un altro fumetto dalle labbra, stupendolo.

La donna se ne accorse: «Non abbiamo il riscaldamento».

«È rotto?»

«Naa. È che abbiamo occupato l'appartamento, non l'hanno mai fatto funzionare.» Indicò il paralitico: «Stu stueteche nu vvo pagare l'affitte».

«Mudù, uagnedde, ce ue'? A me mi tocca la casa, sono invalido...»

Ferraro guardò l'uomo: «Cosa ti è successo? Eri in missione?»

La donna rise, stronzissima.

«Ce te ride, strunza?»

«Ha da cunte mò piccè stè addè!»

L'uomo abbassò lo sguardo, umiliato: «No, ce missione. Ho fatto un incidente, qui a Milano, co' a magana».

«E tenevi pure torto. Manco una lira di assicurazione. Je proprie vere, a cci mozzeche u can? Au strazzate!»

«Je so strazzate e sorete è zoccola!»

«Accumenze n'otra vota? Meglie zoccola che bambasciune. Se steve cu soreme nun tenive fridd, mò! Agghie lassate a Criste pe scè alle cozze.»

«Uagnè, mo te donghe nu sckaffe...»

Provò ad alzare le mani verso la donna, che istintivamente si spostò all'indietro. Lui perse l'equilibrio, la scena era patetica, Ferraro iniziava a scocciarsi. Cataldo riuscì a malapena a non crollare dalla sedia. La donna sbiancò in volto.

«Statt' attinte, ancora cadi!»

Lo disse preoccupata. Lo odiava. Si odiavano. Non potevano fare a meno l'una dell'altro; avevano trovato qualcuno da odiare per tutta la vita, non si sarebbero mai lasciati.

«Lazzaro, vogliamo finirla? Io non posso stare qui per tutta la giornata!» Poi si rivolse alla donna: «Per piacere, ancora un minuto e me ne vado».

«See, mo mange tu... quidd n'ora sana sana ti tiene.»

Ferraro impallidì all'idea di stare un'altra ora in mezzo a quel delirio.

«Non diciamo cazzate. E facciamo in fretta, tu vedi di andare di là che a lui ci penso io...»

«Cumpà, no ssi dolc' d' sale tu» disse scocciata. «Mo m' lleve subbite di nnanze all' cugghiune.»

E uscì. Ferraro si sentì solidale con Cataldo nel desiderio di riempirla di schiaffi.

«Allora, Cataldo, vediamo di arrivare al dunque...»

Ma Cataldo era in piena reviviscenza della memoria: «Na vota ame sciute pe vede u ponte de petre a Mostar. Nu ce steve chhiù nudd. Li mussulmani stèvene...»

«Porca troia Cataldo, non me ne frega un cazzo, lo vuoi capire? Ti ho chiesto di Vito Russo, capito? Vito Russo!»

«Ce t'agghia dice? Eravamo noi tre sempre con Lari. Io, Mario e Vito. Solo che Vito se faceva le cazze sue.»

«Che vuoi dire?»

«Quando non era in servizio andava in giro, canusceva nu sacco de cristiane.»

«E che faceva?»

«Ce ne saccie je? Aveva i suoi traffici... faceva l'mafiuse.

Jidde vuleva fa l' sorde c'a uerra. Manche fusse u megghie d'a città! »

« Con chi trafficava? Gente del posto? »

« Da solo nu faceva nudd. Tand era jerte, tand era fesse! Faceva o mercato niro, co' nu cupare, nu giovane, ma furbo, intelligente. Uno dde llà, dde Saraieve. S'astipava sempe a megghia parte de li sord. Tanto Vito nu capiva nu cazz. Attaccava u ciuccie addò ghiva u patrone. »

« E Lari se era accorto? »

« Naa, ce ne futtiva a jidde? Aveva i traffici suoi, chiù grossi... »

« Ti ricordi come si chiamava il ragazzo con cui trafficava Russo? »

« Non era italiano. »

« L'ho capito. Il nome te lo ricordi? »

« Sì. Cioè... 'O soprannome... Zorro. »

« Zorro? »

« Sine... Vito ce stroppiava o nomme: Zorro Giovanni Marco. Così se lo teneva a mente. »

« Non capisco. »

« È un trucco: Zorro stava per Zoran. Ma Giovanni Marco non mi ricordo. »

Nella testa di Ferraro risuonavano le campane, come in una festa paesana. Il caso non esiste, il caso non esiste. Continuava a ripeterselo: non esiste, non esiste...

« Cataldo... era per caso Zoran Gjomarkaj? »

« Sì, cumpà... propio jidde. Zorro Giovanni Marco, Zoran Giomarcai. Pizz'a tte... Come lo sai? »

6

Entrò in commissariato con una faccia da pazzo.

« Comaschi... Antonio... »

« Ferraro, che c'hai? »

Si guardò attorno, circospetto.

« Vieni con me, andiamo nel mio ufficio. »

Ci andarono.
«Si può sapere che succede?»
«Ascoltami... come siete messi con le indagini?»
«Siamo fermi. A De Matteis basta quello che ha, sta lavorando sul passato di Don Leo e sui suoi rapporti con Lanza. Secondo me lo vuole mettere fuori gioco. Non so se sai...»
«Lascia stare, non mi interessa. Ti devo dire una cosa.»
«Dimmi.»
«Sentimi bene. Io inizio il turno ora. Fino alle due di stanotte sono bloccato qui.»
«Auguri e figli maschi. Io smonto fra mezz'ora.»
«Non mi interrompere. Ti ricordi il tuo schemino? Te lo ricordi?»
«Sì, certo.»
«Be', forse dobbiamo dimenticarcelo.»
Comaschi tirò fuori una sigaretta dal pacchetto.
«Ferraro, calmati. Mi sembri sotto l'effetto di uno stupefacente!»
Era così. Era l'adrenalina.
«Cosa sappiamo dei morti?»
«È una domanda filosofica o teologica?»
«Dei morti della strage, intendo.»
Il sovrintendente accese un cerino.
«Cosa dobbiamo sapere?»
«Cosa sappiamo di Zoran Gjomarkaj?»
«Chi?»
«Cazzo, Comaschi! Zoran Gjomarkaj, una delle vittime della mattanza.»
«Il panettiere? Che era uno sfigato. Al posto sbagliato nel momento sbagliato.»
«Errore.»
Comaschi buttò il cerino nel portacenere, con un gesto di stizza.
«Ferraro, mi stai rompendo la minchia. Vedi di essere più chiaro, io non faccio la lettura del pensiero.»
«Vito Russo è stato nel contingente ONU in Bosnia, dodici anni fa. Nel tempo libero trafficava con la malavita locale, o

qualcosa del genere. Una cosa è certa: a Sarajevo ha conosciuto Zoran Gjomarkaj, con il quale faceva affari di vario genere.»

«Cazzo.»

Comaschi aprì la bocca. La sigaretta gli rimase come per incanto appesa al labbro inferiore.

«Lo capisci? Capisci cosa ti voglio dire? Gjomarkaj non è morto per caso. Forse era proprio lui l'obbiettivo della strage. Forse è Russo lo sfigato. Oppure volevano ammazzarli entrambi, insieme. È questo che bisogna scoprire.»

«Porca troia. Sei certo di quello che dici, giusto?»

«Certissimo. Bisogna cercare nel passato di questo Gjomarkaj, capire chi era veramente, da quando era in Italia, quali erano le sue vere attività. A questo punto è evidente che il panificio era una copertura.»

«Cosa devo fare con De Matteis?»

Ferraro si bloccò. Non ci aveva pensato.

«No. Se puoi, se ci riesci, non dirgli nulla. Magari è un buco nell'acqua. Meglio non sputtanarsi subito.»

Non era ancora sicuro se aveva un asso nella manica o un patetico due di picche.

«E con Zeni?»

Che voglia di fumare. Che disperata voglia di farsi due bei tiri come Dio comanda, di quelli che si spandono nei polmoni, che intossicano tutti i bronchi. Che voglia di un gesto insulso, insensato, stupido, liberatorio.

«No.»

«No?»

«Meglio di no. Vedi quello che riesci a cavarci.» Diede un'occhiata all'agenda appoggiata sul tavolo. «Io domani sono libero. Mi metto sotto e...»

«Ferraro, domani è domenica. Non devi andare a prendere tua figlia?»

Giulia. Aveva aspettato una settimana, come un assetato in mezzo al deserto che sogna di rifocillarsi sotto il palmeto; e ora doveva ammettere a se stesso che l'idea di andare da sua figlia lo infastidiva. Che voleva proseguire le indagini, che, in definitiva, il suo lavoro aveva vinto sulla sua vita privata, che Francesca aveva maledettamente ragione.

«Giulia, è vero...»

«Ascolta, Ferraro, non fare cazzate. Stai con tua figlia. Non hai neppure il caso in mano. Sul morto ci lavoro io, non preoccuparti. Una volta tanto fidati degli altri. Non sei l'unico poliziotto qui dentro.»

Aveva ragione. Meno male.

7

Dormì più di quanto volesse. Non aveva ancora comprato la sveglia nuova e ormai i risvegli erano nelle mani del Fato. Aveva un aspetto orribile, non fece neppure in tempo a farsi la barba, confidò nell'amore filiale. Fuori c'era un sole smorto, faceva freddo, non aveva voglia di aspettare mezz'ora al gelo l'autobus. Decise di andare in macchina a prendere la figlia, anche se non amava guidare la domenica. Anzi: non amava guidare del tutto. Si distraeva continuamente, sbagliava strada; e poi l'autobus un po' gli mancava. Non aveva mai letto tanto come sulla 57, quando andava o tornava da scuola. Almeno un'ora di lettura per tratta assicurata. Aveva preparato interi esami universitari su quel tragitto. In macchina non si riesce a leggere.

Ma, sotto sotto, non amava guidare perché lo associava al lavoro del padre. Viaggiare era bello, divertente, chi viaggiava era libero; chi guidava no. Chi guidava lavorava, era vincolato al tragitto, alle consegne, alla fatica. L'errore fu del padre quando gli piazzò il volante del camion in mano che lui era poco più di un ragazzino. Glielo fece guidare in aperta campagna, stavano andando dalle parti di Novara. Michelino già sapeva portare la macchina, se c'era da spostarla da una seconda fila, davanti al bar di via Lopez, e il padre non voleva perdere il giro alle carte, dava le chiavi al figlio, facendosi bello di fronte agli amici del bar che si complimentavano per come stesse tirando su bene quel ragazzino. Il piccoletto si gonfiava, faceva l'ometto, serioserio, con la punta della lingua appena fuori dalle labbra, all'insù, sulla destra. Girava la chiave, armeggiava con i pedali, parcheggiava più avanti. Aranciata assicurata e pacche sulle spalle di tutti i presenti al bar. Ma il camion gli faceva paura. Era enorme, spaventoso. C'era il servosterzo, ovvio, non c'era pericolo, il padre era lì di fianco, pronto ad ogni evenienza, ma, si sa, le dimensioni contano. Sentì la fatica, sentì il lavoro.

Guidare, quindi, era lavorare, per Ferraro. Anche dopo, soprattutto i primi anni in polizia, sulle volanti, in giro per ore per la città. Quindi quando poteva evitava. Quando poteva; ora non poteva.

Suonò alla porta di casa della moglie. Non fu felice di vedere la faccia di chi gli venne ad aprire.

«Dov'è Francesca?»

«Ciao, Michele, vieni entra... Francesca è sotto la doccia, ha quasi finito.»

«Walter, chi è? Papàaaa...»

La figlia gli saltò in braccio. La fece volare per un po' poi desistette, il ginocchio stava per cedergli. Mise Giulia giù, con nonchalanche, e fece di tutto per dissimulare il fastidio alla giuntura ossea davanti agli occhi di Scarpi. Il quale, a dir la verità, se lo cagava di striscio. Era in maniche di camicia, tutto intento a mettere in ordine una pila di peluche.

«Però Giulia, la prossima volta che giochiamo mi devi promettere che metti a posto tu.»

«Sì, Walter, certo.»

Come no. Ferraro non c'era mai riuscito in sei anni e adesso arriva questo, bello bello, e vuole imporre regole, fare il padre. Solo all'idea Ferraro fumava dalla rabbia. Poi uscì dal bagno Francesca, accappatoiata, con un asciugamani in testa a mo' di turbante. Era bella da mangiarsela.

«Michele, alla buonora...»

«Scusa Francesca, dovrei dirti una cosa.» Risoluto.

«Dimmi. Hai bisogno di qualcosa?»

«Vorrei parlarti... in privato.»

La donna inarcò le sopracciglia, dubbiosa.

«Va bene, andiamo di là, in cucina.»

Andarono. Scarpi era carponi a raccogliere ciarpame, mentre Giulia, di nascosto ai suoi occhi, ne buttava altro a terra, satanica.

«Avanti, dimmi. Che succede?» chiese la donna.

«Vorrei me lo dicessi tu.»

Francesca era l'iconografia dello stupore.

«Ma che stai dicendo? Non ti capisco.»

«Che ci fa quello qui?»

«E a te che te ne frega?»

«Francesca, non mi fare incazzare. Ora te lo porti pure a letto qui in casa? Brava, complimenti... quand'è che Giulia inizierà a chiamarlo papà?»

La donna era senza parole. Voleva parlare ma sembrava che qualcuno avesse azzerato la manopola del volume.

«È scorretto, Francesca, questo non me lo dovevi fare. Da quando va avanti questa storia? Io non mi sono mai permesso di...»

«Stai zitto, idiota.» Manopola girata. A livello 4.

«No, Francesca, ora mi fai parlare, anche perché io...»

«Ho detto zitto, imbecille. Brutto maschilista del cazzo, stai zitto, prima che ti prenda a scarpate su quella zucca vuota!» Livello 10. Assordante.

Ora era Ferraro il defavellato.

«Francesca, insomma...»

«Zitto! Sei in ritardo di quasi tre ore, te ne rendi conto? Ti ho aspettato, dovevo farmi la doccia, non volevo lasciare la bambina da sola, questa mattina è un po' rognosa, non mi andava, insomma... Ti stavo aspettando, così dopo che te la portavi fuori trovavo il tempo per me. Veniva Walter e me ne andavo a mangiare una pizza, in santa pace. Ma tu, caro il mio paparino premuroso, eri in ritardo... sai che novità! Allora quando è arrivato Walter, mezz'ora fa, *in orario*, gli ho chiesto di stare con la bambina, e sono andata in doccia. E ora tu mi vieni a fare le scenate? Ma sei scemo? Cosa ti passa per il cervello? Cosa credi, che devo vivere come una suora di clausura? Ho una vita, ho un uomo, e allora? Se tu non riesci a trovarti una donna cos'è, colpa mia? Non me ne frega niente, capito? A me interessa solo di Giulia, va bene? Come posso fidarmi di te? Ho dovuto divorziare per vedere il padre di mia figlia portarsela in giro la domenica, ecco la verità. Non metterti a fare la predica con me, capito? Non te lo permetto!!! »

Ferraro si sentiva un invertebrato a corpo molle, allungato, privo di zampe.

8

Il soggiorno sembrava la Siberia. Era calato un silenzio gelido, veniva voglia di mettersi la pelliccia. Poi si avvicinò mesta la figlia.

« Papà, tu e la mamma avete litigato? »

La guardò negli occhi. Niente bugie, cerchiamo di essere seri, adulti. Si piegò sulle ginocchia, per fissarla meglio. Il ginocchio non gli fu grato.

« Sì, tesoro, abbiamo litigato. Ma non devi preoccuparti. Non è colpa tua. »

« E di chi è la colpa? »

Era tua, sbirro del cazzo. Tua, che ti sei perso una famiglia per il tuo sangue infettato dal senso di onnipotenza, dagli interrogatori in una coltre di fumo, dalle ossessioni investigative, dal machismo, dalle rivalse professionali, dalla mentalità da poveraccio, dallo sbirrume.

« Non è di nessuno, amore. Non ti capita ogni tanto di essere nervosa? »

« In che senso? »

« Non so... che non hai voglia di fare certe cose, o non le capisci, oppure che le fai e non ci riesci, e allora ti arrabbi, ti viene voglia di piangere... »

« Sì, mi capita. »

« Ecco. Oggi io ero così, e forse anche un po' la mamma. »

« È vero, mamma? »

Francesca tirò su un po' dal naso. Faceva la dura, ma era una sentimentale. La presenza di Scarpi era intonata all'ambiente come un'acciuga in un bignè.

« Sì, zuccherino. Eravamo un po' nervosi. »

« Ma adesso è passato? »

«È passato, non preoccuparti.»

Il padre prese dall'attaccapanni il giubbotto della bambina.

«Forza, cucciolotta, vestiti, che andiamo da Mustafà.»

«Non ho voglia.»

Ahia, ora me la fa pagare.

«Dai zuccherino, vestiti e vai con papà.»

«Non voglio. Voglio restare qui.»

«Ma io e Walter dobbiamo uscire, lo sai» disse, sconsolata.

Scarpi provava disperato a modificare in chiave mimetica le cellule cutanee, nel desiderio assurdo di confondersi con la tappezzeria, non riuscendoci.

«Fuori fa freddo, non voglio uscire. Voglio mangiare qui.»

«Giulia, amore...»

«Tesoro...»

Erano ad un'impasse.

Scarpi provò il beau geste: «Giulia dai, la prossima volta che vengo giochiamo tutta la sera, però ora è meglio che ti vesti».

Ferraro lo trafisse con gli occhi. Fortuna che non aveva dietro la pistola di ordinanza.

«No. Voglio mangiare qui!»

Francesca e Ferraro si guardarono, imbarazzati. Poi il poliziotto, con fare depresso, riappese il giubbottino all'attaccapanni.

«Va bene, cucciolotta, se non vuoi uscire, vorrà dire che io...»

«Io voglio mangiare qui. Con te e la mamma!»

Panico.

«No amore, non ho fatto la spesa, lo sai.»

Bugia. Francesca aveva sempre il frigorifero pieno.

«Non è vero. Se vuoi ce la puoi fare la pasta. Sei tu che non vuoi, sei cattiva.»

Era in pieno delirio capriccioso.

«Ma, scusa, amore... e Walter? Che facciamo? Lui voleva andare fuori, al ristorante. Non posso mandarlo a mangiare da solo.»

La bambina fece un sorriso, bello, come un putto di Raffaello, come un bimbo di Caravaggio. Popolare e nobile, elegante e astruso, intrigante e semplice.

«Ma mamma! Cucini un po' più di pasta. Apparecchio io, metto quattro piatti.» Scattò come una molla, verso la dispensa. «Dai, muoviti, che abbiamo fame!»

L'intreccio di sguardi fra gli adulti presenti sembrava quello di un trio di cocainomani in preda ad uno sballo triste e sconvolto. Il panico montava.

«Mamma, allora?» Era la gioia fatta bambina. «Io voglio gli spaghetti. A te piacciono Walter? Papà li mangia sempre. Lo sai che usa il cucchiaio per girarli? Lo vuoi anche tu il cucchiaio?»

«Ma, io, non so...»

Una bella situazione del cazzo, non c'è che dire.

«Lo usi o non lo usi?»

«No, io no... però...»

Ferraro guardò la ex moglie. E poi la figlia, splendente. Forse era tempo di una tregua.

Rimasero insieme tutto il giorno. Come due superpotenze al tavolo delle trattative, in territorio neutrale. Un po' di sana e buona educazione, per Dio! Non tanto per la trattativa, ma per l'ospite così adorabile.

La sera tornò a casa. Sulle scale si rese conto di avere il cellulare spento. Lo accese. Aspettò un minuto. Niente, nessun messaggio, meglio così. Il tempo di una pisciata e telefonava a Comaschi, per le novità. Aprì la porta e una busta scivolò sul pavimento. La prese e l'aprì. Poteva spegnere di nuovo il telefono, Comaschi era passato di lì.

9

Ti scrivo degli appunti in corso d'opera, così non perdo il filo. Buona lettura.

1) Sei un coglione. A prescindere.
2) Ripeto: sei un coglione. Motivo. Gjomarkaj non è un cognome serbo, avevo ragione io. Bastava fare una semplice ricerca su internet. Gjomarkaj è un cognome

albanese, del nord dell'Albania. Un cognome importante, a quanto pare, nobiliare, o giù di lì. Ora: è vero che ho conosciuto un sacco di pezzenti con il cognome da nobili, però la cosa non ti pare curiosa?

3) Ho chiesto in questura la pratica di immigrazione del nostro uomo. Zoran Gjomarkaj. Entrato in Italia con legalissimo permesso di soggiorno, sei mesi fa. Aveva un regolare contratto di lavoro che lo ha fatto entrare in Italia dalla porta principale. Non era il proprietario del panifico, ufficialmente è stato assunto, da un serbo, in Italia già da quattro anni. Tale Bozidar Georgevic (notato? Finisce per VIC. Cognome serbo. Pirla).
4) La cosa si fa interessante. Gjomarkaj aveva un passaporto croato. Dunque: nome serbo, cognome albanese, passaporto croato. Se la zia era macedone e il nonno bulgaro facciamo filotto.
5) Ho chiesto ad un amico nell'esercito. Russo faceva parte della scorta di un colonnello. Tale Lari (è morto, tre anni fa). Nella scorta c'erano altri due tizi: Cataldo Lazzaro (di Milano, l'ho cercato al telefono, ma non c'era) e Mario Pascale (un terroncello della provincia di Caserta). L'ho sentito al telefono. Si ricordava di Zoran. Era un ragazzino pieno di iniziative, a quanto pare. L'età corrisponde. Pascale mi ha assicurato che Zorro (era il suo soprannome) fosse serbo. Ne è sicurissimo. Mi ha detto che in quei giorni non si poteva sbagliare, se entravi nel quartiere sbagliato ti facevano la pelle e il piccolo Zoran operava proprio nel territorio serbo.
6) Ho cercato ovunque. Nessun precedente penale da noi. Ho fatto una richiesta anche alla polizia di Belgrado e a quella di Zagabria, ma chissà quando sapremo qualcosa. Ho cercato di scavalcare, nell'ordine, il magistrato, Zeni e De Matteis (non sanno nulla), quindi il mio fax non ha, esattamente, tutti i sacri crismi del diritto internazionale.
7) Stiamo parlando della stessa persona? Era un omonimo? Era uno che usava il nome di qualcun altro? Ma-

gari di uno morto o che ancora vive lì? Pascale mi dice che lo riconoscerebbe se gli facessi vedere una fotografia. All'immigrazione l'archivio è un casino, foto non ce n'è. Potrei chiedere la riesumazione del corpo. Con santa pazienza, magari facendo aprire gli occhi del cadavere al medico legale, una foto riusciamo a farla e a spedirgliela ma: devo chiedere la riesumazione? Come lo spiego a Zeni? Dobbiamo parlarne con Zeni? E se è un buco nell'acqua?

8) Sei un coglione. A prescindere.

A domani. Buonanotte e sogni d'oro.

XIV

FINE DEI GIOCHI

1

«Che facciamo?»

«Dobbiamo dirglielo, lo sai, vero?»

«Uff...»

«Smettila, dobbiamo dirglielo. Zeni lo deve sapere.»

«Non voglio. Magari è una fisima mia, non ci sono abbastanza elementi per...»

«Sentimi bene, Ferraro, sull'omicidio Falbo non stiamo cavandoci nulla. I pugliesi sembrano i migliori produttori di alibi di tutta la zona, non c'è un buco dove infilarsi. De Matteis fibrilla. Ha Lanza per le palle. Tra l'altro farlo fuori per lui significa: un Lanza in meno, la promozione e, forse, anche Bruxelles.»

«Ma come faccio ad andare da Zeni e dirgli: riesumate un cadavere, così, tanto per tenerci in allenamento.»

«Non è vero. C'è più di una ragione, più di un riscontro. Dobbiamo dirglielo. Glielo dico io, se ti stressi, non preoccuparti. Io sto ufficialmente sul caso, mi deve stare a sentire...»

«No, no. Non ti voglio sulla coscienza.»

«Ma sei scemo? Mica dobbiamo chiedergli se possiamo ammazzare uno per poi fotografarlo! Ma che ti prende? Abbiamo fatto di peggio, non capisco!»

«Hai ragione, lo so. Ma è come se, non so... è come se la cosa mi stonasse.»

«Per me non è un problema, io non ho orecchio musicale.»

«Ma come fai?»

«Cosa?»

«Ma come ti vengono? Hai fatto un corso?»

«Te l'ho già detto, è un talento naturale.»

«Un talento sprecato.»

«Non è vero. Allieto le vostre giornate squallide, mi sto guadagnando un posto in Paradiso.»

«Vabbe', lasciamo perdere.»

«Ferraro.»

«Che vuoi?»

«Andiamo da Zeni.»

«No.»

«Non fare il coglione.»

«C'è De Matteis in commissariato?»

«Oddio, ho capito... non vuoi che lo sappia De Matteis. Tu sei malato, fattelo dire...»

«Non so come può giocarsela. Se è un buco nell'acqua ce la fa pagare, se ci abbiamo visto giusto, ce la fa pagare lo stesso.»

«E allora cosa cambia, scusa? Cavato il dente cavato il dolore.»

«Mmmh... mmmh... mi sa che hai ragione.»

«Senti, è l'alba, fa un freddo della Madonna, mi dai un appuntamento dietro l'angolo del commissariato, sembriamo due fidanzatini in calore. E questa è la terza sigaretta che fumo da quando siamo qui. Va a finire che prima di sera svaligio un tabaccaio e faccio il tuo nome!»

«Va bene, hai ragione, entriamo.»

«Gesù, ti benedico. Mi si è rattrappito l'uccello!»

2

Zeni roteava sulla sua sedia presidenziale con una lentezza esasperante. Sembrava fermo, eppure si muoveva. Lentissimamente. Ci saranno voluti anni di prove, avanti e indietro, per trovare la giusta posizione sulla poltrona, la giusta spinta delle reni, il gioco esperto delle gambe, il perfetto calcolo dei pesi e dei contrappesi. Ferraro era come ipnotizzato. Gli sembrava di vedere i piccoli automi meccanici del campanile di Messina, precisi, millimetrici, che uscivano dallo sportello, facevano la passerella e rientravano. Sembrava un pupazzo in scala 1:1 del presepe di Natale, il pastorello adorante con un perno nel culo, che girava, di qua e di là, preciso, inevitabile, ineluttabile. Forse era una tecnica del corpo, che inibiva gli astanti, che li metteva a disagio, qualcosa imparato in qualche scuola per dirigenti, chi lo sa, o forse era che Ferraro dormiva sempre meno, cercava di rubare il tempo di notte per lo studio e la mattina si sentiva già pronto per il cassonetto dell'organico.

Erano passate due settimane esatte da quando aveva concordato il suo piano di studi con il busto del Pincio, e la cosa gli sembrava lontanissima, nel tempo e nello spazio, un bel sogno giovanile, già esaurito; abortito prima ancora di conoscere la luce.

Comunque la statua di cera a forma di vicequestore non muoveva un muscolo, ascoltava tutto con una attenzione che rasentava la meditazione tibetana. Ferraro si aspettava che all'improvviso si scoprisse che Zeni si era dipinto gli occhi sulle palpebre e che in realtà stava dormendo della grossa, coccolandosi, avanti e indietro, avanti e indietro... L'idea gli fece spuntare un germoglio di sorriso sulle labbra, subito raggelato dallo sguardo fulmineo di Zeni che mosse gli occhi sull'ispettore quel tanto necessario per fargli recuperare la mestizia che il caso richiedeva.

«Va bene» disse il presepe vivente.

«Va bene?» Parlava Comaschi, meglio così.

«Sì, sì... non abbiamo molto altro in mano, no?»

«No dottore, siamo immobili.»

«Solo una cosa.»

«Dica.»

«Bisogna dirlo a De Matteis.»

Si intromise Ferraro: «Dottore, preferirei che De Matteis...»

«Non dica più nulla, Ferraro. Lei non esiste, lo sa? Di questo caso non dovrebbe neppure conoscere la posizione del faldone nell'archivio.»

«Ma, scusi...»

«Insomma, basta. De Matteis è il titolare dell'indagine, non vorrà mica che io permetta i doppi giochi, il farsi le scarpe a vicenda, le procedure anomale, le antipatie personali, vero?»

«Sì, cioè, no...»
«Sì o no?»
«No, no, certamente...»
«Allora: Comaschi, vada da De Matteis e gli esponga le novità del caso. Di come le sue indagini personali, e, insisto, personali, svolte senza la collaborazione di alcuno, abbiano portato a questo possibile sviluppo. Concordi con il vicecommissario la richiesta di riesumazione del corpo e tutto il resto. Fate delle ricerche anche sui luoghi di provenienza di questo... come si chiamava?»
«Gjomarkaj, Zoran Gjomarkaj.»
«Appunto, di questo Zoran Gjomarkaj. Di dov'era? Il cognome sembra albanese...»
Bastava andare a chiederlo a Zeni, a quanto pare.
«Non lo sappiamo con certezza, il passaporto è croato.»
«Croato? Bah, mi sembra strano... comunque... tenetemi informato su tutto, la situazione si sta facendo difficile, voi non avete idea di che tipo di pressioni sto subendo...»
Si alzarono, come espulsi dalle sedie.
«Allora noi andiamo, dottore...»
«Ferraro, si sieda, non l'ho ancora accomiatata.»
L'ispettore guardò il sovrintendente quasi come se gli chiedesse aiuto, alla ricerca di uno straccio di solidarietà di classe, si sentiva come se il preside, dopo la ramanzina ai due scavezzacollo, avesse deciso che solo uno dovesse essere punito. Aveva estratto un numero ed era il suo. Il solito culo.
Comaschi se ne andò dall'ufficio di Zeni come un carcerato che esce di galera ma lascia in cella suo fratello minore. Ferraro si abbandonò sulla sedia di fronte il vicequestore, sbuffante.
«Mi dica, dottore.»
«La vedo indisposto, Ferraro... ha da chiedermi qualcosa, per caso?»
«Dottore, in tutta onestà... speravo che lei mi mettesse sul caso. Ora, non è per farmi bello, ma dei trascorsi di Russo se non c'ero io, col cacchio che De Matteis...»
«Sssh, non dica nulla... come va con lo studio?»
Ferraro spalancò gli occhi, stupefatto.

«Come scusi?»

«Le abbiamo organizzato un buon calendario, mi pare, no? Ha molto tempo libero, giusto? Riesce a studiare?»

Aveva voglia di alzarsi e tirargli un pugno in faccia.

«Dottore, mi sta prendendo in giro?»

«Non studia? No, perché io, ovviamente, non so cosa fa fuori dalle ore del suo turno... se lo ricorda che gliel'avevo detto, no?»

Si è bevuto il cervello, è evidente.

«Come non lo sa! Ma scusi, io...»

«Ferraro, mi ascolti una volta per tutte. Io non so, non devo sapere, cosa fa fuori dall'orario di lavoro. È proprio questa la mia forza, e la sua, lo capisce? Se la metto sul caso, De Matteis avrà il controllo totale su tutta l'operazione. Io ho bisogno di un battitore libero. Se Comaschi fallisce, se questa storia del cadavere non porta da nessuna parte, sarà una vittoria per De Matteis. Cosa crede, che non conosco quali giochi e interessi ci siano in ballo? Lei deve continuare a volare basso in commissariato, stare in mezzo alle sue scartoffie, non deve essere una preoccupazione per nessuno. Poi, fuori di qui, io non so, non voglio, non devo sapere cosa fa, chi incontra, come usa il suo tempo.»

«È una *procedura anomala*, quella che mi propone, mi pare.»

Lo disse con tutta la stronzaggine che la sua posizione gli permetteva. Zeni, inaspettatamente, sorrise.

«È l'unica maniera che ho, nel mio piccolo, per fare qualcosa... è il mio tentativo di far uscire Lanza dalle peste. Se non lo vuole fare per me lo faccia per lui. È un suo amico, no?»

3

La giornata passò, alla bell'e meglio. Da Comaschi nessuna nuova. La sera si dedicò allo studio. Anche il martedì sembrava dovesse passare indolore. Le solite menate in commissariato, ordinaria amministrazione.

C'era quella lite, al mercato di zona. Sembrava roba di vigili urbani, un ambulante che aveva invaso parte dell'area del vicino. Poi sono volati schiaffi, calci, dita negli occhi, i vigili non bastavano più. Ci mandarono Ferraro e Fusco, ci misero un po' a ricostruire la faccenda, a capire chi aveva iniziato e perché. La cosa più difficile fu, in realtà, dividere i due ambulanti; si erano fatti tutta via Pascarella rotolando sull'asfalto, sotto lo sguardo stupefatto delle beghine che erano lì per i carciofi e le patate.

La situazione un po' imbarazzava Ferraro, abitava là dietro e non ci aveva mai fatto il callo a fare lo sbirro sotto casa. Gli dava fastidio che i suoi vicini di cortile lo vedessero preso all'alto compito di tutore dell'ordine; se li vedeva che lo sfottevano alle sue spalle, magari sputando per terra al suo passaggio. Residui di una cultura di strada, che guarda i poliziotti, gli uomini della Legge, dello Stato, sempre con sospetto.

Va a finire che sua moglie aveva ragione, diciamoci la verità. Che ci stava a fare lì? Se solo l'avesse ascoltata un po' di più.

In realtà i primi anni del matrimonio, sulle montagne, ci stavano anche bene, sembravano una bella famigliola, di quelle della pubblicità. Certo, Francesca sperava nella laurea del marito, era convinta che fosse comunque una collocazione temporanea quella in polizia (era di Quarto pure lei, d'altronde. Per quanto lo negasse gli sbirri la infastidivano). Quando Michele ottenne il trasferimento a Milano non immaginavano ancora cosa sarebbe accaduto dopo.

In pratica Ferraro, insieme alla moglie e alla piccola Giulia, tornò a vivere proprio nella casa dei genitori (affitto ad equo canone, mica paglia, dove lo trovi un affitto a quei prezzi a Milano?). I due vecchi si erano comprati un bilocale fuori città, di nascosto da tutti. Questo Michele proprio non se l'aspettava. Innanzitutto che i genitori avessero dei soldi sotto il materasso, e che poi avessero deciso non di tornare «al paese» (ma, in effetti, quale paese? Quello paterno o quello materno?) ma di trasferirsi, loro sponte, neppure troppo lontano da Milano. Giusto un'oretta in macchina, verso il lago.

Pare che ci andavano da giovani sul lago. Pare che lì sbocciò il loro turbinoso amore adolescenziale (neanche troppo adolescenziale, se è vero che la madre si sposò a ventiquattro anni, una vecchia, secondo la mentalità dell'epoca). In pratica tornarono dove tutto, forse, era iniziato, presi da un incantamento amoroso inimmaginabile, se si tiene conto che non facevano altro che litigare, dalla mattina alla sera, da quasi quarant'anni. Eppure lo fecero. Si lanciarono in un giovanile colpo di testa lasciando l'appartamento dell'ALER ai due ragazzi (a pensarci bene Ferraro si era sposato che aveva trent'anni, com'è che per la madre era ancora un ragazzo?), così si mettevano da parte un po' di soldini per comprarsi la casa.

Mai scelta fu tanto amorevole e tanto disastrosa.

A Francesca solo l'idea fece venire le scalmane. Lei da Quarto voleva fuggire, altro che tornarci, anche se solo per qualche anno. Non durò molto, in effetti. Le ragioni del divorzio furono anche altre, certo, ma questa di sicuro non è da sottovalutare.

Probabilmente fu il primo caso di separazione, da che memoria ricordi, dove la casa rimaneva al marito e non alla moglie. Francesca quasi lo impose al giudice. Si portò via la sua roba, i suoi vestiti, i suoi libri (e anche qualcuno di Ferraro). Dio, quanti scatoloni. Si portò via tutto. Anche Giulia.

Comunque era inutile perdersi nei ricordi, era poco professionale, c'erano due tizi da separare da una morsa degna del campionato regionale di lotta greco-romana, non era certo il momento per le pose da nostalgico poeta tardoromantico.

I due se l'erano date di santa ragione, non c'è che dire. E in commissariato poi si comprese che il posto usurpato c'entrava ben poco. Di usurpata, consenzientemente usurpata, c'era la moglie di uno dei due. Zoccola dentro, secondo le voci di corridoio. In realtà arrabbiata per le eccessive attenzioni del marito nei confronti della salumaia, vedova da pochi mesi. Insomma, un bel giro di corna, sempre molto divertente da raccontare al bar (se non sei il cornuto); sano, salutare quasi.

In ogni caso a fine turno Ferraro non stava più nelle mutande. Tirò fuori il cellulare, era ora di chiamare Comaschi. Lo ripose subito, non c'era bisogno di telefonare, Comaschi e De Matteis stavano rientrando in commissariato proprio in quel momento, uno con la faccia più allucinata dell'altro.

Ferraro guardò l'amico, interrogativo. Il collega fece in tempo a far roteare l'indice in posizione orizzontale, di nascosto dal vicecommissario. I due entrarono da Zeni, lasciando Ferraro in mezzo all'atrio, come una scultura artigianale appena acquistata, della quale ancora non si è deciso in quale parte della casa collocarla.

4

Ci volle un quarto d'ora buono, anzi una mezz'ora, prima che uscissero. Prima De Matteis, che si fiondò, neronero, nel suo ufficio, poi Comaschi.

«Allora? Che succede?»

Comaschi si guardò attorno.

«Vieni, usciamo, è ora della birretta.»

Per strada i due emettevano voluminosi sbuffi di vapore. Il sole era calato e faceva un freddo bastardo, fuori stagione. Nel giro di due settimane erano passati dall'estate all'inverno. Non c'è che dire, le stagioni non sono più quelle di una volta.

«Cazzo, Comaschi, che c'è? Hai una faccia...»

«Siamo nella merda, Ferraro.»

E ti pareva, mai una bella notizia.

«Che vuoi dire?»

«Questo Gjomarkaj... sembra non esistere.»

«Che vuol dire?»

«Dalla ex Jugo non ci caviamo nulla. Di Gjomarkaj ce n'è tanti, soprattutto in Serbia... ma di Zoran, con quelle caratteristiche, praticamente nessuno.»

«Nessuno?»

«Cioè, uno... sì, uno potrebbe corrispondere... età, descrizione, tutto...»

«E allora?»

Entrarono al bar. Il gestore impallidì.

«Cosa prendi?» chiese Comaschi.

«Birretta?»

«No, io no, fa freddo. Un bicchiere di rosso, che dici?»

«Boh, fai tu, io non ci capisco niente.»

Il sovrintendente si rivolse al banco: «Due bicchieri di Barbaresco».

Il barista lo guardò come se gli avessero chiesto il nome del quindicesimo papa della storia vaticana.

«Come? No... no... non ce l'abbiamo...»

«Minchia, siamo messi bene. Capisco se ti avessi chiesto uno Schioppettino o un Taurasi, ma il Barbaresco lo vendono anche al Super sotto casa!»

Ferraro lo guardava come se a lui fosse toccata la domanda sul sedicesimo papa.

«Mi dispiace...» insisteva il barista.

«Vabbe', che c'hai? Ce l'hai un Chianti?»

«Sì, il Chianti sì.»

«Va bene. Portacelo al tavolo. Con due bruschette, che ho fame.»

Si andò a sedere, senza neppure aspettare una risposta, Ferraro dietro lui.

«Cosa stavo dicendo?»

«Che uno che corrisponde c'è.»

«Sì, uno c'è. Però è pulito come un angioletto. Nessun precedente penale.»

«Dove l'avete trovato?»

«Non l'abbiamo trovato. In realtà la polizia di Belgrado ha trovato negli archivi dell'esercito della ex Jugoslavia la scheda del padre, medico militare. È morto, da un sacco di tempo. C'era la descrizione anche dei familiari. Zoran, se è lui, era il figlio. Insomma una famiglia a posto...»

«Hai detto Belgrado? Ma Zoran non aveva il passaporto croato?»

«Già. Da Zagabria stiamo aspettando.»

Arrivarono le bruschette e i bicchieri di vino. Comaschi addentò la sua porzione. Ferraro non aveva una gran fame, decise di bere. Il vino era corposo, di quelli che fanno schioccare la lingua. Si sentì subito le orecchie calde, come se il sangue fosse evaporato all'istante.

«Cosa state aspettando?» Poi un pensiero lo aggredì: «Ma scusa... e la riesumazione?»

«Appunto.»

Ferraro decise di mangiare. Il vino gli stava svuotando la testa e lo stomaco.

«Appunto, cosa?»

«Il corpo di Zoran Gjomarkaj non è più in Italia. Il cadavere è stato rimandato in patria, per richiesta della famiglia originaria, così pare...»

«Cazzo...»

«Bravo, hai detto bene. Ho parlato, se così si può dire, con la polizia locale. Dovevi sentirmi con il poliziotto croato, sembravamo due idioti.»

«In che lingua?»

«Europanto.»

«Eh?»

«Massì, un misto di inglese, francese, tedesco, spagnolo, e chi più ne ha più ne metta.»

«E vi capivate?»

«Sicuramente meglio che con De Matteis. Dovevi vedere il suo sfoggio d'inglese, roba da mal di pancia.» Sorrise. Decise di dare un altro morso alla bruschetta. Poi si passò, da professionista, il vino in bocca. «Bah, questo Chianti è roba da osteria di quart'ordine.»

«Che ti ha detto il croato?»

«Che procederanno alla riesumazione appena possibile. L'ha detto un po' di malavoglia, a dir la verità, e che cercheranno anche loro materiale su Zoran Gjomarkaj.»

«Bene, no?»

«No.»

«Perché?»

«Sono spariti tutti.»

«Tutti chi?»

«Non ci hai fatto caso? Il panificio è chiuso dal giorno della strage, non ha più riaperto. Bozidar Georgevic, il proprietario, è sparito.»

«Magari ha riaccompagnato il feretro in patria.»

«Quale patria? Lui era serbo, non croato.»

«Non so, non capisco. E gli altri ragazzi, i garzoni di bottega?»

«Boh. Volatilizzati. Alle frontiere non sanno dirmi nulla. Spariti. Non c'è più nessuno. Non è normale.»

Non lo era, effettivamente. Ferraro finì il suo vino, meditabondo. Pensa, pensa, pensa... forza Winnie the Pooh, inventati qualcosa. Niente.

«Niente, non mi viene in mente niente.»

«È proprio questo il problema, Ferraro. Non c'è più tempo. La pista slava magari è anche una pista, ma non si può batterla in tempi brevi. De Matteis viaggia in autostrada, non ne può più di aspettare.»

«Aspettare cosa?»

«Alcuni suoi informatori lo hanno messo in allarme. Pugliesi e calabresi stanno caricando le armi, la guerra può ricominciare da un momento all'altro.»

«Ne sei sicuro?»

«Ti dico la verità...» Si passò le mani nei capelli, stanco. «Sì, ne sono certo anch'io. Anche a me sono giunte informazioni su movimenti sospetti...»

«Porca troia.»

«De Matteis vuole usare il pugno di ferro. Vuole fare la guerra preventiva.»

«Che cazzo fa? Bombarda Quarto Oggiaro?»

«Vuole fare un po' di retate, mettere subbuglio, impedire che ci si organizzi. E lanciare un segnale forte.»

«Cioè?»

«Leggiti il giornale, domani. Don Leo è fregato. E forse anche Lanza.»

5

MILANO. LA STRAGE DI QUARTO OGGIARO. SALTANO FUORI I PRIMI NOMI

Ieri sera, in una conferenza stampa nei locali del Commissariato di Zona, il vicecommissario Ruggero De Matteis ha reso noto alla stampa i primi riscontri sulle indagini di Polizia a riguardo della stagione del sangue che ha macchiato, in queste ultime settimane, il noto quartiere popolare nella periferia della città meneghina. (articolo a pag. 15)

Un ruolo ingrato

Siamo con la Polizia, lo siamo sempre stati. È fin troppo facile fare da uccello del malaugurio, remare contro, sparare a zero su chi, ogni giorno, con spirito di abnegazione, rischia la pelle, magari per uno stipendio da fame. Ma il nostro mestiere è, inevitabilmente, un mestiere difficile, perché la nostra stessa deontologia ci impone uno sguardo critico nei confronti di chi, in realtà, profondamente rispettiamo.

Non potevamo tacere di fronte al perpetrarsi continuo della illegalità, proprio nella città che da sempre pretende per se stessa (e non senza ragione) il ruolo di capitale morale dell'intera Nazione.

Il nostro era un grido di dolore, era l'indignazione del padre di famiglia, del probo, del lavoratore onesto, che chiedeva a chiare lettere un segnale da parte di chi lo deve difendere dalla barbarie.

Non può che farci piacere che tutto ciò non sia rimasto lettera morta, non sia stato un vano urlare del pazzo alla luna. Il nostro messaggio nella bottiglia, lanciato nel mare magnum dell'indifferenza delle istituzioni, ha trovato nel gruppo capitanato dal vicecommissario Ruggero De Matteis [*a destra nella foto*] l'interlocutore che cercavamo.

Non sono rimasti fermi, i nostri ragazzi. Hanno lavorato alacremente affinché noi si possa girare per la città certi della loro presenza, come fossero angeli custodi. Angeli della porta accanto.

Angeli con la pistola, è chiaro. Difensori della legalità.

Nella conferenza stampa di ieri sera il vicecommissario ha snocciolato per noi, uomini della stampa, angeli con la penna mi verrebbe da dire, anche noi, nel nostro piccolo, custodi della legalità, della democrazia, ha enumerato i primi successi dell'operazione denominata *Quartiere Sicuro*.
Innanzitutto il pattugliamento intensivo delle strade, la messa in sicurezza dell'intero quartiere. E poi la ricerca dei colpevoli, stanati come belve sanguinarie dai loro covi.

Ed ecco le sorprese, ecco le prime verità [*per approfondimenti vedi pag. 15*]. Ecco come un tranquillo gestore di un locale frequentato dalla meglio gioventù del quartiere, si riveli in realtà un boss di prim'ordine, pronto a lanciare una fatwa, a ordinare una vendetta, nel nome di un'idea di ordine del tutto personale, di chi ha una tradizione criminale da rispettare, che viene dalla notte dei tempi, da un profondo Sud che pensavamo fosse ormai alle nostre spalle.

Il suo nome, ormai lo sappiamo, inorridiamo quasi a pronunciarlo, è Leoluca Grillo, Don Leo, per i picciotti della sua cosca. Affidato alle patrie galere. Come è giusto che sia.

Il dottor De Matteis poteva fermarsi qui, poteva lasciarci andare. Ma essendo uomo coscienzioso, uomo di legge, ci ha rivelato retroscena che non avremmo voluto neppure immaginare. Ma siamo giornalisti e il nostro è un ruolo ingrato. Abbiamo il dovere di pungolare, di chiedere notizie, di informare, anche quando l'informazione, la notizia, ci colpisce, umanamente, nel profondo.

E la notizia che non vorremmo darvi è che all'interno dello stesso commissariato qualcuno ha operato in modo non legale, non adeguato al ruolo che ricopriva. De Matteis non è andato oltre, sia ben chiaro, non ha voluto fare nomi, e non certo per difendere la categoria, non certo per una logica lobbystica. È chiaro che il vicecommissario è uomo attento alle regole, non vuole la gogna mediatica nei confronti di un collega, quando ancora non è completamente chiaro il ruolo da lui svolto, le, volontarie o meno, implicazioni nel caso, nella strage.

De Matteis non parla, ha la bocca cucita. Ma il mio, il nostro, è un ruolo ingrato, appunto. Forse quello che De Matteis, dalla sua delicata posizione, non può dire, forse, quel nome, che trapela, che passa di bocca in bocca, quel nome noi, forse, possiamo, dobbiamo dirlo.

E lo diciamo. Chiediamo a testa alta, consci del nostro ruolo di moralizzatori, chiediamo all'ispettore capo del Commissariato di Polizia Augusto Lanza: qual è il suo ruolo in tutta questa vicenda? Perché è stato sospeso dal servizio? Cos'ha da dire in sua discolpa?

Glielo chiediamo perché vogliamo la verità. Perché si difenda nel migliore dei modi. Come la legge prevede, per tutti i cittadini. Perché non si dica in giro che esistono fasce protette, cittadini di serie A e di serie B. Nel nome della Democrazia.

Francesco Crespi

6

«Ciao, Lanza, sono Ferraro... ti disturbo?»

(Non mi dire una delle tue cazzate surreali, ti prego, non è il momento.)

«No, figurati. Stavo aiutando mia moglie, è alla settima piega dello struzzo e non sa come risolverla.»

(L'ha detta, ti pareva.)

«Ascolta... hai letto il giornale, questa mattina?»

«Quale giornale? Sai che ne leggo più d'uno, è per avere una visione più ampia della notizia, uno sguardo più equilibrato...»

(Sei dappertutto, non fare finta di non saperlo.)

«Insomma, le notizie sulla strage... volevo dirti che quel giornalista, quel Crespi...» (quello scribacchino dei miei stivali, quella carogna ignobile, quel buco di cesso, quella merda ambulante) «Insomma... non darci peso...»

«Perché dovrei?»

«Be', è stato...» (misura le parole) «... avventato...» (una iena, un avvoltoio, una sanguisuga, un vampiro) «Ha detto cose inesatte, su di te e su Don Leo...»

(Gli spaccherei la faccia, gli spezzerei le gambe, se lo incontrassi per strada me lo porterei in un vicolo buio e lo farei inculare da quattro marocchini.)

«Sai come sono fatti i giornalisti. Tendono ad esagerare, ricavano supposizioni spesso non giustificate... è il loro lavoro...»

(Ma non ti smuove nessuno? Dove cazzo vivi? Ti stanno facendo la pelle, lo hai capito?)

«Forse dovresti farti aiutare da un avvocato, forse ci sono gli estremi per...»

(Fargli un culo così, sbatterlo dentro una cella piena di violentatori turchi, lui e quella merda tronfia e verminosa di De Matteis.)

«No, ma quale avvocato. Vedrai che le indagini risolveranno tutto.»

(Sì, appunto. Aspetta e spera.)

«Io, Lanza, non vorrei apparirti inopportuno, ma... forse De

Matteis non è interessato veramente a risolvere al meglio la situazione di Don Leo e la tua, perciò, se tu...»

(Ti svegliassi, brutto stronzo, dal tuo torpore, se la smettessi di leggere classici in latino e ritornassi sulla terra, porca troia, che qui non vogliono fare prigionieri, lo capisci? Te ne rendi conto?)

«No, no, non dirlo neppure. Ho fiducia nelle istituzioni. Tutto si risolverà.»

(Certo, e io sono Babbo Natale. Cazzo! Sveeeegliiiiaaaa. Ti mandano in prepensionamento, lo capisci? Ti fanno fuori! Il massimo che potrai fare da domani è giocare a bocce al parco.)

«Lanza... Augusto... ti prego, una volta tanto, cerca di darmi retta, ascoltami. Devi difenderti, devi fare qualcosa. Io voglio...»

«Ferraro... Michele... scusa, Zeni ti ha affidato il caso?»

«No, lo sai anche tu.»

«E allora ascolta quello che ti dice il vicequestore. È uomo di grande esperienza, sa quello che fa. Mi fido di lui e dei suoi consigli. Ascoltali. Ora, scusami, ma ho da fare, mia moglie proprio non riesce a risolvere la settima piega. Ci sentiamo presto. Ciao.»

7

Come la metteva metteva, non ci cavava nulla. Niente. Una zucca vuota. Nessuna soluzione, nessuna idea. Erano cazzi da cagare. Cazzi duri. E grossi.

Immobile, penna in mano, doveva firmare un rapporto, da mezz'ora. Se ne stava lì, fermo, come quei mimi in centro, che se ne stanno fermi con le facce piene di cerone come statue barocche, che non si muovono neanche a pagarle, anzi, a pagarle si muovono, ringraziano, fanno un inchino ai presenti e ritornano immobili. Non c'era volta che Giulia, appena ne incontravano uno, non gli desse una monetina.

«Cos'hai, una paralisi?»

La voce di Comaschi fece tornare il suo corpo astrale in

quello fisico. Scosse un po' il capo e, come un riflesso condizionato, firmò il rapporto. Il foglio era un po' umido, dal sudore della mano immobilizzata in quella posizione per troppo tempo.

«No, niente, mi ero distratto. Entra... e chiudi la porta.»

Il sovrintendente entrò, chiuse, si sedette e si accese una sigaretta.

«Hai letto il giornale?»

Come conferma alla domanda Ferraro estrasse da una risma di documenti il quotidiano, aperto sulla pagina interessata.

«Tu c'eri alla conferenza stampa?»

«Certo. Mi vergognavo come un verme, ma c'ero.»

«E Zeni?»

«No, non c'era. C'era il magistrato, ma non Zeni. De Matteis l'ha fatta sporca. Ieri avevano trovato un compromesso. Fare la conferenza, senza Zeni, ma non nominare in alcun modo Lanza.»

«Che figlio di troia.»

«Sai, leggendo l'articolo, De Matteis, formalmente, non ha fatto nessun nome.»

«Mi prendi per il culo?»

«È chiaro che De Matteis i nomi e cognomi li ha fatti eccome, in separata sede, al giornalista.»

Ferraro buttò un occhio sul giornale: «Chi è questo Francesco Crespi?»

«Uno squalo. Un arrampicatore. Vedi tu. Credo che faccia parte di una cricca che politicamente è molto vicina al nostro amato vicecommissario.»

«Ma Zeni?»

«Tu questa mattina non c'eri. Nell'ufficio di Zeni c'è stata la guerra! Credo che stia sparando le sue ultime cartucce.»

Aspirò in modo esagerato, sembrava volesse finire la sigaretta in un unico tiro.

«Hai una faccia... mi fai paura» disse Ferraro.

«Sono preoccupato. Se De Matteis gioca così a carte scoperte è chiaro che anche Zeni non ha tutto il potere che crede. È sempre più evidente che De Matteis punta su Lanza per colpire Zeni.»

«Cazzo.»
«E se lo fa vuol dire che lo può fare. Che ha trovato il modo di farlo.»
«Che vuoi dire?»
«Che Zeni lo vuole morto qualcuno che noi neppure immaginiamo, qualche politico o giù di lì. E De Matteis è il suo braccio armato.»
«Sei venuto qui per dirmi queste cose? Cosa sei, un sadico?»
«Mal comune mezzo gaudio.»
«Un vero saggio. Meglio ancora di quel cretino di Lanza.»
Comaschi spense la sigaretta sotto il tacco. Poi guardò Ferraro con interesse.
«L'hai visto?»
«No, no. L'ho sentito al telefono, questa mattina.»
«E che ti ha detto?»
«Che lui ha *fiducia nelle istituzioni.*»
«Cosa doveva dirti, scusa?»
«Che ha le palle girate, magari. Che vuole aprire il culo a De Matteis, insomma, qualcosa così, qualcosa di umano.»
Comaschi scosse il capo, con un sorrisetto a fior di labbra che meritava di essere preso a calci. Se ne accese un'altra. In quel momento, al suo tabaccaio, fischiavano le orecchie dalla gioia.
«Essì che fai questo mestiere da un sacco di anni... ma non l'hai capito?»
«Cosa, che è un vulcaniano? Lo so da tempo, ormai.»
«No, imbecille. Lanza non poteva parlare. Ha il telefono sotto controllo.»
Ferraro sbiancò. Com'è che non ci aveva pensato? Forse immaginava che, nel caso, Comaschi glielo avrebbe detto.
«Perché non me l'hai detto?»
«Perché non lo so, lo immagino. De Matteis mi ha messo a fare cose ornamentali, è un predatore solitario.» Si alzò, di scatto. «Vado, abbiamo una retata da organizzare.»
«E, scusa... ma dalla Croazia? Niente?»
Comaschi si schiaffeggiò la fronte, con insistenza.

«Ah, cazzo... e pensa che ero venuto per questo... è finita, Ferraro.»

«Che stai dicendo?»

«Niente foto.»

«I croati non vogliono?»

«No, poveretti, loro ci darebbero pure una mano... ma se vuoi te lo faccio io un identikit.» Buttò un po' di cenere della sigaretta sul tavolo di Ferraro. «Ecco fatto.»

«Ma sei scemo?»

Comaschi si fissò sul volto di Ferraro, perse pure il sorriso.

Poi riprese a parlare: «Zoran Gjomarkaj si è fatto cremare, appena arrivato a casa. Addio foto, addio riscontro. O abbiamo una botta di culo o non lo sapremo mai se quello morto era veramente lui o era uno che millantava di esserlo. Per quello che può valere saperlo, ora.»

A Ferraro erano usciti gli occhi dalle orbite.

«Cremato... porca puttana...»

Comaschi si avviò verso la porta, con una andatura depressa.

«È finita Ferraro. Finita. Abbiamo giocato e abbiamo perso. Il banco è di De Matteis.»

Uscì, teatrale. Nella sua natura, d'altronde.

Ferraro ricominciò la sua pantomima, come se, dopo l'inchino, andato via il passante generoso, fosse ora di riprendere l'espressione da ebete tipica del mimo. Fermo, immobile, a pensare che era tutto finito, che non c'era più niente da fare. De Matteis trionfante, Don Leo in carcere, Lanza smerdato, Zeni sull'orlo del precipizio, Comaschi con le mani legate, Zoran Gjomarkaj ridotto in cenere, i suoi compagni spariti nel nulla.

Qualcuno bussò alla porta.

«Ferraro, scusa, posso entrare?» Era Fusco, con in mano dei fascicoli. «Ferraro, mi senti? Hai firmato quel rapporto?»

Ferraro la guardava, vitreo, fisso, faceva paura, la guardava ma non sentiva. Continuava a ripetersi: Lanza fuori gioco, Comaschi fuori gioco, Zeni fuori gioco, Gjomarkaj morto, i suoi amici spariti.

«Ferraro, che c'hai? Mi senti?» Si avvicinò, turbata dall'immobilità del collega. «Ehi, cos'è uno scherzo?»

Niente, nulla, è finita. Lanza Ko, Zeni Ko, Comaschi Ko, Zoran in polvere, tutti spariti.

«Ferraro, mi sto spaventando.»

Tutti spariti. Tutti. Nessuno. Più nessuno. Fine dei giochi.

Fusco girò intorno alla scrivania, provò a toccarlo su una spalla.

«Ferraro, Gesù, cosa succede?»

Nessuno, nessuno, più nessuno.

No!

No... uno!

Uno c'è. Uno, forse ancora c'è.

XV

DEUS EX MACHINA

1

Aveva una teoria. Probabilmente era il delirio lucido dell'affogato che vedeva spiagge e asciugamani in mezzo all'oceano; forse era l'extrema ratio del pokerista incallito, che scarta quattro carte su cinque, che spera nel colpo di fortuna. O la va o la spacca. O il banco o un colpo di pistola alla tempia. Non era neanche una teoria, era un pensiero confuso, una intuizione, qualcuno direbbe. Niente a che fare con la logica, così come la immaginiamo. Mentre lo pensava si formava nella mente, si aggiungevano propaggini, arti, ossa, carni. Era poco più di uno schizzo, quattro colpi di carboncino sul foglio, ma era qualcosa, quanto meno.

«Ferraro?» Fusco insisteva, stupefatta.

L'uomo girò lo sguardo sulla ragazza, come se fosse tornato da un lungo viaggio, dopo un coma profondo durato anni.

«Fusco.»

«Accidenti, Ferraro, che scherzi del cazzo, ma tu sei completamente...»

«Vieni con me.»

Si alzò, perentorio.

«Ehi, ma...»

«Vieni, forza non c'è tempo.»

Cinque minuti dopo passeggiavano come due fidanzatini, fra i prati spelacchiati del Vivaio, il «polmone verde» di Quarto Oggiaro, residuo di una antica proprietà terriera (quando qui, come si dice nei luoghi comuni, erano tutti campi), della quale ancora campeggiavano in fondo al parco i ruderi della villa nobiliare, Villa Scheibler.

Ferraro da ragazzino l'aveva girata tutta, con la banda. Era un rudere già da allora. Salivano per le scale scarrupate, costeggiavano i muri portanti, attenti a non cadere nel baratro aperto fra i solai marcescenti. Un piccolo gioiello edilizio abbandonato all'incuria, ai graffittari, ai drogati. Anni addietro qualche intelligentone propose di trasformarla nel «Museo della Moda». Certo che di menti fantasiose Milano non se ne è mai privata. Il Museo della Moda. A Quarto Oggiaro. Non è che non sarebbe stato gradito agli abitanti del quartiere, altro che. Ma, secondo voi, gente che di Milano conosce a malapena la cerchia interna dei Navigli, che reputa l'Arco della Pace già in periferia, che alla Scala non ci andavano quando l'avevano trasferita alla Bicocca perché troppo lontano da casa (neppure fosse nel Kazakistan), che ha un fatturato annuo pari a quello di un paio di piccole nazioni asiatiche, gente così, gli stilisti, gli imprenditori della moda e tutta la cricca al loro seguito, veramente credevate, in un sogno carico di populismo (la cultura al popolo, la moda in periferia), che avrebbero trasferito le loro preziosissime collezioni in quel catorcio edilizio, nella periferia delle periferie, lontanissimi anni luce dal loro mondo, dalle loro pasticcerie, dalle loro boutique, dai loro attici? Meglio così, verrebbe da dire. L'avrebbero trasformata in una bomboniera, in una zona extraterritoriale, dove sarebbero planati con i loro elicotteri, giusto per far fare un giro agli amici giapponesi o americani, e poi, via, verso la villa sul lago di Como. Tutta la popolazione di cannaioli, di eroinomani, di fricchettoni, che vive da sempre su quei prati, non avrebbe certamente gradito.

«Ferraro, mi stai facendo diventare matta... ma si può sapere che succede?»

«Volevo chiederti un favore.»

«Certo, va bene, se posso... ma c'era bisogno di venire fin qui per chiedermelo?»

Sotto ad un platano, non ostante il freddo, una coppietta si scambiava saliva con metodo e impegno.

Ferraro sorrise: «Non preoccuparti, non ho cattive intenzioni».

«Meglio per te, lo sai: Gustavo è alto due metri, ed è largo altrettanto!»

Lo diceva con orgoglio, innamorata. Ferraro quasi si vergognò di averla sognata torreggiare sul suo pene, quasi che fosse colpa sua se il suo inconscio si era comportato da gran maleducato.

«Bene, messaggio ricevuto. Eviterò di allungare le mani.»

«Manca solo quello... Allora, che c'è, che vuoi?»

«Uno sforzo di memoria. Mi devi trovare la pratica di un tipo.»

«Qui? Cos'è, una caccia al tesoro?»

Ora l'ispettore rideva, liberandosi di tutta la tensione accumulata nelle ultime ore.

«No, chiaro che no... la pratica è in archivio.»

«E allora perché mi hai portata qui?»

Perché Ferraro era un pollo ma imparava in fretta. Se Lanza aveva il telefono sotto controllo nessuno vietava a Ferraro di sospettare che pure lui era in qualche modo alla portata di qualche cimice, piazzata sotto il suo culo, o nel cesso dei maschietti. Meglio evitare sorprese, non si sa mai. Era illegale, certo, era ansia da accerchiamento, sindrome del sospetto, ma, lo sappiamo, a pensar male non si sbaglia mai.

«Non voglio che si sappia in giro.»

«Cos'è questa storia? Non lo devo dire a nessuno?»

«No, meglio di no.»

«Neppure a Zeni?»

«No.»

«E perché?»

Poteva inventarsi una palla, ma non gli veniva.

«Non posso dirtelo. Ti devi fidare.»

«È un'indagine secretata? Ma se poi la cosa ti aiuta, me lo spieghi?»

Sembrava improvvisamente rigenerata. Probabilmente aveva sospettato sin da subito che c'era qualcosa sotto. Aveva intuito, talento. Sarebbe stato un peccato perderla.

«Sì, giuro che sarai la prima a saperlo.»

«Forza, spara.»

Ferraro riordinò le idee: «Ti ricordi quell'albanese che hai arrestato, quando è stato... quasi tre settimane fa... quello del linciaggio...»

«Certo, quello del tentato stupro. E allora?»

«Il caso l'hai seguito tu. Sapresti darmi le sue generalità?»

«Sì, senza problemi... basta che vado in archivio, ora a memoria non me lo ricordo.»

«E, scusa, sai anche dirmi dove l'hanno incarcerato?»

Gli occhi della ragazza si fecero due fessure: «E perché?»

«Si era detto niente domande, giusto?»

2

Aveva una teoria. Che ora aveva anche una forma. Più o meno.

Ferraro si era convinto che lo stupratore impenitente non fosse fuggito a casaccio in quella direzione. Si era svegliato di botto sulla panchina al parchetto, aveva visto la malaparata e, d'istinto, si era diretto verso un luogo a sé noto. Non era un caso, il caso non esiste. L'albanese faceva parte della cricca, non c'è dubbio. Era andato verso il panificio per cercare protezione, erano Ferraro e il Baffo gli intrusi.

Probabilmente, entrato dal retro, Zoran e compagni devono averlo saccagnato perbenino. Ma come, avrà pensato il capetto, io faccio di tutto per mantenere un profilo basso e tu te ne vai in giro a palpare fanciulle del borgo? E giù botte di santa ragione. E poi quel poliziotto, di fuori, che chiamava, urlava. C'era da fare una scelta, proprio in questi momenti si vede chi ha la stoffa del capo. E la scelta era: meglio mandare in gattabuia questo arrapato, che farsi fare una perquisizione come Cristo comanda dalla Polizia di Stato.

Se veramente era andata così Zoran si dimostrava un bel tipo, una bella mente agile. Avrà intimato il silenzio al saccagnato e poi sarà andato ad aprire al poliziotto con una freddezza ammirevole.

La cosa che tornava buona a Ferraro è che di questo collegamento, fra Zoran e lo stupratore, nessuno sapeva nulla. Nessuno. Né Comaschi, né Lanza, né Zeni, né, tanto meno, De Matteis. Solo il Baffo; quindi, nei fatti, nessuno.

Ora che tutto era precipitato, che tutti erano spariti dai giochi, forse restava proprio lui, il quasi violentatore, il saccagnato. Nella scaletta mentale di Ferraro ora bisognava trovarlo, saccagnarlo un po' (tanto c'era abituato) e farsi dare una qualche pista da battere.

«Allora, te lo ricordi dove l'hanno ingabbiato?»

«Sì, certo, però...»

«Dove?»

«Ad Opera, però guarda che...»

«Bene, ora devi farmi avere i suoi dati, ma, ti prego, cerca di essere il più possibile...»

«Ferraro, fermati. Fermati un secondo. Guardami... Fai un bel respiro.»

Ferraro si fermò. La guardò. Fece un bel respiro.

«Bene, l'ho fatto. Che vuoi dirmi?»

«È uscito. Non è più in carcere.»

«Cosa?»

«È una storia un po' lunga... allora... in realtà l'albanese non è mai stato denunciato da nessuno. Non c'è stata una sola persona di quelli che volevano linciarlo che poi si è presentata in commissariato per la denuncia, quindi l'abbiamo arrestato senza nessuna prova, neppure indiziaria, che fosse lui l'aggressore... anzi, che l'aggressione ci fosse stata veramente...»

Eccolo il popolo, eccola *la ggente*. Pronta a farsi giustizia da sé, pronta ad insaponare la corda, pronta al sacrificio rituale, ma mai che vada alla polizia, mai che abbia fiducia nelle Istituzioni. Ma che me ne frega a me, mica era mia figlia. Lo so come va a finire, mi tengono lì tutto il giorno, io ho da portare avanti il negozio, non ho tempo da perdere. E poi a quella chi le ha detto di andare in giro a quell'ora per il parco? Alla fine se l'è pure cercata, la troietta. Che poi io il padre lo conosco appena, buongiorno e buonasera, niente di più. Non mi va che mi fanno domande, li conosco gli sbirri poi mettono il naso nei cazzi miei, no grazie...

«Cristo santo, stai parlando sul serio?»

«Certo!»

«E allora come fai a sapere che era ad Opera?»

«L'abbiamo mandato lì per resistenza a pubblico ufficiale. Mentre lo interrogavamo ha cercato di pestare un poliziotto.»

Ferraro fece finta di non immaginare il perché della reazione dell'albanese.

«Vabbe', e dopo neppure un mese è già fuori?»

«Ecco, è qui che la cosa si complica. Cioè, in realtà si semplifica, dipende dai punti di vista.»

«Non metterti a fare l'enigmatica. Spiegati bene.»

I coglioni gli stavano frullando. Una idea aveva avuto e se la vedeva sfumare così, alla cazzo di cane. Forse però se lo cercasse... dove vuoi che sia andato? I suoi amici sono spariti dall'epoca, sarà in giro, come un cane sciolto.

«All'inizio aveva dato generalità false, ma dalle impronte digitali abbiamo trovato la sua vera identità. Aveva cambiato nome già tre volte. Ma questa è un'altra storia... dicevo... che il suo avvocato ha chiesto il rito abbreviato, fra carcere preventivo e pena si è fatto dieci giorni e l'hanno buttato fuori.»

«E sai dove? Cioè, sai se l'hanno mandato in qualche centro di recupero o se...»

«Aspetta, aspetta... non ho finito...»

«Cazzo...» disse Ferraro.

Poi si fermò. Un po' era stanco di camminare come un pirla per il Vivaio, un po' gli girava la testa per tutte queste informazioni che, come un maglio, sfondavano i muri portanti della sua teoria, riducendola a brandelli. Il suo cervello faceva di tutto, cazzuola alla mano, per ricostruire in corso d'opera un'alternativa ancora plausibile, ma lo sforzo era notevole.

Si sedette su una panchina. Fusco fece altrettanto. Si avvicinò all'ispettore, come se dovesse rivelargli un segreto. Se fosse passato di lì Gustavo sarebbe stato complicato spiegargli che stava equivocando.

«Dai suoi trascorsi c'erano tutti gli elementi per un'espulsione forzata. Niente foglio di via e poi la clandestinità. Appena uscito dal carcere l'hanno preso, portato su un aereo e spedito in Albania, o di dove diavolo era, questo adesso non me lo ricordo...»

Questa era la mazzata finale. I muri crollavano, il collasso strutturale si portava dietro tutto. In confronto villa Scheibler era un modello di restauro architettonico. Niente, ora non c'era veramente più niente da fare. Era quasi ironico che proprio lo zelo ad applicare la legge da parte di qualche suo collega l'aveva messo col culo per terra. Chissà quante altre volte lui avrà fatto lo stesso, inconsapevolmente, facendo dannare qualcun altro in giro per lo Stivale. Si sarebbe messo a piangere, ma poi andava a finire che Fusco lo abbracciava e lo consolava e, dieci a uno, come nelle commedie all'italiana degli anni Sessanta, sarebbe arrivato Gustavo, con pistola alla mano.

«Niente, non c'è più niente da fare...»

«Gesù, Ferraro, ma è così grave? Perché lo stavi cercando... me lo puoi dire ora?»

«Lascia stare, non ne vale più la pena... dai, andiamo...»

Si alzò mestomesto, e si avviò verso l'uscita, come seguisse un feretro.

«Dai, insomma, è possibile che sia così importante? Cioè se posso darti una mano... il nome non me lo ricordo ma se ti serve te lo tiro fuori, non mi faccio vedere da nessuno, non preoccuparti... tanto so benissimo dov'è la pratica, l'ho tirata fuori l'altro giorno... insomma ti aiuto volentieri.»

L'ispettore si girò, sospettoso, verso la collega.

«E perché?»

«Come perché? Siamo colleghi no? Se hai bisogno di una mano io...»

«No, no... non sto parlando di questo... voglio sapere: perché hai tirato fuori la pratica l'altro giorno?»

3

Erano usciti dal Vivaio, stavano attraversando via Lessona.

«Quando sarà stato? Qualche giorno fa, adesso non ricordo esattamente... insomma dal centralino mi dicono che mi stanno cercando da Roma.»

«Roma?»

«Sì, una collega. Cioè, per la precisione, un commissario di polizia.»

«Una donna?»

«Sì, una donna. Aveva una bella voce, molto tranquilla...»

«Vabbe', non me ne frega niente della sua voce, dimmi cosa voleva...»

«Insomma, mi dice che ha avuto una informativa dell'arresto dell'albanese e, più o meno, mi ha fatto le tue stesse domande... io le ho raccontato tutto, del tentato stupro, del linciaggio, dell'arresto...»

Ferraro non capiva. Ascoltava ma non capiva. Ormai erano ad un passo dal commissariato, meglio non entrare...

«Andiamo al bar, è ora del caffè.» Prese la ragazza sottobraccio e la fece proseguire. «Forza, vai avanti, cosa stavi dicendo?»

«Insomma, non c'è molto altro da dire. Le ho raccontato tutta la storia, poi mi ha chiesto in quale carcere era stato portato, proprio come te... curioso, no?»

Ma chi cazzo è questa? Che gliene frega a una di Roma di una mezza tacca albanese?

Entrarono al bar.

«Vuoi un caffè?»

«Preferirei un succo di frutta.»

«Pesca?»

«Pera.»

Si rivolse al banco: «Ci porti un caffè e un succo di frutta alla pera».

Poi si incamminò verso un tavolino dall'altra parte della sala, Fusco sottobraccio.

«Allora Fusco, cosa stavi dicendo?»

«Del carcere. Del commissario che mi chiedeva del carcere.»

Brava Fusco, attenta, mai distratta, è una dote in questo lavoro.

«Vai avanti.»

«Niente, le ho detto le stesse cose che sai tu. Che il tipo è stato scarcerato e che ora è fuori dall'Italia.»

«E la collega?»

Arrivarono le ordinazioni. Ferraro pagò subito, così si toglieva di torno il cameriere.

«Sai, credo di aver visto la sua faccia. Oggi.»

«Ma che stai dicendo?»

«Insomma, si sentiva che era delusa, secondo me ha fatto la faccia che hai fatto tu prima, quando ti ho detto che l'albanese non era più in Italia.»

Bevette un po' del succo, felice della battuta. Ferraro non aveva tempo per ridere.

«E poi? Che ti ha detto?»

«Ha voluto che le mandassi, via fax, tutto l'incartamento. Ci ho perso un'ora buona.»

«Sai dirmi come si chiama?»

«Certo. Cioè, non mi ricordo, ma ce l'ho scritto. Anche il suo numero di telefono, me l'ha lasciato lei.»

«Adesso torniamo. Mi fai avere, *con discrezione*, tutti i dati dell'albanese e quelli del commissario romano, Ok?»

«Non ti preoccupare, sarò discreta... però poi me lo spieghi cosa sta succedendo?»

«Te l'ho già detto, se la cosa va come spero, sarai la prima a saperlo.»

Sorrise e decise di sorbirsi il caffè ancora caldo, una volta tanto. La piacevolezza del gusto lo distrasse per qualche secondo dai suoi pensieri, regalandogli un istante di illogica felicità. Ma forse non era il caffè. Forse, come un archeologo che numera tutti i pezzi e con buona volontà, per anastilosi, ricostruisce il reperto frantumato, forse dalle macerie della sua teoria si poteva cavarci ancora qualcosa. Sentiva che quel commissario romano era come una collega archeologa di un'altra università, che dopo anni di studio matto e disperatissimo stava pubblicando il suo lavoro che avrebbe sconvolto le teorie archeologiche correnti. Comprese quelle di Ferraro.

4

Rientrarono, prima Fusco, poi, alcuni minuti dopo, Ferraro. Incrociò Comaschi.

«Dov'è Zeni?»

«Non c'è. È dal prefetto, con De Matteis.»

«Ah. E perché?»

«Vorrei saperlo anch'io.»

Brutta storia.

«Va bene... io vado...»

«Che c'hai?»

«Niente, niente, non ti preoccupare.»

Comaschi non ne era molto convinto, ma lasciò perdere.

«Quando stacchi?»

«Fra poco.» Ferraro guardò l'ora. «Ancora un'oretta. E tu?»

«Io ce ne ho fino a tardi. Devo aspettare De Matteis.»

«Auguri.»

«Ferraro.»

«Dimmi.»

«Che succede?»

«Niente, veramente. Sto pensando ai fatti miei.»

Andò nel suo ufficio. Un po' gli dispiaceva non dire nulla al collega, ma forse era meglio non fargli sapere troppo. D'altra parte neppure Ferraro aveva ancora qualcosa fra le mani, non voleva fare un altro errore di valutazione.

Si mise a cazzeggiare un po', facendo finta di avere qualcosa da fare. Dopo circa un quarto d'ora entrò nel suo ufficio Fusco. La porta rimase aperta, come se non ci fosse nulla da nascondere.

«Ferraro, firmami questo.»

Lo disse ad alta voce, come per farsi sentire. L'ispettore firmò, sbadatamente. La ragazza riprese i documenti e lo lasciò con un sorriso sulle labbra. Sulla scrivania di Ferraro ora c'era un foglietto.

Berosh Aliai, il nome dello stupratore. Ed Elena Rinaldi. Il commissario. Con tanto di indirizzi, e-mail, numeri di telefono, dell'ufficio e del cellulare. Bene. Brava ragazza.

D'istinto prese in mano la cornetta del telefono, poi la ripose subito. Meglio aspettare, mancava poco alla fine del turno.

Uscì. Fuori c'era umido, faceva freddo, il ginocchio dell'ispettore era un po' indolenzito. Forse era ora di farselo vedere, era inutile continuare con questa manfrina da supermacho. Entrò in casa, pose le chiavi al solito posto. Nel frigo c'erano avanzi di avanzi, gli si chiuse lo stomaco. Francesca cucinava in modo strepitoso. Lavorava, faceva la moglie, la madre, l'amante, stirava, cucinava. Ma come cazzo faceva?

Telefonò a casa di Mimmo, nessuna risposta. Sarà uscito a cena, con Tiziana.

Prese il culo di un salamino e lo spellò. Lo mangiò a morsi, con un po' di pane. Cercò qualcosa da bere, non trovò nulla. Aprì il rubinetto e bevve, a canna.

Perdeva tempo. Voleva telefonare e non voleva. Aveva riposto molte speranze in questa telefonata e, allo stesso tempo, aveva una paura fottuta che fosse l'ennesimo, ultimo, definitivo, buco nell'acqua.

Le provò tutte per perdere tempo, ma ormai era inutile girarci attorno. Prese in mano la cornetta, digitò il numero del cellulare del commissario.

«Pronto?»

«Pronto, il commissario Rinaldi?»

«Sì, sono io, chi parla?»

«Buonasera, commissario, lei non mi conosce. Sono un collega di Milano, l'ispettore Ferraro.»

«Chi le ha dato il mio numero?»

«Anna Fusco. Lavora con me al commissariato di polizia di Quarto Oggiaro.»

«Ah, sì, sì, mi ricordo. Mi ricordo perfettamente... come?» Non stava parlando con lui, ora. «No, aspetta un minuto, adesso arrivo.»

Aveva ragione Fusco. Aveva una bella voce. Calda, avvolgente.

Ferraro guardò l'ora: «Commissario, la sto disturbando? Preferisce che la chiami in un altro momento?»

«È urgente?»

«Sinceramente non lo so ancora.»

«Siamo messi bene! Senta, facciamo così, la richiamo io fra dieci minuti, mi dia il tempo di fare una cosa.»

«Va bene, le lascio i miei numeri.»

Lo fece. Si accese la tivù e aspettò. Gironzolò con il telecomando, ad un certo punto si lasciò incantare da un varietà, dove lui, per dichiarare il suo amore a lei, doveva urlarlo appeso ad un elastico, a testa in giù, nel vuoto, dall'alto di una torre medievale. Lei però non ne era convinta, lui l'aveva già tradita altre volte. La prova d'amore sarebbe bastata? Primo piano su di lui, faccia deformata dalle urla e dalla paura, primo piano su di lei, un po' scettica, un po' gratificata. Allora, lo perdoniamo? Ti rimetti con lui?

Trillò il telefono, Ferraro sobbalzò, spaventato. Spense la tivù, un po' dispiaciuto all'idea che non avrebbe mai saputo se i due si sarebbero rimessi insieme o meno, come se la cosa gli interessasse veramente.

«Pronto?»

«Ispettore Ferraro, giusto?»

«Sì, sono io.»

«Bene, sono Elena Rinaldi. Mi scusi per prima ma dovevo scolare la pasta.»

Ecco un'altra che lavora, che cucina, eccetera eccetera. Come ce la facciano, le donne, resta un mistero.

«Mi scusi, magari deve andare a tavola.»

«Non si preoccupi, io ho già mangiato, la pasta non era per me. Allora? Che c'è? Che succede?»

«Ho bisogno di una informazione, forse lei può aiutarmi.»

«Mi dica.»

Qui doveva pesare le parole. Doveva dire e non dire.

«Berosh Aliai.»

«Come?»

«Berosh Aliai. Che sa dirmi di lui?»

Ci fu un attimo di silenzio, sembrava imbarazzata.

«Ma, scusi... l'avete arrestato voi, dovrebbe avere tutte le notizie che le servono...»

«Sì, è vero, è stato arrestato da Fusco. Ho letto l'incartamento. Ma quello che vorrei sapere è: perché le interessava? Ha già avuto a che fare con lui?»

«Perché me lo chiede? Sa dov'è?»

La voce era cambiata, più sospettosa.

«No, no, non ne ho la minima idea. È in Albania, espatrio forzato.»

«Ecco, appunto. Come la posso aiutare io?»

«Cosa sa del suo passato che io non so?»

Silenzio.

«Dipende. Era una mezza tacca, nel giro della malavita albanese. È stato arrestato a Roma una volta e un'altra a Bologna.»

«Se era una mezza tacca, perché era interessata a lui?»

«Ispettore, non mi piace il suo tono. Lei dice e non dice. Ero interessata ad Aliai perché sono un tipo scrupoloso, va bene? Me lo dica lei, invece, perché lo sta cercando, così magari ci capiamo un po' meglio...»

Tipa tosta, con le palle quadrate. Che doveva fare Ferraro? Poteva chiuderla lì; se questa si metteva a fargli le pulci avrebbe scoperto nel giro di poco che Ferraro stava indagando a titolo personale, senza nessun incarico ufficiale. Però era anche l'ultimo appiglio che gli era rimasto, poteva abbandonarlo così, come se niente fosse?

«Ispettore? È ancora lì?»

«Sì dottoressa, sono ancora qui...»

«Allora, che facciamo? Le belle statuine? Mi vuole spiegare la ragione della sua telefonata?»

Silenzio.

«Zoran Gjomarkaj.» Quel nome parve esplodere nella cornetta. Dall'altra parte non si sentiva volare una mosca. «Dottoressa, mi sente?»

«Sì, la sento.»

«Glielo ripeto. Zoran Gjomarkaj. Conosce questo nome?»

Silenzio.

«Sì, lo conosco.»

«C'è un collegamento fra Aliai e Gjomarkaj, vero?»

«Su cosa sta indagando, ispettore?»

«Che fa? Risponde con una domanda ad una domanda?»

Dall'altra parte si sentì ridere.

«Ha ragione, ha ragione... non è educato... sì, un collegamento c'è. Ma mi chiedo come lei faccia a saperlo.»

«Forse io so cose che lei non sa. E viceversa.»

«Cosa sa, che io non so?»

Boh. Cosa sapeva Ferraro? A malapena era riuscito a collegare Zoran con la strage di dodici giorni prima, un collegamento fragile fragile, tutto nella sua testa. Che cosa poteva dire a questa poliziotta con le palle quadre che ancora non sapeva?

Un momento: forse, per assurdo, una cosa il commissario ancora non la sapeva. La più ovvia, la più evidente.

«È morto.»

«Chi? Aliai?»

«No, no. Gjomarkaj. È morto, in una strage; quasi due settimane fa, qui a Quarto Oggiaro.»

Silenzio.

«Ne è sicuro?»

«Più o meno.»

«Lei l'ha mai visto in faccia Gjomarkaj?»

«Sì, l'ho conosciuto. Di persona.»

Silenzio. Ancora silenzio.

«Va bene, va bene. Facciamo così. Domani mattina, venga a prendermi a Linate. Arrivo con il volo delle otto del mattino.»

«Cosa?»

«Il volo delle otto, da Fiumicino.... Si faccia trovare all'uscita, in orario, io arrivo alle otto. Odio quelli sempre in ritardo. Credo che avremo molte cose da raccontarci, domani.»

5

«L'ispettore Ferraro, giusto?»

Era un bel femminone, dall'anca larga e dal seno deciso. Poteva avere quarant'anni, ma forse ne aveva di meno. Gli uomini danno sempre più anni alle donne di quelli che hanno veramente, e poi, per galanteria, ne tolgono dieci, così fanno bella figura.

«Sì, sono io... ma... come ha fatto a...»

«Dopo tutti questi anni spero proprio di saper riconoscere uno sbirro, no?»

«Io non l'avrei riconosciuta.»

Lei sorrise. Un bel sorriso, sincero.

«E poi» disse la donna, continuando, «tutti quelli che dovevano incontrare qualcuno l'hanno già fatto. Restava solo lei. L'ho vista arrivare di corsa; è in ritardo, lo sa?»

Nel frattempo si incamminava verso l'uscita.

«Non ha idea del traffico che ho incontrato» disse Ferraro, rincorrendola.

«Vivo a Roma, non venga a parlarmi di traffico.»

«La macchina è di là. Mi segua.»

La donna si fermò un attimo. Guardò per aria.

«Che dice? Pioverà?»

Alzò gli occhi al cielo anche Ferraro: «No, no. Potrebbe rimanere così per settimane».

Il tempo a Milano è come una ragazzina perversa. Te la fa annusare, ma non te la dà. Siamo gonfi di voglia per settimane, per mesi. Ma niente, solo umidità, e una grande sete. Poi, quando te ne sei fatto una ragione, quando non ci pensi più, il primo scroscio di pioggia ti trova impreparato. La ragazzina si è lasciata andare e ora è la più zoccola di tutta la classe. Ti bagna per giorni, pornografica, fino allo sfinimento.

«È grigio.»

«Cosa?»

«Il cielo. È grigio. A Roma oggi c'era un cielo azzurrissimo. È colpa del Ponentino.»

«Quello della canzone?»

«Già. Proprio quello.»

Partirono. Ferraro assunse un'andatura sostenuta, maschia. Il viale Forlanini, dritto come un fuso, scorrevole come una supposta che si incunea nelle viscere meneghine, glielo permetteva.

La donna guardò fuori poi si girò di scatto.

«Che succede, dottoressa?»

«Niente, niente, ogni volta che vengo a Milano mi riprometto di fermarmi a guardare quel passaggio pedonale. Poi non lo faccio mai.»

«Quale?»

«Quel ponticello in acciaio, colorato di viola.»

Tipa strana.

«Se vuole io...»

«No, lasciamo perdere... piuttosto: lei ha già fatto colazione?»

No. Chiaro. Per poter essere in orario, senza tra l'altro riuscirci, l'aveva saltata.

«Non ho fatto in tempo.»

«Bene. Neppure io. E tendo a non prendere mai le schifezze che mi danno a bordo. Quindi le propongo di trovarci un bar e mangiarci qualcosa.»

Rallentarono dalle parti di XXII Marzo. Ferraro gironzolò un po' con la macchina, per trovare parcheggio. Si liberò un posto, proprio davanti ad un bar. Che culo. Giornata fortunata. Entrarono.

«Si sieda, ordino io.»

«Mi dica quanto le devo, però.»

«È mia ospite, non si preoccupi.»

Mentre lo diceva rabbrividì. La colazione rientrava nella teoria di Mimmo oppure no? Offrire una colazione implicava un pompino, o si poteva lasciar correre?

«D'accordo. Vorrà dire che la prossima gliela pago io.»

Mettiamo bene le cose in chiaro.

«Cappuccio e brioche?»

«Sì, cappuccio e cornetto. E anche una spremuta d'arancia, grazie.»

Il cappuccino non era dei migliori. Ferraro quasi si sentiva in colpa, neppure lo avesse fatto lui. La donna parve non preoccuparsene, mangiò con allegria, tutta concentrata sul cornetto alla crema, che non le sporcasse il vestito.

«Allora, dottoressa, io...»

«Senti, lascia perdere le formalità, siamo colleghi, diamoci del tu.»

«D'accordo, Rinaldi...»

«Ma soprattutto non chiamarmi per cognome, mi sembra di stare a scuola. Non ho più l'età. Elena, chiamami Elena.»

Palle quadre, la tipa.

«Va bene, Elena.» Allungò una mano. «E io sono Michele.»

La donna bevette un po' della sua spremuta.

«Ascoltami bene, Michele. Abbiamo da raccontarci un po' di cose noi due. Dobbiamo perdere un bel po' di tempo. Ora. So benissimo che tu nel tuo commissariato non mi puoi portare...»

Ferraro la guardava interdetto: «Come, scusa, ma cosa...»

«Me lo ha detto il dottor Zeni.»

Ferraro praticamente balbettava: «Zeni? Ma, ma...»

«Ieri sera ho fatto un paio di telefonate anch'io. Un mio collega conosce Zeni, sono amici da anni; mi ha dato il suo numero di casa. L'ho conosciuto anch'io Zeni, sai? Ma è stato molti anni fa, lui era alla squadra mobile di Genova, io ero appena arrivata. Piena di belle speranze... vabbe', è un'altra storia. Ho parlato con Zeni, non sapeva un bel niente di Aliai. Ora: perché l'hai nascosto al tuo capo? E perché il tuo capo non si è arrabbiato affatto di questa tua dimenticanza? Tu sei un cane sciolto, l'ho capito benissimo. Zeni ti appoggia, ma non ufficialmente. Cosa sta succedendo qui a Milano?»

«Ascolta, io...» Minchia! Attento a quello che dici. «È una storia lunga.»

«Ecco, appunto. È una storia lunga. Sia la tua che la mia. Ora: io ti racconto tutto quello che vuoi su Gjomarkaj, ma tu mi devi fare un rapporto preciso e circostanziato sulle tue indagini. È uno scambio alla pari. Uno scambio di informazioni non ufficiale. D'accordo?»

Era ragionevole.

«D'accordo.»

«Inizia tu. Però non omettere nulla. Ti devi fidare. Ti fidi?»

Metteva fiducia. Saranno stati i fianchi, materni.

«Sì, mi fido.»

Doveva fidarsi, non aveva più nessuna carta da giocare.

«Bene, bravo. Ora però ti devo fare un'altra richiesta.»

«Dimmi.»

«Non ho voglia di stare chiusa in questo bar deprimente per ore. Già che ci siamo, perché non mi porti a vedere la basilica di Sant'Ambrogio? Sono anni che non ci vado. Sai, ho sempre avuto una certa passione per il romanico lombardo.»

Idee chiare. Altro che quadrate. Palle cubiche.

6

Giravano. Per il quadriportico, per le navate. Ferraro parlava, continuamente, Elena stava con il naso all'insù. Ogni tanto si fermava, davanti ad un capitello o di fronte al sarcofago di Stilicone. Un po' sembrava un confessore, un po' una turista. Vito Russo, Lanza, Don Leo, la mattanza. Tutto. Lei annuiva, certe volte non si capiva se ascoltava veramente o pensava ad altro.

Prese per la navata di destra, andò, sicura, verso il sacello di San Vittore in ciel d'oro.

«Ce l'hai una monetina?» Ferraro gliela diede. Lei la mise nella fessura per l'illuminazione. Tutto scintillò. «Bellissimi questi mosaici, non trovi?»

Ferraro alzò gli occhi.

«Sì, è vero, sono molto belli.»

«Mi ricordano quello di San Zenone, a Santa Prassede, hai presente?»

Figurati. Già aveva problemi a conoscere questi.

«No. Dov'è?»

«A Roma, vicino a Santa Maria Maggiore. Se ti capita vacci, ne vale la pena. Oddio, questi sono sicuramente precedenti...» La luce si spense all'improvviso. Lei ci rimase un po' delusa. «Vabbe', andiamo, dai...»

Tornarono nella navata centrale.

«Elena, io credo di averti raccontato tutto.»

«Sì, credo di sì.» Guardò l'ora. «E credo anche che sia l'ora di una cioccolata calda. Inizio a sentire freddo. Muoviamoci.»

Uscirono sulla piazza. Ferraro si fermò di fronte ad una antica colonna in marmo, isolata nella piazza.

«Sai cosa sono questi?»

Indicò due buchi in mezzo alla colonna.

«No, non so...»

«Sono le corna del diavolo.»

«Cosa?»

«È un'antica leggenda milanese. Si dice che il diavolo volesse incornare sant'Ambrogio, ma lui si spostò di scatto e fece incastrare il demonio in questa colonna. Questi sono i segni delle sue corna.»

Glielo raccontò Don Stefano, quand'era bambino. Era l'unica cosa che si ricordava di tutta la piazza. Ogni volta che poteva lo raccontava in giro, per farsi bello.

«Interessante. Un anatomopatologo potrebbe ricostruire il cranio del diavolo partendo dalla distanza tra le corna, no?»

Non ci aveva mai pensato. Lanza sicuramente sì.

Passarono davanti all'Università Cattolica.

«Che bella questa città» disse il commissario, con entusiasmo.

Una romana, sempre in orario, che amava Milano. Quella donna, nel giro di poche ore, stava distruggendo tutti i luoghi comuni sui romani di un milanese tipo.

«In che commissariato lavori a Roma? Conosco alcuni colleghi, magari...»

«Nessuno. Sono in via di Priscilla. Sai dov'è?»

«No, non ne ho idea.»

«Dietro Villa Ada. Lavoro alla DIA, in sede.»

Cazzo. Direzione Investigativa Antimafia. Palle ipercubiche, a quattro dimensioni, tesserattiche.

Per un po' rimase in silenzio.

«Giriamo di qua» disse pensieroso.

«Dove mi porti?»

«C'è un bar, in corso Magenta.»

Un posto da fighetti. Ma si mangiava bene. Entrarono.

«Allora, io prendo una cioccolata. Tu che vuoi?»

«Massì, dai, la prendo anch'io.»

Erano giorni che lo voleva fare. Con un altro poliziotto non l'avrebbe mai fatto, ci perdeva in immagine. Ma Elena non sembrava neppure una poliziotta.

«Siediti e non fare neppure la scena di tirare fuori il portafogli. Questo giro lo pago io.»

Ci siamo capiti? Agli ordini commissario!

La cioccolata scottava, una spuma di panna in mezzo alla tazza stava dissolvendosi, precipitosamente.

«Allora, Elena... ora tocca a te.»

La donna distolse l'attenzione rivolta alla torre di panna in liquefazione. Aprì la borsetta e tirò fuori una busta.

«Dunque, partiamo dall'inizio.» Estrasse una foto. «La persona di cui stiamo parlando è questa qui?»

Era Zoran. Lui. Senza ombra di dubbio.

«Sì. Un po' più giovane. Ma è lui. Zoran Gjomarkaj.»

Dunque nessun millantatore. Almeno questo era pacifico.

7

Zoran Gjomarkaj era il prodotto di un esperimento multietnico (fatto quasi in laboratorio, viene da dire), il figlio di un sogno panslavista, una sorta di prototipo di un popolo jugoslavo che non ha mai avuto il tempo di esistere veramente.

Era figlio di un giovane medico kossovaro, Dëshir, di una famiglia di etnia albanese di origini nobili, che aveva conosciuto, ancora all'università a Belgrado, la donna della sua vita, Sonja, originaria di una Krajna serba in Croazia. Lei era una serba per modo di dire: figlia di un ferroviere serbo e di una croata. Insomma un bel pot-pourri, linguistico, etnico, sociale.

Tieni conto che se i matrimoni misti fra serbi e croati non erano rari, lo erano di certo quelli fra kossovari e serbi. Ma il dottor Gjomarkaj credeva nell'idea federale, era un titino convinto. Anche a costo di apparire un traditore agli occhi della sua gente, a Pristina.

Lui viveva da anni in Bosnia e se ne fregava. Sarajevo era la sua città ideale. Cattolici, ortodossi, musulmani, ebrei. Tutti, c'erano tutti; era il banco di prova dei suoi ideali di convivenza dei popoli, lui, ateo convinto, laico convinto.

Zoran (immagino che il nome glielo abbia imposto la madre, è un tipico nome serbo) nacque nel 1978. Due anni dopo morì Tito. Quello che è accaduto dopo lo sai anche tu. Probabilmente il padre fece di tutto per instillare i suoi ideali nel figlio. Da una parte c'erano le idee, però, e dall'altra i fatti. E i fatti erano che il padre era medico dell'esercito jugoslavo durante la dichiarazione di indipendenza della Slovenia e della Croazia. E che la guerra civile fu quello che fu. Che suo padre era un albanese con l'uniforme serba, in giro a fare la guerra. E che Sarajevo fu il teatro tragico dove quel ragazzino crebbe. Dove a sedici anni un cecchino, probabilmente serbo, gli uccise la madre. Una storia da romanzo d'appendice, me ne rendo conto. Ma vera. Zoran non aveva più nessuno, dovette arrangiarsi. Per i croati era serbo, per i serbi era musulmano, per i musulmani era albanese. E, pensa, era veramente tutto ciò. Era il figlio di un sogno che si frantumava in mille pezzi e che, riaccostati, avevano assunto le fattezze di un incubo.

Ma non era stupido, il ragazzo; per niente. Ho saputo, negli anni, che aveva avuto fin da subito contatti con l'esercito italiano quando andò a Sarajevo con le missioni ONU, e tu ora me lo confermi. Gestiva qualche giro losco, il mercato nero, cose così. Era un ragazzo, ma era già un capo. Credo che la cosa gli veniva dal padre. Io non l'ho mai conosciuto, quasi ti invidio a sapere che tu gli hai parlato. Me lo figuravo scaltro, fiero. Sai cosa c'era scritto, secoli addietro, sulla porta di Costantinopoli? C'era un ordine del Sultano che diceva qualcosa come: Tutti i Gjomarkaj, generazione dopo generazione, porteranno il titolo di Kapidan. Vabbe', ma questa è un'altra storia. Cosa stavo dicendo?

Dicevo che era un adolescente che già gestiva un gruppo di accoliti sotto di sé. Poteva andare ovunque nella città. Conosceva tutti, parlava tutte le lingue, tutti i dialetti, tutte le inflessioni.

In un altro mondo, nel mondo dei sogni paterni, sarebbe stato un ottimo governante, uno scienziato geniale, un artista luminoso. Era lì, invece, in quel momento. Nel posto sbagliato, nel momento sbagliato. Con la morte ovunque. Con la morte negli occhi, con la morte nel cuore.

Lo so, c'è del sentimentalismo nelle mie parole. Stiamo parlando di un criminale, lo so. Non voglio che tu creda che stia giustificando le sue devianze con il solito trucco freudiano-hollywoodiano di causa-effetto: sei un serial killer? Perché da bambino ti è morto il gatto. No, lo so, me ne rendo conto. Sai, forse è la sindrome di Stoccolma. A furia di studiarlo alla fine ti affezioni all'oggetto dei tuoi studi...

Comunque scaltro lo era. In tutti questi anni è riuscito a non farsi mai arrestare. Non un giorno in gattabuia. Sapeva dove ungere, sapeva da chi andare. Aveva amicizie, nel tempo, sempre più influenti. Fedina penale pulita, immacolata. E passaporto croato, quello della madre.

E il padre, tu mi dici? Che fine aveva fatto? Il padre tornò a Sarajevo e provò a portarsi via il figlio, a fargli cambiare regime. Con l'esempio, con le idee. Andarono a Pristina, dove faceva il medico. Per tutti. Perché lui ci credeva, povero illuso. Ma o sei un medico serbo che cura i serbi o sei un medico kossovaro che cura i kossovari. Cosa c'entra, ti viene da dire? I medici sono medici, super partes. Sai cos'era il Kossovo otto anni fa? Lo sai che avevano accusato Dëshir di sterilizzare nel suo ambulatorio i bambini serbi? Te ne rendi conto? Sindrome di accerchiamento, certo. Dall'altra parte dicevano che i serbi avvelenavano l'acqua degli albanesi. Un delirio. Il padre una bella mattina sparì, pure lui. In uno di quegli inverni dove la gente moriva nei boschi terrorizzata dall'esercito serbo da una parte e dall'UCK dall'altra.

Ma di freddo Zoran credo non ne abbia mai preso. Suo padre era un illuso. Lui era, a suo modo, un capitalista rampante. Il nuovo che avanza. Società finanziarie multietniche, transnazionali. Società del crimine, ovvio, ma organizzate come quelle del libero mercato occidentale. Il mercato delle armi, sul confine fra l'Albania e il Kossovo, sotto gli occhi arrendevoli degli americani, fu un affare non da poco per Zoran. E poi, sì, ci hai visto giusto, schiavi. Aveva il know how, conosceva le rotte delle armi. Passò alla tratta degli schiavi. *Trafficking of human beings* si dice all'ONU. Bambini, prostitute, ma soprattutto lavoratori. Il mercato chiedeva braccia, l'Occidente chiede braccia. Da una parte formula leggi restrittive, contro l'immigrazione, dall'altra queste stesse leggi potenziano il mercato clandestino. Una bella contraddizione, non trovi? Ma lasciamo stare, non parliamo di politica, chissà cosa stai pensando di me ora...

Passatori, scafisti, rotte balcaniche, documenti falsi, collusioni con le polizie locali, con le autorità... dopo tutti questi anni non ho una prova, non una che lo inchiodi. Niente extraterritorialità, niente articolo 604 del Codice Penale. Ci pensi? Sospetti, dicerie, voci che girano. In un modo o nell'altro lui c'era sempre. Non al livello più alto, non ancora, era ancora giovane e si stava formando, ma già ad un buon punto nella scalata ai vertici criminali.

Di là i capoclan delle mafie albanesi, montenegrine, slave. Di qua i pugliesi, i calabresi. Dove sta Zoran? Con chi sta?

E io che lo cerco, che lo mappo. Io, solo io che lo cerco, come un'ossessione. Certe volte sembra che lo conosca solo io. Io e il mio diretto superiore, il mio «capo». Forse Zoran neppure sapeva che qualcuno gli stava alle calcagna. Lo cerco in Kossovo, in Montenegro, arrivo che lui se ne è appena andato. Furbo come una volpe. Me lo confermi. Io lo cerco nelle fogne; lui arriva in Italia con il permesso di soggiorno, dalla porta principale. Mi chiedi: com'è che non me ne sono accorta? Lo sai cos'è la burocrazia? Ventisei Procure distrettuali Antimafia, centosessantaquattro Procure della Repubblica. Carabinieri, Polizia, Guardia di Finanza. Hai idea della confusione? Quello che scrive Gjomarkaj in cirillico, quell'altro che lo trascrive Giomarcai. A mano, magari. Perché ancora non sa usare l'e-mail. O magari lo pronuncia all'americana, al telefono, come nei film. E quell'altro ancora che scrive: Joe Markey. Roba da pazzi, lo so.

Cosa? L'Agenzia Europea? Non so, non so... c'è in quel progetto qualcosa o qualcuno che rema contro. In realtà credo ci siano due Agenzie. Quella per il volgo e *quell'altra*. Non hai capito? I Servizi, sì. Che da noi poi sono sempre deviati. Da chi? Boh! Segreto. Non so dove vogliono piazzare il tuo amico, Lanza. Se lo vogliono piazzare. O se lo vogliono fare fuori dai giochi. Non so.

Ma, torniamo a noi... Avevo sott'occhio un po' di pedine di Zoran, in Italia. Un bel pezzo di organigramma. I poveracci, ovvio, le ultime ruote del carro. Berosh Aliai, ad esempio. Su loro stavo lavorando. Zoran lo immaginavo chissà dove. E invece... Perché mi viene in Italia? Perché a Milano? Sai, alla seconda ti rispondo subito. I pugliesi. Con loro ha fatto affari per anni. Ma c'era bisogno di venire fin qui? Non stava bene a casa sua? Perché si è scoperto? Non era da lui. Forse era venuto qui perché voleva mettere radici, non so. Forse stanno cambiando ancora i poteri territoriali, tutto si evolve. Con la Slovenia e gli Stati Baltici nell'Unione i confini si allargano. E forse anche le maglie, i controlli.

Catturare uno come Gjomarkaj sarebbe stato importante per il mio lavoro. Lui era una memoria criminale ambulante, conosceva nomi che io neppure minimamente immagino. Era una mente fresca. Era il collante perfetto di vari gruppi etnici. Aveva un entourage multietnico, una Jugoslavia in sedicesimo. Ma è morto. E i giornali non hanno dato neppure il suo nome.

Era un extracomunitario, un poveraccio. Neppure la dignità della prima pagina. Non è certo la fine di un Kapidan, questa. Non c'è gloria, non c'è onore.

Ci facciamo un tramezzino?

8

Aveva spazzolato da poco la cioccolata che già pensava al tramezzino. Non era certo colpa del jet lag. Era una che mangiava con allegria, ecco la verità, una che faceva venir fame solo a guardarla. C'era da presentarle Mimmo; si sarebbero sicuramente cucinati dei pranzi sontuosi.

«Come lo vuoi?»

«C'è col tonno e la maionese? Se no fai tu...»

«Aspetta, adesso chiedo.»

Alzandosi il ginocchio scricchiolò quel tanto.

«Senti, già che ci sei, anche un'aranciata...»

«Va bene, va bene...»

Ferraro, dopo l'ordinazione, tornò al suo posto.

«Scusa se te lo chiedo... ma cos'hai al ginocchio?»

«Niente, niente... una stupidata. Ma mi sa che devo farmelo vedere.»

«Come te lo sei fatto? In missione?»

Sì, certo, come no! Mission impossible. Doveva dimostrare a una femmina che lui era un vero maschio. Alla fine si era dimostrato solo un coglione. Zoppicante.

Cambiò argomento: «Di tramezzini al tonno non ne avevano. Li ho presi ai gamberetti e rucola. Va bene lo stesso?»

«Sì, va bene. Un po' da fighetti, ma direi che va bene.»

«Mia figlia Giulia li adora. Vuoi dire che ho una figlia snob?»

«Quanti anni ha?»

«Sette.»

«Allora è semplicemente golosa. Era l'unico pesce che mangiava Mauro a quell'età.»

Come per un riflesso condizionato a Ferraro cadde l'occhio

sulla mano sinistra del commissario. Luccicava, deciso, un anello.

«Mauro è tuo figlio?»

«Sì. Ha quattordici anni.»

«Accidenti, è grande.»

«E anche alto. Tutto suo padre.»

Arrivarono le ordinazioni. Elena addentò il tramezzino, probabilmente felice di avere una bella dentatura, spazzolata negli anni, con cura.

«Buono?»

«Sì, sì... anche se, non ti offendere, a Roma sono più buoni.»

È vero. Ferraro se ne era reso conto quando aveva fatto il CAR a Viterbo. (Lazio: Roma, Viterbo, Latina, Rieti, Frosinone.) I tramezzini romani, da allora, gli rimasero nel cuore.

«Ascolta, Elena. Mi rendo conto che per te questo è un punto morto...»

«Un uomo morto, vorrai dire!»

Sorrise, compiaciuta della cazzata. In effetti era una tale cazzata che fece sorridere pure Ferraro.

«Sì, è vero, hai ragione... dicevo... per te questo significa dover ricominciare da capo...»

«Sai... non solo la perdita di Gjomarkaj, ma anche tutti gli altri...» Si passò una mano sulla testa, desolata. «Sono spariti tutti. Mi sento come una cartografa che dopo una eruzione vulcanica deve ridisegnare il lavoro di anni. È frustrante.»

Accidenti, che mente fantasiosa.

«Però, scusa la franchezza, per me le tue informazioni sono vitali. Ora ho più di un riscontro che conferma la mia teoria. In pratica, da quello che mi dici, Lanza lo tiro fuori sicuramente dai guai.»

«È vero, hai ragione.» Bevette un po' della sua aranciata. «Ovviamente se hai bisogno di una testimonianza, di un memoriale, fammelo sapere.»

«Forse dovremmo andare da Zeni. Adesso.» Si fermò a guardarla. «Che dici?»

La donna osservò l'orologio.

«Sì, andiamoci, così gli spieghi tutto e vediamo il da farsi.» Si alzò. Ferraro dietro di lei. «Hai già pagato?»

«Sì, non preoccuparti.»

«Il prossimo...»

«Sì, lo so. Il prossimo giro lo paghi tu.»

Fuori l'aria era gelida.

«Sai una cosa? Zeni lo saluto volentieri, sono anni che non lo vedo, chissà se si ricorda di me... Magari resto anche nel pomeriggio. Tanto ho il biglietto aperto per il ritorno.» Guardò Ferraro, sembrava distratto. «A cosa pensi?»

«Penso che forse è meglio che chiami anche Lanza.»

«Sì, ti conviene. Chiamalo.»

In quel preciso istante trillò il cellulare di Ferraro. Ci mise un po' a trovarlo, infognato in chissà quale tasca del giaccone. Sul display campeggiavano un nome e un numero. Lupus in fabula. Casa Lanza.

XVI

IL MAESTRO

1

«Sì, pronto.»

«Pronto? Ispettore Ferraro?»

Non era Lanza, era la moglie e aveva una voce decisamente preoccupata. Quella donna non lo chiamava mai. La cosa lo insospettì subito.

«Signora Lanza, che c'è? Che succede?»

«Ascolti ispettore, mi scusi che la disturbo ma... non so se devo preoccuparmi o meno.»

«Che cosa è successo?»

«Circa mezz'ora fa mio marito è uscito di casa. Io stavo ancora dormendo, sa questa notte ho avuto un po' di mal di pancia, ogni tanto mi capita, e allora Augusto mi aveva detto di restare a letto.»

E chi se ne frega non ce lo mettiamo?

«E allora?»

«Insomma... Prima di andare via mi ha lasciato un messaggio abbastanza criptico.»

Sai che strano. Sarebbe stato curioso se avesse lasciato un messaggio comprensibile!

«Cosa c'era scritto?»

«Dice che... no; forse è meglio che glielo leggo, no? Non vorrei sbagliare la parafrasi.»

Una famiglia di filologi.

«Legga.»

«Allora: *Tesoro*, sa... mi chiama così da quando ci siamo conosciuti, è un vezzeggiativo...»

«Signora vada avanti, non *intercali* continuamente.»

Usò un verbo alla Lanza, per farla sentire a suo agio.

«Ha ragione, ha ragione, Augusto me lo dice sempre. Comunque: *Tesoro. Ho una urgenza da svolgere. Sono andato al biliardo. Se per mezzogiorno non torno avverti Ferraro*. Capisce? Non lo trova strano?»

Siamo messi bene! Lanza era strano pure per la moglie.

Ferraro guardò l'ora: «Adesso sono le dieci e mezza, signora».

«Lo so, lo so. Infatti mi sento un po' in colpa, mi sembra di tradirlo. Ma non è da lui tutto questo. Perché non dovrebbe tornare per mezzogiorno? Perché, nel caso, non mi telefona lui? E perché, poi, dovrei *avvertirla*?»

Lanza non usa i verbi a caso. Avvertire non è chiamare o telefonare. I conti non tornano.

«Ha provato a cercarlo sul cellulare?»

«Sì, certo. Ma non risponde. Cioè... è spento... io... non so cosa pensare.»

«Mi scusi ma... è successo qualcosa in questi giorni di sospensione, che io non so... suo marito cosa ha fatto? Ha ricevuto telefonate, è uscito... non so, mi dia qualche appiglio...»

«Ispettore, mio marito non ha praticamente mai smesso di lavorare. Sta svolgendo un'indagine per conto suo, fin dal primo giorno di sospensione. Un'indagine che mira a riabilitare la sua posizione compromessa. Ha ricevuto telefonate, è uscito, ha incontrato persone. Tutto nelle norma. Ma non mi ha mai chiesto di avvertire qualcun altro, come ha fatto oggi.»

Come se sapesse che c'era un pericolo. Aveva valutato tutte le opzioni. Zitto zitto si era mosso, con i suoi informatori, con le sue indagini. Da solo. Ma forse adesso c'era bisogno di aiuto. Cos'era successo? Cosa aveva scoperto?

«Capisco» disse preoccupato.

«Ora, ispettore, per la prima volta nella mia vita non voglio fare quello che mi chiede mio marito. Non so, è strano, è molto strano. Le posso chiedere di fare un salto lì, al biliardo, adesso? Che poi non so neppure qual è, magari lei lo sa... Insomma, può fare qualcosa?»

2

Piazza Cadorna, Foro Bonaparte, corso Sempione, piazza Firenze, viale Certosa, Ponte Palizzi, Quarto Oggiaro. Aveva bruciato tutti i record stagionali, sembrava pronto per la formula uno.

«Ehi, ma guidate tutti così a Milano?»

«È colpa del Gran Premio. Sai, Monza è qui vicino...»

Parcheggiò.

«Siamo arrivati?»

«Sì.»

«Dov'è il commissariato?»

«No, no. Prima voglio passare al biliardo. Questa storia di Lanza non mi convince.»

Un minuto dopo erano dentro al bar.

Isabella stava sciacquando dei bicchieri. Guardò Ferraro con stupore.

«Ispettore, buongiorno, ma... è successo qualcosa?»

«Buongiorno, Isabella. Giovanni c'è?»

«È da mio padre.» Abbassò gli occhi, mestamente. «Arriva più tardi, verso mezzogiorno.»

Non era un caso. Non lo è mai.

«Isabella, è passato di qui l'ispettore Lanza?»

«Sì, sì...» Rialzò lo sguardo. «Quando è stato? Mezz'ora, tre quarti d'ora fa...»

«Le ha lasciato qualche messaggio? Per Giovanni, per me, non so...»

La donna chiuse il rubinetto e si asciugò le mani con una pezza. Decisa.

«Che sta succedendo ispettore?»

Lo guardò negli occhi. Poi volse lo sguardo anche al commissario, incuriosita. La donna fece un sorriso.

«Buongiorno, signora, sono una collega dell'ispettore. Mi chiamo Elena Rinaldi.»

«Buongiorno, signora, buongiorno... io non so cosa dirvi...» Si rivolse a Ferraro. «L'ispettore Lanza non mi ha lasciato niente. Se ne è andato giù, nella sala biliardo. M'addhunai che era nirbuso, ma nudda gli chiesi.»

«È andato giù?»
«Sì.»
«Magari ha incontrato qualcuno» disse il commissario.
«No, non credo» disse Isabella.
«E perché?»
«È sceso ed è salito. Mancu u tempu de iestimmari.»
«Forse doveva ritirare qualcosa, un messaggio, un pacco.»
«Aveva qualcosa in mano, quando è salito?»
«No, nente. Ma magari lo teneva ammucciuni nella bùggia, nu n'o sacciu.»
Arrivarono due clienti che chiesero un caffè, Isabella si allontanò dai due poliziotti. Ferraro pensava, silenzioso.
Poi il commissario, quasi sottovoce: «Che facciamo?»
«Non lo so. O Lanza voleva che io arrivassi a mezzogiorno, proprio perché così incontravo Giovanni... non so, non lo so... magari deve dirmi qualcosa da parte di Don Leo... non so...»
«Fai quello che ha fatto lui.»
«Cosa vuoi dire?»
«È andato giù? Andiamo giù anche noi.»
«Sì. Tanto non ci costa nulla.»
Scesero le scale. Dei tre, c'era un solo biliardo con le luci accese.
«Ferraro! Ma cos'è, una festa a sorpresa?»
Fusco?
«Ma tu guarda... che ci fai qui?»
«Non sono di turno. Mi stavo facendo una partitina con Gustavo. A proposito, te l'ho già presentato Gustavo?»
Il ragazzo appoggiò la stecca al muro e si avvicinò al gruppetto.
«Sì, Anna, non te lo ricordi? Eravamo andati all'ospedale a trovare quel tipo...»
Probabilmente era un trucco, quello di Fusco. Era un modo elegante per obbligare l'ispettore a presentarle la donna che lo accompagnava. Era giusto dirglielo, d'altronde.
«Fusco, ti presento il commissario Rinaldi. Elena, lei è Anna Fusco, vi siete conosciute al telefono.»
«Ma che piacere», Elena allungò la mano, con entusiasmo. «Madonna come sei giovane.»

«Dottoressa...» Non disse più nulla, imbarazzata. Chissà cosa aveva pensato.

«Fusco, hai visto Lanza, per caso?»

«Appunto, è quello che volevo dirti. Io e Gustavo veniamo qui perché non ci passa mai nessuno del commissariato. E nel giro di un'oretta, prima Lanza e poi tu. Strano, no?»

«Un'ora, hai detto?»

Gustavo fece ondeggiare la mano destra, ritmicamente.

«Più o meno. Forse meno... tre quarti d'ora, toh.»

«Cosa ha fatto?»

«È andato in bagno.»

«E basta?»

«Sì. È sceso, ha salutato, è andato in bagno, è uscito dal bagno, ha salutato e se ne è andato.»

Ma cos'ha il bagno di questa sala biliardo che Lanza non perde occasione per andarci?

Ferraro guardava il commissario, interrogante.

«Fallo anche tu. Vai nel bagno, vedi un po' se ci trovi qualcosa. Magari ti ha nascosto qualcosa nello sciacquone.»

Ma che cazzo è, una caccia al tesoro?

«Vado.»

3

Eccola la creatività italica, ecco la libertà d'opinione. Messaggi, disegni, sgorbi, volgarità, fatti col pennarello, con le matite colorate, con la merda. Numeri di telefono ovunque. Righe, righe. Chi ama la figa tiri una riga. E giù righe. Mi scopo tardone, telefona. Dio esiste, e ci odia. Negri merda. Una riga su negri, e sopra: italiani. Odore di piscio, stantio, sull'asse. Mai una volta che qualcuno la tiri su, l'asse, mai una volta che tirino lo sciacquone. Lo sciacquone.

Ferraro rimboccò la manica della camicia, vediamo un po', non si sa mai. Niente. Acqua.

Guardò tutto attorno, dietro il cesso, sotto il lavandino, nulla. L'anta della porta era il tavolo del tecnigrafo di un fumettista perverso: pompini, inculate, tettone. Tutto disegnato con cura, come di chi ha tempo da perdere; una vita dedicata all'arte, in un cesso pubblico. Niente. Svuotò il cestino. Niente. Se vedi nero spara a vista: o è un prete o è un fascista. Spompino cazzi enormi, 20-25 anni, no meridionali. Ebrei bastardi, vi bruceremo tutti.

Svastiche ovunque. Due piastrelle rotte. Ferraro ne tastò una; si muoveva. La tolse, con cura. Niente, un bel niente. Si lavò le mani, deluso.

Antonio, tua madre è una troia. Se vuoi scopare una verginella, telefona a questo numero. La finestra. Aprì l'anta, tastò ovunque, sopra sotto. Niente. Richiuse, faceva veramente freddo, l'umidità incriccava le ossa, il ginocchio doleva, muto. Dovette rilavarsi le mani, il davanzale esterno era nero di fuliggine.

Inculo libidinosi maiali. Strani gusti. Ma sarà tutto vero? Anche extracomunitari. Almeno questo non è razzista. Sbatto terroni ricchioni, ovunque. Uno di bocca buona.

Guardò poco sopra a questa scritta. Rimase a bocca aperta. Uscì di corsa.

«Elena, vieni, seguimi.»

«Che fai? Mi conosci appena e già ti vuoi infrattare con me in un bagno pubblico?»

«Vieni, forza. Vieni anche tu, Fusco.»

Li seguì anche Gustavo, ma rimase fuori, non c'era spazio.

«Cosa leggi qui, Fusco?»

«*Cerco hotel isolato*. E allora? Non capisco...»

«Ma non vedi? È la scrittura di Lanza.»

«Accidenti, è vero.»

Il commissario si avvicinò per osservare meglio. I suoi seni premettero sulla schiena di Ferraro. La situazione, fisica e mentale, dell'ispettore volgeva al ridicolo.

«Cosa volete dirmi? Che il vostro collega è un pervertito?»

Fusco e Ferraro scoppiarono a ridere, di gusto.

«Oddio, lo escludo categoricamente. Anche se poi...»

«... certo, tutto è possibile... ma Lanza... nooo, impossibile.»

«Cazzo, ci voleva Comaschi adesso, sai le risate...»

La donna strizzò un po' gli occhi. Forse era miope, poche diottrie però.

«È un acrostico.»

«Cosa?»

«Leggete solo le prime lettere. C-H-I. È una domanda: *Chi?*»

A Ferraro vennero due occhi peggio che nei manga giapponesi. Un acrostico. Se fosse stato qualcun altro, Ferraro avrebbe parlato del caso. Ma il caso non esiste. Solo a Lanza poteva venire in mente una cosa del genere. Ecco cosa ci veniva a fare con frequenza nel bagno del biliardo; comunicava con i suoi informatori. Se vuoi nascondere una cosa mettila bene in evidenza. Un acrostico, roba da matti. Solo Lanza poteva pensarlo, e forse solo Elena se ne poteva rendere conto.

«Allora se c'è la domanda, c'è anche la risposta, giusto?»

I tre si misero a leggere tutte le volgarità sulla parete. Ferraro quasi si vergognava di quanta bassezza potesse raggiungere una mano maschile.

«Gesù, ma perché i cessi dei maschi sono sempre così?»

«Dovresti vedere quelli delle femmine. Questo è niente...»

«SVNSAV... no, non ha senso.»

«CALFTUR... no, no...»

«Trovato, l'ho trovato: *Inculo libidinosi maiali, anche extracomunitari. Sbatto terroni ricchioni, ovunque.*»

«Complimenti Ferraro, l'hai letto con trasporto. Che significa?»

«I-L-M-A-E-S-T-R-O.» Si rivolse alle donne: «Chi cazzo è *il maestro*?»

«Guarda, c'è un numero di cellulare.»

Ferraro lo trascrisse sul suo telefonino. Poi uscirono dal bagno. Gustavo aspettava fuori, in un florilegio di punti di domanda.

«Usciamo, qui non c'è campo.»

Un minuto dopo erano all'aria aperta. Ferraro guardava con sospetto il suo cellulare, quasi fosse fatto di uranio impoverito.

«Forza, chiamalo» disse la Rinaldi.

Fusco annuiva, orgogliosa di esserci. Gustavo se la palpava un po', tanto per fare qualcosa.

«Ma che gli dico? Non so neppure se ci vuole una parola d'ordine.»

«Non siamo mica nei film di spionaggio. Tu chiama. Se non chiami a cosa serve avere il numero?»

«Magari possiamo chiedere in commissariato di trovare a chi appartiene.»

«Ma scusa, secondo te un informatore lascia in giro un numero facilmente rintracciabile?»

Che figura di merda. Neppure l'ABC del poliziotto.

«Va bene. O la va o la spacca.» Compose il numero. «È libero...»

Gli astanti assentivano, convinti.

«Ce l'hai il vivavoce?»

Ferraro disse SÌ-SÌ con la testa. Poi fece in modo che tutti sentissero il segnale.

«Halo?»

Panico.

Ferraro guardava gli altri supplichevole, nella infantile speranza che qualcuno gli cavasse le castagne dal fuoco.

«Halo, ko govori?» L'amico insisteva.

Incarciofò la mano sinistra e disse muto: «Che faccio?»

Il commissario mostrò i palmi delle mani, come se cullasse un poppante invisibile. La smorfia del volto significava: «Parlaci, vedi un po' che succede».

Ferraro fece un occhiello con l'indice e il pollice, ostentando le altre tre dita a mo' di cresta pennuta.

Poi disse, tremolante: «Pronto».

Silenzio.

«Sì, pronto.»

L'amico aveva il traduttore simultaneo, meglio così.

«Il Maestro?»

«Chi sei?»

«Devo parlare con il Maestro.»

«Chi sei?»

Da qui non se ne esce.

«Un amico.»

«Di chi?»

Silenzio. O la va o la spacca.

«Lanza. Sono un amico di Lanza.»

«Come ti chiami?»

Silenzio. Il carciofodattilo sinistro di Ferraro si agitava incessantemente. Elena faceva «sì-sì» con tutto il corpo: «Diglielo, diglielo». Desonorizzata.

«Ferraro.»

Silenzio.

«Aspetta un attimo.»

L'ispettore mise una mano sul telefonino.

«Adesso manca solo che mi chiede il codice fiscale» sussurrò.

«Non preoccuparti. Stai andando bene» sibilò Fusco.

Gustavo guardava incredulo. «Ecco dove vanno a finire i soldi delle mie tasse», stava sicuramente pensando, per quanto uno con quella faccia faceva del nero, di sicuro.

«Ferraro?»

«Sì, sono qui.»

«Il Maestro ti aspetta.»

«Dove?»

«Vieni in Centrale, sul piazzale.»

«Dove, esattamente?»

«Tu vieni e chiedi in giro che vuoi tagliarti i capelli.»

«I capelli?»

«Vieni subito. E da solo. Se vediamo che non sei solo il Maestro non ti riceve.»

4

Ponte Palizzi, via Console Marcello, via Mac Mahon, Circonvallazione, Stazione Centrale.

Meno male che era giovedì, fosse stato domenica c'era da perdersi nella ressa. Il fine settimana piazza Duca d'Aosta, piazza Luigi di Savoia, con i loro bei nomi ridondanti e patriottici, buona parte della Stazione Centrale, l'immensa mole di botticino bianco, umbertina e fascistoide, anzi, di più, l'intero quartiere attorno allo scalo ferroviario, godono dell'extraterritorialità. Non un milanese, neppure a cercarlo con il lanternino, non un italiano. Quei pochi che appaiono non si fermano, transitano; sono di fretta, il capo li ha fregati questa settimana e si fanno il weekend corto, in montagna. Escono dalla metropolitana e si fiondano sui binari della stazione, come schegge, indifferenti alla bolgia multietnica che li attornia.

Tutto in giro è colombiani, magrebini, senegalesi, filippini, ucraini, ecuadoriani, pakistani, albanesi, turchi, rumeni, brasiliani, bielorussi. Tutto in giro è cartacce, lattine di birra, bottiglie sparpagliate, cumuli di rifiuti, è odori di kebab, di carne di montone, di dolci allo yogurt. È il sabato del villaggio globale; escono dai loro tuguri, leccati e pettinati per la mattina del dì di festa, i lavoratori, le badanti, gli operai, i muratori, le domestiche per incontrarsi a gruppi, a clan, a frotte, rigorosamente per etnie, per razze, per lingue. Di là gli africani, di qui i sudamericani; i tunisini, i marocchini, girato l'angolo, dove vedi cucinare all'aria aperta, come se non facesse freddo, come se le condizioni meteorologiche a Milano fossero le stesse di Tunisi. E sono tanti, tantissimi, ovunque. Parlano, giocano, scambiano, barattano, fanno affari, c'è chi si ubriaca, chi si pesta, c'è chi telefona a casa, chi si vede solo quel giorno, perché relegato in un cantiere nel bresciano o in un appartamento del centro, e si baciano, si baciano fino a sfinirsi, per fare la scorta di umori, di saliva, di sesso, per l'intera settimana.

È un macello di gente, una infinità. Popola tutti gli spazi liberi del quartiere. Si siedono sulle panchine, sui marciapiedi, sui prati, fin oltre via Vitruvio, fino ai patetici giardinetti di Benedetto Marcello. Aprono involti di carta stagnola, dividono il pane, le scatole di tonno. In un freddo impossibile, mangiano panini, o piatti freddi, preparati la sera prima, quando la padrona dorme, per non disturbare, e bevono vodka, vino di quart'ordine, birra. Ridono. Le donne, soprattutto. Girano in quattro, in cinque, si fermano davanti alle vetrine dei negozi di Buenos Aires, si riempiono gli occhi, sognano di rifarsi il guardaroba.

Verso il palazzo delle Poste giungono pullman pieni zeppi di persone, dalla Puglia, dalla Serbia, dal Marocco, dalla Sicilia; lì di fianco c'è un vero e proprio mercato abusivo, una casbah, dove si trova di tutto, dove i furgoncini, che si sono fatti in un'unica tirata notturna Bucarest-Milano, espongono la mercanzia, portano pacchi, lettere, ritirano i soldi da portare alle famiglie rimaste a casa. Commerciano le cose più improbabili, le più inverosimili, e le vendono. Ci vanno tutti, tutti contrattano, soppesano, scambiano, la ressa è assurda, molti mendicanti storpi si trasformano in un batter d'occhio in borseggiatori dalle mani vellutate. Un mondo.

Meno male che era giovedì. Molta meno gente, molto meno casino in giro. Gli ubriaconi, gli sfaccendati, i barboni, quelli sì, quelli non mancano mai. Qualche negro dal sorriso smagliante. Alti come pertiche, giocano alla lotta; sono ragazzi, dal fisico elastico, scattante. Alcuni pakistani. Hanno la camicia di fuori, stiratissima, con i capelli corvini lisciati all'indietro. Attraversano la strada tenendosi per mano, fra maschi, come bimbi ad una gita. E chiacchierano vicinissimi, senza lasciarsi la mano, umili, dolcissimi.

E poi le domestiche ucraine, russe, slave, in libera uscita, buttate fuori dalle case che rassettano tutta la settimana, e che non sanno dove andare, non hanno abbastanza soldi per entrare in un cinema, o in un bar, e mangiano fra di loro, sulle panchine, al freddo, si scambiano le foto dei figli, dei nipotini e ridendo mostrano le carie, indossando cappotti dalla foggia improponibile che fanno il paio con il taglio dei capelli, assolutamente *out* per una qualsiasi milanese che si rispetti.

Poca gente alla fine, non doveva essere difficile per Ferraro trovare il Maestro. Chiese in giro dove poteva tagliarsi i capelli. Alcuni lo guardavano come se fosse un pazzo. La richiesta, in effetti, un po' folle lo era. Altri lo evitavano, sospettosi. Il suo italiano perfetto lo emarginava fra gli emarginati. Puzzava di sbirro, non si sa mai. Evitò gli africani e i sudamericani. La voce al telefono era slava. Puntò verso un raggruppamento che ciondolava sotto una tettoia. Chiese ancora. D'incanto il gruppo si aprì come un ventaglio. Un uomo, rasoio alla mano, con una perizia d'altri tempi, stava tagliando la barba ad un signore seduto sulla panchina. Il Maestro. Fine della corsa.

5

«Tu sei il Maestro?» chiese Ferraro al barbiere.

«Kako, što?»

L'uomo seduto allungò una mano: «Ferraro, suppongo».

L'ispettore abbassò lo sguardo. L'uomo se ne stava bello-bello, occhi chiusi, a godersi la rasatura.

«Sì.»

«Si sieda, Miloš è in un passaggio delicato, non vorrei sbagliasse.»

La voce era calma, autorevole. Ferraro si guardò attorno, poi, un po' confuso, decise di seguire il consiglio del rasando.

«È lei il Maestro?»

Con lui gli venne naturale la formalità del «lei». L'uomo allungò ancora la mano, sempre ad occhi chiusi. Toccò la spalla di Ferraro, seduto affianco a lui. Poi portò il dito indice alla bocca. Ok, messaggio ricevuto. Nel frattempo il barbiere diede gli ultimi colpi di rasoio. Subito dopo mise una pezza umida sul volto dell'uomo. Come diavolo era riuscito a tenerla calda resta un mistero. La giornata era fredda, si vedeva chiaramente un fumo bianco evaporare dall'asciugamano, appoggiato a mo' di maschera sul volto dell'uomo.

«Aahhh, caro Ferraro, queste sono le vere soddisfazioni di un uomo, diciamoci la verità.» Dopo un dieci secondi di silenzio riprese a parlare: «Sì, comunque sono io l'uomo che sta cercando».

Allungò ancora la mano, di taglio. Ferraro gliela strinse.

«Come la devo chiamare?»

«Hanno importanza i nomi? Poi va a finire che lo sbaglia; ho un nome complicato per voi italiani» disse l'uomo mascherato.

«Va bene, *Signor Maestro.*»

Gli sembrava di stare alla scuola elementare. Il Maestro si smascherò. Miloš gli tolse dalle mani la pezza ormai raffreddata.

«Be', Ferraro, *Signor Maestro* no, su... non mi prenda in giro.»

Lo disse con un sorriso maledettamente intelligente. Poteva avere cinquant'anni, ma forse anche qualcuno di più; se erano sessanta li portava ottimamente.

«Ascolti, Maestro, io sono qui perché....»

«Sshhh, calma...» Si alzò. Ferraro stava per fare lo stesso, ma l'uomo con un gesto gli fece capire di restare dov'era. «Lo so perché è venuto qui.»

«Lo sa?»

«Certo, gliel'ho sentito dire. Vuole tagliarsi i capelli.» Lo guardò attentamente, con il capo piegato sulla destra. «Anche se, a pensarci bene, non ne ha veramente bisogno. Io direi che ci vuole una bella rasata, invece.» Si girò: «Miloše, pripremi posudicu i ostalo».

«Che sta dicendo?»

«Si rilassi Ferraro, la vita è già abbastanza complicata...»

Miloš tornò con in mano tutta l'attrezzatura occorrente.

«No, ascolti, dica al barbiere che non ne ho bisogno.»

«Ma no, cosa ha capito? Sono io il barbiere, non lui.»

«Come? E Miloš cos'è scusi?»

«È la mia soluzione personale a un paradosso logico.»

O questo è un pazzo, o mi sta prendendo per il culo.

«Che sta dicendo, non la capisco.»

Il Maestro prese in mano la pezzella calda.

«Si rilassi, vedrà che dopo si sentirà meglio.»

«No veramente, non ha senso...»

Provò ad alzarsi. Fu subito bloccato da un paio di persone.

«Ferraro, lei è mio ospite. Le ho detto che deve rilassarsi. Noi dobbiamo dirci delle cose, lei ha bisogno di informazioni. Si deve fidare di me. Se mi rendo conto che lei non si fida perché dovrei dargliele?»

L'ispettore smise di opporre resistenza. Si appoggiò allo schienale della panchina, fingendo di rilassarsi.

«Va bene, ho capito...»

«Bravo, vedrà che poi mi ringrazierà.» Gli piazzò l'asciugamano in faccia. Per quanto lo negasse la sensazione era piacevole. «Cosa le stavo dicendo? Ah, sì... il paradosso logico... Lei lo conosce, Ferraro?»

«Non so assolutamente di cosa stia parlando.»

«Allora, ascolti...»

Tolse la pezza; aveva in mano il pennello pieno di sapone.

«Me la sta facendo veramente?»

«Certo, cosa crede? Non si preoccupi, sono bravissimo.» Passò la schiuma sul volto di Ferraro. «Appunto... per restare in tema. Diciamo che il barbiere è quello che fa la barba a tutti quelli nel villaggio che non se la fanno da soli. Mi segue?»

È pazzo. È evidentemente pazzo, e io mi sto facendo tagliare la gola da un pazzo.

«Più o meno.»

«Bene. Abbiamo così definito alcuni campi: il villaggio, che è un sistema chiuso, e i fattori agenti che sono gli altri abitanti dei quali sappiamo che alcuni si fanno la barba da sé, e quindi non vanno dal barbiere, e altri che non se la fanno da soli e vanno perciò dal barbiere. C'è? Mi segue?»

Ferraro sbuffò un «sì». Miloš prese il pennello dalle mani del Maestro e gli porse il rasoio, aperto.

«Maestro, la prego» supplicò Ferraro.

«Le ho detto che non deve preoccuparsi, non ho mai tagliato nessuno... Allora, dicevo. E poi c'è il barbiere, l'unico di tutto il paese. Che evidentemente è un abitante del villaggio. Uno dei fattori del sistema chiuso. Giusto?»

«Giusto.»

Il Maestro passò il primo colpo di rasoio, sulla guancia destra. Ferraro sentì chiaramente la pelle friggere.

«Ora, ecco la domanda: chi fa la barba al barbiere?»

Macheccazzonesò?

«Se la fa lui, da solo, immagino...»

«No, errore. Le ho detto che è un paradosso logico. Nel nostro villaggio il barbiere fa la barba solo a chi non se la fa da sé. Solo a loro, mi capisce? Se se la facesse da sé cadrebbe in contraddizione.»

«Ah sì?»

«Se se la facesse da sé non sarebbe più il barbiere del villaggio. Non almeno secondo la definizione che abbiamo dato all'inizio, si ricorda?»

«Se la fa fare da un altro.»

«Non può. Gli altri o se la fanno da sé o se la fanno fare dal barbiere. Non la fanno agli altri. Solo il barbiere la fa agli altri.»

Altro colpo di rasoio. La mano, in effetti era delicata.

«Si fa crescere la barba, così non rompe le palle.»

Il Maestro rise. Pulì il rasoio dalla schiuma, poi riprese a rasare Ferraro.

«Potrebbe essere una soluzione, ha ragione... però, vede, nella vita vera a me non piace stare con la barba lunga. E neppure cadere in contraddizione.» Si fermò a pensare. «Certe volte la logica è veramente illogica, non trova?»

«Maestro, per piacere, finiamola... dov'è Lanza?»

«No, Ferraro, non può farmi questa domanda, ora.»

«E perché?»

«Devo rasarle la gola, se lei parla potrei tagliarla. Non la vorrei sulla coscienza.»

6

Passava dall'italiano allo slavo come fosse un traduttore. Ma quale barbiere, a chi voleva darla a bere. Parlava come un professore universitario. Di Logica, probabilmente.

«Giri un po' la faccia per piacere...» Passò con perizia alla guancia sinistra. «Come si sente, dica la verità?»

«Bene.»

Era vero. Si era rilassato. Chiuse gli occhi, anche se si era ripromesso di non farlo. Stava bene, proprio bene. Non andava mai dal barbiere, non immaginava quanto fosse piacevole.

«Mi fa piacere. Non faccio quasi mai la barba agli italiani, solo ai miei conterranei. Anche l'ispettore Lanza ha gradito. Gran brava persona Lanza, non trova? Di grande intelligenza...»

«Dove si trova? Di cosa avete parlato?»

Il Maestro non rispose. Gli passò l'asciugamano umido sul volto.

«Non abbia fretta. Dobbiamo fare la seconda mandata.»

Lo spennellò sul volto.

«La seconda?»

«Pelo e contropelo, no?»

Quasi sperava passasse una faccia conosciuta, persino De

Matteis, e lo togliesse da questa situazione assurda. Si guardò attorno, come se veramente cercasse qualcuno con gli occhi. Nessuno, solo emigrati. Sembrava deluso.

«Lo ha notato?» disse il Maestro.

«Cosa?»

«In questa piazza non si vede un italiano. C'è gente che viene da tutto il mondo, ma nessuno di qui. Non è curioso?» e, zac!, il primo colpo di rasoio. «Un po' l'ho girata questa città e sa una cosa? È così dappertutto.»

«In che senso?»

Richiuse gli occhi, tanto non aveva altro da fare.

«Non so, sembra che voi milanesi non facciate altro che camminare, anzi, correre. Non vi fermate mai. Passate da un ufficio ad un altro, da casa a un negozio, dalla metropolitana a un treno. Nelle strade, nelle piazze non vi fermate mai. La sera non c'è mai nessuno in giro. Se non fosse per noi extracomunitari che ci fermiamo a chiacchierare per strada sembrerebbe una città morta.»

Era vero, non ci aveva mai pensato. Il Maestro pulì il rasoio e poi riprese con il contropelo.

«L'amministrazione comunale dovrebbe pagarci per il servizio alla comunità che facciamo.»

«Ah sì?»

«Certo. Vi dimostriamo che la città è vivibile. Siete voi che non lo volete capire. Anzi...» zac e rizac «state sempre lì a lamentarvi della confusione, delle vostre belle piazze sporcate dalla calata degli Unni...» Ancora zac. «Siete ridicoli, se mi permette, Ferraro...»

«Può darsi. Potreste sporcare meno, però...»

Il Maestro si fermo con il rasoio a mezz'aria.

«Oh, no, Ferraro, no... non me l'aspettavo da lei la caduta di stile, la frase razzista, di bassa lega.»

«Cosa le ho detto? Non ne ho fatto una questione di razza, ma di igiene.»

«Ah, Ferraro, voi italiani vi siete dimenticati quando i poveri eravate voi... è sempre la solita storia. Trent'anni fa non c'era un italiano razzista neppure a cercarlo. Oggi invece...»

Ferraro sorrise: «Be', è ovvio, non c'era neppure un negro con cui essere razzisti. Mancava la materia prima...»

Battutaccia. A Ferraro stesso piacque poco.

«Già! Lei ha voluto fare una battuta, eppure, sa, ha detto una sacrosanta verità. Mancavano i negri. Voi italiani siete così preoccupati dai negri, gli africani, i magrebini, gli arabi, i musulmani... siete un po' ridicoli, lo sa? Ne vedete sempre di più in giro, con tre, quattro, cinque figli. E voi che rimanete in casa fino oltre i trent'anni, che non fate più figli, che invecchiate...» Glielo disse quasi in un orecchio. Il destro. «Dovreste ringraziarci a noi slavi.»

«Qui c'è da ringraziare tutti, a quanto pare.» Si stava spazientendo.

«Ma certo. Stiamo arrivando a frotte. Siamo biondi, alti, belli. Portiamo un po' di sangue nuovo, mescoliamo un po' i vostri geni, non è felice?» Fermò con la sinistra il labbro di Ferraro e con calma passò il rasoio sopra i baffi. «Non durerà molto lo sa? L'indoeuropeo è un fenotipo in regressione. Capisce cosa voglio dire?»

Certo. Come capire alla perfezione l'aramaico.

«Non esattamente.»

«Ancora, quanto?, due-tremila anni e non vedremo più un uomo dalla pelle bianca su tutto il pianeta. Saranno tutti afroasiatici. Ci pensa?»

«La cosa mi interessa poco, sarò morto nel frattempo.»

«Ecco, il solito disfattismo dei popoli mediterranei. Il fatalismo cattolico di voi italiani è qualcosa che...»

«Insomma, basta, cazzo!» Ne aveva le palle piene. «Ma cosa crede, di non dire anche lei delle assolute banalità?»

Il Maestro rimase colpito dalla reazione improvvisa, esasperata, dell'ispettore.

«Davvero?»

«Ascolti... Quando ero un bambino qui a Milano tutti mi continuavano a dire: 'Voi meridionali siete tutti così!' Poi andavo al paese e tutti mi dicevano: 'Voi milanesi siete tutti così!' Ora arriva lei e insiste: 'Voi italiani siete tutti così.' Ma insomma, lo capisce che sta facendo del razzismo pure lei? Ma che cazzo ne so io di come sono fatti gli italiani! Siamo destinati a morire tutti, a sparire? Siamo un... come ha detto?»

«Un fenotipo in regressione. Tutti. Tutti gli indoeuropei, non solo gli italiani.»

«Be', e chi se ne frega! Se spariremo vuol dire che dovevamo sparire. Me ne frego, capito? Una società designata a perdersi è fatale che si perda! Io mi devo preoccupare di me. Di comportarmi bene, di buttare la spazzatura nel bidone, di portare mia figlia al cinema, di alzarmi sull'autobus per far sedere le vecchiette, di aiutare gli amici. Questo devo fare. Essere giusto con me e con gli altri. Devo fare in modo che la sera, guardandomi, non mi sputi nello specchio. Devo salvare la mia anima, la mia coscienza. Ecco, proprio questo devo fare.»

Questa gli era venuta bene, neppure immaginava che avrebbe mai detto una cosa del genere in vita sua.

Il Maestro gli mise lo straccio caldo in faccia.

«Si rilassi Ferraro, non si perda questo momento, non tornerà mai più. La freccia del tempo è irreversibile, lo sapeva?»

7

Ora passeggiavano, nel piazzale. Dietro erano seguiti da un paio di energumeni, non c'era alcuna possibilità di estorcere una confessione al Maestro, lo avrebbero bloccato all'istante.

«Chi è lei, Maestro?»

«Li vede quelli, Ferraro?»

Indicò verso un pulmino che stava scaricando delle persone dalla faccia sperduta.

«Sì, li vedo.»

«Ecco. Le dico la verità. Non ha nessuna importanza chi sono io. Lei deve chiedersi, semmai, cosa faccio, io, qui.» Alzò lo sguardo verso Ferraro. «Io sto combattendo una guerra... Ecco, gliel'ho detto!»

«Una guerra?»

«Li vede? Vengono qui con tutti i mezzi possibili, agli orari più incredibili. Spesso basta solo che scendano dal lato sbagliato del treno e la loro vita può essere distrutta o salvata. Un po', me lo passi Ferraro, un po' come ad Auschwitz. I dannati e i salvati. Questo faccio. Cerco di salvarli. Dalla schiavitù, dall'ignominia. Dai loro stessi fratelli o padri che li portano a prostituirsi nelle strade, o a vivere come servi, come bestie, senza dignità.» Ferraro lo guardava stupefatto. «Questa è la mia guerra. L'ultima in ordine di apparizione. Lo sa anche lei, il nostro è un popolo abituato alla guerra. E alle sconfitte. Abbiamo creato un mito nazionale su una sconfitta. Diciamo che faccio parte di una 'organizzazione non governativa' un po' alla mano, fatta in casa. Che è meglio che non si conosca ufficialmente. Io non esisto. Questo mi rende libero di muovermi.» Ci pensò un po' su.

«*Život i priključenija*, ha presente?»

«Io, sinceramente...»

«*Vita e destino*, non lo conosce?»

«No, non lo conosco, cos'è?»

«Ah caro Ferraro, è molto italiano tutto ciò... dovreste aprirvi un po' anche voi alla nostra cultura, siamo in Europa anche noi, dopotutto...»

«Non rincominci la prego. Non ho voglia di fare ancora da capro espiatorio.»

L'uomo si fermò a guardarlo.

«Ha ragione, ha ragione. Non bisogna mai generalizzare. Mi deve scusare per prima. Lo ammetto, cercavo di esasperarla un po'. Io non esisto, gliel'ho già detto. Devo essere sicuro che chi mi conosce, chi voglio o posso aiutare, sia di mia fiducia. Mi devo fidare di lei, lo capisce? Devo sapere da quale parte della barricata sta, contro chi sta facendo la sua guerra. Non bisogna generalizzare. È giusto. D'altra parte l'ispettore Lanza Obradovič lo conosceva molto bene. Uomo di bella cultura il suo amico.»

E ti pareva. Cosa non conosceva Lanza?

«Ecco, Maestro, non le sembra che sia giunto il momento di parlare di Lanza?»

A guardarlo bene il Maestro ora sembrava un vecchio. Forse

li aveva tutti sessant'anni. L'uomo guardò verso l'orologio della stazione.

«Sì, il momento è giunto. Quando ho visto Lanza, mi ha detto che con molta probabilità lei lo avrebbe cercato. Ma dopo mezzogiorno. Lei è in anticipo, lo sa?»

«Sarebbe la prima volta nella mia vita.»

«Ho perso un po' di tempo, è vero... in un certo senso è come se avessi voluto rispettare la tempistica di Lanza, ma d'altronde non ha più senso. Lei fuma?»

«No, ho smesso.»

«Bravo. È un brutto vizio.» Tirò fuori una sigaretta e se l'accese. Ora poteva avere cento anni. «Io so cosa sta cercando.»

«Sto cercando Lanza.»

«No. Non è vero.» Il Maestro fece un tiro abbondante. «Lei vuole sapere della banda di Zoran Gjomarkaj, giusto?»

Ferraro ebbe come un mancamento.

«S... sì, anche... cioè... vuole dirmi che Lanza sa dove...»

«Ferraro, si ricordi che io non esisto. Io ora le darò un indirizzo. Ci vada e faccia molta attenzione. Lanza ha voluto andarci da solo. Ho paura che abbia fatto un errore, un grosso errore. La mia informazione è abbastanza sicura. Se quello che cerca è lì, allora può scatenarsi una guerra vera, quella con i morti, il sangue e tutto il resto. Ma non chieda più di me, non faccia più il mio nome. Non mi metta dentro nessuna indagine, non mi faccia interrogare da nessun poliziotto. Io non ho nessun permesso di soggiorno, io non esisto. Però, mi ascolti: se mi cercate, se mi rimandate a casa, non avrete solo me sulla coscienza. Avrete tutti quelli che scendono dal lato sbagliato del treno, lo capisce?»

Un po' melodrammatico come discorso, avrebbe sicuramente fatto colpo su Comaschi.

«Ha la mia parola.»

«È armato?»

«Come?»

«Ha bisogno di un'arma?»

Ferraro posò d'istinto la mano sotto l'ascella. Imbecille, sei uscito senza. Il Maestro interpretò lo sguardo affranto di Ferraro; fece un gesto a uno degli energumeni che li seguivano. Si avvicinò di corsa.

«Daj mu tvoj revolver» gli disse il Maestro.

L'energumeno, mogio mogio, sfilò un revolver e dei proiettili dalla tasca e li piazzò nelle mani di Ferraro.

«Idite, sada... nestanite...»

Il bestione scomparve, così il suo amico dietro di lui. Ferraro esaminò l'arma.

«Da dove viene?»

«È cinese credo, o russa. Si accontenti, la prossima volta le fornirò qualcosa fatto in Italia. Qualcosa di più elegante.»

Il Maestro sorrise compiaciuto della battuta. Poi fece un tiro generoso.

«Basta che spari.»

Lo disse con la voce tremante cercando di tenere alto il morale, anche se aveva la netta sensazione che le cose stessero precipitando.

«Mi ascolti bene, Ferraro. Vada subito da Lanza, non perda tempo.»

«Ma come? Prima fa filippiche interminabili e poi mi mette fretta? Non è un comportamento logico il suo!»

«Lo so, è vero. Ma gliel'ho già detto: certe volte la logica è veramente illogica.»

XVII

RIEN NE VA PLUS

1

Via Tonale.

Ora: qui bisognava essere veloci, sia con la macchina che con la testa. Quanto scarto avrà da Lanza? Un'ora e mezza? No, no forse meno, tre quarti d'ora, un'ora al massimo. Come ha perso tempo lui con il Maestro, altrettanto avrà fatto Lanza. Figurati, sai che accoppiata, c'era da filmarli. Ma perché poi Lanza c'è andato da solo? Non ha senso, se l'informazione del Maestro era giusta aveva fatto tredici, c'era solo da andare a ritirare il premio. Se era giusta, chiaro. Se il Maestro non millantava conoscenze e informatori che non ha. In quel caso a Lanza non conveniva far venire tutto l'esercito, De Matteis in testa, per fare la sua toppa definitiva. No, Lanza era uno previdente, aveva lavorato all'oscuro di tutti, era riuscito ad arrivare, nel giro di due settimane, dove neppure il commissario Rinaldi era giunta nel corso di anni di indagini. Era andato lì da solo per controllare la veridicità dell'informazione, ecco, sì, ecco, è probabile che sia così. Ma...

Via Sondrio.

Se è vera perché non chiama? Se sono veramente lì perché Lanza non allerta i colleghi? Ferraro tirò fuori il cellulare, compose il numero di Lanza. Niente, era spento. Magari non è vero niente, no, niente. Tutte palle. Lanza ci è andato e non c'era un beato cazzo di nessuno. Figura di merda evitata, tiremm innanz, troveremo un'altra soluzione... Tiremm innanz un paio di palle, non prendiamoci in giro. Il Maestro non sembra il tipo che distribuisce armi al primo pirla che passa. No, no, c'è qualcosa che non va. E poi, poi... Lanza lo sapeva, o almeno immaginava, che Ferraro lo avrebbe cercato. Se l'informazione era farlocca lo avrebbe avvertito, gli avrebbe detto: «Senti, se ti telefona mia moglie non darle retta». Sì, glielo avrebbe detto. Che senso avrebbe farlo girare come un coglione per tutta la città?

Via Nazario Sauro.

È lì, è lì, è chiaro che è lì. Lì si svela l'arcano, lì c'è la soluzione dei giochi, nessuno glielo toglieva dalla testa. O la va o la spacca, rien ne va plus. Dov'è Lanza, perché non chiama? Cazzo, e se gli è successo qualcosa? Se lo hanno beccato? È da solo, quel folle tassonomico, in mezzo a una manica di criminali... non è mica Superman. Ferraro prese in mano il telefonino appoggiato sul sedile di fianco al suo. «Dai, dai, rispondi...» Squillava libero, ma non rispondeva nessuno. «Dai, muoviti, non c'è più tempo, muoviti...»

Viale Stelvio.

«Pronto?»

«Cazzo, era ora, ancora un po' e chiamavo l'ufficio persone scomparse!»

«Dove cazzo sei Ferraro? Ti sto cercando dappertutto. Siamo pure andati al bar biliardo.»

«E a te chi te l'ha detto che ero lì?»

«Non ti ricordi? Il telefono di Lanza è sotto controllo.»

È vero, che pirla. Avranno sentito la sua telefonata con la moglie di Lanza.

«E com'è che non mi avete seguito?»

«De Matteis non sa una fava di questa storia, oggi non c'è. È a una conferenza: *Ordine sociale e ordine morale. Oltre il conflitto.*»

«Wow. Peccato che me la perdo... e tu non mi hai seguito lo stesso?»

Piazza Spotorno.

«Avevo altro da fare. Poi pensavo che mi avresti telefonato. Ma che cazzo c'era al biliardo? Io sono passato dieci minuti dopo di te e non ho trovato nulla.»

Ancora viale Stelvio.

«Senti, non è il momento. Dobbiamo essere veloci, velocissimi.»

«Sono tutto orecchie, dimmi.»

«Ho trovato il modo di tirare fuori Lanza dai guai. Ho un testimone al di sopra di ogni sospetto. Sa tutto su Gjomarkaj.»

«Ottimo, dov'è 'sto tipo?»

«È una donna, un commissario di polizia. Cerca Fusco al cellulare, ti spiega tutto lei.»

«Bene, e allora? Com'è che hai 'sta voce da pazzo?»

Via Lancetti.

«Sto cercando Lanza.»

«Gli vuoi dare la bella notizia?»

«Se lo trovo.»

«Che cazzo stai dicendo? Non hai detto che ormai è fuori dai guai?»

«Sì, sì, cioè... no.»

«Sì o no? Cos'è un indovinello?»

Via Torelli.

«Comaschi, cazzo, dammi retta, non c'è tempo. Magari è uno stronzissimo buco nell'acqua, io non lo so. Ma potrebbe essere che Lanza è nella merda fino al collo. Prendi più gente che puoi, tutte le volanti che trovi libere. Ho bisogno di una buona squadra, è possibile che dobbiamo fare un'irruzione.»

Piazzale Nigra.

«Ma che cazzo stai dicendo, si può sapere?»

Via degli Imbriani.

«Dammi retta, cazzo, fidati... io il cellulare lo tengo acceso, ma non chiamarmi, capito? Non chiamarmi, metto la vibrazione, nel caso chiami. Mandami messaggi, solo messaggi. Io farò lo stesso.»

«Gesù, Ferraro, mi stai spaventando.»

Piazza Bausan.

«Sto su una banda di criminali. Avevi ragione tu. Schiavi, il mercato degli schiavi. È vero, Lanza li ha beccati, sono slavi.»

«Ferraro ti devi calmare, non sto capendo un cazzo.»

Via Broglio.

«Ascolta, chiedi a Fusco. Dovrebbe esserci con lei ancora il commissario Rinaldi. Ti spiegano tutto loro. Ora non c'è tempo. Vieni subito, ti do un quarto d'ora al massimo per organizzarti.»

«Ma vengo dove, coglione?»

Via Bovisasca.

«Hai presente i ruderi delle fabbriche abbandonate alla Bovisa?»

«Sì, ma dove esattamente?»

«Io sono qui, sono arrivato, vado in avanscoperta. O ti telefono o ti mando un messaggio.»

«Ma cazzo, non si fa così, sembriamo dei principianti.»

«Comaschi, non rompere i coglioni.»

«Cos'è questo rumore?»

«Ho frenato. E sto caricando la pistola.»

«Occazzo!»

Stazione Bovisa. Meta.

2

Qua andavano al lavoro, la mattina presto, che al primo turno era ancora notte, si muovevano assonnati, con gli occhi cisposi; qui entravano, intutati di blu, producevano ferraglia, niente di volatile, nulla di aleatorio. Merce solida, che dura, come le loro fabbriche, enormi, eterne. Era la Repubblica basata sul lavoro, roba del secolo scorso. Qua, nelle belle giornate, si fermavano all'aperto, tiravano fuori la schiscetta, chiacchieravano del Milan, di Rocco, gioivano della grande Inter di Herrera. Gli juventini erano quasi sempre terroni, gli ultimi arrivati, tifavano la squadra che vinceva, così si sentivano vincitori anche loro. E che fatica, e che sudate, che mal di schiena. Qualcuno ci rimetteva un paio di dita, altri i polmoni (forse erano le sigarette, troppe, diciamocelo). La sera a casa le mogli preparavano il minestrone, si guardava Mike Bongiorno. I ragazzini col capo tosato sciamavano a frotte, combattevano con i bussolotti, i più stronzi ci mettevano degli spilli in punta che se ti beccavano erano dolori. Qualcuno crescendo si è trovato il padre pure in fabbrica, che gli spiegava il lavoro, la fatica, il travaglio, lo sgobbo. Altri si sono piegati sui libri, scritti troppo in piccolo, che costano troppo, diciamocelo, ma perché lo Stato non li dà gratis, siamo una famiglia di operai, te lo dico io, un giorno addavenì Baffone e allora sì che si ride!

E la domenica ci si impomatava, tutti stirati, col baffo lucido, a messa. Erano operai, erano orgogliosi, distribuivano volantini, alzavano il pugno. Le donne in oratorio aiutavano gli anziani, preparavano pacchi per i terremotati. Gli uomini in Sezione. O alle Acli. Questo era.

Poi, piano piano, la nebbia a Milano scomparve.

Poi più nessuno mangiò la polenta, i figli non fecero più figli, gli operai non fecero più gli operai. Poi si invecchiò, tutto si dismise, poi le immense cattedrali del lavoro caddero a pezzi, poi la gente del borgo, sempre più città, si trasformò in uno sparuto popolo di vecchi, di pensionati. Un mondo scomparve per sempre, l'orgoglio un po' tronfio di una città insieme a lui.

Non si vedeva un ragazzino neppure a pagarlo. Un quartiere di bacucchi rincitrulliti. Fu allora che arrivò il Politecnico, sede distaccata. D'improvviso, dall'oggi al domani, migliaia di studenti universitari si ripresero le strade del quartiere. Qualche bar di vecchi pensionati ritirò fuori le pentole e le padelle impolverate, riaprirono alcune trattorie, nacquero negozietti di fotocopie, rilegature, qualche libreria. Interi padiglioni di cemento armato furono ripittati, di giallo, di blu, di ocra. L'analogia era fin troppo facile, fin troppo ruffiana: dalla fabbrica del lavoro, alla fabbrica del sapere. Tutti contenti, tutti convinti di fare la migliore delle operazioni di archeologia industriale possibile. Vero, certo, nessuno lo mette in dubbio. Ma le fabbriche erano tante, erano incredibilmente tanti gli operai il secolo, il millennio scorso. Interi isolati, intere parti di quartiere continuarono a cadere a pezzi, come in un limbo, abbandonati da tutti.

Dalla nuova stazione delle Ferrovie Nord si vedono; sembrano bombardate, il residuo di una guerra postmoderna. Abbandonate da tutti. No, non è vero. Non da tutti. Milano fu città operaia. I proletari, così come li ricordiamo, sono scomparsi, è vero. Ma i sottoproletari, quelli, non li ammazza nessuno. Esistono, si nascondono, vivono fra di noi.

3

C'era da perdersi. Aveva scavalcato un cumulo di macerie ed era entrato in un padiglione enorme, senza più una finestra, con il tetto semidistrutto. Non si vedeva nessuno, era il set ideale di un film sul Vietnam. Che poi non si capisce perché. Come se nel Vietnam ci fossero state solo fabbriche, neppure una risaia. Aveva letto di un regista che si era ricostruito il Vietnam a casa sua; a Londra, forse. (La magia del cinema, la grande illusione.)

Attraversò il padiglione, rasente il muro. (Di qui non vado da nessuna parte, mi sa che ho fatto il mio solito buco nell'acqua.) Uscì in una specie di piazzale. Passò sotto una tettoia, cercando di non esporsi troppo. Ma a cosa, poi? Qui non c'è nessuno, è una città di morti. Sulla destra di ciò che fu un fabbricato non era rimasto che qualche brandello di muro. (Forse stanno già demolendo, ci faranno un ipermercato, vedrai.) Non c'è nessuno, sono tutti morti. Ma è il mio cuore il paese più straziato. (Chi lo diceva?) Il cielo era gonfio di nuvole nerissime. Va a finire che piove veramente (aveva ragione la romana stamattina). Salì per una scala antincendio, quatto quatto. Ad ogni alzata il ginocchio gli doleva. Entrò in un altro padiglione, da sopra. Era buio, da fuori non passava luce, si sentì cieco per alcuni secondi. Tastò il muro per non perdere l'orientamento.

Una mano gli afferrò il polso.

Ferraro percepì un'improvvisa interruzione del flusso sanguigno arterioso con conseguente necrosi ischemica del tessuto cardiaco. In poche parole un bell'infartino; strizza allo stato puro.

«Ma chi cazzo...»

Sferrò nell'aria un pugno ma non prese nessuno.

«Ueh, calma, Ciòd. Sono io... t'ho visto che salivi...»

«Baffo?» Si piazzò la mano destra sul cuore, come a controllare se c'era ancora. C'era e picchiava duro. «Cristo santo, tu vuoi farmi morire!»

«Cusa te fet chì?»

Gli occhi si stavano abituando all'oscurità.

«Muoio. D'infarto.»

«Ma va', te set semper l'istess. Te g'ha semper voeia de giugà.»

Ormai ci vedeva quasi bene.

«Dov'è Black?»

«È giò che me varda la roba, si sa mai. Vieni, te fu vede.»

Si avviò, Ferraro dietro lui. Si accorse dei rintocchi delle suole che risuonavano su una specie di ballatoio metallico. Percepiva sempre più netto un certo chiarore al di sotto del camminamento.

«Ma Baffo, fammi capire, adesso stai qui?»

«Eh, cara el mee fioeu, avevo paüra a stà sotta ancamò al ponte. E poi lì gh'era pü nient, era tutto bruciato. Quando sono uscito dal Niguarda son vegnù chì subit, col Black. Ogni tanto ci vengo, soprattutto quand che fa frecc', o quand che voeri cambià un pü l'aria. Ormai conossi tutti. Inn tutte brave persone.»

Ferraro buttò un occhio sotto il ballatoio, nella enorme sala centrale. Si vedevano dei teli, delle paratie di fortuna, alcune baracche improvvisate, qualche ragazzino che correva, delle donne che cucinavano qualcosa su bracieri improvvisati. Il Baffo continuava a camminare, indifferente. Da sotto, dalla piccola città dolente, si sentivano salire voci, alte o fioche, spesso di lingue diverse, alcune parole incomprensibili, sembravano orribili, parole di dolore, accenti d'ira oppure schiamazzi, scoppi di riso, sussurri e grida. Il Baffo scese una rampa.

«Baffo, aspetta.»

«Se gh'è adèss?»

«Non posso venire a vedere Black, scusa. Devo, devo...»

Si bloccò a pensare. Ma sei scemo? Hai qui il tuo Virgilio della porta accanto e lo liquidi come se fosse un importuno qualsiasi?

«Ciòd, dìgheme...»

«Baffo, ascolta...» Lo prese sottobraccio. «Hai detto che conosci tutti, qui.»

«Be', tutti propi no. Un pü de gent. Conosco la Maria, che l'è la miée dell'Abramo, poi c'è la Sara...»

Ferraro era un po' confuso: «Italiani?»

«Ma va', te set foera? Sono arabi, o quella roba lì, insomma. Ma g'han dei nomi impusìbil, mi li ciami inscì, così me li ricordo.»

«Baffo, ascoltami bene: qui sono tutti arabi? Cioè... marocchini, tunisini, africani... insomma hai capito...»

«Be', no, c'è qualche italiano, ci sono io...» rise, sdentato. Ferraro lo guardò come volesse rimproverarlo. «Te set nervus?»

«Baffo, ti prego, non ho tempo da perdere. Sto cercando una persona che forse è in pericolo. Mi hanno detto che potrebbe essere qui. Ma se mi metto a cercare dappertutto qui faccio notte!»

«Ma chi l'è, come se ciama? È un italiano? Chì inn tucc' nègher!»

«Tutti africani? Non ce n'è di bianchi? Di slavi, di albanesi?»

«Ah no, chì ghe n'è no di albanes.»

Ferraro sbuffò, affranto. Si sedette su un gradino, stanco.

«No, vero?»

Ecco fatto. Megabuco nell'acqua. Ma ti pare che il Maestro tradiva la sua gente? (Ma poi non era serbo?)

«Se vegnen chì un'oltra volta s'ciopa la guerra! Te li ricordi quelli che volevano ciularsi la ragazza al parchetto? Che poi ne g'havem ciapàa vun dal prestinèe?»

Ferraro alzò lo sguardo sul vecchio.

«Certo che me li ricordo!»

«Abramo dice che una volta l'albanes si voleva rifare la punta al lapis con una tosa, la figlia di Amina. È scappàa apena in temp, se lo prendevano gli tagliavano i balòss.»

L'ispettore ora era come un'antenna ritta verso il campo magnetico. Non c'era informazione che non decodificasse istantaneamente.

«Come fai a sapere che era proprio lui? Io so che l'hanno rimpatriato.»

«Non chel lì del prestinèe, l'olter. Me l'ha fatto vedere di lontano Abramo. L'ho visto ieri mattina, l'ho riconosciuto sübit.»

Grande Abramo, o Ibrahim, o come diavolo ti chiami. Ferraro scattò in piedi, aveva le orecchie calde e gli occhi fuori dalle orbite.

«Dove? Dove? Dove l'hai visto, Baffo? Dove?»

«Ehi, calma fioeu, se vai avanti insci tu muori giùvin! L'è minga lontano!» Indicò un punto qualsiasi dello spazio. «L'è chì de drèe.»

«Portami subito, muoviamoci...»
Quasi lo trascinò con la forza fuori dal padiglione.
«Ehi, ehi, calma. Podùm no andà inscì.»
«Perché?»
«Se ci vedono venire da qui sparano.» Erano fuori, indicò un fabbricato preciso, oltre la strada. «De chì stanno gli africani, lì gli slavi.»
Ecco com'era la storia: si erano divisi i ruderi, a ciascuno il suo. Ognuno a casa propria, i panni sporchi, si sa, si lavano in casa.
Com'è che era? Controllo del territorio; se non lo conosci ti fanno fuori subito come un pivello. Gli tornò in mente il giochino elettronico al bar biliardo. Quello che ora Ferraro osservava attorno a sé poteva essere uno scenario perfetto, il quarto livello. Gli mancava però la perizia balistica e strategica del piccolo Leoluca.
Guardò l'amico, impaziente: «Baffo, conosci un modo per arrivare lì senza farsi vedere?»
«Se vai da dietro la ferrovia, dusent mèter, gh'è un bus...» Ferraro ascoltava concentrato, aveva una faccia da pirla. «Cià, ho capito, 'ndemm, te fu vede.»
Il barbone cambiò direzione, con passo da maratoneta. L'idea della caccia al tesoro lo metteva di buonumore probabilmente. Passarono per i binari, trovarono una specie di pertugio a circa due metri di altezza, ci si infilarono con fatica.
«Andiamo di qua?»
«Sshhh... no, no... de chì...»
Passò per una parvenza di portico diroccato.
«Perché?»
«Di là gh'è l'entrada. Ci sono semper doo albanes. Tucc' el dì. Mi li ciami Pan e Butèr.»
Perfetto. Probabilmente sentinelle armate. Ferraro avrebbe già finito il suo livello, game over.
«Dove mi porti?»
«Là, de drée.»
Qualcosa vibrò in mezzo alle gambe dell'ispettore. Ferraro estrasse il cellulare dai jeans.

Siamo pronti. Dove?

4

La cosa più difficile fu convincere il Baffo a non seguirlo. C'era una guerra in corso e lui non era certo il tipo da tirarsi indietro, aveva un cuore indomito, fascistissimo, mica era una donnicciola piagnucolosa e fifona.

Ferraro gli spiegò il suo ruolo strategico. Tempo cinque minuti, dieci minuti al massimo, e arrivava tutta la truppa. Che dovevano fare giunti sul piazzale? Citofonare? Era meglio che lui andasse ad accoglierli, che spiegasse loro dove trovarlo, per non bruciare l'effetto sorpresa. (*L'effetto sorpresa* piacque molto al Baffo, lo faceva sentire molto furbo, molto militare.)

Ferraro sarebbe andato in avanscoperta, per controllare la situazione. Sì, sì, sarebbe stato attento, non si sarebbe fatto fregare. Certo, certo. No, niente colpi di testa. Zitto e muto, in attesa della cavalleria.

Il Baffo gli indicò la strada. Non nel primo padiglione. Lì avrebbe trovato una seconda città di disperati: rumeni, ucraini, moldavi, bulgari... l'albanese che non sapeva tenere a cuccia l'uccello lo aveva visto chiaramente andare nel capannone di destra. Era evidente ormai per Ferraro la strategia della banda di Gjomarkaj. Si stavano nascondendo in mezzo alle fogne, fra i disperati, per riorganizzarsi. Lanza li aveva trovati ma di certo non aveva con sé una guida turistica come il Baffo. Ed era proprio questo che stressava fino al parossismo Ferraro; l'eventualità sempre meno remota che lo avessero catturato facilmente, magari proprio Pane e Burro, i due sgherri all'ingresso principale. Se era così magari era nei guai seri (magari era già morto, ma non voleva assolutamente dirselo, appena lo pensava scacciava il pensiero, maledicendosi).

Mandò un SMS a Fusco con tutte le istruzioni. Spiegare a Comaschi chi sarebbe venuto ad accoglierli era troppo lungo. Bugia. Comaschi sapeva chi era il Baffo. Forse lo mandò a Fusco come per ringraziarla, come per gratificare il suo contributo a tutta l'indagine. Forse per dirle che lei sapeva fare la sbirra, che non la vedeva nell'officina di un elettrauto a trafficare con i motori. E forse anche questo non era vero. Forse lo mandò a lei perché sicuramente in quel momento le stava affianco Elena Rinaldi, il commissario dalle palle tesserattiche. Perché spesso si fanno cose ridicole proprio con le sconosciute. Si cerca di farsi belli, di far credere di essere quello che non si è, si cerca di fare colpo. Con una donna che conosci appena da poche ore, che ha un marito, un figlio. Meglio non pensarci.

Oltrepassò un portale, pistola alla mano. Era in mezzo ad uno spiffero gelido. La temperatura, in generale, sembrava si fosse abbassata all'improvviso, di almeno quattro gradi. L'umidità faceva pulsare il trigemino di Ferraro. Nel giro di pochi secondi sentì tutto il collo bloccato. Forse non faceva freddo. Forse era la tensione nervosa.

Costeggiò il muro, nascondendosi dietro una catasta di rottami. Una luce fioca, lattiginosa, illuminava la cattedrale di pannelli prefabbricati in cemento. In fondo alla sala, verso un'altra uscita, notò qualcuno. Un uomo, in piedi, e un altro, seduto su una sedia mezza scarrupata, come due statuine del presepe, dimenticate nel cassetto dei calzini. Cercò di avvicinarsi, infrattato dietro a una montagna di ruera, muto come un pesce. L'uomo seduto, ora si vedeva meglio, aveva le mani legate dietro la schiena, con un cavo elettrico trovato lì per lì. L'altro in piedi fumava, indifferente.

Faceva proprio freddo, un cazzo di freddo di merda. Ferraro aveva la sensazione di nuotare nell'umidità. Il sudore gli imperlava la faccia e gli si ghiacciava sul collo. Ancora pochi passi. Il fumatore non si era accorto di nulla. L'altro se ne stava seduto, testa reclina. A Ferraro balenò nella mente un terribile dubbio. Si avvicinò ancora, costeggiando di lato. Ora li aveva quasi di fronte. Il fumatore fece una strana faccia, come se avesse sentito qualcosa. Si girò e alzò lo sguardo verso le finestre a nastro poste in alto. Pioveva. Elena aveva ragione. Mi sa che è una tipa che c'ha sempre ragione.

S'inquattò ancora, camminava basso, sembrava un papero. Arrivò dietro una catasta di bidoni e si rialzò, piano piano. La rotula fece crack. Ferraro vide la Madonna, e la bestemmiò a lungo.

Poi trovò uno spiraglio da dove guardare la scena. Ora erano esattamente di fronte a lui, a qualcosa come dieci metri al massimo. Il fumatore si avvicinò di nuovo all'uomo legato e gli diede un paio di schiaffetti. L'uomo alzò lo sguardo, aveva il grugno pesto, sembrava che gli avessero camminato sulla faccia. Era Lanza. Ovvio. Inutile negarselo per tutto il tempo. Era Lanza, l'avevano strapazzato per benino ma era vivo. È già qualcosa.

Ferraro valutò in fretta la situazione. Anche a voler andare a liberare Lanza c'era da mettere fuori gioco il fumatore. L'uomo, a dir la verità, non sembrava armato, anche se poi magari aveva un bazooka nelle mutande, questo non si poteva capire da lì. Spararagli non conveniva, il colpo avrebbe attirato gente. E anche un corpo a corpo poteva essere una cattiva idea. Il tipo era alto e grosso come un giocatore di basket della nazionale serba. O albanese? O croata? Con chi aveva a che fare, esattamente, Ferraro?

Meglio aspettare, forse. Da lì a pochi minuti arrivava tutta la ciurma. Starsene buoni buoni, dietro la pila di bidoni, orecchie tese, e attendere i rinforzi. Lanza era vivo, dopotutto poteva aspettare ancora un po' pure lui.

Che voglia di fumare.

5

D'improvviso si sentì vociare. Mai che la gente rispetti i tuoi piani.

Dall'ingresso opposto a quello dove era entrato Ferraro apparvero due uomini, con passo spedito si avvicinarono a Lanza. Ferraro li osservò bene: uno era Pasquale Russo, il fratello di Vito; non c'era dubbio. L'altro... l'altro era un uomo morto. Morto da giorni. Morto e sepolto. Anzi: morto, cremato e sepolto. A Ferraro tremarono le gambe.

Massì, cazzo, com'è che non ci aveva ancora pensato? Ora tutto pareva fin troppo ovvio. Un qualunque lettore di gialletti da edicola ci sarebbe arrivato prima di lui. Zoran era vivo e vegeto. Aveva fatto credere al mondo di essere stato eliminato, il giorno della mattanza. Chi l'avrebbe più cercato? Zoran era di una intelligenza diabolica, un criminale cresciuto con la morte nel cuore; Elena Rinaldi era una bella illusa ad essere convinta che nessuno, neppure Zoran, sapesse che lei stava indagando su di lui e sui suoi traffici. Altro che banda allo sfascio, in fuga. Questo era un salto di qualità. Zoran puntava in alto, scompariva alla vista di tutti, osservava tutto dall'alto. Una specie di Dio o di Demone. Colui che accoglieva quelli scesi dal lato sbagliato del treno. Il traghettatore.

«Va bene, vediamo di finirla qui questa storia» disse il diavolo. Si avvicinò a Lanza. «Io non ho tempo da perdere. Dimmi chi sei veramente, io alla storia che hai raccontato ai miei ragazzi non ci credo.»

Russo sorrideva, mani in tasca. «Ehi, Zoran! Io lo so chi è questo qui. Lo so benissimo chi è!»

Lo slavo si girò verso Russo: «Davvero? Sai, a noi ha raccontato una storia strana, che è un uomo di Cosa Nostra».

Buon vecchio Lanza, chissà che palle avrai raccontato in giro per mischiare le carte.

Russo rise in modo sguaiato. Lanza lo guardò negli occhi, almeno ci provò, il suo occhio sinistro sembrava un pallone violaceo.

«Pasquale, non ti fidare di lui, dammi retta» gli disse.

A Russo venne un'espressione curiosa.

«Che vuoi dire?» Si avvicinò a Lanza. «Dovrei fidarmi di te?»

Lanza indicò col mento verso Zoran: «Te l'ha ammazzato lui tuo fratello».

Tutti ora sembrarono più pallidi. Il cestista della nazionale serba si accese un'altra sigaretta.

«Cosa?» Poi, verso Zoran: «Cosa sta dicendo questo stronzo?»

«Ma è un pazzo, chi sa chi diavolo è... perché avrei dovuto...»

«Pasquale, mi conosci» insisteva Lanza. «Fidati, te l'ha ammazzato lui. Non sono stati i calabresi.»

«Ma, ma...» Russo stava diventando rosso dalla rabbia. «E Falbo, allora?»

«Falbo era sul suo libro paga.»

Zoran tirò uno sganassone violentissimo sul volto tumefatto dell'ispettore capo.

«Stai zitto, stronzo, ma tu chi cazzo sei?»

«Fermati, non lo picchiare.»

«Ma tu dai retta a questo qui? Io Vito lo conoscevo fin da ragazzino, lo sai anche tu.»

Altro schiaffo. La testa di Lanza cercava di accompagnare il colpo, inutilmente. Ferraro si sentiva come ad un peep show, bagnato di sudore dalla testa ai piedi.

«Fermati, ho detto! Fallo parlare.»

«Pasquale» bofonchiò Lanza, «Don Leo aveva proibito ai calabresi ritorsioni violente su Vito. Dovevano solo fargli prendere un po' di paura.»

«Basta, stai zitto!»

Zoran estrasse una pistola da una tasca e la piazzò sulla fronte di Lanza. A Ferraro venne un tuffo al cuore. Un istante dopo anche Russo estrasse la pistola e la puntò verso Zoran.

«Tu non spari a nessuno, hai capito! Voglio sentire quello che ha da dire.»

«Vi sta mettendo contro, Pasquale» continuò Lanza. «Vuole che i pugliesi e i calabresi si ammazzino a vicenda. Così sulla piazza resta solo lui. So quello che dico, tu mi conosci...»

Ma quanto cazzo ci mettono Comaschi e gli altri ad arrivare?

«È vera questa storia?»

«Abbassa quella pistola, Pasquale.»

«Abbassala anche tu, Zoran. Tu non mi sei mai piaciuto. Non me ne frega un cazzo che mio padre fa affari con te.»

Il fumatore guardava qualche metro più in là. Se non fosse stato per il levarsi del fil di fumo lo si poteva tranquillamente scambiare per una statua del museo delle cere.

«Pasquale, non te lo dico più. Abbassa la pistola.»

Russo, per tutta risposta, alzò il cane dell'arma.

«No.»

Zoran, con calma, sbuffando deluso, abbassò il braccio. Si guardò i piedi.

«Ecco, ho pure la scarpa slacciata.» Si inginocchiò, lentamente, poi con calma sussurrò: «Smajl?»

Un nanosecondo dopo la statua di cera sventagliò una mitragliata su Russo il quale non fece neppure in tempo a capire cosa stava succedendo che era già a terra in una pozza di sangue. Da dove Smajl avesse tirato fuori la mitraglietta restava un bel mistero. Subito dopo fece capolino un altro energumeno, sembrava il fratello del primo. Pan e Butèr. Aveva ragione il Baffo. Russo a terra ancora sussultava. Zoran alzò il cane del suo revolver ed esplose un colpo sulla fronte del pugliese, finendolo, quasi con un gesto pietoso.

Ma dove cazzo sono? Quanto ci mettono?

«Šta se događa?» chiese l'ultimo arrivato.

«Ništa, ne brini, vrati se otkuda si došao» disse Zoran.

Pan uscì da dove era entrato. Butèr riprese a fumare, tranquillo. Zoran prese per i capelli Lanza.

«Allora, caro il mio sconosciuto, vedo che sei un tipo molto informato. Come avrai capito ora non c'è più nessuno che può aiutarti, quindi: me lo vuoi dire chi sei veramente?»

Era quasi gentile. A Ferraro venne in mente il panettiere simpatico conosciuto un'era geologica fa.

«Io ve l'ho già detto. Non vi conviene ammazzarmi, se lo vengono a sapere i picciotti...»

«Ma la vuoi finire con questa storia? Pensi che ti creda veramente?» Guardò Butèr: «Daj mi njegov mobitel.»

«Evoga.»

Il mitragliatore gli porse un cellulare. Era quello di Lanza, Ferraro l'aveva riconosciuto anche a quella distanza. Zoran ci armeggiò un po'.

Poi si rivolse di nuovo all'ispettore capo: «Non c'è neanche un numero nella tua rubrica. Mi vuoi spiegare come diavolo fai a ricordarti tutti i numeri di telefono?»

Perché non conosci Lanza, aveva voglia di dirgli Ferraro.

«Ho una buona memoria.»

«Giusto, giusto... però, sai... tu non chiami...» continuava a digitare sulla tastiera, «ma c'è chi ti chiama... Ecco qui...» Rivolse con tono di sfida il display verso Lanza. «Se non me lo vuoi dire tu chi sei, me lo faccio dire da chi mi risponde. Qua ci sono un paio di numeri che ti hanno cercato questa mattina, vediamo un po' di chi si tratta...»

All'improvviso Ferraro puntò la pistola verso il basso. Per la precisione verso i suoi pantaloni. Fu una reazione istintiva.

Menomale che non fece rumore, sennò andava a finire che lo beccavano che si voleva sparare alle palle. Il suo cellulare gli stava frullando nella tasca. Lo estrasse con calma, sul display si leggeva: «Lanza cell». Lo spense.

«Niente» disse Zoran. «Non rispondono.»

«Zoran, te l'ho detto. Mi manda Sante Giarratana. Ha saputo che non vuoi più fare affari con i pugliesi e allora...»

«Zitto, ti ho detto zitto. La tua storia non sta in piedi.» Però non lo ammazzava, forse un po' ci stava credendo. «E poi chi te lo dice che io voglio fare affari con i tuoi amici?» Sì, forse ci stava proprio cascando. «Io sono morto, lo capisci? Io non esisto.»

Un altro che non esiste, un popolo di fantasmi, a quanto pare.

Zoran continuava a digitare sul telefonino di Lanza.

«Zoran...»

«Shhh.»

Appoggiò il telefono all'orecchio. Dalla sua postazione Ferraro comprese che qualcuno stava parlando dall'altro capo. Zoran sbarrò gli occhi e chiuse la comunicazione senza aver detto una sola parola.

«Drži.»

Lanciò il cellulare verso il cestista, che lo prese al volo.

«Zoran, ascolta...»

«Basta, ora basta...» Piegò le ginocchia per guardarlo meglio in faccia. «Vedi, qualcuno mi ha risposto al telefono... e sai cosa mi ha detto? Vuoi saperlo?»

Ma che cazzo, stanno venendo in metropolitana quegli stronzi?

6

Gli scrosci di pioggia erano sempre più violenti, risuonavano sordi per tutto lo spazio del capannone.

«Quella vocina mi ha detto due o tre cose interessanti su di te. Primo: che sei sposato. Perché era la tipica voce di una moglie in ansia. Secondo: che ti chiami Augusto. Sì, mi ha detto proprio così: 'Augusto, amore, ero preoccupata'...» lo disse in falsetto, imitando la voce di una donna. «Che cara, non trovi?»

Lanza parve sgonfiarsi sulla sedia.

«Zoran...»

«Aspetta, aspetta... poi ha detto un'altra cosa importante. La più importante... ha detto: 'Ferraro ti sta cercando'. Ecco, vedi...» Avvicinò la sua faccia a quella di Lanza. «C'è un problema. Io uno che si chiama Ferraro lo conosco. E fa il poliziotto.» Si alzò di scatto, atletico. «E, secondo me, questo vuol dire che anche tu sei un poliziotto, mi sbaglio?»

Lanza sembrava quasi stesse sorridendo. Magari era una smorfia di dolore.

Zoran gli passò la canna della pistola sul volto per poi piazzargliela senza indugi sulla tempia che pulsava all'impazzata, si vedeva nitidamente. Ok, pensò Ferraro, Ok, fa' qualcosa, fa' qualcosa. Puntò anche lui da dietro i bidoni la sua arma verso Zoran.

Lanza cercò di dire qualcosa: «Ascolta, Ferraro potrebbe...» Aveva la voce che gli tremava, sembrava terrorizzato all'idea di morire, c'era da capirlo. Non andò oltre, come se non ci fosse più nulla da dire.

Zoran alzò il cane della pistola senza enfasi, non tanto per prolungargli l'agonia ma come un'abitudine che si prende da bambini e che ti porti dietro fino in tarda età.

No, no. Altro che smorfia. Lanza stava sorridendo. Sembrava volesse morire con il sorriso sulle labbra. Grondava di sudore, non era un bello spettacolo a vedersi, però sorrideva, ad occhi chiusi. Chissà a cosa stava pensando.

Ora o mai più. Ferraro mirò Zoran e premette il grilletto. La pistola non fece un bel niente. Neppure un click, niente. Il cuore gli stava scoppiando nelle orecchie. Cretino, cretino, cretino. Non hai tolto la sicura, cretino. La pistola non era la sua, aveva dimenticato di fare un gesto che con la pistola di ordinanza gli veniva automatico, naturale. Cretino.

Nel frattempo, dieci metri più in là, Zoran impresse la forza necessaria al grilletto affinché il cane ruotasse sulla cerniera per innescare il sistema a percussione tipico delle armi da fuoco.

Un rigo di sangue sporcò le labbra di Lanza mentre la sua testa si accasciava sul petto.

Zoran fece un passo indietro bestemmiando parole incomprensibili. Poi si girò verso il suo compare, stupefatto.

«Jebi ga. Ovaj se popiškio. Ke gnjusno!»

L'altro rise, come se gli avesse appena raccontato una barzelletta. C'era sangue dappertutto e Zoran sembrava furibondo all'idea di pestare con le sue scarpe il lago patetico formatosi sotto la sedia di Lanza. Neppure toccasse a lui fare le pulizie di primavera.

È proprio vero, gli assassini sono persone imprevedibili. Non sono mai quelle che immagini.

7

Un boato risuonò per tutto il capannone. Fuori tuonava in modo impressionante.

Per farla breve Lanza si era pisciato sotto dalla paura, gli era scoppiato un capillare nel naso ed era svenuto, seduta stante. Mentre la pistola di Zoran (cinese pure quella?) si era ingrippata non esplodendo alcun colpo. Zoran era furibondo. Buttò la pistola per terra, incazzato come una iena.

«Pucaj u to govno» disse, rivolto a Smajl, indicandogli Lanza.

Non sembrava per niente un invito a sciogliergli i lacci.

«Ora», ripeté a se stesso Ferraro, «ora, cazzo.» Aveva tolto la sicura. Esplose due colpi verso Smajl, l'unico armato in quel momento, che si accasciò per terra abbandonando la mitraglietta. I colpi sembrarono risvegliare Lanza dal suo sonno eterno.

«Augusto, buttati a terra!» urlò Ferraro.

Lanza ondeggiò sulla sedia e cadde sul suo piscio.

Zoran rimase un paio di secondi bloccato, come se non comprendesse a pieno cosa stava accadendo. Entrò di corsa l'altro sgherro. Ferraro lo aveva previsto. Esplose un altro paio di colpi verso di lui, fulminandolo. A quel punto Zoran si riprese. In due salti raggiunse la mitraglietta a terra, poi iniziò a sparare all'impazzata, verso i bidoni. Ferraro si spostò da quella posizione, a quattro zampe. Zoran si avvicinava sempre di più, sventagliando colpi a destra e a manca. L'ispettore iniziò a correre, a perdifiato. Poi dietro un pilastro esplose altri due colpi, un po' alla cieca, ché non c'era tempo per prendere la mira.

«Sei tu, vero, Ferraro?» urlava Zoran, anche lui dietro un pilastro.

«Zoran, lascia il mitra, sei circondato.»

«Ah sì? E dove sono i tuoi colleghi?»

Già. Dove cazzo stanno?

«Zoran, ti ho detto basta. Arrenditi!»

«Eh no, Ferraro. Basta lo dico io.»

Uscì fuori dalla sua postazione e iniziò a sparare, correndo. Roba da cinema. Da videogioco. Roba da chi ha fatto la guerra. Da chi la morte ce l'ha negli occhi, ce l'ha nel cuore. A Ferraro venne in mente una frase. Tutto in un secondo, non la frase completa, una sensazione. Era da un film. Diceva qualcosa del tipo: «quando un uomo con la pistola incontra uno con il fucile...» Sapeva come andava a finire e non gli piaceva. Tornò a correre, verso l'uscita, ancora pochi metri e la sua copertura sarebbe saltata.

Zoran lo stava raggiungendo. Dai, dai, ancora pochi passi, forza, corri, corri...

Mise giù male il piede e il ginocchio franò, di schianto. Il dolore era terrificante, come se l'avessero preso a mazzate sulla rotula.

Cercò di trascinarsi verso l'uscita, mugolava come un cane malato. Tranne la pioggia non si sentiva volare una mosca. Dov'era Zoran? Si appoggiò ad una parete e cercò di caricare la pistola. Qualche schizzo di pioggia gli infangava i piedi. La fitta al ginocchio non gli dava tregua, si lamentava, muto, piangeva.

Un'altra mitragliata, vicinissima.

Ferraro rotolò fuori dal capannone, con il tamburo della pistola ancora aperto.

Da dentro sentì una voce: «Che c'è? Hai finito i colpi? Oppure ti ho già ammazzato?»

L'ispettore si guardò attorno. In fondo al piazzale vide un gruppo di persone, uomini, donne, qualche bambino, che guardavano attoniti. Se andava di là ci scappava una strage.

Decise di puntare verso il porticato. Si alzò a fatica e iniziò a saltellare con un piede solo. Tipo la corsa dei sacchi; Francesca era arrivata prima a scuola, lei arriva sempre prima, è bellissima Francesca, Scarpi se la scopa, ma perché faccio questo lavoro, tu non lavori, dice Giulia, tu fai il poliziotto, il suo *curriculum studiorum* è da riaggiornare dice il professore barbuto, quello stronzo, qui va a finire che non mi laureo più, piove, piove, aveva ragione Elena, dov'è Fusco, dov'è Comaschi? Dove sono tutti quanti?

«Cucù!»

La voce del Diavolo.

L'ispettore provò a buttarsi a terra, Zoran sparò senza problemi, il bersaglio era facile da colpire.

Ferraro riconobbe come suo il sangue che si mischiava al fango. Si girò, vide la testa di Zoran sbucare fuori dall'ingresso del capannone, e cadde.

«Mi dispiace, eri un tipo simpatico.»

Zoran alzò di nuovo il mitra verso l'azzoppato.

«È simpatico pure a me. E gli devo ancora una cioccolata calda.»

Una grossa canna si piantò dietro la nuca di Zoran. Ferraro girò gli occhi, vide alle sue spalle i colleghi, poi Comaschi, che correva verso di lui, sembrava urlasse ma non sentiva più nulla.

Poi, lentissimo, guardò ancora verso il capannone.

Zoran Gjomarkaj in ginocchio, con le mani sulla nuca ed Elena Rinaldi in piedi, con in mano una Magnum puntata contro di lui, fu l'ultima cosa che vide prima di svenire.

XVIII

DOPOTUTTO

1

«Lanza? Ehi, Lanza, ci sei? Sei sveglio?... pss, pss... ehi, Augusto? Ahia, cazzo...»

«Michele?... ma, dove, cosa... bah... devo essermi addormentato.»

«Russavi.»

«Molto?»

«No, no... appena appena...»

«Bene Ferraro, bene! Sono proprio felice di vederti sveglio...»

«Dove siamo?»

«In ospedale, non lo vedi?»

«Sì, ma dove?»

«Al Sacco. In ortopedia. Quando gli uomini di Gjomarkaj mi hanno legato lo hanno fatto fin troppo bene. Mi sono fratturato il polso. Vedi? Ti piace il mio gesso? Vuoi metterci la firma anche tu? Ci sono le firme di tutto il commissariato... cioè, non proprio tutto... manca quella di De Matteis... chissà perché...»

«Dio che faccia che hai, Augusto, e quella benda? Certo che ti ha conciato proprio bene Zoran. Poteva fare l'estetista nella vita...»

«Stai scherzando? I suoi clienti lo avrebbero denunciato per percosse.»

«Lanza...»

«Sai, mi fa veramente male l'occhio sinistro... Ieri mi hanno operato in chirurgia plastica... hanno ricostruito lo zigomo...»

«Senti e... ahia... che male... Gesù, ma cosa è successo... mi sembra che mi sia passato sopra un trattore...»

«Impossibile, saresti morto.»

«Lanza! È un modo di dire...»

«Sì? Ammetterai però che è un modo di dire molto curioso... Cioè: come fai a sapere la sensazione che si prova se ti passa sopra un trattore? Nel momento in cui succede è probabile che la pressione sulla cassa toracica...»

«Lanza, vuoi andare avanti così per tutta la giornata?»

«Avanti dove? Non vedi che sono sdraiato?»

«Oh Cristo santo, ma perché ti hanno ricoverato proprio affianco a me?»

«Ma io non sono ricoverato.»

«No?»

«No.»

«Ma non avevi detto che il polso...»

«Quello me l'hanno fatto l'altro ieri. Io sono qui per te. Sei stato privo di coscienza per tre giorni. Ti hanno tolto un paio di proiettili dalla spalla e dai lombi.»

«Dal culo?»

«Sì. Sei stato fortunato.»

«Una botta di culo, potremmo dire.»

«Volevi dire: 'un botto nel culo'.»

«Lanza.»

«Sì?»

«Hai fatto una battuta!»

«Chi, io?»

«Sì, tu. Hai fatto una battuta. Faceva schifo, a dir la verità, ma l'ho riconosciuta. Era una battuta.»

«Davvero?»

«Sì, dai, non fare finta di niente. 'Una botta di culo', 'un botto nel culo'... non ti vergognare... è umano fare battute... dai, ammettilo, non lo dico a nessuno...»

«Bah... io volevo semplicemente correggerti. Pensavo avessi sbagliato locuzione...»

«Ok, Ok, lasciamo perdere...»

«Comunque, dicevo: ti hanno operato in chirurgia d'urgenza... sei stato fortunato, nessun organo vitale compromesso, neppure i legamenti del braccio... aspettavamo solo che ti svegliassi dopo l'operazione... probabilmente hanno esagerato con l'anestesia.»

«Quanto hai detto che ho dormito?»

«Tre giorni.»

«Cosa è successo a Zoran e a tutti gli altri?»

«Tutta la banda è stata sgominata. Li hanno tradotti a San Vittore; Gjomarkaj invece ad Opera, in una cella di massima sicurezza. Anche la procura di Roma ha aperto un'inchiesta su di lui.»

«Don Leo?»

«Don Leo sta bene. Il suo avvocato lo ha fatto uscire dal carcere quasi subito. La testimonianza del commissario Rinaldi è stata fondamentale.»

«Ma, senti, scusa... c'è una cosa che non capisco... hai detto che mi hanno operato...»

«Sì, tre giorni fa. Ci siamo alternati, giorno e notte, io e Comaschi... adesso Comaschi è in commissariato dal magistrato; Zeni gli ha affidato tutto l'incartamento, perché ha sospeso De Matteis per vizio di procedura nelle indagini e per abuso di potere...»

«Vabbe', vabbe'... aspetta, questo me lo racconti dopo... prima che me lo dimentichi... Ero in chirurgia d'urgenza, giusto?»

«Giusto.»

«E perché adesso sono a ortopedia?»

«È stata tua moglie.»

«Come?»

«Cioè, volevo dire, la tua ex moglie. Ha insistito perché ti portassero qui.»

«E perché?»

«Sembra che nel tuo stato di incoscienza continuassi a lamentarti del ginocchio. Tua moglie, cioè... la tua ex moglie, ha detto che avevi preso una lussazione, no aspetta... com'è che ha detto... be', comunque adesso lo chiedi direttamente a lei, fra poco è orario di visita, non sei contento?»

2

«Walter?»

Ecco una faccia che non si aspettava di vedere.

«Ciao, Michele.»

«Vi conoscete?» chiese curioso Lanza.

«No, ho tirato a indovinare» rispose Ferraro.

«Che fortuna! Non è un nome facile da indovinare Walter. Michele è già più diffuso...»

«Lanza, smettila. È chiaro che lo conosco. Sennò come facevo a chiamarlo per nome?»

«Non so... magari tiravi ad indovinare... può essere...»

Ecco. Erano entrati nel loro tipico, surrealissimo, vortice.

Scarpi guardava divertito i due colleghi come se fossero due clown intenti a fargli uno spettacolo privato. La cosa pesava assai all'orgoglio di Ferraro.

«Sei solo?» chiese l'ispettore.

«Sì, certo.»

«Non c'è Francesca?»

«Può darsi. Forse è di là, in sala d'aspetto. Io non l'ho vista.»

Che succede? È venuto da solo? Vuoi vedere che ha litigato con Francesca? Quella donna mi ha visto sul letto di morte, ha pianto calde lacrime, ha capito che non poteva vivere senza di me...

«Sono venuto a farti una visita.»

«Mi devi dire qualcosa?»

«Ferraro, è ovvio che ti deve dire qualcosa» intervenne Lanza. «È il tuo dottore!»

«Cosa?»

Non ci stava capendo una mazza.

«Anzi il nostro.» Lanza sventolò il braccio offeso. «Questo me l'ha fatto lui.»

Ferraro guardò stupefatto il collega: «Ma che stai dicendo?»

Lanza si alzò dal letto, stiracchiandosi.

«Scusa, non hai detto di conoscerlo? E non lo sapevi che lavora in questo reparto?»

«Come facevo a saperlo?»

«Non lo so. Magari tiravi ad indovinare... col nome ci sei riuscito benissimo...»

Gesù! È una candid camera.

«Michele» si intromise Scarpi. «Sono l'ortopedico che ti ha 'aggiustato' il ginocchio. Dopo chirurgia d'urgenza ti abbiamo portato qui. Non era messo benissimo, fattelo dire... comunque più tardi passerà anche il chirurgo che ti ha operato alla spalla... è un amico, gli ho chiesto un'attenzione particolare al tuo caso...»

Bene, perfetto. Altro che moglie rinsavita. Ora doveva pure sentirsi grato a questo stronzo.

«Che cos'ho?»

«Be', la diagnosi è abbastanza semplice: hai un disallineamento femoro-rotuleo bilaterale con ipomiotrofia del vasto mediale obliquo bilaterale.»

Certo, come no! Il turco sarebbe stato più a portata di mano per Ferraro. Comunque non disse nulla (il solito orgoglioso); tanto poi avrebbe chiesto a Lanza, lui di certo aveva capito.

«Ora è a posto?»

«No! Scherzi? Devi fare almeno dieci sedute di ginnastica attiva-passiva; con in più della elettrostimolazione per il potenziamento vasto-mediale obliquo bilaterale.»

Macheccazzo, l'italiano non ve lo insegnano all'università?

Disse solo: «Ottimo». Era fiele puro.

«Cerca di seguire attentamente le mie prescrizioni, ti prego. L'hai veramente maltrattato il tuo ginocchio, ci vorrà molto tempo per recuperare appieno le sue funzioni.»

«D'accordo, d'accordo.» Che palle!

«E io, dottore?»

«Ispettore Lanza: con lei ci rivediamo fra tre settimane.»

«Sarà un recupero lento?»

«No, non si preoccupi, tornerà al lavoro molto presto.»

«No, sa... io non pensavo al lavoro... è che ho lasciato a metà il mio triceratopo, e mia moglie il suo tirannosauro lo sta ormai finendo, dato che abbiamo una esposizione fra un paio di mesi non vorrei che...»

Scarpi guardava Ferraro implorandogli una spiegazione plausibile.

L'ispettore sibilò una parola: «Origami».

«Cosa?»

Il dottore avvicinò l'orecchio al paziente.

«Origami» ripeté Ferraro.

Nel frattempo Lanza continuava a parlare di dinosauri di carta, guardando fuori dalla finestra.

Scarpi si rivolse a Ferraro, sottovoce, cercando la sua complicità: «Scusa ma, non ti sembra che il tuo collega...»

Non finì la frase, ma si picchiettò con l'indice una tempia.

«Sì... sì! È matto. Completamente matto.» Ferraro sorrise, compiaciuto. «Ed è amico mio.»

3

Entrò di corsa Giulia, Francesca rimase dietro, appoggiata allo stipite della porta, sorridente.

«Papà, papà... allora sei sveglio...»

Praticamente lo scalò. Le labbra sulla guancia erano umide e infantili.

«Certo; sapevo che stavi arrivando e allora mi sono svegliato.»

«Lo sai che sono tre giorni che dormi?»

«Si vede che ero molto stanco.»

«Non è corretto dire che eri stanco» si aggiunse Lanza. «In realtà è stato l'effetto dei sedativi che ha fatto in modo che tu...»

Ferraro fulminò con gli occhi l'amico: «Augusto, cosa vuoi che ne sappia Giulia di cosa siano i sedativi?»

«Papà, io lo so cosa sono. Me l'ha spiegato Walter.» (E ti pareva.) «Sono delle pillole che ti danno da mangiare e tu non senti più il dolore.» (Dieci punti a Walter. Strano che ancora non lo chiami papà.) «Non sei contento che Walter è un dottore? Così ti ha guarito... è bello, no?»

Certo, contentissimo. Come un agnello il giorno di Pasqua.

«Scusa, Michele» si intromise il medico, «io devo continuare il mio giro nel reparto... ti lascio ai tuoi visitatori.»

Si diresse verso la porta, Francesca lo accompagnò in corridoio. Anche da lì Ferraro vide benissimo il momento del bacio. La bocca dello stomaco gli si strinse, e non era fame.

«È bravo Walter, vero papà? Lui salva le persone... come in tivù...»

Grrrr.

«La sai una cosa, Giulia?»

«Che cosa, signor Augusto?»

«Anche il tuo papà salva le persone...»

«Davvero? Io sapevo che lui sparava ai banditi.»

«È vero, ogni tanto lo fa, ma non sempre... Pensa che se non fosse stato per lui io adesso sarei morto.»

«Ma va'...»

«Giuro.»

Entrò Francesca, avvicinò la sedia e gli si sedette affianco.

«Ciao Michele.»

«Ciao.»

Lo guardò bene, dalla testa ai piedi, come se si volesse sincerare che fosse ancora tutto intero.

«Come stai?»

«È sdraiato, signora, ma secondo me si rialzerà fra non molto.»

«Gesù, Lanza... è una battuta vecchissima...»

«Ma papà! Ha ragione il signor Augusto: tu sei sdraiato!»

Ecco, si sono trovati...

«Ti devo dire una cosa, Michele, anzi, due...»

«Dimmi.»

«Mimmo mi ha detto di scusarlo e che ti verrà a trovare al massimo fra un paio di giorni.»

«È occupato in qualche suo losco traffico?»

Francesca sorrise. Ogni volta che lo faceva a Ferraro scorreva tutta la storia della pittura rinascimentale davanti agli occhi.

«Sai com'è fatto, no? Ha saputo come sono andate le cose e ha fatto una delle sue pazzie.»

«Cioè?»

«Ha preso il Baffo di peso e lo ha portato a Napoli, dal suo amico.»

«Davvero?»

«Ha detto che almeno l'inverno se lo deve fare lì, e che se lo trova a Milano gli spezza le gambe!»

«Papà, ma poi Mimmo lo fa veramente?»

Meglio non scoprirlo.

«E l'amico del Baffo che ha detto?»

«Figurati, era felicissimo. Sono andati giù insieme a Tiziana. Lei non aveva mai visto Napoli, le sembra di essere in luna di miele. Comunque se gli vuoi telefonare...»

«Dopo lo faccio.»

Lanza si alzò dalla sedia: «A proposito di telefonare...»

«Che succede, Augusto?»

«Mi è venuto in mente come risolvere lo pterodattilo, vado a spiegarlo subito a mia moglie.»

4

Ferraro provò a raddrizzarsi ma non ci riusciva. Francesca gli aggiustò il cuscino dietro la schiena.

«E la seconda cosa?» riprese Ferraro.

«Questa mattina sono andata a casa nostra... cioè, scusa... volevo dire... a casa tua...» (Qui Freud ci andrebbe a nozze.) «Sono andata a prenderti un po' di roba, un cambio, dei fazzoletti...»

«Grazie, sei stata molto gentile...»

«E volevo dirti che...»

Si intromise Giulia, impaziente: «Papà, papà, è vero che vai ancora a scuola?»

Ferraro guardò la figlia, poi la ex moglie: «Chi te l'ha detto?»

«Ecco, appunto... hanno chiamato dall'università, ero in casa e ho risposto... dicono che c'è un problema al piano di studi e che ti devi muovere.»

«In che senso?»

«Devi dare un esame entro fine anno altrimenti perdi tutti quelli che hai già dato...»

Ferraro sbuffò. Poi fece mentalmente un rapido conto.

«Dunque, vediamo...»

«Hai due mesi buoni, ce la puoi fare...» I conti li aveva già fatti lei. «Zeni mi ha assicurato che ti lascerà a casa per tutta la stagione.» Sorrise ancora, più mesta però. «Perché non me l'hai detto?»

«Cosa te lo dicevo a fare?»

Scosse la testa: «Sei il solito orgoglioso».

«Papà, cosa vuol dire orgoglioso?»

Si sentì bussare alla porta.

«È permesso? Disturbo?»

Era Elena, aveva in mano una scatola di cioccolatini. Con tutta probabilità non li aveva portati per lui, ma per se stessa.

«Entra, Elena...» Provò ad alzarsi ma sentì un male boia ovunque. «Francesca, ti presento il commissario Rinaldi...»

«Commissario...»

«Chiamami Elena.» Allungò una mano a Francesca, che si alzò per riceverla. «Mi dà fastidio che mi chiamino commissario quando non sono in servizio.»

«Piacere, Francesca.»

«Guarda cosa ho portato. Non so se puoi mangiarli, ma questa bella bimba però sicuramente può, giusto?»

Giulia saltellava: «Posso aprirla io la scatola?»

Iniziò a scartarla senza aspettare la risposta.

«Giulia, solo uno.»

«Ma papà...»

«E dai, oggi è una festa anche per lei...»

«Ma sì, ha ragione Elena.»

Siamo a posto, ora fanno pure comunella.

«Non sei ancora partita?»

«Ma scherzi? Con tutto il lavoro che mi avete dato da fare tu e il tuo socio? E poi non potevo partire prima di ringraziarti...»

«Figurati, io non ho fatto niente. È stato Lanza a trovare Gjomarkaj...»

«No, Michele, non scherzare... Ti rendi conto di cosa avete

fatto? Avete catturato il diavolo, non ridere, parlo sul serio... come il vostro sant'Ambrogio. L'avete preso per le corna. Ora possiamo lavorare su di lui. Vedrai che alla fine collaborerà, non gli conviene starsene zitto.»

Giulia porse la scatola aperta a Elena.

«Ne vuoi uno?»

«Grazie, bella bambina... uhm, buono... senti un po': ma com'è che ti chiami tu?»

«Io mi chiamo Giulia Ferraro. E tu?»

«Io mi chiamo Elena.»

«E sei una poliziotta?»

«Sì.»

«Sei una amica di papà?»

«Certo. Se no mica gli portavo i cioccolatini, giusto?»

«Giusto. Ma perché non ti ho mai vista prima?»

«Giulia, non dare fastidio ad Elena.»

«Ma figurati, quale fastidio... se penso a quando il mio era così piccolo...»

«Tu hai un bambino?» Giulia, l'impicciona.

«Sì, Giulia... solo che è un po' più grande di te.»

«E quanti anni ha?»

«Quattordici.»

Sembrava delusa: «Ma allora è vecchio».

«Giulia!»

«Be', dai, in un certo senso ha ragione lei...»

«E come si chiama il suo papà?»

«Giulia, la smetti?»

«Ma mamma...»

Elena sorrise, materna: «Non ti preoccupare, Francesca, non mi dà fastidio...» Poi si rivolse a Giulia: «Ascolta, devi sapere una cosa. Il papà di Mauro si chiamava Massimo. Solo che adesso non c'è più».

«Perché?»

«Perché è morto. Tre anni fa.»

Ferraro sentì un brivido lungo la schiena.

«Come è successo?» le chiese. «In missione?»

Elena rise, di cuore: «Si vede che sei un poliziotto. Ragioni da sbirro. Mio marito lavorava in banca, era un impiegato. Non aveva neppure fatto il militare, figurati».

Ecco! Era cosciente da neppure mezz'ora e aveva già fatto la sua quotidiana figura di merda. Un record.

Francesca guardò comprensiva Elena. Poi si alzò dalla sedia.

«Accomodati Elena, magari hai delle cose da dire a Michele, non vorrei che...»

«Ma no, figurati.»

«Siediti, non preoccuparti. Adesso noi dobbiamo andare.»

Alla fine si sedette. Dietro di lei Francesca le pose una mano sulla spalla. Un gesto. Tutti capirono.

Elena già che c'era prese un altro cioccolatino. Giulia la seguì.

«Mamma, ne vuoi uno?»

«No amore, grazie.»

Sempre a dieta. Una vita di sacrifici.

«E tu papà?»

Massì. Me lo merito.

5

«Forza Giulia, saluta papà, che dobbiamo andare.»

«Di già? Io voglio restare, voglio parlare con Elena. Lei è mia amica. Vero che sei mia amica?»

«Certo che siamo amiche.»

Francesca si indirizzò verso l'attaccapanni e prese in mano i cappotti. Giulia non era molto convinta della mossa della madre.

«Io non voglio andare, voglio restare con papà.»

Francesca guardò Ferraro, un po' sconsolata.

«Va bene, va bene... ma ancora cinque minuti e poi andiamo.»

Giulia non se lo fece ripetere. Un secondo dopo era seduta sul letto affianco al padre.

Si rivolse ancora ad Elena: «Come hai detto che si chiama tuo figlio?»

«Si chiama Mauro.»

«A scuola c'è uno che si chiama Mauro. Mi tira sempre i capelli.»

«E tu cosa fai?»

«Vado dalla maestra e glielo dico.»

«Ma lui lo fa lo stesso, vero?»

«Sì. Come lo sai?»

«I maschi sono tutti uguali... Ascolta: la prossima volta che ti tira i capelli, tu dagli un calcio qui.»

Le indicò uno stinco.

«Ehi, ma questa è istigazione a delinquere» disse Ferraro.

«È una femmina; deve imparare a difendersi da un mondo di maschi!»

«Ha ragione» aggiunse Francesca.

Era meglio che se ne stava zitto, era circondato da femmine agguerritissime. Qui le teorie di Mimmo non funzionavano.

«A proposito! La sai una cosa? Mi porto Fusco a Roma.»

«Cosa?»

«Ma sì, qui mi sembra sprecata. È una ragazza intelligente, mi serve un'assistente.»

«E Zeni che dice?»

«Niente.»

«Stai attenta allora. Non è il tipo che si arrende facilmente.»

«Lo sai che il mio papà ha salvato il signor Augusto?»

«Certo che lo so; c'ero anch'io.»

«Ma dai...»

«Veramente... è stato bravissimo, praticamente un eroe.»

«Io pensavo che sparava alle persone.» (Vede troppi polizieschi in tivù, ecco la verità.) «La mamma dice che uccidere le persone è sbagliato.»

«Ha ragione.»

«Tu uccidi le persone?»

«Giulia, smettila!» Francesca si sentiva messa in causa.

«No, io non ho mai ucciso nessuno.»

«Ah.»

Non si capiva se era contenta o delusa. Ferraro cercò di riprendere in mano la discussione.

«Quando parti?»

«Presto. Se ce la faccio questa sera stessa.»

«Ma parti veramente?» chiese Giulia.

Questa volta era delusa, lo si capiva dal tono della voce.

«Sì, Giulia. Parto. Devo tornare da mio figlio.»

«Peccato. Volevo andare a mangiare una pizza da Mustafà con te. Oggi è domenica. Ci vado sempre con papà la domenica.»

«Magari un giorno torno a Milano e lo facciamo, va bene?»

«Va bene.»

«Anzi» disse Elena, alzandosi. «Sarà bene che vada.»

Francesca le era ancora dietro. Con naturalezza, quasi si conoscessero da sempre, si abbracciarono. Le donne le fanno queste cose.

«Fai buon viaggio, Elena.»

«Grazie.» Poi, a Giulia: «E tu, piccolina, fa' la brava».

«Posso darti un bacio?»

«Certo, siamo amiche, giusto?»

«Giusto.»

Smack.

Poi allungò una mano verso Ferraro.

«Michele. Noi ci risentiamo. Comaschi ha in mano ufficialmente le indagini milanesi. Tu cerca di riprenderti. Vorrei comunque che ti tenessi aggiornato.»

«D'accordo.»

Allungò la mano pure lui. Se la strinsero, con vigore.

«Papà.»

«Che c'è?»

«Elena è tua amica, giusto?»

«Sì, certo.»

«Quando i miei amici partono per le vacanze io li bacio. Perché tu non la baci?»

Giusto. Perché non la bacio?

Gratulatoria

Sommo, agli amici ringraziati nel romanzo precedente, anche le new entry: Carla, per la consulenza medica, Igor per quella linguistica, Antonia per quella giuridica.

Un abbraccio collettivo a tutte le ragazze della Guanda, che, durante tutto il 2004, mi hanno sopportato, coccolato e, molto (troppo!) spesso, anche viziato.

Un ringraziamento particolarissimo va a Franz, amico di sempre, che mi ha donato i 440 hertz su cui accordare gli strumenti.

Il libro è dedicato a Sara. L'altra gemma splendente del mio diadema.

Indice

Fotocomposizione
Editype s.r.l.

Finito di stampare
nel mese di marzo 2005
per conto della Ugo Guanda S.p.A.
dal Nuovo Istituto d'Arti Grafiche - Bergamo
Printed in Italy